Federica Bosco arbeitet als Autorin und Drehbuchautorin und hat schon zahlreiche Bestseller veröffentlicht. In *Und vor uns liegt das Glück* erzählt sie von einer wunderbaren Freundschaft, der großen Liebe und dem Schicksal, das alles verändern kann. Sie lebt in Mailand.

Federica Bosco

Und vor uns liegt das Glück

Roman

Aus dem Italienischen
von Sigrun Zühlke

PENGUIN VERLAG

Die italienische Originalausgabe erschien 2017 unter dem Titel *Ci Vediamo un Giorno di Questi* bei Garzanti S.r.l., Mailand.

MIX
Papier aus verantwortungsvollen Quellen
FSC® C014496

Verlagsgruppe Random House FSC® N001967

PENGUIN VERLAG

1. Auflage 2020

Umschlag: bürosüd
Umschlagmotiv: bürosüd unter Verwendung einer
Illustration von www.buerosued.de
Redaktion: Sylvia Spatz
Satz: Uhl + Massopust, Aalen
Druck und Bindung: GGP Media GmbH, Pößneck
Printed in Germany
ISBN 978-3-328-10409-4
www.penguin-verlag.de

Dieses Buch ist auch als E-Book erhältlich.

Für Cristiano
Wir sehen uns die Tage.

1.

Es ist nur schwer vorstellbar, dass es jemals zwei Menschen gegeben hat, die gegensätzlicher waren als Cate und ich.

Nicht einmal bei langem Überlegen konnten wir eine Gemeinsamkeit finden: Sie hatte absolutes Vertrauen in ihren Nächsten, ich misstraute sogar meinem eigenen Schatten; sie strahlte wie ein Leuchtfeuer, ich höchstens wie ein Glühwürmchen; sie war auf jeder Party die Rose, ich das Gänseblümchen.

Und doch waren wir seit unserer ersten Begegnung auf dem Schulhof, als wir uns nebeneinander auf dem Mäuerchen wiederfanden und lustlos unsere Pausenbrote betrachteten, unzertrennlich geworden.

»Was hast du auf deinem Brot?«, hatte sie mich gefragt.

»Schinken …«, antwortete ich niedergeschlagen. »Wie immer.«

»Würdest du gegen zuckerfreie Hirsekekse tauschen?«, fragte sie mich halbherzig. »Backt meine Mama selber.«

Ich gab ihr mein Schinkenbrötchen und sie reichte mir mit schuldbewusster Miene ihre Papiertüte.

»Ich warne dich … die schmecken echt eklig!«

»Macht nichts, ich hab sowieso keinen Hunger«, versicherte ich ihr.

Ihre großen Augen leuchteten glücklich auf, als sie in das Schinkenbrötchen biss.

»Aber wenn meine Mama dich fragt, hab ich niemals Schinken gegessen, okay?«, sagte sie mit vollem Mund. »Sie ist Makrobiotin, und wenn sie erfährt, dass ich totes Tier gegessen hab, dann lässt sie mir den Magen auspumpen!«

Ich nickte stumm, ohne die geringste Vorstellung davon, was das war, eine Makrobiotin, aber unendlich stolz darauf, mit jemandem ein Geheimnis zu teilen.

Dann öffnete ich die Papiertüte, steckte die Hand hinein, zog einen Keks heraus und steckte ihn in den Mund.

Eine fade schmeckende, zähe Masse klebte an meinen Zähnen.

»Die schmecken wirklich eklig!«, nuschelte ich mit vollem Mund.

Wir mussten gleichzeitig lachen und prusteten Keks- und Brötchenkrümel heraus.

Von diesem Augenblick an waren wir Freundinnen.

Ich hatte nicht viele Freundinnen.

Um die Wahrheit zu sagen, hatte ich überhaupt keine.

Vielleicht weil ich rote Haare hatte und bleich wie ein Gespenst war, vielleicht aber auch nur, weil ich schüchtern und unscheinbar war, ein Gänseblümchen eben. Jedenfalls gehörte ich keiner Gruppe an, wurde nie zu Geburtstagen eingeladen und beim Volleyball immer als Letzte und mit einem resignierten Seufzer in ein Team gewählt.

Cate war die Erste gewesen, die mich angesprochen

hatte, ohne ein brüskes »Rück mal!« oder »Lass mich mal abschreiben!«, die typische Anrede, seit ich in die Mittelstufe gekommen war. Plötzlich für eine Mitschülerin sichtbar zu sein, war eine vollkommen neue Erfahrung für mich.

Ab dem 18. April 1990 war ich nicht länger ein Geist.

Es war ein Mittwoch, um genau zu sein.

Am Nachmittag jenes Tages fuhren wir zufällig im selben Bus, und sie lud mich tatsächlich ein, mich neben sie zu setzen.

Ich war vom Typ her eher still und zurückgezogen, aber zum Glück war Cate ein Mädchen, das munter drauflosplapperte, und als sie an ihrer Haltestelle ausstieg, rauschte die plötzliche Stille mir förmlich in den Ohren.

Ich klebte mit der Nase an der Scheibe und lächelte ihr zu, bis der Bus wieder anfuhr, und sie winkte mir zum Abschied. Dann rollte sie die Schultern, um die Träger ihres Rucksacks zurechtzurücken und entfernte sich.

Cate brachte mich zum Lachen.

Sie polsterte meine ungemütlich harte und kantige Welt ab.

Bislang hatte ich mich in meinem Leben immer nur als Gast gefühlt und wollte um Gottes willen nicht auffallen, während Cate sich über nichts Gedanken machte.

Keine Ahnung, was uns an der jeweils anderen anzog.

Besser gesagt, ich habe nie verstanden, was sie an mir so anziehend fand, aber ich glaube, dass sie sich diese Frage nicht einmal gestellt hat: Cate war wie Schwarz, sie passte einfach zu allem.

In den folgenden Jahren machten wir fast jeden Nachmittag zusammen Hausaufgaben, entweder bei mir oder bei ihr.

Selbstverständlich war von uns beiden ich die Streberin, von der sie abschrieb, und sie diejenige, die mich auf Partys schleifte. Ich war die, die sie auf dem Mofa nach Hause fuhr, wenn sie zu viel getrunken hatte, während sie mir flotte Klamotten zum Ausgehen lieh. Ich war diejenige, die den Anstandswauwau spielte, wenn sie mit einem Jungen ausging, während sie sich für mich in die Bresche warf, wenn jemand unhöflich zu mir war.

Und auch wenn sie mit ihrem dunklen Teint, hochgewachsen, mit breiten Schultern und einem schönen Busen, allen sofort ins Auge fiel und ich, zerbrechlich und mit zartem Teint, immer aussah, als erholte ich mich gerade von einer Tuberkulose …, waren wir ein kleines Team.

Gemeinsam mit ihr überstand ich die Stürme der Adoleszenz wesentlich heiterer, als ich es allein je gekonnt hätte.

Sie war wie eine große Schwester.

Meine Eltern hatten mich spät bekommen, vielleicht hatten sie die Hoffnung auch schon bereits aufgegeben. Und so brachte diese so inständig herbeigesehnte Schwangerschaft ihre Pläne durcheinander.

Sie standen kurz vor dem Rentenalter, ich war ein Teenager – da waren Konfrontationen vorprogrammiert, mit denen sie nicht umzugehen wussten.

Im Zweifelsfall lebten sie deshalb einfach so weiter, wie sie es immer getan hatten.

Sie arbeiteten viel und redeten wenig, sie hatten im

Leben Opfer gebracht und vermittelten mir indirekt das Gefühl, dass jede Art von Zerstreuung und Muße eine Todsünde war. Höchstens gelegentlich und in Maßen, denn im Grunde sind wir nur auf Erden, um zu leiden, und da stört jede Form von Annehmlichkeit und Genuss.

Und das bedeutete, dass man sich nur einmal im Jahr etwas Neues zum Anziehen kaufte, dass man nur einmal im Monat in eine Pizzeria ging und in den Ferien immer wieder an den gleichen Ort fuhr.

Während um mich herum die Technowelle tobte und alle quietschbunte Rucksäcke von Invicta trugen, lebte ich in einem neorealistischen Schwarz-Weiß-Film.

Meine Eltern verboten mir nie etwas, und ich bat sie nie um irgendetwas, aber wir waren ganz sicher alles andere als eine Musterfamilie.

Was hätte ich dafür gegeben, offen mit meiner Mutter über meine Träume und Wünsche sprechen zu können oder Brüder und Schwestern zu haben, mit denen ich Stockbetten und Geheimnisse hätte teilen können. Als Cate in mein Leben trat, war das so aufregend wie der erste Farbfernseher im Wohnzimmer.

Wie eine überraschende Antwort auf meine Gebete.

Jetzt fragte ich meine Eltern, ob ich abends weggehen durfte, zog Jeans mit Rissen darin an und hängte ein Poster von *Take That* in meinem Zimmer auf.

Und auch wenn ich nicht mehr war als »die Freundin von Cate«, deren Namen sich niemand merken konnte und die man nicht grüßte, wenn man sie allein traf, wusste ich selbst jetzt zumindest, dass es mich gab.

Dank ihrer blieben mir Essstörungen und andere Abstürze erspart.

Alles in allem ging es mir gar nicht so schlecht.

Ohne tolle Anekdoten, aber auch ohne Narben an den Handgelenken.

Dann beschloss Cates Mutter eines Tages, dass Cate groß genug sei, um allein zurechtzukommen, und verschwand mit ihrem aktuellen Partner, einem Tantra-Yogalehrer, nach Goa.

Um niemals zurückzukehren.

Cate brauchte sie nicht mehr.

Sie nahm die Nachricht mit vollendeter Würde auf, als wäre sie die große Schwester ihrer Mutter, der sie nun mal keine Vorschriften darüber machen konnte, wie sie ihr Leben zu führen hatte.

Sie nahm sie einmal fest in die Arme, sagte ihr, sie solle sich keine Sorgen machen, sie käme schon zurecht und sah ihr nach, wie sie für immer aus ihrem Leben verschwand.

Die letzten Worte ihrer Mutter zum Abschied waren: »Und denk dran, mein Schatz, kein Fleisch essen.«

Und daran hielt sie sich. Als hätte sie ein Gelübde abgelegt.

Cate verlor nie den Mut. Nachdem sie ihre Ausbildung zur Buchhalterin abgeschlossen hatte, nahm sie einen Job in einer Export-Importfirma an und besserte ihr Gehalt mit Nachhilfestunden, Babysitter-Tätigkeiten und Kellnern am Wochenende auf.

Immer mit einem Lächeln auf dem Gesicht, immer optimistisch, immer ermutigend.

Ich betete sie an.

Abends kam sie oft zu uns zum Essen, und ich betrachtete sie mit derselben Bewunderung wie ein Groupie den Lieblingssänger.

Inzwischen waren wir fast zwanzig Jahre alt. Ich lebte immer noch bei meinen Eltern und arbeitete seit dem Abitur in einer Bank, und wahrscheinlich hätte ich auch nie etwas daran geändert, wenn Cate mich nicht eines Tages dazu überredet hätte, bei ihr einzuziehen, damit ich endlich anfing, mein eigenes Leben zu führen und mit ihr die Miete zu teilen.

Ich ließ mir das nicht zwei Mal sagen, packte die paar Sachen, die mir wichtig waren, in einen Koffer und verabschiedete mich von meinen Eltern, um zusammen mit meiner besten Freundin in einen anderen Teil der Stadt zu ziehen.

Meine Eltern waren nicht begeistert.

Sie wären weniger schockiert gewesen, wenn ich ihnen verkündet hätte, dass ich am Tag zuvor einen unbekannten Seemann aus dem Hafen geheiratet hatte.

Sie konnten Cate leiden; aber sie taugte eben nicht als Vorbild für ihre einzige Tochter.

Doch sie leisteten auch keinen großen Widerstand: Ich war erwachsen, verdiente mein eigenes Geld und war zweifellos ein anständiges Mädchen.

Es waren wunderschöne Jahre, das Haus immer voll mit Freunden und Tieren, die Cate adoptierte oder zur Pflege hatte, und um die selbstverständlich ich mich kümmerte, wenn sie nicht da war.

Sie hatte so ihre eigene Art, einen von solchen Aufgaben zu überzeugen: Eigentlich ging sie schlicht und einfach davon aus, dass man zur Verfügung stand.

Indirekt bat sie um ein bisschen mehr Raum, wenn ihr eigener gerade aufgebraucht war.

Sie ging wirklich ganz unschuldig davon aus, dass alle sich so für andere aufrieben wie sie, und war jedes Mal wie vor den Kopf gestoßen, wenn sie ein Nein zur Antwort bekam. Dann verzog sie das Gesicht wie eine Figur aus einem Zeichentrickfilm, wie ein riesiges Fragezeichen, kratzte sich am Kopf, als könnte sie damit eine Idee hervorlocken und hatte meist sofort einen Plan B. Und vor allem war sie niemals nachtragend.

Ich musste mich ziemlich anstrengen, um mit ihr mitzuhalten, denn ich war, leider, anders als sie.

Mein Zimmer, zum Beispiel, zu dem Katzen und Hunde striktes Zugangsverbot hatten, sah aus wie aus einem Schweizer Internat, sauber und bis auf den Millimeter genau geordnet, während ihres aussah wie das eines hyperaktiven Teenagers auf dem Weg zum Messie.

Ich hatte einen Putzplan aufgestellt, der natürlich nie eingehalten wurde, weshalb in sieben von zehn Fällen ich es war, die den Müll herunterbrachte, das Bad putzte und das Geschirr abwusch, wenn Teller und Gläser anfingen, sich auf dem Kühlschrank oder dem Fernseher zu stapeln.

Ich konnte ihr das einfach nicht zum Vorwurf machen, denn sie hatte ja tatsächlich immer so viel zu tun, nur fiel es mir manchmal wirklich sehr schwer, mit ihrem unermüdlichen Enthusiasmus mitzuhalten.

Nach einer Weile konnte ich nicht mehr und sehnte

mich nach mentaler Ordnung, Ruhe und Stille. Ich sehnte mich danach, acht Stunden am Stück zu schlafen, ohne dass die Musik voll aufgedreht war oder es zu allen möglichen und unmöglichen Zeiten an der Tür klingelte. Ich wollte nicht länger über irgendwelche Schüsseln mit Trockenfutter stolpern, wenn ich nachts aufstand, um etwas zu trinken zu holen, und auch keine fremden Übernachtungsgäste auf unserem Sofa antreffen.

Und so kam es, dass wir eines Tages über irgendeine Kleinigkeit, an die ich mich nicht mehr erinnern kann, in einen hässlichen Streit gerieten.

Ich war vollkommen erledigt von der Arbeit nach Hause gekommen, aufgerieben von Überstunden und frustriert, dass es mit der Anerkennung immer noch haperte, während sie beschlossen hatte, in unserer Küche einen Catering-Service aufzumachen, obwohl unsere Küche bequem in ein Puppenhaus gepasst hätte.

Ein Wort ergab das andere, der Ton wurde immer schriller, die Vorwürfe immer heftiger, bis es für keine von uns noch ein Zurück gab. Ein unendliches Hin und Her aus »Genau wie damals, als du …« und »Das ist so typisch für dich …«.

Als hätten sich alle unsere Schwächen und Fehler gleichzeitig manifestiert und zu einem unüberwindbaren Berg aufgetürmt, als spielte die Tatsache keine Rolle, dass wir länger als fünf Jahre friedlich zusammengewohnt hatten.

Und das Unvermeidliche geschah.

»Gut, dann wär wohl alles gesagt.«

»Ja, seh ich auch so.«

»Prima! Bis übermorgen pack ich meine Sachen und zieh aus!«, rief ich und knallte die Tür zu meinem Zimmer hinter mir zu.

»Brauchst du nicht«, rief sie mir hinterher. »Ich hab sowieso einen Job im Ausland angenommen. Ich zieh aus!«

Ich riss die Tür wieder auf. »Einen Job im Ausland? Und das sagst du mir erst jetzt?!«, rief ich und klang dabei mehr wie eine gekränkte Verlobte als die beste Freundin.

»Ich wollte es dir ja erzählen, aber dann hab ich es wieder vergessen«, antwortete sie mit verschränkten Armen und ohne mir ins Gesicht zu sehen.

»Na, prima!«, sagte ich noch einmal und starrte sie an, sauer wie noch nie in meinem Leben, bevor mir der schlimmste Satz aus dem Repertoire beleidigter Freundinnen herausrutschte: »Du bist genau wie deine Mutter! Das Einzige, was du gut kannst, ist dich drücken!« Und als ob das noch nicht reichte, setzte ich hinzu: »Und iss bloß kein Fleisch!«, bevor ich noch mal die Tür zuknallte, endgültig dieses Mal.

In der Nacht bekam ich kein Auge zu, und in der folgenden und vielen Nächten danach auch nicht.

Und ich hörte für lange Zeit nichts mehr von Cate.

Beinahe ein Jahr lang, um die Wahrheit zu sagen.

Ich musste sie wirklich tief verletzt haben, damit sie sich so gar nicht meldete.

Das war noch nie vorgekommen.

Ich grübelte lange darüber nach, ob die Dauer des Schweigens nach einem Streit von der Schwere der Kränkung oder von der Tiefe der Beziehung abhing.

Und je mehr Zeit verging, desto weniger erinnerte ich mich daran, worüber wir eigentlich gestritten hatten.

Mein Leben ging weiter wie zuvor: Haus, Büro und schwimmen gehen, entweder im Schwimmbad in Genua oder im Meer, wenn ich im Sommer meine Eltern in Porto Venere besuchte.

Sie hatten mich nicht gefragt, obwohl sie natürlich merkten, dass irgendetwas vorgefallen sein musste, da ich nichts mehr von Cate erzählte.

Aber sie reagierten mit derselben Zurückhaltung, mit der sie reagiert hätten, wenn ich mich von meinem Ehemann getrennt hätte, weil er mich betrogen hatte.

Im Grunde waren wir zwei Dickköpfe, die sich gestritten hatten und zu stolz gewesen waren, sich rechtzeitig beim anderen zu entschuldigen.

In jenem Jahr lernte ich Paolo kennen.

Er war ein Kollege aus der Bank, weder besonders attraktiv noch besonders brillant, der wesentlich älter aussah, als er war, nämlich siebenundzwanzig. Wahrscheinlich eine Folge aus der Kombination von »Buchhaltung« und »Bank«, die sogar einen Patrick Dempsey kleingekriegt hätte.

Hinzu kam, dass meine Kontakte zum anderen Geschlecht, nachdem mein Sozialleben sich zusammen mit Cate in Luft aufgelöst hatte, auf meine überaus treuen Rentner am Bankschalter beschränkt waren.

Paolo war der erste Mann, mit dem ich ins Bett ging, eine einmalige Chance, mit über Mitte zwanzig endlich nicht mehr Jungfrau zu sein.

Wie schade, dass ich das Cate nicht erzählen konnte.

Es war so ziemlich das einzige Interessante in meinem Leben.

Wir hatten uns nicht einmal ausgezogen: Er war noch in Hemd und Socken, und ganz sicher nicht, weil er im Rausch der Leidenschaft nicht dazu gekommen wäre, sie auszuziehen, sondern wohl eher aus Bequemlichkeit.

Und so lief das dann auch die nächsten Male.

Eines schönen Morgens im Frühjahr des darauffolgenden Jahres, als die ersten Sonnenstrahlen durch die Fensterläden in die Küche drangen, hörte ich, wie die Tür geöffnet wurde.

Ich drehte mich um, eine Pfanne in der Hand, um mich zu verteidigen, und sah Cate hereinkommen.

»Wär es in Ordnung, wenn ich wieder hier wohne?«, fragte sie, als sei sie erst gestern weggegangen.

»Natürlich wär das in Ordnung!«, antwortete ich, als gäbe es gar keine andere Möglichkeit und stellte die Pfanne ab.

Wir fielen einander in die Arme.

»Entschuldigung, dass ich so doof zu dir war!«, sagte ich in ihre Halsbeuge.

»Nein, ich war doof zu dir. Und wie«, antwortete sie.

»Na, dann spring mal unter die Dusche, du stinkst wie ein nasser Hund«, sagte ich lachend, während ich eine Träne abtrocknete.

Sie hob ihre Tasche hoch.

»Übrigens«, setzte sie hinzu, während sie in ihrem Zimmer verschwand, »ich bin schwanger.«

Sechs Monate später hießen wir Gabriel auf dieser Welt willkommen.

Ein kleines Kerlchen von drei Kilo und sechshundert Gramm.

Schön wie ein Engel.

Nach dem Vater fragte ich erst gar nicht, ich wusste, sie würde mir von ihm erzählen, wenn sie Lust dazu hatte.

Doch dieser Tag kam nie, und irgendwann vergaßen wir es schlicht und einfach.

Ein Jahr später zog ich aus.

Ich konnte einfach nicht mehr, mit der Wiege im Wohnzimmer, den Windeln überall und dem ständigen Kommen und Gehen der Nachbarn, die mal hier und mal da aushalfen, aber dieses Mal stritten wir uns nicht, sondern wurden uns einfach nur der Tatsache bewusst, dass wir als zwei Erwachsene Raum für uns selbst brauchten.

Ich wollte mich nicht wieder von der Neigung meiner Freundin zum Chaos überwältigen lassen.

Nachdem ich mich versichert hatte, dass sie auch ohne mich wunderbar zurechtkam, suchte ich mir eine Einzimmerwohnung mit einem kleinen Dachbalkon oberhalb der Festungen von Genua, und genoss zum ersten Mal in meinem Leben echte Freiheit, in Gesellschaft meiner Pflanzen, meiner Bücher und meiner klassischen Musik.

Cate war in Australien gewesen und hatte alles Mögliche gemacht, in Restaurants gearbeitet, in Wasserparks, wo sie Tauchunterricht gab und sich um Tiere in Not kümmerte. Sie hatte Strände gereinigt, Tarotkarten gelegt, Pizza ausgeliefert, Rezitation unterrichtet und hatte als Clown Kinder unterhalten.

Als sie mir ihre Fotos zeigte, brachte sie mich zum Träumen: diese gebräunten Gesichter, diese von der Sonne aufgehellten Haare, die Zöpfchen, die makellosen Gebisse, das Lächeln oder die herausgestreckte Zunge für die Kamera. Sie zusammen mit zahnlosen Kindern, Surfern mit Waschbrettbauch, Aborigines, die am ganzen Körper tätowiert waren.

Cate war all das, was ich nie sein würde, und in meinem gewöhnlichen, grauen Leben war sie der Sonnenstrahl, der durch die Fensterläden hereindrang.

Ich war mir hundertprozentig sicher, dass Gabriels Vater einer der Surfer von den Fotos war, und dass der Kleine an einem Strand gegenüber von einem Leuchtturm bei Vollmond gezeugt worden war, vielleicht sogar mit Gitarrenmusik im Hintergrund.

Anders waren seine hellblonden Haare nicht zu erklären, diese grünen Augen und diese verrückte Liebe zum Wasser, wegen der ich stundenlang mit ihm in der Wanne spielen musste, während Cate im Pub arbeitete.

Er war ein besonderes Kind.

Immer lächelnd, ruhig, hochintelligent und unabhängig.

So unabhängig, dass ihm zuzutrauen war, allein das Haus zu verlassen, um sich Windeln zu kaufen, wenn man nicht gut genug aufpasste.

Zu mir entwickelte er eine ganz besondere Bindung, und das war etwas, worauf ich unglaublich stolz war. Ich fühlte mich wichtig und gebraucht.

Ich wurde seine Tante, die die Monster unter dem Bett verjagte, die ihm ein paar Cent für einen verlorenen Zahn gab und die alle Fragen beantwortete, wenn sie nicht zu heikel waren.

Für die war nämlich Cate zuständig.

Als Gab sie mit sieben Jahren fragte, woher die kleinen Babys kamen, beschränkte sie sich darauf, ihn anzusehen, es ihm unverblümt zu erklären und ihre Rede mit einem »Alles klar?« abzuschließen.

»Früher oder später hätte er es doch sowieso erfahren, nicht?«, antwortete sie mir, als ich sie darauf hinwies, dass sie etwas behutsamer hätte vorgehen können.

Deshalb wandte sich Gab mit schwierigen Themen, Tod oder Jenseits, lieber an mich, denn ich ließ ihnen zumindest noch ein wenig von ihrem Geheimnis.

Er wuchs zu einem starken, ausgeglichenen Menschen heran, und tief in mir wusste ich, dass es auch mein Verdienst war.

Ich hatte ihm etwas von meiner Stabilität und meinen Regeln mitgegeben, und ich muss zugeben, daran hatten auch meine Eltern ihren Anteil. Sie behandelten Gabriel im Übrigen wie ihren eigenen Enkel.

Cate ließ ihm sehr viel Freiheit, damit er Eigenverantwortung entwickelte, aber ich wusste, dass zu viel Freiheit Angst machen konnte: Bei ihr durfte er tun und lassen, was er wollte, es gab kein Richtig und kein Falsch, jede Schuld wurde ihm verziehen, doch dieses Fehlen von Grenzen erschwerte ihm die Orientierung.

Deshalb kam er zu mir, wenn er in der Schule eine schlechte Note bekam, und ich ärgerte mich und hielt ihm eine Standpauke darüber, wie wichtig fundierte Kenntnisse für seine Zukunft waren.

Er hörte sich das alles mit gesenktem Kopf an und murmelte dann kleinlaut, dass er sich mehr anstrengen werde, und ich tat für ein paar Tage, als sei ich böse mit ihm. Am Ende war es ein Spiel, das stets funktionierte.

So gingen fünfzehn Jahre ins Land. Als ich Gab eines Morgens wie immer im Auto zur Schule mitnahm, die auf dem Weg zu meinem Arbeitsplatz in der Bank lag, jammerte er: »Alle in der Klasse haben schon ein Handy. Ich bin der Einzige, der noch keins hat.« Er strich sich ungeduldig die Haare aus dem Gesicht.

»Ist dein Pony nicht inzwischen ein bisschen zu lang, Gab? Die Haare müssen dringend geschnitten werden, du siehst ja schon gar nichts mehr.«

»Komm, Tante, lenk jetzt nicht vom Thema ab!«

»Was sagt denn Mama dazu?«

»Dass ich dich fragen soll!«

Ich lächelte.

Wann immer Cate keine Lust auf Verantwortung hatte, spielte sie den Schwarzen Peter mir zu, und ich musste unangenehme Entscheidungen verkünden.

»Sieh mal zu, dass du dieses Jahr gute Noten schreibst, und dann reden wir noch mal darüber«, sagte ich, während ich anhielt.

Er setzte seinen bettelnden Hundeblick auf, dem ich nicht widerstehen konnte.

»Versuch's gar nicht erst«, sagte ich und beugte mich an ihm vorbei, um die Beifahrertür aufzumachen.

Er gab mir einen Kuss auf die Wange und stieg aus.

»Lern schön und werde eine Superheld, den alle bewundern und der eines Tages die Welt verändert!«, rief ich ihm nach.

»Bin ich doch schon!«, gab er lachend zurück.

»Ganz die Mutter«, seufzte ich, während ich losfuhr, »ganz die Mutter!«

Wo ist nur all die Zeit hin?, fragte ich mich, als ich in mein Büro kam und flüchtig mein Spiegelbild in der Fensterscheibe sah, während ich den Mantel an den Kleiderständer hängte.

War es nicht erst gestern gewesen, dass ich zum ersten Mal frisch von der Schule hereingekommen war, mit langen Haaren und Mittelscheitel? Jetzt war ich schon fast vierzig, und in all den Jahren hatte mein Leben stillgestanden. Tja, wo waren sie nur hin, all diese Jahre meines Lebens?

Ich schlief immer noch mit Paolo. Wir trafen uns jeden Mittwochabend. Man glaubte es kaum.

Cate zog mich immer damit auf, erklärte mich für verrückt, dass ich in all den Jahren nie einen anderen Mann verführt hatte, in ihren Augen war das krank und bescheuert.

Das sei genau dasselbe, wie sich einmal in der Woche mit Freundinnen zum Kartenspielen zu treffen oder ins Kino zu gehen, erwiderte ich dann. Es kostete keine Mühe, und es machte keinen großen Unterschied, ob man es tat oder unterließ.

Natürlich hatte sie recht, das wusste ich im Grunde

meines Herzens genau. Eine Nicht-Beziehung mit einem Mann, von dem man im Grunde nichts weiß – einmal die Woche abends schaut er vorbei, man isst zusammen, sieht ein bisschen fern und geht dann miteinander ins Bett. Angezogen. Langweilig, aber sicher.

Traurig, aber wahr, und doch genügte es mir.

Im Grunde hatte ich auch zu Hause meine Eltern nie Zärtlichkeiten austauschen sehen, sie einander liebevolle Worte zuflüstern hören oder meinen Vater dabei ertappt, dass er meiner Mutter begehrlich nachsah.

Sie hatten geheiratet und ihr Eheversprechen – bis dass der Tod euch scheide – eingehalten. Das war's.

Und ich war viel zu ängstlich und zu pragmatisch, um einen eigenen Weg zu gehen.

Im Leben blieb ich am Rand und feuerte andere an, aber wagte mich selbst so gut wie nie ins Rennen.

Es können ja schließlich nicht alle aktive Sportler sein, oder?

2.

»Ich habe ein Projekt!«, sagte Cate eines Sonntagmorgens, während wir ihr Bad neu strichen.

»Schieß los!«, antwortete ich, rückte die Leiter weiter und machte mich auf das Schlimmste gefasst.

In all den Jahren hatte ich unzählige »Projekte« von Cate miterlebt. Sie alle waren mit unbändiger Begeisterung gestartet worden, um dann zu scheitern, und zwar immer am fehlenden Geld. Also würde jetzt wieder die verzweifelte Suche nach Ressourcen und Sponsoren beginnen.

Und mir fiel wie üblich die Rolle des »Bad Cop« zu, dessen Aufgabe es war, sie wieder auf den Boden der Realität zurückzuholen, wo Zinsen und Kredite, von denen ich etwas verstand, eine Rolle spielten.

»Ich möchte ein ganzheitliches Gesundheitszentrum gründen«, verkündete sie und beschrieb dabei ein weit ausholendes Oval mit ihrer Farbrolle. »Weißt du, einen Platz, an dem die Leute sich erholen können, ein bisschen zur Ruhe kommen und die Zeit in Frieden und Schweigen verbringen, Anwendungen genießen wie Fußreflexzonenmassage oder Yoga machen … so was.«

»Hmm …«, antwortete ich.

»Ich hätte auch gern ein kleines Café, wo man Tee trinken, ein Buch lesen oder sich unterhalten kann«, fuhr sie fort und sprang von ihrer Leiter auf die am Boden ausgelegten Zeitungen. »Ein Ort, der Leute zusammenbringt, verstehst du? Innere Harmonie wiederherstellt. Schließlich braucht man heutzutage Frieden und Einigkeit mehr denn je, findest du nicht?«

»Hmm …«, antwortete ich.

»Was hältst du davon?« Sie pustete den Pony weg, der ihr in die Augen fiel, ganz genau wie Gabriel.

»Ich denke, dass man dafür eine schöne Stange Geld bräuchte«, antwortete ich lapidar.

»Ja klar, weiß ich, aber um den Kredit kümmerst du dich doch, oder?«, erwiderte sie mit einem breiten Lächeln.

»Natürlich!« rief ich. »Aber wenn die Bank das Geld von dir zurückverlangt, das du dann nicht hast, sitzen wir beide in der Tinte. Das mag doof klingen, aber so ticken die nun mal …«

»Hmm …«, machte sie jetzt ihrerseits.

Finanzen interessierten Cate nicht. Für sie zählte nur, etwas auf die Beine zu stellen.

Sie sah darin eine riesige Ungerechtigkeit – so viele Leute hatten Unmengen an Geld, das sie für Unsinn ausgaben, während sie – die die Welt innerhalb eines Monats hätte in Ordnung bringen können, wenn man ihr doch nur die Gelegenheit dazu gegeben hätte – sich ständig bürokratischen Schikanen ausgesetzt sah.

Doch wo ein Wille, war auch ein Weg, lautete ihr Lebensmotto.

Ich wusste das.

Und hatte gelernt, es zu fürchten.

»Okay, Kaffeepause!«, sagte sie und warf die Farbrolle ins Waschbecken. Ich folgte ihr in die Küche, wo ich sie dabei beobachtete, wie sie mit dem Filter der Kaffeemaschine hantierte, der sich immer verklemmte, weshalb sie ihn mit aller Kraft gegen die Kante des Mülleimers schlug.

Ich kannte Cate gut genug, um zu wissen, dass sie erstmal alles daran setzen würde, ihre fixe Idee umzusetzen.

»Ich hab sogar schon das Haus dafür gefunden!«, verkündete sie, während sie die Tassen aus dem Schrank holte und dabei eine der Katzen, die ihr um die Beine strich, mit dem Fuß zur Seite schob. »Es ist perfekt geeignet, und dafür, dass es im Zentrum liegt, sogar ziemlich günstig. Dann können die Leute in der Mittagspause zu uns kommen! Ist das nicht wunderschön? Und ich will alles in Lila und Orange, Pastellfarben, und …«

»Und HALT!«, befahl ich mit hocherhobenem Kaffeelöffel. »Über wie viel Miete reden wir hier?«

»Ach … so über den Daumen gepeilt … würde ich sagen … Zwanzigtausend?«

Fast wäre ich an meiner eigenen Spucke erstickt. »Zwanzigtausend Euro, Cate?! Was ist das denn für ein Haus? Ein Tausend-Quadratmeter-Palast?«

»Die Einrichtung ist teuer, und dann die Produkte und ein bisschen Werbung, die zwei Mädels, die für mich arbeiten sollen, und natürlich die Miete … Machen wir dreißig draus … nur, um kein Risiko einzugehen«, setzte sie leise hinzu.

»Da täusche ich lieber einen Bankraub vor und lass mir das Geld von der Versicherung wiedergeben!«, sagte ich und lehnte mich zurück.

»Kannst du das?«

»Quatsch!«, stöhnte ich und raufte mir die Haare. »Wieso suchst du dir nicht einen reichen Mann, wie alle anderen auch? Irgendeinen gelangweilten Millionär, einen Scheich … einen todkranken Neunzigjährigen! Du tust doch so gern Gutes, und du würdest ihn bestimmt glücklich machen!«

»Nein, das könnte ich niemals«, lachte sie, »auch weil … o Gott … als ich jung war, hab ich noch Schlimmeres gemacht.«

»Ich weiß«, lachte ich jetzt auch. »Ich war dabei! Die Zwillinge, der Jongleur, der Dealer, der Priester, der Gefängniswärter, die Mumie …« zählte ich an den Fingern ab.

»Die Mumie!«, brach sie in ihr wunderbares Lachen aus, tief und unwiderstehlich. »Den hab ich zurückgewiesen! Er war so steif, so kahl und …«

»… und so alt!«, setzte ich hinzu.

»Soziologische Experimente«, lächelte sie.

»Du hast dich immer gleich verliebt!«, sagte ich. »Jedes Mal war es der Richtige.«

»Ja«, erinnerte sie sich. »Und dann bin ich zu dir gerannt und hab dir gesagt, dass ich ihn heirate.«

»Und eine Woche später hast du's nicht mehr mit ihm ausgehalten.«

»Oh selige Unschuld …«, seufzte sie. »Apropos Mumie, was macht denn Paolo?«

Ich beugte mich vor, um einen Keks aus der Schachtel zu holen. »Hm …«, murmelte ich mit vollem Mund.

»Triffst du dich immer noch jeden Mittwoch mit ihm?«

»Mhm …«

»Komm Ludo, kau den Mund leer«, sagte sie und nahm mir den Keks aus der Hand. »Wie hältst du das nur aus? Ich würde durchdrehen!«

»Meine Güte, Cate, alle zwei Wochen fängst du wieder damit an und tust so, als wüsstest du nicht, was läuft! Das ist ja nicht zum Aushalten, bitte, hab Erbarmen mit mir«, seufzte ich und schlug die Hände vors Gesicht.

»Das ist mein persönlicher Kreuzzug, nur dass du's weißt!«, hielt sie dagegen. »So lange, bis ich dich glücklich und mit einem Typen verheiratet sehe, der dir guttut, werde ich nicht lockerlassen! Das ist nicht gesund! Ihr seid gar kein richtiges Paar!«

»Sind wir wohl.«

»Ach ja? Macht ihr was zusammen? Geht ihr mal weg? Habt ihr Pläne?«

»Nein, nein, spinnst du?«, wiegelte ich beinahe angeekelt ab. »Wir treffen uns hin und wieder, reden über die Arbeit, essen was, haben Sex, und dann geht jeder seiner Wege. Für mich ist das *perfekt*«, betonte ich. »Ich würde es nicht aushalten, wenn ständig jemand in meiner Wohnung rumhängt und meine Sachen durcheinanderbringt!«

»Aber ich rede hier von *Liebe*, hast dich doch noch nie richtig verliebt, abgesehen von den beiden Messdienern in der Mittelstufe, in die du verschossen warst?«

»Nein, das stimmt nicht, dass ich mich nie verliebt habe«, antwortete ich, während ich mich wieder meinem

Kaffee zuwandte. »Das Problem ist, dass meine Liebe immer unerwidert blieb, das ist was anderes. Das muss man differenzierter betrachten«, stellte ich mit erhobenem Kaffeelöffel klar. »Und mit Paolo ist es genau, wie ein Abendkleid zu leihen: Man muss es nicht kaufen und hat es nur, wenn man es braucht«, schloss ich, sehr zufrieden mit meiner Wortklauberei.

»Ludo, wer sich nicht in dich verliebt, ist ein Idiot!«, sagte sie, legte mir eine Hand auf die Schulter und sah mich liebevoll an. »Guck dich doch nur an! Du bist schön, freundlich, intelligent und sympathisch, und ich hab nie verstanden, warum du dich mit einem zufriedengibst, den du nur einmal die Woche siehst!«

»Ach, ist doch alles Quatsch!«, schnaubte ich. »Ich fühl mich wie Lucille Ball, wenn sie in ›I love Lucy‹ Weintrauben stampft, ich bin alles andere als eine Sexbombe!«, widersprach ich empört, wie so oft schon.

Es tat mir leid, so abweisend zu reagieren, aber ich hatte ihre ständigen Kommentare wirklich leid.

»Cate, wir haben schon Millionen Mal darüber gesprochen, mir geht's gut damit«, setzte ich besänftigend hinzu. »Ihr beide seid meine Familie, dazu hab ich meine Arbeit, meine Bücher, das Schwimmen und ja, ab und zu treffe ich mich mit Paolo. Das mag vielleicht kein wahnsinnig aufregendes Leben sein, das will ich gar nicht bestreiten, aber glaub mir, mir passt das so, und ich flehe dich an, behandele mich nicht wie eine arme alte Jungfer.«

»Genau deshalb versuche ich ja, dich dazu anzuregen, mehr aus dir zu machen, ich hab doch dein Potenzial immer schon erkannt, aber du …«

»Ja, ja, ich weiß, was jetzt kommt! Du verschwendest dein Leben, du hast nur eins, du bist so tüchtig … und der ganze Rest …«, schnitt ich ihr das Wort ab. »Lass uns lieber über was Wichtiges reden: Wo kriegen wir 30.000 Euro her? Stellen wir uns mit einem Tischchen an die Straße und machen Hütchenspiele? Oder machen wir im Hafen Seeleute an?«

Sie lachte wieder aus vollem Halse. »Du bist echt die Königin des Themenwechsels! Das bewundere ich an dir.«

Gabriel erschien in der Tür und rieb sich die Augen.

»Oh, sieh mal, der Prinz ist erwacht«, flötete Cate.

»Du hast mich geweckt, Mama«, beschwerte er sich. »Kannst du nicht mal leiser lachen?«

»Entschuldige, Schatz, du hast recht«, antwortete sie, stand auf und ging zu ihm, um durch seine Haare zu wuscheln und ihm einen Kuss zu geben. »Ich bin mal wieder voll chaotisch … na komm, setz dich, ich mach dir einen Milchkaffee.«

»Uff, Mama, hör auf mit der Küsserei«, brummelte er und versuchte sich ihr zu entwinden.

»Ach, welch undankbares Alter!«, meinte Cate und ließ ihn los. »Da bringt man sie unter heftigsten Qualen zur Welt, putzt ihnen den Hintern ab, schläft Jahre lang nicht durch, stirbt vor Sorge, bricht sich einen ab, nur um ihnen ein Lächeln zu entlocken, und dann geben sie's dir mit ›Mama, du nervst‹ zurück!« Sie schüttelte lächelnd den Kopf.

Schon bald würde Gabriel sich in den Strudel des Lebens werfen, in Beziehungen, Aufgaben, Verantwortung, Wagnisse, Träume, Ärger, Enttäuschung, Projekte, Scheitern, und ich hoffte inständig, dass es ihm gelingen würde, sein inneres Gleichgewicht nicht zu verlieren.

Vielleicht konnte ich ihm eines Tages wenigstens mit einem Kredit aushelfen, haha.

»Hilfst du uns dabei, das Bad zu streichen?«, fragte ich ihn und strich ihm über die Haare.

»Nein, Tante Ludo«, antwortete er. Er stützte die Ellbogen auf den Tisch und beugte sich darüber, ganz genervter Teenager.

»Mmm … aber das Handy hättest du schon gern, was?«, flüsterte ich und kratzte ihm den Rücken.

Er schnellte hoch und setzte sich kerzengerade hin. »Hast du mit Mama gesprochen?«

»Nein, aber wenn du wirklich etwas von jemandem möchtest, dann solltest du zumindest versuchen, nett zu sein. Das ist die Basis für eine gute Beziehung«, und ich fing an, ihn zu kitzeln.

»Nein, Tante, hör auf, lass das, ich halt das nicht aus!«, lachte er halb protestierend, halb vergnügt.

Cate stellte eine dampfende Tasse Milchkaffee vor ihn, auf der sein Name stand.

Als er vier Jahre alt war, hatte sie ihm zum ersten Mal Milchkaffee in dieser Tasse serviert, um ihm Lust darauf zu machen, sich wie ein Erwachsener an den Tisch zu setzen, und es hatte funktioniert.

Wann würde er seinen Vater vermissen, fragte ich mich manchmal.

Bis jetzt waren wir ihm genug gewesen, aber früher

oder später würde er sich auf die Suche machen. Es war unvermeidlich.

Als er ungefähr neun Jahre alt war, war an seiner Schule eine Fußballmannschaft für Väter und Söhne ins Leben gerufen worden, um mehr Freunde kennenzulernen und Jungs-Sachen zu machen. Gab kam ziemlich niedergeschlagen nach Hause, weil er keinen Vater hatte, mit dem er hätte teilnehmen können. Er hatte den anderen erzählt, seiner sei gestorben, und alle hatten ihn bemitleidet.

Cate schimpfte erst und drohte dann, in der Schule Terror zu machen, weil sie kein Recht hätten, »solchen überflüssigen Quatsch« zu veranstalten, ohne vorher die Eltern zu fragen, doch dann wurde ihr klar, dass sie mit diesem Manöver nur von dem Problem Vater ablenkte, und sie hatte Gabriel etwas erklärt, das selbst mich überraschte:

»Schatz, dein Vater ist nicht tot, und wenn du ihn eines Tages kennenlernen willst, werde ich dich nicht daran hindern. Aber bitte frag mich jetzt noch nicht nach ihm, warte bis zu deinem achtzehnten Geburtstag und wachse bis dahin glücklich und zufrieden heran. Ich, Tante Ludo und Oma und Opa sind deine Familie, und wir sind immer für dich da, um dich zu lieben und zu schützen. Du weißt, dass alle meine Entscheidungen nur zu deinem Besten sind und dass ich niemals etwas tun würde, was dich unglücklich macht. Du brauchst keine Angst zu haben und dich nicht anders als die anderen zu fühlen.«

Gab hatte gelächelt, sie stürmisch umarmt und seit

diesem Tag nie mehr nach seinem Vater gefragt. Er verließ sich darauf, dass seine Mama wusste, was richtig für ihn war und dass er eines Tages, wenn er wollte, seinen Vater kennenlernen würde. Fortan genoss er, so schien es, seine Kindheit in vollen Zügen.

Dennoch fragte ich mich, ob dieses Thema früher oder später nicht wieder aktuell würde.

»Also, Gabriel, deine Mutter möchte ein ganzheitliches Gesundheitszentrum aufmachen, was hältst du davon?«, fragte ich ihn.

»Ein was?«, fragte er zurück, ohne den Kopf zu heben.

»Wo man alternative Therapien bekommen kann, um sich zu entspannen und sich in seiner eigenen Haut wohler zu fühlen, wie Massagen, Akupunktur …«, erklärte ich.

Er rührte weiter nachdenklich in seinem Milchkaffee.

»Und wozu soll so was gut sein?«

»Weil die meisten Menschen ein Bedürfnis nach Ruhe und Ausgleich haben, mein Schatz.« Cate beugte sich neben ihm über den Tisch und stützte sich auf. »Das kannst du jetzt vielleicht noch nicht verstehen, zum Glück, aber das Leben ist oft nicht angenehm, die Leute arbeiten hart, haben keine Zeit und dafür bergeweise Verantwortung, gesundheitliche Probleme, Schwierigkeiten in der Familie, einen Haufen Stress, der sich immer höher auftürmt und eine ganze Reihe von Störungen hervorruft, und ich würde ihnen gern eine kleine Oase bieten, wo sie mal kurz den Stecker rausziehen und sich erholen können!«

»So eine Art Erholung für die Seele«, setzte ich hinzu.

»Genau!«, sagte Cate. »Genau das ist die Idee!«

Gabriel blickte uns wenig überzeugt an, als redeten wir in einer anderen Sprache.

Ich verstand ihn – hätte man mir damals, als ich fünfzehn war, etwas über Somatisierung und Stress erzählt, hätte ich auch nichts davon verstanden.

»Also praktisch so, als würde man eine alte Klapperkiste noch mal neu lackieren, damit sie's noch ein paar Jahre macht, bevor sie auf den Schrott geht«, sagte Gabriel trocken.

Cate starrte mich entsetzt an. »Woher kommt jetzt dieser ganze Zynismus? Von mir ganz sicher nicht! Das kann nur von deiner Tante kommen.« Sie zeigte mit dem Finger auf mich wie auf eine Verräterin.

»Da haben wir's wieder«, sagte ich kopfschüttelnd. »Jedes Mal, wenn er was Komisches macht, liegt es an mir! Du weißt aber schon noch, dass du es bist, die ihn *Shameless* gucken lässt, oder?«

Cate verzog schmerzlich das Gesicht. »Das Fernsehen! Das ist es, was ich falsch gemacht habe.«

»Und wo willst du dann noch die Zeit hernehmen, um Kindern Theaterspielen beizubringen, für Obdachlose zu kochen und dich um jeden streunenden, lahmen Hund zu kümmern, der dir über den Weg läuft?«, fuhr Gab fort und zeigte dabei auf den armen Mischling im Körbchen, den Cate beherbergte, bis er eine Familie gefunden hatte.

Während ich sie ebenfalls gespannt ansah und auf ihre Antwort wartete, feixte ich – der Junge war nicht auf den Kopf gefallen (mein Verdienst!).

Cate räusperte sich.

Dann guckte sie sich suchend nach ihren Zigaretten um.

»Du hast vor vier Monaten aufgehört«, erinnerte ich sie, während ich mit einer Ecke des Tischtuchs herumspielte.

»Ah ja, stimmt«, murmelte sie und fing an, nervös mit den Fingern auf der Tischplatte zu trommeln. »Gut, irgendwie kriegen wir das schon hin, oder?« Sie blickte mich hoffnungsvoll an.

»Massagen mach ich nicht, das sag ich dir gleich!«, erklärte ich mit erhobenen Händen.

»Ich muss lernen!«, schloss er sich mir an.

»Ach, die liebe Familie!«, rief Cate lachend. »So schön, wenn man mit Begeisterung unterstützt wird.«

»Na komm, irgendeine Lösung finden wir bestimmt. Wie immer«, versicherte ich ihr. »Aber du wirst sicher auf etwas verzichten müssen, du kannst dir nicht alles aufladen!«

»Aber ich kann doch nicht alles einfach stehen und liegen lassen!«, beklagte sie sich.

»Stehen und liegen lassen nicht, aber delegieren, das ja!«

Sie seufzte. »Okay.« Sie drehte sich zu dem Hund um und blickte ihn voller Liebe und mit absoluter Hingabe an. »Irgendwie kriegen wir das schon hin, stimmt's, Hugo?«

Der Hund bellte zustimmend und stemmte sich mit den Vorderbeinen hoch, um sich aus seinem Körbchen zu schleppen und zu seiner neuen Mama zu »laufen«.

»Er sieht aus wie ein Seeehund!«, rief Gabriel. »Vielleicht sollte ich ihm beibringen, einen Ball auf der Nase zu balancieren und reich damit werden!«, grinste er.

»Du Fiesling!« Cate versetzte ihm einen Klaps auf den Oberschenkel. Sie wurde ernst. »Du weißt ganz genau, dass er halb gelähmt ist, da ist dein Kommentar unangebracht«, erklärte sie. Sie hob den Hund vorsichtig hoch und legte ihn sich in die Armbeuge wie ein Baby. »Aber er macht sich nichts draus, er sagt nicht ›Wieso ist das ausgerechnet mir passiert? Was hab ich nur für ein Pech! Ich kann nicht mehr laufen wie früher! Mein Leben ist zu Ende!‹ Für ihn existiert nur die Gegenwart, und er ist glücklich, dass er sie mit uns erleben kann.« Sie ging mit dem Gesicht ganz nah an den Hund heran, der sie mit Lecken und Küsschen überschüttete.

»Von Tieren kann man nur lernen!«, erklärte sie und blickte uns dabei ernst an. »Habt ihr das begriffen, ihr zwei?«

Gabriel und ich sahen uns an.

»Ich geh mal rüber und streiche ein bisschen, wer weiß, was für ein Chaos ihr da hinterlassen habt«, sagte Gabriel, während er aufstand, mit einem Mal ganz Herr im Haus.

»Ich hingegen gehe nach Hause und denke darüber nach, wie ich dir dreißigtausend Euro besorgen kann«, sagte ich und stand ebenfalls auf. »Am besten geh ich beim Tabakladen vorbei und kaufe ein Rubbellos … größere Erfolgschancen.«

Auf der Straße dachte ich darüber nach, was Cate gesagt hatte.

Sie sagte mir immer wieder, ich solle mich ins Leben stürzen. Aber wie sollte das gehen? Konnte man mehr oder weniger leben?

Für mich gab es nur Leben und Überleben.

Es stimmt, ich war nie jemand, der das Leben in vollen Zügen genossen hatte.

Sie war immer diejenige gewesen, die sich ins kalte Wasser warf, nachdem sie ein Kilo Focaccia gegessen hatte, ich diejenige, die exakt drei Stunden unter dem Sonnenschirm abwartete, mit Sonnenhütchen und gründlich eingecremt, und dann im Schwimmbecken nicht über den Nichtschwimmerbereich hinauskam.

Sicher, mit vierzig hätten in meinem Leben ein paar Dinge mehr abgehakt sein sollen, irgendwann lief die Zeit schließlich ab. Ich hatte mir das Leben so handlich, praktisch und kompakt eingerichtet wie das Handgepäck für eine Flugreise.

Es gab mir Sicherheit zu wissen, dass es während der Reise keine Überraschungen geben würde, und die Liebe, mit all ihren Komplikationen, war eine Zugabe, die ich mir weder erlauben konnte noch wollte.

Nicht, dass ich mich nicht nach einer Herzschmerz-Geschichte mit Seufzern und heißem Verlangen gesehnt hätte. Aber mir war die Vorstellung ein Graus, die Kontrolle zu verlieren.

Und wozu das alles? Für ein paar Monate voller Leidenschaft, gefolgt von Tränen und SMS- und WhatsApp-Botschaften ohne Antwort?

Nein, danke.

Besser die banalen, aber sicheren täglichen Gewissheiten, die Cate als »die Ahnungslosigkeit des Goldfischs im Glas« bezeichnete.

War nicht genau Ahnungslosigkeit das Geheimnis eines heiteren Lebens?

Denn so lange du nichts von den Möglichkeiten des Lebens ahnst, bist du wunschlos glücklich und mit dem zufrieden, was du hast.

Und mir reichte, was ich hatte: die zwei und Paolo, der mir Sicherheit gab, solange ich sie brauchte.

Ich konnte mich also nicht beklagen.

Mein Mutterinstinkt war durch die Anwesenheit von Gabriel befriedigt, denn das Einzige, was mir als Erfahrung fehlte, war das Stillen. Alles andere hatte ich mitgemacht – schlaflose Nächte, Windeln wechseln und in die Kinderklinik rennen, weil das Kind schlimmen Durchfall hatte.

Ich war eine zufriedene Tante, ergebene Freundin, tadellose Angestellte und durchschnittliche Geliebte.

Und ja, nach meinen Maßstäben führte ich ein zufriedenes, heiteres Leben.

Ein paar Tage später bat ich Paolo beim Abendessen um einen Rat – wie man es anstellen könnte, dass Cate einen Kredit bekam.

»Ohne Sicherheiten unmöglich, das weißt du!«

»Natürlich, deshalb frage ich dich ja!«, antwortete ich gereizt.

»Sie hat nichts, wie willst du ihr denn da dreißigtausend Euro beschaffen? Also wirklich, ich muss mich schon sehr über dich wundern«, sagte er in einem herablassenden Tonfall, der mich nervös machte.

»Na prima!«, sagte ich und ließ die Gabel klappernd fallen. »Ich sehe, es hat überhaupt keinen Sinn, mit dir zu reden. Keine Ahnung, warum ich mir von dir einen Rat erhofft hatte!«

»Was hast du denn auf einmal? Bist du gestresst? Hast du deine Tage?«, fragte er.

»Ja genau, das wird's sein, ich hab meine Tage«, log ich, damit ich eine Ausrede hatte, um dem üblichen Quickie auszuweichen, und beendete meine Mahlzeit, innerlich vor Wut kochend.

Wir guckten schweigend ein bisschen Fernsehen, dann verabschiedete ich ihn unter dem Vorwand, Kopfschmerzen zu haben.

»Was für ein Idiot!«, rief ich, kaum dass er aus dem Haus war.

»Nicht auszudenken, wenn wir zusammenleben würden«, ging es mir durch den Kopf, während ich immer noch wütend das Geschirr abspülte. »Dann würde er jetzt in meinem Bett schnarchen und morgen säße er schon zum Frühstück mit seiner Besserwissermiene an meinem Tisch.« Ich hätte ihn umbringen können.

»Ich muss mich schon sehr über dich wundern!«, äffte ich ihn nach und feuerte den Spülschwamm ins Waschbecken.

Den Rest des Abends verbrachte ich mit der Suche nach Kreditanbietern und nahm Kontakt mit Kollegen aus anderen Filialen auf, aber die Angebote waren alle hochriskant und hätten Cate und Gabriel dem Gerichtsvollzieher ausgeliefert oder jahrzehntelangem Schuldendienst.

Ich war frustriert.

Und dabei wäre die Summe für einige überhaupt nichts Besonderes gewesen, ein Klacks, eine Urlaubsreise, oder ein paar Abendessen.

In dieser Nacht fand ich keinen Schlaf, aber dann, als die ersten Sonnenstrahlen den Morgen ankündigten, hatte ich die Lösung gefunden.

»Ja, sag mal, spinnst du?!«, brüllte Paolo mich von seinem Schreibtisch aus an. »Das Geld siehst du nicht wieder!«

»Doch! Wenn ich irgendjemandem vertraue, dann ihr, und ich will ihr helfen!«

»Mach, was du willst«, brummte er und wendete sich wieder seinem Monitor zu. »Wenn du mich fragst, ist das glatter Wahnsinn.«

Ich versuchte mir nichts anmerken zu lassen, aber ich war schrecklich aufgeregt.

Mein ganzes Leben lang hatte ich gespart, mein Gehalt hatte für den Lebensunterhalt immer gut gereicht, und ich rechnete außerdem mit einer komfortablen Abfindung, falls ich in der Bank mal in Schwierigkeiten geriete. Was sollte ich mit dem Geld machen? Ein Auto kaufen? Es für »schwere Zeiten« unter der Matratze aufbewahren?

Paolos Reaktion hatte mich verletzt.

Ich wechselte den ganzen Morgen kein Wort mehr mit ihm.

Abends ging ich zum Essen zu meinen Eltern, um ihre Meinung zu hören, aber meine Idee wurde mit peinlichem Schweigen aufgenommen.

Geld war bei mir zu Hause immer ein Tabuthema gewesen.

»Und wenn dir etwas passiert?«, fragte meine Mutter, um das Schweigen zu brechen, das nun schon einige Minuten andauerte.

»Was soll mir denn passieren?«

»Etwas Unvorhergesehenes!«

»Ach, umsonst ist der Tod, und nicht einmal der«, gab ich zurück.

»Mach dich nicht lustig«, ging mein Vater barsch dazwischen. »Hast du überhaupt eine Vorstellung davon, wie viel Geld das ist?«

»Ich arbeite in einer Bank, außerdem hab ich es mir sauer erspart.«

»Und erscheint es dir da nicht ein bisschen voreilig, es einfach so wegzugeben?«

»Ich mach ja keine Papierflieger daraus und werf sie zum Fenster raus«, erklärte ich. »Ich möchte es jemandem leihen, der es braucht und der rein zufällig auch meine beste Freundin ist: Ich weiß, dass sie es mir zurückzahlen wird.«

»Ha!«, rief meine Mutter sarkastisch aus. »Das bezweifle ich! Caterina konnte noch *nie* mit Geld umgehen.« Mit besonderer Betonung auf »nie«.

»Sie hat ihr ganzes Leben hart gearbeitet«, hielt ich dagegen. »Und nebenbei noch ganz allein ein Kind großgezogen.«

»Das ist doch eine rein rechnerische Frage«, ging mein Vater dazwischen. »Mit Steuern und Abgaben und den ersten Investitionen werden Jahre vergehen, bis du überhaupt mal einen Cent wiedersiehst. Das ist, als würdest du es verschenken!«

Sehr ermutigend.

Ich fühlte mich genauso wie damals mit neun, als ich unbedingt einen Hund haben wollte. Sie hatten ein riesiges Trara darum gemacht, als wäre das eine vollkommen absurde Idee, etwa, als wollte ich ein Pferd in meinem Zimmer halten, und zählten mir so viele Schwierigkeiten auf, dass ich am Ende zermürbt aufgegeben hatte.

Was sollte dann das ganze Gerede von Großzügigkeit und sogenannten anderen Werten? Am Ende zählte immer nur das Geld.

»Gut!«, sagte ich entschlossen. »Danke für euren Rat. Mal sehen, was ich mache.«

Unter ihren peinlich berührten und düsteren Blicken schob ich den Stuhl nach hinten und stand auf. Wütend und enttäuscht ging ich in den Flur zur Garderobe und zog meinen Mantel über.

Meine Mutter kam mir nach.

»Ludovica, wir wollten doch nicht … Aber denk doch einfach noch mal darüber nach, es ist so viel Geld …«

»Ja Mama«, antwortete ich trocken. »Ich weiß, wie viel Geld es ist.«

Ich trat in die kalte Nacht hinaus.

Meine Entscheidung war gefallen.

3.

Im Schwimmbad brauchte ich fast zwanzig Bahnen, bis ich mich beruhigt hatte.

Sicher, ich hatte keine Fanfaren oder ein Foto vom Händedruck mit dem Bürgermeister in der Zeitung erwartet, aber irgendjemand hätte doch vielleicht etwas Begeisterung für meinen Großmut zeigen können!

Denn, um die Wahrheit zu sagen, so ganz leicht war mir die Entscheidung auch nicht gefallen.

In Cates Fähigkeiten hatte ich eigentlich Vertrauen, aber da war ja auch noch der Rest der Welt.

Hatte ich vielleicht deshalb keine Karriere in der Bank gemacht? Weil ich zu gutgläubig war?

Während ich mir in der Umkleidekabine die Haare abtrocknete, nahm die Idee in meinem Kopf immer mehr Gestalt an.

Ja, ich würde es machen, ich würde ihr dieses Geld geben, damit sie endlich Wurzeln schlagen konnte, etwas Eigenes hatte, das nur ihr gehörte, eine Sicherheit für sich und für Gabriel.

Und warum auch nicht, ein bisschen auch für mich.

Ich würde ihr einen Teil der Freude zurückgeben, die sie mir geschenkt hatte.

»Spinnst du, das kann ich nicht annehmen!«, rief Cate entsetzt.

»Klar kannst du!«, rief ich zurück, erschrocken über ihre Reaktion, und reckte ihr den Scheck entgegen.

»Nein, nein und noch mal nein!«, antwortete sie.

»Cate, dir bleibt gar nichts anderes übrig. Entweder nimmst du's von mir oder du musst zu einem Kredithai gehen!«

»Dann geh ich eben zu einem Kredithai!«, antwortete sie spitz.

»Du Dummkopf! Du würdest dich für den Rest deines Lebens verschulden! Die ziehen dich bis aufs letzte Hemd aus, und dann noch weiter!«

»Dann finde ich eben eine andere Möglichkeit!«

»Es gibt keine ›andere Möglichkeit‹, Cate!« Ich griff nach ihrer Faust und drückte ihr den Scheck in die Hand. »Es sind zwanzigtausend Euro, mehr konnte ich nicht lockermachen, aber das ist schon mal ein Anfang. Vielleicht stellst du erstmal nur eine Angestellte statt zwei ein oder kaufst einen Wasserkocher, statt gleich einen ganzen Teeladen aufzumachen … na ja, du wirst schon wissen … und *ciao*!«, sagte ich und lief weg, bevor sie mir den Scheck zurückgeben konnte.

Als ich schon auf der Straße war, hörte ich, wie sie mir nachrief: »Warum tust du das für mich?«

»Für wen sollte ich es denn sonst tun?«, rief ich zurück, während ich weiterlief.

Schnaufend eilte ich durch die schmalen Gassen der Altstadt von Genua.

Die Stadt erschien mir schöner, heller und lebendiger denn je.

Ich fühlte mich leicht ums Herz.

Leicht und ruhig.

Ich hatte nur nicht mehr viel auf dem Girokonto, und wenn die düsteren Prophezeiungen meiner Mutter sich bewahrheiteten und alle Vorhersagen gleichzeitig eintrafen, war ich in jeglicher Hinsicht offiziell am Arsch.

Aber ich hätte mich nicht besser fühlen können.

Es war, als sei eine enorme Last von meinen Schultern genommen. Ich spürte, ich hatte das Richtige getan.

Oder zumindest hoffte ich das.

Paolo begriff meine Entscheidung nicht und hielt mein Verhalten für lächerlich. Aber damit hatte ich eigentlich gerechnet.

»Du hast da etwas unglaublich Dummes und Unüberlegtes getan, du hättest mich vielleicht vorher wenigstens um Rat fragen können!«, schimpfte er in meinem Wohnzimmer.

»Das habe ich doch! Außerdem ist das mein Leben«, gab ich zurück, während ich so tat, als würde ich aufräumen.

»Bitte, wie du willst!«

»Aber was hast du denn, wir sind nicht verheiratet, wir haben keine Kinder, wir leben nicht einmal zusammen, ich kann mit meinem Geld machen, was ich will.«

»Aber es hätte für *uns* sein können!«

»Für … uns?«, wiederholte ich langsam und hielt vor Überraschung inne.

»Ja … für uns«, sagte er etwas ruhiger.

»Du willst mir doch jetzt nicht erzählen, du hättest Pläne für uns zwei gemacht«, fragte ich mit einem ironischen Lächeln.

»Aber natürlich! Wir hätten eine Reise machen können … oder sogar heiraten!« sagte er, wobei er aber bei dem Wort »heiraten« so leise wurde, dass man es kaum verstand. »Es wäre sozusagen dein Anteil gewesen …«

Ich war sprachlos. Mein Anteil? Außerdem hatten wir in all den Jahren nicht einmal übers Heiraten gesprochen, ja nicht einmal über eine gemeinsame Reise.

Mir fiel es wie Schuppen von den Augen … Paolo war nichts als ein kleinherziger, pedantischer Geizhals.

Wir waren im Grunde zwei Fremde, die aus Vorteilsnahme und Feigheit nicht die Kraft oder den Willen gefunden hatten, sich zu trennen.

»Paolo«, sagte ich ganz ruhig. »Lass es sein. Von Anteilen und Heiraten und dergleichen war nie die Rede, und vielleicht ist das besser so gewesen.«

»Ich denke aber schon länger darüber nach.«

Ich sah ihm in die Augen, er schien das ernst zu meinen.

»Ach ja?«, fragte ich ihn.

»Es war eben nie der richtige Moment, wir arbeiten den ganzen Tag, abends bist du entweder müde oder genervt, und außerdem kommt ja Cate sowieso immer vor allen anderen bei dir.«

In diesem Punkt hatte er recht, auch wenn der Rest haarsträubend war. Aber da konnte ich nichts machen, so war es nun mal. *Take it or leave it*.

»Und jetzt mit einem Mal gefällt es dir nicht mehr so, wie es ist?«, fragte ich.

»Entweder ändert sich was oder wie können gleich Schluss machen«, sagte er ernsthaft.

Das war das erste Mal, dass ich ihn so entschlossen reden hörte.

Ach ja? Das war ja interessant, er fand, dass ich mein Geld mit ihm teilen sollte und stellte mir für die Beziehung ein Ultimatum.

»Und wie viel Zeit gibst du mir?«, fragte ich sarkastisch.

»Meine Güte, Ludovica, du bist echt unerträglich!«, rief er und stürmte türenknallend raus.

Ich blieb allein zurück und bedachte die beiden Alternativen: ich mit Paolo und ich ohne Paolo.

Mit Paolo, ohne Paolo. Mit, ohne, mit, ohne.

Nach zwei Stunden Hin und Her beschloss ich, Cate zu fragen.

»Nimm ein Blatt Papier und schreib die Pros und Kontras auf«, empfahl sie.

Ich gehorchte und malte zwei Spalten auf mein Papier.

Unter Pro schrieb ich: Gesellschaft.

Nach zwei Minuten fing ich an, kleine Kreise zu malen.

»Und?«

»Sex …?«, fragte ich wenig überzeugt.

»Ha!«, rief sie. »Sehr gut!«

»Ich weiß es doch auch nicht, Cate, es ist echt schwierig!«, stöhnte ich und warf den Stift auf den Tisch.

»Dann schreib halt erst die Contras!«

»Zusammenleben!«, sagte ich genervt, wie aus der Pistole geschossen. »Ich will mit niemandem eng zusammenleben, das weißt du am allerbesten! Ich habe meine Gewohnheiten, meine kleinen Zwänge, und überhaupt keine Lust mich zu ändern, für niemanden! So, jetzt ist es raus!«

»Gut, also würde ich sagen, die Entscheidung ist gefallen«, erklärte sie.

»Cate, du wirst es nicht glauben, aber ich mag Paolo trotzdem irgendwie gern. Er ist ein Pedant, aber es gefällt mir, ihn dabei zu beobachten, wie er Exceltabellen mit Zahlen füllt, als hinge sein Leben davon ab, ich mag es, wenn er mir sonntagmorgens Brioche mitbringt, und ich mag seine Haarpracht, in die ich mich beim Sex hineinkrallen kann. Und Haare sind Mangelware bei Vierzigjährigen, das kann ich dir sagen …«

»Aufregend …«, meinte sie nüchtern.

»Ich weiß es nicht. Das ist nichts, was ich anhand einer Liste auf einem Blatt Papier entscheiden kann. Es gibt schließlich auch Zwischentöne. Das Leben ist nicht schwarz und weiß, wie du immer sagst. Welche Beziehung ist nach fast zwanzig Jahren noch prickelnd? Sag mir das mal, du Allwissende!«

»Keine, aber eure war schon am dritten Tag nicht mehr prickelnd.«

»Du nervst, Cate, ehrlich.«

»Okay, dann zieht halt zusammen, heiratet, macht Kinder. Wo ist das Problem, wenn es das ist, was du willst …«

»Das ist nicht das, was ich will!«, antwortete ich, knüllte das Papier zusammen und warf es in den Papierkorb. »Ich will, dass alles genauso bleibt, wie es ist, Mittwochabend und Sonntag, und ich entscheiden kann, was ich mit meinem Geld und meinem Leben mache.«

»Und das findest du normal?«, fragte sie mich ernst und legte den Schraubenzieher auf den Boden. »Um Himmels willen, trenn dich von ihm. Tu's für dich selbst. Du kannst so nicht weitermachen.«

»Ich weiß«, antwortete ich erschöpft.

Warum fiel es mir so schwer, meinen Wohnraum mit anderen zu teilen?, überlegte ich, als ich wieder zu Hause war. Weil die Vorstellung, jemand anderem zuliebe irgendeinen Dekorationsgegenstand zu verschieben oder Platz in einer Schublade zu machen, so unerträglich schien? Weil ich ein Einzelkind war? Weil ich niemals die große Liebe gefunden hatte? Oder weil ich schlicht und einfach eine Zwangsneurotikerin war?

Andererseits konnte man nun nicht behaupten, dass ich nicht großzügig war, hatte ich doch gerade meiner besten Freundin zwanzigtausend Euro geschenkt (und das als Genueserin!). Aber Räume, Intimität, ein Bad, ein Bett und alles Mögliche andere zu teilen – davor gruselte mich. Nennen wir es beim Namen, es war der reine Ekel.

Ich war eine alte Jungfer geworden, daran gab es nichts zu rütteln.

Ein Single ist etwas ganz anderes, nämlich eine Frau, die im Grunde ihres Herzens das Leben genießt, die ihren sozialen Status jederzeit ändern könnte, aber sich lieber noch ein Weilchen amüsieren und nicht riskieren möchte, das Beste zu verpassen.

Als alte Jungfer kommt man dagegen auf die Welt, dieses Schicksal ist wie ein Geburtsfehler, widrig, unerträglich, unentrinnbar.

Eine bittere Realität, die die Familie mit stummem Kopfschütteln und der ständigen Klage über die für immer ausbleibenden Enkelkinder teilt.

Andererseits: Ich will nichts als eine ordentliche und saubere Wohnung, in der die Leute sich die Schuhe ausziehen, bevor sie hereinkommen und das Bad nicht schmutzig machen, außerdem sollten sie tun, was ich sage. Oder ist das zu viel verlangt?

Das sind normale Regeln des zivilisierten Zusammenlebens, aber ich fürchte, sie überfordern einen Mann.

Zumindest, sofern er kein Japaner ist.

Oder ein ausgestopfter Hirsch.

Ich betrachtete mein Wohnzimmer und die Regale, in denen die Bücher in strikter alphabetischer Ordnung standen, die sorgfältig auf dem Sofa angeordneten Kissen, kein Staubkörnchen auf dem Lampenschirm, eine makellose Küche, in der niemals ein benutzter Teller unabgewaschen herumstand, die sorgfältig zusammengelegten Geschirrtücher, mein perfekt gemachtes Bett, die rosafarbene geblümte Decke, weich und fluffig wie geschlagene Sahne, die säuberlich nebeneinander stehenden Hausschuhe, das Nachttischchen mit dem sommers wie winters auf Viertel vor sieben gestellten Wecker und schließlich mein absoluter Stolz: das Bad, schön wie in einem Hotel, die Glasregale makellos, ohne die Spur von Zahnpastaflecken, ohne den Hauch eines Kalkrestes weder an den Armaturen noch an der Duschkabine, der

Spiegel so durchsichtig, dass die böse Schwiegermutter von Schneewittchen vor Neid erblasst wäre.

Mal ganz ehrlich, war ich zwanghaft?

Und nun?

War es wirklich besser, schlampig und unordentlich zu sein? (So wie Cate.)

Ich hätte schon ein bisschen lockerer sein können, weniger kleinlich, weniger genau, weniger streng, in anderen Worten, weniger ich selbst.

Wo war der goldene Mittelweg?

Irgendwas an meiner Argumentation stimmte nicht. Wenigstens war mir insgeheim klar, dass ich Paolo (und jeden anderen) auf Abstand hielt, um mich mit meinen Ängsten nicht auseinanderzusetzen. Ich ließ lieber alles unverbindlich und blieb eine alte Jungfer.

Am Tag darauf im Büro versuchte ich trotz Ultimatums, freundlich zu Paolo zu sein, der mich hingegen den ganzen Tag vollkommen ignorierte.

Es hätte nicht viel gefehlt und er hätte mich gesiezt.

Jetzt fühlte ich mich richtig mies.

Vor allem, weil unsere Schreibtische nur vier Meter voneinander entfernt standen.

Ich beobachtete ihn, wie er mit gesenktem Kopf arbeitete, aber seine Anspannung entging mir nicht.

Ich stand auf, um mir einen Kaffee zu kochen und brachte ihm auch einen.

»Frieden?«, fragte ich und legte ihm eine Hand auf die Schulter.

Er hob nicht einmal den Kopf.

»Paolo, komm, jetzt hör schon auf«, flüsterte ich ihm zu.

»Ich hab zu tun, siehst du das nicht?«, antwortete er trocken und schüttelte meine Hand ab.

Na dann eben nicht.

Ich spürte die Blicke der Kollegen, die hinter ihren Monitoren verschanzt taten, als wären sie schwer beschäftigt, aber mit gespitzten Ohren auf jedes Wort lauschten.

Ich lachte nervös auf, stellte die Tasse neben seinem Arm ab und kehrte an meinen Tisch zurück.

Er war richtig sauer, das war neu.

Und neu war auch das Gefühl, das ich empfand.

Denn obwohl ich eigentlich Grund hatte, ebenfalls sauer zu sein, hatte ich Angst.

Ein neues und unvertrautes Gefühl zwischen uns.

Vielleicht hatte ich Angst, ihn tatsächlich zu verlieren, vielleicht fürchtete ich, dass er gut ohne mich klarkam, aber ich nicht ohne ihn, vielleicht hätte ich mich doch nicht über seine Idee von Zusammenleben und Heiraten lustig machen sollen.

Ich konnte an nichts anderes mehr denken.

Zweifel überfielen mich. Hatte ich einen Fehler gemacht? Schon vorher, bei meinem großzügigen Darlehen. Hatten meine Eltern mich vielleicht doch zu Recht gewarnt, meine gesamten Ersparnisse wegzugeben, und war es jetzt zu spät?

Reue schlich sich ein, hinterhältig und unerwartet.

Hatte ich wirklich eine Dummheit begangen? Hatte ich tatsächlich an meine (unsere) Zukunft denken müssen? Was, wenn meine Eltern krank würden? Oder wenn ich einen Unfall hätte? Und wenn ich gefeuert würde?

Die Reihe der »und wenn« wurde immer länger und bedrohlicher.

Der Übermut vom Vortag war restlos verflogen, jetzt malte ich mir zwanghaft finsterste Untergangszenarien aus, Szenen von Gewalt und Zerstörung, gegen die *Game of Thrones* wie ein Skiurlaub in Cortina wirkte.

Mir platzte der Kopf, und ich hatte niemanden, mit dem ich darüber sprechen konnte.

Meine Familie und Paolo, immerhin seit Jahren ein Fixpunkt für mich, hatte ich zugunsten von Cate im Stich gelassen.

Als ich an dem Abend nach Hause kam, fühlte ich mich sehr verwirrt und allein.

Ich wärmte einen Rest Reis in der Mikrowelle auf, kuschelte mich in meine Sofaecke (in der ich niemand anderes sitzen ließ), wickelte mich in meine Decke, nickte ein und träumte, ich säße bettelnd an einer winterlich vereisten Straße.

Um drei Uhr morgens wachte ich auf.

Die Heizung war aus, und mir war eiskalt.

Träume können nicht die Zukunft vorhersagen, redete ich mir immer wieder gut zu, während ich in die Decke gehüllt zum Bett taumelte.

Es waren unbewusste Ängste, die im Schlaf zu Bildern wurden und aus den Erlebnissen des Tages schöpften.

Nichtsdestotrotz bekam ich in der Nacht kein Auge mehr zu.

»Wann kommst du denn mal zum Gucken?«, tirilierte Cate ein paar Tage später durchs Telefon. »Es ist wunderschön!«

»Ich hab im Moment ein bisschen viel zu tun, aber ich komme, sobald ich kann, versprochen«, antwortete ich zurückhaltend.

»Alles in Ordnung?«

»Ja, ja, alles in Ordnung. Na ja, ich bin immer noch ein bisschen durcheinander wegen der Sache mit Paolo.«

»Habt ihr euch wieder versöhnt?«

»Er redet praktisch nicht mit mir.«

»Absurd! Und das, wo ihr euch noch nie gestritten habt. Ich hätte nicht gedacht, dass der Typ überhaupt zu so was wie Wut fähig wäre.«

»Ich weiß, mir kommt das auch komisch vor.«

»Wollen wir uns treffen?«

»Nein, ich krieg das schon irgendwie hin, mach dir keine Sorgen.«

Aber ich spürte, dass ich sie nicht hatte beruhigen können. Sie hatte mit Sicherheit mitbekommen, dass ich nicht ganz aufrichtig gewesen war.

Doch mehr konnte ich ihr nicht sagen.

»Sicher, dass es nur das ist?«, hakte sie sofort nach.

»Ja klar. Ich bin ein bisschen müde, aber das vergeht.«

Niedergeschlagen legte ich auf.

Ich hätte ihr ja schlecht sagen können: »Hör mal, könntest du mir das Geld zurückgeben, ich hab das Gefühl, eine Riesendummheit gemacht zu haben! Nix für ungut, ja? Freundinnen wie immer!«

Paolo, der sich hinter seiner bescheuerten Mauer des

Schweigens verschanzte, trieb mich allmählich in den Wahnsinn.

Je mehr er sich in sich selbst zurückzog, desto stärker wurden meine Schuldgefühle und umso mehr wuchs mein Bedürfnis nach einer Aussprache.

Die Schweigefolter war die Strafe, mit der mich meine Eltern am häufigsten belegt hatten.

Vielleicht waren sie unfähig mir zu erklären, was ich falsch gemacht hatte, vielleicht fehlten ihnen die richtigen Worte, weil sie noch einer Generation angehörten, in der Kinder einfach gehorchen mussten, ohne nach Gründen zu fragen, aber dieses eiskalte Schweigen hatte jedes Mal dafür gesorgt, dass ich mich einsam, leer und schuldbewusst fühlte.

Und immer noch spürte ich, wie diese Kälte mir in die Knochen kroch und mich zu Entschuldigungen veranlasste, auch wenn ich überhaupt nichts getan habe, nur um die Tortur zu beenden.

Ich beschloss, ihn nach Feierabend am Ausgang abzufangen.

Es schüttete, einer jener Wolkenbrüche, die in den letzten Jahren Alarm beim Zivilschutz auslösten, weil man Angst vor Überschwemmungen hatte.

Natürlich war es nicht sehr geschickt, sich bei einem solchen Platzregen draußen hinzustellen, aber ich hielt es keine Minute länger aus, ohne mit ihm zu sprechen.

Endlich kam er aus der Tür. Er schlang den Mantel enger um sich, zog den Kopf ein und setzte zu einem Spurt zum Auto an.

Ich rief ihn, aber das Prasseln des Regens war zu laut, sodass er mich nicht hörte, also lief ich ihm nach.

Als ich ihn erreichte, packte ich ihn wahrscheinlich etwas zu heftig am Ärmel, keine gute Idee, denn er verwechselte mich wohl mit einem bewaffneten Räuber und versetzte mir einen Fausthieb in die Magengrube, von dem ich wie eine Stoffpuppe zusammensackte und ins Wasser fiel, das in Strömen die Straße entlangschoss.

»Sag mal, spinnst du, mich so zu überfallen!«, brüllte er mich an. »Wir arbeiten in einer Bank, du meine Güte! Was hast du erwartet?«

Ich hatte eine Entschuldigung erwartet, aber nicht einmal genug Kraft, um ihm das zu sagen. Außerdem war ich inzwischen vollkommen durchweicht, und alles tat mir weh.

Er half mir hoch, zog die Autotür auf, damit ich mich hineinsetzen konnte.

Ich rang immer noch nach Luft, tropfnass und aufgewühlt.

Er setzte sich auf den Fahrersitz, umklammerte das Lenkrad und starrte vor sich hin, ohne ein Wort zu sagen.

Er war wütend, das spürte ich, aber auch unentschlossen. »Es tut mir furchtbar leid, ich hoffe, ich hab dir nicht wehgetan.«

Und, eingedenk der Schweigefolter, war ich es, die als Erste etwas sagte.

»Paolo, jetzt hör doch mal, wir müssen reden. Du ignorierst mich jetzt fast schon eine Woche lang, und ich weiß nicht, warum. Wir können doch bestimmt eine Lösung finden, meinst du nicht?«

Er drehte sich zu mir um und starrte mich mit eisiger Ruhe an. »Und welche Lösung schwebt dir da vor? Du hast alles kaputtgemacht!«

Ich hatte was?

Da gab es nichts kaputtzumachen. Oder doch? Zwischen uns war eigentlich alles genauso, wie es die letzten zwanzig Jahre auch gewesen war.

»Ich hab alles kaputtgemacht, Paolo? Ich versteh kein Wort! Was hab ich denn kaputtgemacht?« Jetzt fing ich an, mich ernsthaft aufzuregen.

»Ah, du verstehst es nicht?«, antwortete er, halb gekränkt, halb aggressiv. »Ich habe dich geliebt, Ludo, und du hast unsere gemeinsame Zukunft deiner Freundin geopfert, hast mich übergangen, als wäre ich nichts, hast mich wie ein Stück Scheiße behandelt, mich benutzt, und das werde ich dir niemals verzeihen.«

Drei Dinge an seiner Ausrede verblüfften mich.

Die Vorstellung einer gemeinsamen Zukunft, die Tatsache, dass ich ihn irgendwie ausgenutzt haben sollte und vor allem …

»Du hast mich geliebt?«

Ich habe dich geliebt, dieser Satz, der Generationen von Frauen schwach werden ließ, in den Masochismus trieb, der sie auf ihn warten ließ, einsam, in Wohnzimmern, in Schlafzimmern, am Telefon. Ich habe dich geliebt. Und jetzt sollte alles vorbei sein? Durch meine eigene Schuld?

Ich merkte, wie mich ein Schauer überlief, ein bisschen wegen der Aufregung, aber vor allem wegen der Kälte, die mir in die Knochen drang.

»Ja«, antwortete er feierlich, »ich habe dich geliebt.«

»Und jetzt liebst du mich nicht mehr?« Da war sie, die Frage, ich hörte mich, ich klang wie ein kleines Mädchen, dem der Luftballon zerplatzt war.

»Keine Ahnung. Du bist wie ausgewechselt, ich weiß nicht mehr, wer du bist. Und ich kann einfach an nichts anderes mehr denken, als dass die andere immer zwischen uns stehen wird.«

Das war's also. Er war eifersüchtig auf Cate. Logisch. Ich hatte es immer gewusst, aber mich stets geweigert, darüber nachzudenken.

Er oder sie, darauf lief es hinaus. Damit er mich ganz besaß. Mit Haut und Haaren und meinen Ersparnissen.

»Paolo, hör mal«, sagte ich ruhig und legte ihm eine Hand aufs Bein. »Cate ist schon seit Ewigkeiten meine Freundin, das weißt du, aber du darfst nicht denken, dass sie irgendwie zwischen uns stünde …«, setzte ich mit einer auch mir vollkommen neuen Zärtlichkeit hinzu, die Angst, ihn zu verlieren verlieh meinen Gefühlen Flügel. »Sie hat ihr Leben, und jetzt, wo sie kurz davor ist, ihr Gesundheitszentrum aufzumachen …«

»Natürlich! Und du stehst Gewehr bei Fuß, wie du es immer getan hast! Sie braucht nur mit dem kleinen Finger zu wackeln, da kommst du schon gelaufen! Hast du eigentlich keinen Funken Selbstbewusstsein oder Würde in dir? Ist dir nicht klar, wie sie dich manipuliert?«

»Mich manipuliert?«, antwortete ich, als hätte ich Schwierigkeiten, das Wort auch nur auszusprechen. Gott sei Dank, er manipulierte mich nicht. »Was meinst du damit?«

»Wach mal auf, Ludovica! Dein ganzes Leben lang hast du dich nach ihren Launen gerichtet und gehorchst jedem ihrer Befehle, und du merkst es nicht einmal! Du hast praktisch ihren Sohn großgezogen, während sie unzählige andere Projekte verfolgt hat, die sie mehr interessierten, du lässt dich von ihr herumkommandieren und als wäre das nicht genug, hast du ihr jetzt auch noch deine gesamten Ersparnisse geschenkt! Na, herzlichen Glückwunsch! Sie ist wirklich geschickt, die Signora, das muss man ihr lassen.« Er lächelte sarkastisch.

Klar, die Ersparnisse hätte er gerne gehabt, aber das spielt jetzt erstmal keine Rolle. Schlimmer war die Erkenntnis, dass er vielleicht recht hatte.

Zum ersten Mal in meinem Leben regten sich Zweifel an Cate und unserer Freundschaft zueinander. Die Eifersucht lässt grüßen.

»Da irrst du dich, Paolo, sie ist meine beste Freundin, aber das, was ich mit dir habe, ist etwas vollkommen anderes. Diese beiden Sachen habe ich nie miteinander vermischt«, sagte ich und unterstrich es mit einer vagen Handbewegung.

»Natürlich nicht, sie hat schon dafür gesorgt, dass sie immer und überall absolute Priorität hat, aber sie hat es auf hinterhältige Weise immer so eingefädelt, dass es aussah, als sei es deine eigene Entscheidung! Hast du das wirklich nie gemerkt?«, fragte er mit einer ungläubigen Miene, die besagen sollte, da siehst du, wie treudoof du bist. Stimmt, auch ihm gegenüber war ich das. Vielleicht sollte ich sie alle beide zum Teufel schicken, blitzte es kurz durch meine Gedanken.

Es stimmte, ich war immer diejenige, die ihre Hilfe anbot, aber sie hatte mich wie eine Schwester und noch viel mehr in ihr Leben aufgenommen. Seit wir uns zum ersten Mal getroffen hatten, war immer ich diejenige, die sie als Erste um Hilfe bat, die sie anrief und um Rat fragte, und ich konnte beim besten Willen nichts Hinterhältiges in ihrem Verhalten mir gegenüber finden. Sogar jetzt, wo Paolo es mir in die Ohren brüllte, schien es mir verdreht und ohne Sinn.

Und wenn sie mich tatsächlich ausgenutzt hatte, vielleicht unbewusst? Und wenn ich es zugelassen hätte, nur um mich nicht mehr so allein zu fühlen? Aber war das nicht auch bei meiner Beziehung zu Paolo der Knackpunkt?

Mir wurde flau. Was, wenn ich tatsächlich alles tat, um nicht allein zu sein?

»Bring mich nach Hause, bitte«, murmelte ich. »Ich fühl mich nicht gut.«

Er sah mich an, dann streichelte er mir zärtlich die Wange. Als hätte sein Wutausbruch seinen Zweck erfüllt, als hätte er sein Ziel erreicht.

Er ließ den Motor an und fuhr zu meiner Wohnung, ohne ein Wort zu sagen, aber auch ohne jegliches Anzeichen von Feindseligkeit.

Es herrschte Frieden, die Ruhe nach dem Sturm.

Ich war wieder das Gänseblümchen, das Dummerchen, dem er die Welt erklärt hatte. Er hatte mich über seine Widersacherin aufgeklärt, die er selbst nur so gut verstand, weil er selbst nicht anders war als sie.

Als wir vor dem Haus ankamen, machte er den Motor aus und strich mir zärtlich über die nassen Haare.

»Entschuldige, dass ich so hart zu dir war, aber ich hatte das schon viel zu lange in mich reingefressen und habe es einfach nicht mehr ausgehalten.«

Ich nickte.

Trotzdem, bei dem Gedanken, jetzt allein in meiner perfekt aufgeräumten Wohnung zu sitzen, wurde mir richtig schlecht. Zu viel Erkenntnis tat dann doch nicht gut.

»Soll ich noch mit hochkommen?«

Ich antwortete mit Ja, ohne nachzudenken.

Als wir erstmal in der Wohnung waren, legte er den Arm um meine Schulter und schob mich sanft in die Küche, wo er mich auf einen Stuhl setzte, auf dem ich warten sollte, während er mir etwas Trockenes zum Anziehen heraussuchte.

Er gab mir ein Handtuch für die Haare, und während ich mich umzog, kochte er mir einen Kräutertee.

Er war freundlich, zärtlich und unterhaltsam, wie er es noch nie zuvor gewesen war. Ich wusste nicht, ob mir das geheuer war.

Er sprach mit mir über Projekte, die er mit mir realisieren wollte, über berufliche Erfolge, die er sich erhoffte, dass er mehr verdienen würde und was wir zusammen alles machen könnten: Reisen, Urlaube, ein neues Auto.

Er hörte gar nicht mehr auf zu reden.

Und dann kam es: »Meinst du nicht auch, dass wir an dem Punkt sind, an dem wir zusammenziehen sollten?«

Die Frage traf mich unvorbereitet, mir wurde augenblicklich klar, wie sehr ich mit ihm abgeschlossen hatte, wie sehr ich glaubte, ihn durchschaut zu haben.

Aber mir war auch klar, dass ich mit der Antwort über

unsere Beziehung entschied – ein Nein bedeutete das Aus. Bedeutete, dass er vielleicht wieder türenknallend meine Wohnung verlassen und mich mit meinen nassen Haaren wie ein Häufchen Elend zurücklassen würde.

Und aus Verzweiflung sagte ich Ja.

Er lächelte mich an, nahm meine Hand, führte mich ins Schlafzimmer, und wir liebten uns.

Und auch dabei war Paolo anders als sonst.

Langsam, leidenschaftlich, aufmerksam.

Er flüsterte Zärtlichkeiten in meine Haare, sagte mir, wie schön ich sei, dass er den Duft meine Haut liebte, die Wärme meiner Brüste, das Grün meiner Augen.

Einander in den Armen haltend schliefen wir ein, und zum ersten Mal erschien es mir nicht erdrückend, versuchte ich nicht, meinen Raum zu behaupten, strampelte ich mich nicht frei, fühlte mich nicht überfallen oder eingeschränkt.

Es hatte etwas von Normalität.

Und am nächsten Morgen, zum ersten Mal überhaupt, verspürte ich nicht das Bedürfnis, Cate anzurufen.

Im Gegenteil, ich verspürte eher das Bedürfnis, sie auf keinen Fall anzurufen. Er hatte seine Widersacherin ausgeschaltet. Ich gehörte ihm, mit Haut und Haaren und vielleicht bald auch mit meinem Ersparten.

Ich machte Frühstück für uns zwei und stellte mir vor, dass dies unser neues Leben wäre.

Was ich niemals auch nur hatte in Betracht ziehen wollen.

Ein Leben aus Gemeinsamkeit, Anpassung, Geduld, Arbeit.

Paolo lächelte mich strahlend an, zufrieden, er fühlte sich sichtbar wohl, während er auf dem Stuhl saß, der normalerweise *mein* Stuhl war an *meinem* Küchentisch.

Ich sagte mir, dass ich lockerer werden müsse, flexibler, dass ich anfangen müsse, kleine Zugeständnisse zu machen, ein bisschen weicher werden.

Ja, beschloss ich, während ich ihm den Milchkaffee in meine Lieblingstasse einschenkte, das würde von jetzt an mein neues Leben sein: perfekt wie aus dem Ikea-Katalog.

4.

Vierzehn Tage später war Paolo bei mir eingezogen, und ich ging Cate fortan aus dem Weg. Ich ahnte ihre Reaktion und war nicht in der Stimmung für Diskussionen.

Sie versuchte mich zu erreichen, um mir begeistert von ihrer Arbeit zu erzählen, doch ich erfand immer wieder eine Ausrede, um das Gespräch abzukürzen.

Gabriel merkte, dass etwas nicht stimmte, und sagte es mir eines Morgens auf den Kopf zu, während ich ihn wie üblich zur Schule mitnahm.

»Du bist komisch in letzter Zeit.«

»Wieso?«, antwortete ich mit gespielter Gleichgültigkeit.

»Es wirkt, als würdest du was verbergen.«

»Ich soll was verbergen?«, lachte ich etwas gezwungen. »Ich bitte dich! Was sollte ich schon zu verbergen haben?« Ich fürchtete die schonungslose Antwort eines Fünfzehnjährigen.

»Na, als würdest du irgendwas heimlich machen, als hättest du vielleicht jemanden kennengelernt«, murmelte er.

»Und wer sollte das sein? Ich bin mit Paolo zusammen,

das weißt du, und der Mann meines Leben bist sowieso du, das hab ich dir immer gesagt, aber du bist noch zu jung für mich«, sagte ich und versetzte ihm einen Klaps auf den Oberschenkel. »Aber eines Tages heirate ich dich!«

Er blieb ernst. »Ist da echt nichts?«, fragte er und sah mich unter seinem dichten Haarschopf hervor aufmerksam von der Seite an. »Du wirkst so nachdenklich und besorgt.«

»Nein, echt nicht, mein Schatz, mach dir keine Sorgen«, versuchte ich das Gespräch zu beenden. »Ich bin einfach müde und hab ein paar Probleme auf der Arbeit, aber das regelt sich schon, wirklich.«

Er sagte nichts mehr, bis wir an der Schule ankamen.

»Wir sollten dir ein Handy kaufen«, lachte ich. »Dann würdest du wenigstens so verblöden wie andere Teenager und aufhören, erwachsen und vernünftig zu sein.«

»Ehrlich?!«, fragte er überrascht und mit glänzenden Augen.

»Schreib schon mal an den Weihnachtsmann.«

»Klasse, Tante Ludo!«, rief er und fiel mir spontan um den Hals. Dann sprang er aus dem Auto, strich sich die Haare zurecht und vergewisserte sich, dass niemand ihn beobachtet hatte.

Er hatte mir die Geschichte mit den Problemen auf der Arbeit ganz sicher nicht abgekauft.

Und hatten wir ihn nicht dazu erzogen, Probleme anzugehen, über alles offen zu sprechen und auch eine Auseinandersetzung nicht zu scheuen? Ich selbst verstieß gegen diese Regeln seit Wochen, weil ich feige war.

Denn im Büro lief es sehr gut.

Paolo schien alles unter Kontrolle zu haben, gelassener und besser gelaunt denn je. Oft hörte ich ihn mit den anderen Kollegen, mit denen er bis vor Kurzem kaum ein Wort gewechselt hatte, scherzen.

Das fiel allen auf, und die Kolleginnen ließen Bemerkungen fallen, wie *Na, wann ist es denn so weit mit der Heirat?,* und die Kollegen zwinkerten mir auf dem Flur vielsagend zu.

Ich beschränkte mich darauf zu lächeln und wechselte das Thema.

Alles war seltsam, neu und unbekannt, und mir blieb einstweilen nichts anderes übrig, als Paolo zu folgen. Offensichtlich wusste er, was er wollte.

Der schweigsame, introvertierte Paolo von einst war in der Tat wie ausgewechselt. Der alte Paolo hatte mich machen lassen, ohne sich einzumischen oder irgendwelche Forderungen zu stellen, und ich war davon ausgegangen, dass er an einer festen Beziehung nicht interessiert war.

Doch offenbar hatte er beschlossen, Nägel mit Köpfen zu machen und endlich sein Leben in die Hand zu nehmen.

Allerdings wollten wir in wenigen Wochen die Versäumnisse von vielen Jahren nachholen, und das warf mich ordentlich aus der Bahn.

Paolo und Cate hatten sich noch nie leiden können: Er ließ keine Gelegenheit verstreichen, um sich abfällig über ihren Lebensstil zu äußern, und sie hielt ihn für einen chronischen Meckerer und nutzte jede Gelegenheit, um eine bissige Bemerkung in seine Richtung zu feuern.

Ich war nie dazwischengegangen, weil ich es nie für nötig gehalten hatte, dass zwischen ihnen Einigkeit herrschte. So unterschiedlich sie waren, ich empfand für jeden der beiden eine einzigartige, unverwechselbare Zuneigung. Dass beide mich gern für sich haben wollten, gab mir vielleicht auch das Gefühl, begehrenswert und wichtig zu sein, ein Gefühl, das ich eifersüchtig hütete und das mich mit geheimer Freude erfüllte.

»Komm, spring rein!«, rief Cate mir eines Abends zu, als sie mich aus dem Büro kommen sah.

Paolo stand direkt hinter mir, und ich spürte seine Abneigung, und auch ich zögerte, wie auf frischer Tat ertappt.

»Ich komme später nach«, sagte ich zu ihm und streichelte ihm den Arm. Er gab mir einen intensiveren Kuss als gewöhnlich, als wollte er mir etwas mitteilen.

Ich winkte ihr, sie antwortete mit einem Nicken. Ich saß buchstäblich zwischen zwei Stühlen.

Ich stieg zu Cate ins Auto und versuchte die Spannung abzuschütteln.

»Also, darf man mal erfahren, was mit dir los ist? Du meldest dich seit Wochen nicht mehr, du schwindelst mich an und redest dich mit eingebildeten Terminen heraus, verrätst du mir mal, was du hast?«, platzte sie direkt und ohne Umschweife heraus, wie sie es immer tat, wenn sie stinksauer war und keine Lust auf freundliches Geplänkel hatte.

»Nichts!«, wiegelte ich ab und ordnete meinen Mantel, um Zeit zu gewinnen. »Ich hatte wirklich viel zu tun, und …«

»Du viel zu tun? Deine Woche ist doch immer gleich, die kenne ich auswendig! Dienstags und donnerstags gehst du abends schwimmen, freitags bist du zum Essen bei deinen Eltern, Mittwoch und Sonntag kommt der Kerl zum Essen zu dir … Jetzt erzähl mir nicht, dass du heimlich einen Handarbeitskurs machst, um mir zu Weihnachten einen Pullover zu stricken, weil ich dir das nicht glauben werde!«.

Ich musste lachen, doch im nächsten Moment war ich beleidigt. »Komme ich dir so berechenbar vor?«

Sie antwortete nicht und blickte geradeaus.

»Ist es wegen dem Geld?«, fragte sie.

»Was soll denn das Geld damit zu tun haben!«, gab ich mit einem unguten Gefühl zurück.

»Ist es wegen dem Geld, das du mir gegeben hast?«, fragte sie so ernst, dass ich sie ansehen musste. »Hast du es dir anders überlegt? Willst du es zurück?«

»Sag mal, geht's noch? Das wär ja noch schöner, wenn ich das zurückwollte«, wiegelte ich ab.

»Ein Glück, ich hab's nämlich schon fast ganz ausgegeben!«, lächelte sie erleichtert. »Aber im Ernst, Ludo, seit du mir das Geld geliehen hast, hast du dich kaum noch blicken lassen, und natürlich hab ich da zwei und zwei zusammengezählt. Falls du es dir tatsächlich anders überlegt hast, kann ich das verstehen, du bist ein großzügiger Mensch, wahrscheinlich hast du es im ersten Schwung der Begeisterung getan, und jetzt haben dir alle gesagt, dass du verrückt bist! Ich hör sie förmlich, deine Eltern, und Paolo erst recht! ›Was hast du getan? Du hast dieser Leichtsinnigen dein ganzes Geld gegeben, und wie willst du jetzt zurechtkommen? Die gibt dir das nie wieder zurück!‹ Also, wenn das das Problem ist, dann gib mir einen Monat, und ich finde einen Weg, um dir alles zurückzuzahlen, okay? Höchstens einen Monat.«

Ich fühlte mich scheiße. Schrecklich scheiße. Kolossal schrecklich und unendlich scheiße.

Am liebsten hätte ich sechs Millionen Euro auf dem Konto gehabt und ihr gesagt: »Da, nimm dir drei, und untersteh dich, sie mir zurückzugeben!«

Aber Paolo hatte Macht über mich, dass musste ich mir eingestehen. Mein Vertrauen in Cate, meine beste Freundin seit alten Zeiten, war nicht mehr das gleiche.

»Nein, mach dir keine Sorgen, echt nicht, es ist nichts Großes passiert, ist eine komische Zeit für mich.«

»Ehrlich?«, fragte sie mich und sah mich an.

Ich nickte.

»Na gut, dann nehme ich dich jetzt mit und zeige dir, was ich mit deinem Geld gemacht habe!« Sie fuhr mit quietschenden Reifen los.

In dem Glauben, dass alles wieder in Ordnung sei, hatte sie ihre Freude und ihre Begeisterung wiedergefunden und hörte gar nicht mehr auf zu reden.

Aber ich musste immerzu an Paolo denken und war alles andere als entspannt, und so schickte ich ihm möglichst heimlich eine SMS.

Wir parkten in der Nähe der Piazza Colombo und gingen ein Stück zu Fuß. Es wehte ein strammer Wind, und wir liefen untergehakt und drängten uns aneinander.

Wie sehr mir Cate gefehlt hatte!

Ich kam nicht von ihr los, ich konnte nicht ohne sie leben, ihre Energie fehlte mir zu sehr. Cate war für mich wie eine Sonne, ohne die mir kalt wurde.

Sie erzählte mir gerade, wie sie das Haus über eine Freundin gefunden hatte, die sie in einem Buchführungskurs kennengelernt hatte.

Immer wenn sie jemanden kennenlernte, den sie nett fand, war sie auf der Stelle mit der Person befreundet, und ich musste mir immer wieder in Erinnerung rufen, dass ich einen besonderen Platz in ihrem Herzen hatte und keinen Grund zur Eifersucht hatte.

»Ein Buchführungskurs?«, fragte ich.

»Ja, den Steuerberater muss ich mir sparen, wenigstens vorerst!«, lachte sie. »Und auch jemanden, der sauber macht, und die Sekretärin.«

»Und wie kriegst du das hin?«

»Ich zähle auf dich! Du willst doch wohl nicht die Wochenenden allein zu Hause verbringen?«

Ich starrte sie entsetzt an.

»Ein Witz, du Dummkopf!«, sagte sie, als sie vor einem Gitter stehen blieb und sich bückte, um es aufzuschließen.

Mühelos schob sie es hoch, öffnete eine Glastür auf und schaltete das Licht ein.

»Herzlich willkommen bei Cate's Place!«, rief sie voller Stolz.

Japanische Reispapierlampen in den Ecken erfüllten den kleinen Eingangsbereich mit ihrem warmen, weichen Licht.

Es gab ein Sofa mit einem niedrigen Holztisch davor,

einen Kokosfaserteppich, ein Bücherregal, einige Pflanzen und an der ockerfarbenen Wand ein Bild mit einem bunten Elefanten.

Ein einladender und gemütlicher Ort, wo man sich hinsetzen und miteinander reden konnte.

In der gegenüberliegenden Ecke fungierte ein höherer Tisch als Rezeption, darauf ein Wasserkocher mit einer Auswahl verschiedener Teesorten und eine Schachtel Kekse.

»Das ist der Eingangsbereich, der später noch eine richtige Cafeteria werden soll«, erklärte sie, während sie voranging und mich in einen großzügigen Raum mit Parkettfußboden führte. An den Wänden hingen Spiegel und auf dem Boden waren verschiedene bunte Kissen verteilt, Decken und Matten.

»Hier finden die Yogakurse und alle möglichen Arten von Seminaren statt. Ich habe Kontakt zu Dozenten und Spezialisten für ganzheitliche Behandlungen überall in Italien aufgenommen. Wir werden uns mit Gesundheit, persönlichem und spirituellem Wachstum, Reiki, Aromatherapie und Bioenergetik beschäftigen, also allem, was den Leuten helfen kann, sich wohler in ihrer Haut zu fühlen. Die Flyer hab ich schon fertig«, erklärte sie aufgeregt, und wühlte in ihrer Tasche, um mir einen zu zeigen.

»Und das ist mein Tempel!«, verkündete sie, als sie die letzte Tür öffnete. »Der Raum für Shiatsu-Behandlungen, Akupunktur, Reflexzonenmassage und Ayurveda«, sagte sie stolz und zeigte mit einer weit ausholenden Bewegung in das Zimmer. In der Mitte stand eine Liege, in den Regalen Kerzen und Öle, an den Wänden hingen Plakate mit Diagrammen von Chakren und Energiepunkten und ein Bild mit den zwei großen goldenen Augen eines indonesischen Buddhas.

Es verschlug mir den Atem. Niemals hätte ich gedacht, dass es ihr gelingen könnte, in so kurzer Zeit etwas Derartiges auf die Beine zu stellen.

Seit sie den Entschluss gefasst hatte, war kaum ein Monat vergangen, in diesem Zeitraum begannen normale Leute höchstens eine Diät und beendeten sie wieder.

Abgesehen von einem ganz leichten Geruch nach frischer Farbe war bereits alles perfekt.

»Wie lange hast du denn daran gearbeitet?«, fragte ich ungläubig.

»Tag und Nacht, mit Gabriel und ein paar Freunden«, antwortete sie und betrachtete ihr Werk mit liebevollem Blick.

Und bei »Freunde« spürte ich wieder den Stich der Eifersucht und des Schuldgefühls.

»Es tut mir so leid«, sagte ich mit hängenden Schultern. »Ich bin einfach abgetaucht und hab nicht ein einziges Mal mitgeholfen.«

»Spinnst du?«, rief sie und drehte sich zu mir um. »Ohne dich gäbe es hier gar nichts! Ich hätte es nie gewagt, dich auch noch zu fragen, ob du bei den Handwerkerarbeiten mit anpacken willst! Wie hätte das denn ausgesehen? Du bist hier die leitende Produzentin!«, lachte sie glücklich.

Ich lächelte und hatte endlich wieder das Gefühl dazuzugehören, von Neuem in ihre schützende und lebendige Aura eingehüllt zu sein, aus der ich mich selbst ausgeschlossen hatte, um mein Leben vor lauter Einsamkeit auf den Kopf zu stellen, was mir jetzt, als ich in diesem so einladenden und warmen Raum stand, vollkommen sinnlos erschien.

Ich wollte wieder Teil ihres Lebens sein, wollte meine alten Gewohnheiten zurück, ich brauchte meine Anführerin, die mich einbezog, mich mit ihren neuen Ideen begeisterte, mir wie ein überraschender Windstoß die Frisur durcheinanderbrachte.

Doch ich hatte eine Entscheidung getroffen, und als sollte ich mich wieder daran erinnern, piepte das Handy in meiner Manteltasche mit einer SMS von Paolo.

»Wer ist das?«, fragte Cate.

»Hmm, nichts … Paolo …«, antwortete ich ausweichend.

»Paolo? Wie hat er es denn aufgenommen, dass ihr euch getrennt habt? Ich war so beschäftigt, dass ich dich nicht einmal gefragt habe, wie's dir ging! Was für eine Freundin bin ich nur?!« Mitleidig legte sie einen Arm um meine Schultern.

»Wir haben uns gar nicht getrennt«, murmelte ich, während ich mit gesenktem Kopf eine Antwort schrieb.

»Ach, nein?«, fragte sie verblüfft. »Ich hatte es so verstanden, als hätte er dir ein Ultimatum gestellt?«

»Ja, also …«, antwortete ich, während ich weiter Ausflüchte suchte.

»Und …?«

»Nichts und … Er ist bei mir eingezogen!«, fauchte ich und hob herausfordernd den Blick.

»Das ist jetzt nicht dein Ernst, oder?«, fragte sie mit hochgezogenen Augenbrauen und nahm den Arm von meiner Schulter, vollkommen perplex.

»Allerdings!«, gab ich pampig zurück.

»Paolo ist bei dir eingezogen?«, rief sie, um sicherzugehen, dass sie tatsächlich richtig verstanden hatte. »Derselbe Paolo, den du nicht um dich haben wolltest, weil allein schon die Vorstellung, dein Sofa mit jemandem zu teilen, dir unerträglich war? Derselbe, der dich zu deinem Geburtstag zu einer Pizza aus dem Bonusheft eines Restaurants eingeladen hat, derselbe, der sagt, wozu Miete zahlen, wenn man doch genauso gut bei den Eltern wohnen kann?«

Sie hatte recht, aber die Art und Weise, mit der sie mich daran erinnerte, ärgerte mich.

Und meine Wut bewirkte genau das Gegenteil von dem, was sie wahrscheinlich beabsichtigt hatte.

»Hast du ein Problem damit, Cate? Kannst du mir das mal sagen?«, fragte ich kalt.

»Ich hab kein Problem«, antwortete sie verwirrt. »Außer, dass du eine Riesendummheit gemacht hast, das lass dir mal gesagt sein!«

»Ach ja? Und du bist diejenige, die darüber entscheidet, was richtig und was falsch ist, ja?«

»Ludo, ich kenn dich schon ein Leben lang, und ich weiß ganz genau, dass du ihn nicht liebst. Du hast das nur gemacht, weil du dich einsam gefühlt hast und deinem Leben eine neue Richtung geben wolltest, aber glaub mir, die ist nicht richtig«, erklärte sie mir, und ihre Freundlichkeit machte mich nur noch wütender.

»Ah, okay!« Ich verdrehte die Augen. »Ich bin neidisch auf dich, aber offensichtlich auch eine Vollidiotin, und deswegen gebe ich dir erst das Geld, mit dem du dein magisches Zentrum aufmachen kannst, und ziehe dann aus purem Trotz mit Paolo zusammen. Richtig so?«

Cate raufte sich verzweifelt die Haare. »Was redest du denn da? Was hat Neid damit zu tun? Ich sag doch nur, dass du dich wahrscheinlich allein gelassen gefühlt hast und ich nicht genug für dich da war, deshalb sind dir die Sicherungen durchgebrannt.

»Ah, jetzt versteh ich!«, rief ich und klatschte in die Hände. »Ich arme alte Jungfer ohne Ziel im Leben, mit meinem langweiligen Job und meinem bescheuerten Freund, lebe in deinem Schatten, wo du doch so ein wundervolles und erfülltes Leben vor dir hast. Und natürlich musste ich mir da aus lauter Verzweiflung eine Beziehung aufzwingen lassen, nur damit mein Leben überhaupt einen Sinn bekommt! Herzlichen Glückwunsch, du bist wirklich eine tolle Psychotherapeutin!«

Cate stand förmlich der Mund offen, ich übertrieb maßlos und nahm zum ersten Mal kein Blatt vor den Mund.

»Nein, das wollte ich absolut nicht sagen!«, erklärte sie mit einer Aufrichtigkeit, die ich absichtlich ignorierte.

»Ich seh keine andere Erklärung, weißt du. Und um die Wahrheit zu sagen, interessiert es mich auch nicht die Bohne, was du denkst, aber eins will ich dir sagen: Ohne diesen öden und banalen Job hätte ich dir niemals zwanzigtausend Euro geben können, um den ganzen Laden hier aufzumachen!«

Cate schaute mich ernst und betrübt an. »Ich wusste, dass es am Ende doch auf das Geld hinauslaufen würde. Es war so dumm von mir, es anzunehmen. Ich wusste, dass es so enden würde«, sagte sie bitter.

Ich bereute meine Worte sofort. Ich hatte den Bogen überspannt: Cate hatte ja recht. Und ich war zu weit gegangen.

»Ich gebe es dir so bald wie möglich zurück«, sagte sie ernst und ging voraus zur Tür, wo sie auf mich wartete, um das Licht auszumachen.

»Ich will's nicht zurück«, antwortete ich wie ein bockiges kleines Mädchen, das ein Geschenk zurückweist, und ging mit gesenktem Kopf hinaus, die Hände in den Taschen.

»Und wenn's das Letzte ist, was ich tue!«, sagte sie kurz angebunden, während sie die Tür hinter sich zuzog.

Zu Hause ging ich einem direkten Gespräch mit Paolo aus dem Weg.

Aber es ging mir schlecht, und er merkte es.

Ich erzählte ihm alles, auch Cates Reaktion auf die gemeinsame Wohnung. Er hörte mir zu, ohne ein Wort zu sagen.

»Ihr werdet das schon wieder hinbekommen, du wirst sehen«, sagte er tröstend, was mich überraschte. »Und umso besser, wenn sie es dir zurückgibt. Freundschaft und Geld, das passt einfach nicht zusammen, das hast du hundertmal in der Bank erlebt. Darlehen, die nie zurückgezahlt wurden, zerstrittene Familien, Einsprüche … und du warst so naiv zu glauben, euch würde das nicht passieren, bloß weil ihr Freundinnen seid«, erklärte er, während er sich seine Kleidung für den nächsten Tag auf dem Stuhl zurechtlegte.

»Das stimmt«, sagte ich, »in gewisser Weise hatte ich geglaubt, dass es bei uns anders sein würde. Ich wollte sie unbedingt glücklich sehen, ich wollte unbedingt diejenige sein, die sie glücklich macht. Und jetzt hab ich Angst, dass ich alles kaputtgemacht habe«, erklärte ich, während mir die Tränen über die Wangen liefen.

»Und überhaupt – eine echte Freundin würde sich für dich freuen. Dass du ihr nichts von uns erzählt hast, sagt doch auch schon alles. Du hast dich einfach nicht wohlgefühlt, das liegt doch auf der Hand!«

»Nein, das war es nicht. Es war, weil ihr beide euch nicht leiden könnt, und ich hab mich unwohl gefühlt, weil ich hin- und hergerissen war. Dabei seid ihr beide doch die wichtigsten Menschen in meinem Leben!«, fing ich an zu schluchzen.

»Na komm, du Dummerchen!«, sagte er und setzte sich neben mich aufs Bett. »Jetzt hör mal auf zu weinen, es ist ja nichts Schlimmes passiert.« Er strich mir die Haare aus dem Gesicht.

»Doch, es ist schlimm. Du verstehst das nicht, weil du nie eine so wichtige Freundschaft hattest!«

Er verengte die Augen kaum wahrnehmbar. »Ja, es ist wahr, so etwas hatte ich nie, aber ich sehe die Dinge von außen betrachtet anders und viel nüchterner als du. Du kannst im Augenblick nicht klar denken. Caterinas Reaktion hat dich bis ins Mark getroffen, da hast du recht, aber das zeigt doch nur wieder mal, wie berechnend sie ist.« Er schwieg und sah mich ernst an, dann nahm er meine Hände. »Du warst die beste Freundin, die man sich vorstellen kann, ohne Frage, das solltest du dir immer sagen. Niemand sonst hätte etwas so Großzügiges gemacht. Und nur um ihr einen Gefallen zu tun, hast du gegen den Rat aller, die dich mögen, entschieden. Das ist eine Heldentat. Und was macht sie? Sie schnappt sich das Geld, erteilt Aufträge und lässt Arbeiten machen, ohne dich auch nur zu informieren, und wenn du ihr von deiner freudigen Nachricht erzählst, redet sie dir ins Gewissen!«

Ich konnte keinen klaren Gedanken fassen.

»Siehst du das auch so?«, fragte Paolo.

»Ich weiß nicht«, antwortete ich. »Ich will mir einfach nicht vorstellen, dass Cate so sein soll!«

»Aber Cate *ist* so und war schon *immer* so, nur dass dich deine Zuneigung zu ihr blind gemacht hat. Sie ist kein schlechter Mensch, aber sie schafft es immer irgendwie, sich durchzumogeln und sich zu nehmen, was sie braucht, ohne Ansehen der Person, und je eher du das verstehst, desto besser für dich. Aber jetzt ins Bett, du bist ja völlig k.o.«

Gehorsam wie ein Roboter schlüpfte ich unter die Decke. Aber ich fand keine Ruhe, grübelte weiter, warum ich mich nicht rechtzeitig gebremst hatte. Mir platzte der Kopf, ich hatte das Gefühl, dass mein Verhalten nicht mehr gutzumachen war und wünschte mir nichts sehnlicher, als die Zeit zurückzudrehen und alles ungeschehen zu machen.

Seit damals, als wir gestritten hatten und Cate nach Australien gegangen war, hatten wir uns versprochen, uns nach einem Streit immer auszusprechen. Und ich war sicher, dass sie sich jetzt genauso unruhig im Bett herumwälzte.

Wir hatten es übertrieben, wir waren müde gewesen, und mit Sicherheit befanden wir uns an einem Wendepunkt in unserem Leben, aber deswegen konnten wir doch trotzdem alles wieder ins Lot bringen.

Schließlich waren wir erwachsene Menschen und mochten uns von ganzem Herzen.

Mein Handy pfiff und kündigte mir eine Nachricht an.

Ich lächelte.

Meine Güte, wie gut ich sie kannte.

Ab jetzt brauchst du Gabriel nicht mehr zur Schule mitzunehmen.

5.

Natürlich war ich fix und fertig.

Bei der Arbeit machte ich Anfängerfehler. Ich verbrachte meine Tage damit, mich zu entschuldigen, Fehler auszubügeln und versuchte, Cate zu erreichen, die mir nicht antwortete.

Ich fühlte mich wie in einem dunklen, kalten Tunnel. Und je mehr Zeit verstrich, desto unbedeutender erschien mir der Anlass unseres Streites.

Cate war ein prinzipientreuer Mensch und war beleidigt, das wusste ich, aber ihr Schweigen quälte mich.

Schon wieder.

Paolo behandelte mich hingegen, als wäre ich unmündig. Er kontrollierte meine Arbeit, als korrigierte er meine Hausaufgaben, passte auf, dass ich genug aß, rief meine Eltern an und gab sich in Gegenwart anderer mir gegenüber streng, damit sie nicht den Eindruck bekamen, er wolle mich bevorzugen.

Seit er befördert worden war, hatte er ganz klare Regeln für den Umgang miteinander im Büro aufgestellt.

Bloß keine Zuneigung zeigen, aus mit Küssen und Geturtel, jetzt herrschte ein strikt professioneller und distanzierter Umgang miteinander, er wollte nicht auffallen, keinen Verdacht erregen.

Verdacht.

Wir waren doch keine Geheimagenten.

Zwei Angestellte in einer nicht einmal besonders wichtigen Bankfiliale, die jederzeit und ohne viel Federlesens von der Technologie obsolet gemacht werden konnten.

Aber hatte ich mich nicht selbst dafür entschieden?

Hatte ich das alles nicht selbst gewollt, um so zu sein wie alle anderen?

Aber war es das wirklich wert?

Vielleicht war ich nicht die Einzige und auch manch andere wünschte sich ihre alte Freiheit zurück, aber niemand sprach es laut aus.

Ich ging nicht mehr schwimmen, weil Paolo der Chlorgeruch störte, der in den Haaren hängen blieb und das Chlor den natürlichen Rotton meiner Haare ausbleichte, den er so liebte.

So bestand mein Leben nun aus Haus, Arbeit und dem Sonntagsessen bei meinen Eltern und bei seinen, jede Woche im Wechsel.

Gabriel fehlte mir schrecklich, und hin und wieder fuhr ich heimlich an der Schule vorbei, um einen Blick auf ihn zu erhaschen.

Ich beobachtete, wie er mit seinen Freunden rangelte, wie sie sich abklatschten oder Zigaretten anboten, sich anrempelten und gegenseitig auf die Schippe nahmen.

Ich fragte mich, ob Cate wusste, dass Gabriel rauchte und ob ich es ihr sagen sollte, aber ich war ja nun nicht mehr seine Tante Ludo, und wer konnte schon sagen, ob ich es jemals wieder werden würde.

Cate überwies mir kontinuierlich Geld, manchmal waren es nur fünfzig Euro.

Ich fühlte mich schrecklich. Ich hatte ihr mehrfach geschrieben, sie solle damit aufhören, aber sie überwies weiter diese Kleckerbeträge, die mehr Gebühren kosteten als alles andere.

Laut Paolo wollte sie mir damit ein schlechtes Gewissen machen.

Vielleicht hatte er sogar recht, und ich fühlte mich tatsächlich schuldig, aber zugleich spürte ich, dass es ihr ähnlich schlecht ging wie mir.

Beim Essen mit meinen Eltern kam das Thema nie zur Sprache, sie wussten, dass wir keinen Kontakt mehr miteinander hatten, aber der Grund interessierte sie offenbar nicht.

Und außerdem wurde über Gefühle ohnehin nicht geredet.

Paolo redete dagegen wie ein Wasserfall, zwischen einem Bissen und dem nächsten erklärte er die neue Unternehmenspolitik, die jüngsten Entwicklungen an der Börse, die neuen Investmentstrategien und gratulierte meiner Mutter zu ihren Testaroli.

Er war zum perfekten Verlobten geworden, der mich mit Komplimenten überhäufte, immer eine Flasche Wein mitbrachte und dafür sorgte, dass kein peinliches Schweigen eintrat.

Eines Abends erhob er sein volles Glas und verkündete

meinen Eltern: »Ich habe euch etwas Wichtiges mitzuteilen.«

Ich schaute ihn fragend an, rechnete mit so etwas wie dem Kauf eines neuen Autos, aber er schaffte es wieder einmal, mich zu überrumpeln, indem er verkündete: »Ludo und ich werden heiraten!«

Mein Vater bekam einen Hustenanfall.

Das war wahrscheinlich das erste und einzige Mal, dass sein Körper ein Zeichen spontaner Rebellion zeigte.

»Wirklich?«, fragte meine Mutter, legte die Hände aneinander und hielt sie sich vor die Lippen.

»Das wüsste ich aber!«, rief ich mit gerunzelter Stirn. »Wann hattest du denn vor, mich darüber zu informieren? Am Morgen vor der Hochzeit?«

»Ich wollte dich überraschen!«, antwortete er augenzwinkernd. »Das ist mir wohl gelungen!«

Ich starrte auf meinen Teller.

Wo war mein freier Wille geblieben?

Es stimmte, ich hatte es zugelassen, dass Paolo über alles die Kontrolle übernahm. Und es fiel mir erstaunlich leicht, mich von ihm herumkommandieren zu lassen. War die Angst vor der Einsamkeit am Ende doch so viel stärker als ein eigener Wille?

Ich gab mich gehorsam und beschränkte mich darauf, mit ihnen anzustoßen.

Das Schweigen meiner Eltern konnte ich nicht deuten.

Später kam meine Mutter zu mir in die Küche, wo ich gerade das Geschirr abwusch.

»Schätzchen, bist du sicher, dass alles in Ordnung ist?«

Ich nickte. »Ja, ja, alles in bester Ordnung«, antwortete ich, während ich die Gläser polierte.

»Aber weiß Cate, dass du heiratest?«

»Ich wusste es ja selbst nicht bis vor einer halben Stunde, Mama«, gab ich ironisch zurück.

»Sprecht ihr schon lange nicht mehr miteinander?«

»Eine Weile.«

Ich spürte, dass sie mir noch etwas sagen wollte, nach den richtigen Worten suchte, aber es war alles so verworren, dass ich es vorzog, weiter so zu tun, als wäre alles in bester Ordnung.

»Mama!«, kam ich ihr zuvor, als sie gerade den Mund aufmachen wollte. »Es ist alles in Ordnung, ich bin sehr glücklich. Okay?«

Sie nickte und legte den Kopf schief. »Es ist nur …«, setzte sie an.

»Sehr glücklich!«, wiederholte ich bestimmt.

Zu Hause stellte ich Paolo zur Rede.

»Meinst du nicht, du hättest mit mir sprechen müssen, bevor du eine so wichtige Entscheidung triffst?«, fragte ich ihn, während ich mir die Haare bürstete.

»Ich wollte dich überraschen. Ich wollte dein Gesicht sehen, wenn ich es verkünde!«, sagte er scheinheilig.

»Und was hab ich für ein Gesicht gemacht?«, fragte ich ihn, während ich mich kritisch im Spiegel betrachtete und mich unendlich müde fühlte.

»Du hast wunderschön ausgesehen, ganz gerührt!«, sagte er, nahm mir die Bürste aus der Hand und umarmte mich von hinten.

Ich hätte mich sicher daran erinnert, ein gerührtes Gesicht gemacht zu haben, aber wenn er meinte; offensichtlich war er hier der Experte für Körpersprache.

Er legte die Arme um mich.

»Hmm … wir sind ein bisschen dick geworden, was?«, murmelte er und zwickte mich in die Seite.

Ich schob ihn peinlich berührt von mir weg.

»Weil ich nicht mehr schwimmen gehe!«, verteidigte ich mich und hielt instinktiv die Arme vor den Bauch. »Deshalb habe ich zugenommen.«

»Aber mir gefällst du auch so, mein Schatz! Versteh mich nicht falsch«, ging er sogleich in Deckung. »Vielleicht solltest du in ein Fitnessstudio gehen. Oder anfangen zu laufen, das würde dir guttun, weißt du, ab vierzig verlangsamt sich der Stoffwechsel.«

Ich fühlte mich nackt, obwohl ich im Schlafanzug war.

Nackt, verletzlich und hässlich.

Ich hatte die Kontrolle über mein Leben verloren, und war Kontrolle einst nicht alles für mich gewesen?

Weihnachten rückte näher.

Es war das erste Mal, dass ich nicht bei Cate sein würde, um den Baum zu schmücken und die Geschenkeliste für Gab zu machen.

Heiligabend bei ihr war immer ein unglaubliches Fest.

Alle brachten etwas zu essen mit, und verschenkt wurde, was man doppelt hatte oder gebraucht erstanden oder nicht mehr brauchte, und jeder nahm sich, was ihm gefiel; es wurde getrunken, gegessen und gesungen bis spät in die Nacht.

Das war das echte Weihnachten für mich, warm und voller Liebe, wie ein Film von Özpetek.

Dieses Jahr würde alles anders sein.

Am 24. würden nur er und ich am Tisch sitzen.

Allein.

Zum offiziellen Weihnachtsessen würden wir zu Paolos Eltern gehen und abends zu meinen.

Eines Nachmittags Mitte Dezember, als ich auf der Suche nach einem Geschenk für meine Eltern, denen ich eigentlich schon alles geschenkt hatte, durch die Innenstadt streifte, kam ich zufällig in der Gasse von Cate's Place vorbei.

Ich blieb vor der Glastür stehen und sah sie drinnen. Sie war am Telefon, sprach und machte sich Notizen, lachte dabei und schüttelte ihre Haare.

Sie hatte abgenommen und sah noch attraktiver aus, offensichtlich tat ihr unsere Trennung gut. Der Gedanke schmerzte.

Ich existierte nicht mehr für sie. Sie hatte ein neues Kapitel in ihrem Leben aufgeschlagen und war weitergegangen, wie sie es immer getan hatte, dachte ich und wurde noch trauriger dabei.

Dann hob sie den Kopf, erblickte mich und kniff die Augen zusammen, um genauer hinzusehen.

Ich lächelte halbherzig, und dann ging ich, bevor sie Zeit hatte, das Gespräch zu beenden.

Ich ging schnell, als wäre ich dabei erwischt worden, einen Ex-Freund zu stalken, aber nach wenigen Metern spürte ich, wie mich jemand am Arm festhielt.

»Du läufst doch wohl nicht weg!«, sagte sie barsch.

»Mach ich das nicht immer?«, fragte ich zurück.

Wir schauten uns verlegen an.

Keine wusste mehr, worum es damals eigentlich genau gegangen war.

»Du siehst gut aus«, sagte ich.

»Du auch«, antwortete sie.

»Nein, ich hab zugenommen!«, beschwerte ich mich und zog den Mantel dabei enger um mich.

»Du siehst gut aus, früher warst du zu dünn«, sagte sie.

Wir versuchten, das Richtige zu sagen, es gelang uns aber nicht.

Cate zog ein Päckchen Zigaretten aus der Tasche ihrer Wolljacke.

»Du hast wieder angefangen zu rauchen«, sagte ich.

»Ja«, antwortete sie achselzuckend. »Zu viel Stress …«, sagte sie, während sie sich eine ansteckte.

»Na, das ist ja toll! Ein Gesundheitszentrum aufmachen, wo die Leute Entspannung finden können und dann selber gestresst sein!«

Wir mussten lachen, wurden aber sofort wieder ernst und zogen uns jede hinter ihre eigene Barrikade zurück.

»Wie geht's Gab?«, fragte ich.

»Gut. Abgesehen von der Schule, Mathematik. Aber er ist in diesem Alter.«

»Tja«, stimmte ich zu.

»Und du? Also … *ihr?«,* fragte sie und nahm einen Zug.

»Gut. Ja, ja … alles gut.«

»Gut«, sagte sie. Wir schwiegen verlegen. Sie trat von einem Fuß auf den anderen.

»Ich muss wieder rein«, sagte sie schließlich. »Gleich kommt eine Kundin, und ich muss den Raum noch vorbereiten.«

»Ja klar«, sagte ich.

Ich wollte nicht, dass sie mich so stehen ließ.

Wenn ich sie jetzt gehen ließ, würde ich sie nie wieder sehen.

»Wir heiraten im März!«, platzte ich heraus.

»Ah!« Sie hielt überrascht inne. »Ihr heiratet«, wiederholte sie langsam, als wollte sie sich die Worte auf der Zunge zergehen lassen. »Schön, freut mich für dich!«, schloss sie mit einem halben Lächeln, warf die Zigarette weg und ging zurück.

Keine Ahnung, warum ich ihr das gesagt hatte, vielleicht hatte ich eine Reaktion provozieren wollen, und wenn auch nur Wut, vielleicht hoffte ich, dass sie mir etwas über sich erzählen würde.

Ich hatte keine Macht mehr über sie.

Mir blieb nichts anderes übrig, als in das Leben zurückzukehren, das ich mir so bewusst ausgesucht hatte.

6.

»Ja, ich komme sofort!«, sagte ich zu Paolo, der mich, eine Kiste Prosecco in den Händen, drängte, mit ihm zur Büro-Weihnachtsfeier nach oben zu gehen.

Ich war allein geblieben mit dem Brummen der Neonröhren, Bildschirmschonern mit Sonnenuntergängen und Kätzchen und in der Luft eine weihnachtliche Vorfreude, die ich nicht teilte.

Ich steckte das Samsung Galaxy in meine Tasche, das ich für Gabriel gekauft hatte.

Ich wusste nicht, wann ich es ihm geben würde, aber ich wollte ihm zeigen, dass ich ihn nicht verlassen hatte, dass ich immer für ihn da war.

Und für einen Teenager waren solche Gesten wichtiger als alle Worte.

Ich ging zu den Kollegen und stieß mit den anderen an, als wäre ich der glücklichste Mensch der Welt.

Die Weihnachtsfeiern im Büro waren berühmt-berüchtigt: Es floss immer so viel Alkohol, dass am Ende alle mit allen anbändelten.

Und am Tag danach hörte man überall: »Stell dir vor, ich erinnere mich an überhaupt nichts mehr! Was soll ich gemacht haben? Ehrlich? Niemals!«

Deshalb wurde seit einigen Jahren mitgefilmt, und wenn es nur darum ging, später jemandem einen Gefallen abzupressen.

Ich blieb fast den ganzen Abend in der Küche, wo übers Kochen, Diäten und kleine Kinder geredet wurde, nickte die meiste Zeit stumm, da ich weder kochte noch auf Diät war oder eigene Kinder hatte, während Paolo, der allein fast eine ganze Flasche getrunken hatte, tanzte wie ein Wilder.

»Der ist top in Form, was? Das Zusammenleben macht ihn jünger«, sagte Erika, eine alte Kollegin.

Wir hatten sechs Monate nacheinander hier angefangen und waren noch immer da. Dinosaurier.

»Ja, ihn macht es jünger, und ich fühl mich wie meine eigene Großmutter«, kommentierte ich laut.

»Frauen fangen ab vierzig an, alt zu werden, Männer sind dann immer noch jung, die Glücklichen!«, antwortete sie und starrte auf die Tanzfläche, wo sie sich an einem Limbo-Wettstreit versuchten, die Krawatten um die Köpfe gebunden wie in einer schlechten Folge von *The Office*.

Ich stellte mir vor, was gerade bei Cate zu Hause geschah.

Alle zusammen in der Küche bei belegten Broten und dem Punsch, in den wir die wildesten Zutaten hineingaben und der uns immer an *Dirty Dancing* erinnerte, unseren Lieblingsfilm.

Leute kamen und gingen, ohne auch nur zu klingeln, sie mit Weihnachtsmann-Mütze und rotem Lippenstift wünschte allen frohe Weihnachten und sang; und am nächsten Morgen, noch immer leicht betrunken, brachten wir die Reste den Obdachlosen am Bahnhof.

»Na, komm, tanzen!« Paolo stieß mich an und riss mich aus meinen Gedanken. Er zerrte mich in die Mitte und fasste mich an den Händen, um zu Mariah Carey zu tanzen.

Die anderen bildeten einen Kreis um uns und fingen an zu klatschen.

Es war mir unglaublich peinlich, aber Paolo war dermaßen betrunken, dass er nichts mitbekam.

»Apropos, vielen Dank!«, schrie er.

Ich lächelte ihn fragend an. »Wofür?«

»Für das wahnsinnig tolle Geschenk!«

Ein Abonnement für das Teatro Carlo Felice entsprach zwar nicht gerade meiner Vorstellung von einem wahnsinnig tollen Geschenk, aber es war so ziemlich das Einzige, was wir zusammen machen konnten.

»Ich hab kein solches Mega-Geschenk für dich, aber ich verspreche dir, ich arbeite daran!«, schrie er.

»Ach was, so toll ist es ja nun auch wieder nicht!«, antwortete ich.

»Meinst du, da muss eine Nano-SIM-Karte rein oder geht auch meine?«

»Was?«, fragte ich verständnislos.

»Ins Galaxy! In den neuen Modellen sind doch nur noch so winzige Slots, früher waren die größer, da muss ich erstmal gucken, ob meine Karte überhaupt passt!«, antwortete er, während er weiter wild umhersprang.

Ich hoffte, dass ich ihn falsch verstanden hatte.

Aber nein. Ich hatte ihn sehr gut verstanden.

»Entschuldige, Paolo, aber du hast doch nicht etwa in meine Tasche geguckt?«, fragte ich.

»Ja, tut mir leid, *amore!«,* schrie er über die Musik hinweg. »Ich hab nach Taschentüchern gesucht, da hab ich es gefunden. Aber mach dir keine Gedanken, es ist trotzdem ein tolle Überraschung!« Er drückte mir einen dicken Kuss auf die Lippen, was um uns herum Applaus und anerkennende Pfiffe auslöste.

Ich war wie vom Donner gerührt.

Er hatte das Handy für Gabriel gefunden und glaubte, es sei für ihn.

Wie sollte ich ihm jetzt erklären, dass ich ein halbes Monatsgehalt für einen Jungen ausgegeben hatte, den ich als meinen eigenen empfand und den er nicht leiden konnte?

Er würde mir eine Szene machen, schmollen, mich für wer weiß wie lange der Schweigefolter unterziehen, und am Ende würde ich einknicken.

»Ich wollte es noch einpacken lassen«, murmelte ich, während ich das Gefühl hatte zu sterben, »aber ich bin noch nicht dazu gekommen.«

»Ich liebe dich, weißt du? Du bist großartig!«, sagte er mit betrunkenem Lächeln.

Ich wartete, bis er sich zurück zu seinem Fangrüppchen getrollt hatte, und sobald ich sah, dass er abgelenkt war, holte ich meine Tasche und den Mantel und rannte nach draußen zum erstbesten Handyladen.

Sie hatten kein Samsung mehr, alle ausverkauft.

Es war nur noch ein iPhone da, das allerneueste Modell.

Mir gefror das Blut in den Adern. Es verstieß gegen meine Prinzipien, einem Jugendlichen ein so teures Geschenk zu machen, das der vielleicht nicht einmal pfleglich behandeln würde.

Doch ich hatte keine Wahl. Wenn ich ihm eine Überraschung bereiten wollte, die Cate mehr beeindrucken würde als ihn selbst, musste ich eben tief in die Tasche greifen.

Ich entschied mich für einen Ratenkauf und beschloss, nicht weiter darüber nachzudenken, dass ich das Handy ein Jahr lang würde abzahlen müssen.

Dieses Mal sorgte ich dafür, dass es eingepackt wurde, und versteckte es sorgfältig unter Schal, Mütze und Handschuhen.

Als ich zurückkam, hatte der Alkoholpegel sämtliche Grenzwerte übersprungen, und niemand war zurechnungsfähig oder präsentabel.

»Wo warst du denn, *amore mio?«,* brüllte Paolo mir entgegen, kaum dass er mich gesehen hatte. »Wir gehen noch in die Caravella einen trinken und dann in die Diskothek!«

»In die Disco? Da hab ich seit dreiundneunzig keinen Fuß mehr reingesetzt.«

»Eben! Außerdem sind wir doch heute Abend unter uns, oder? Also was soll's!«

Was sollte ich ausgerechnet an Heiligabend in einer Diskothek?

Ich hatte es mit sechzehn nicht getan, da würde ich es mit gut vierzig erst recht nicht tun.

»Ach nein, komm, lass uns nach Hause gehen …«, versuchte ich mein Glück. »Es ist kalt, und so betrunken kannst du sowieso nicht fahren.«

»Wer will denn fahren! Wir nehmen ein Taxi! Na komm schon, sei kein Spielverderber!«

»Ja, los! Nicht so schüchtern! Komm mit!«, forderten mich die anderen Kollegen auf, sternhagelvoll, und schleiften mich mit Gewalt mit.

Widerwillig folgte ich ihnen und versuchte mir nicht anmerken zu lassen, wie stinksauer ich war.

In einem Paralleluniversum war ich längst in meinem Zuhause und trank heißen Kräutertee, nachdem ich den Abend bei Cate und Gab verbracht hatte, froh und zufrieden, während ich mich jetzt mit einer Horde peinlicher Nostalgiker auf der Suche nach einer längst vergangenen Jugend herumschlagen musste, und morgen würden sie bei Alka-Seltzer und Aspirin alles bitterlich bereuen.

Sie lärmten in den Gassen, feuerten sich gegenseitig an, rissen idiotische Witze über unsere Kunden und fühlten sich sympathisch und jung.

Zusammen mit drei übrig gebliebenen Kolleginnen folgte ich ihnen in reichlichem Abstand. Alle anderen waren schon nach Hause gegangen, sie hatten offenbar Besseres zu tun.

Als wir an der Tür der Disco ankamen, an der man sich durch eine Traube Menschen hindurchdrängeln, auf Füße treten und um volle Biergläser herumwinden musste, um hineinzukommen, fühlte ich mein Handy vibrieren.

Ich öffnete die Nachricht: *Nicht das Arschloch heiraten!*

Ich brach in Lachen aus.

Ich schaute mich um und lief ohne nachzudenken oder jemandem Bescheid zu sagen los, um ein Taxi zu suchen. Keiner von denen würde merken, dass ich nicht mehr dabei war.

Bei Cates Haus angekommen, gab ich dem Taxifahrer ein großzügiges Trinkgeld und ging nach oben.

Ich lächelte immer noch.

Die Pforte stand offen, im Hof standen ein Haufen Leute, Nachbarn, die Pförtnerin, Freunde.

Es herrschte eine wunderbare Atmosphäre, wie auf dem Jahrmarkt in einem Dorf, voller Wärme, Freundschaft, Freude.

Alles dank ihr, die so voller Leben war und alles zusammenhielt.

Und dann hörte ich sie aus vollem Halse rufen: »LUDOOO!« Die Stimme hätte ich unter Tausenden erkannt.

Ich hob den Kopf und sah sie am Fenster, sie wedelte mit einem Schal.

»Bist du betrunken?«, rief ich lachend nach oben.

»Und wie!«, lachte sie und ließ sich aus dem Fenster hängen.

Ich stürmte die Treppe hinauf, sprang über Leute, die dort saßen und tranken, und fand mich drinnen sofort wieder in einer Menschenmenge wieder.

»Hier bin ich!«, rief ich ihr aus dem Flur entgegen und winkte.

»Komm heeeer!«, antwortete sie mir vom anderen Ende des Wohnzimmers.

Wir trafen uns in der Mitte, eingezwängt wie in einem Omnibus zur Rushhour, mit roten Gesichtern, ich vom Laufen, sie vom Punsch.

»Ohne dich war's einfach kein richtiges Weihnachten«, sagte sie zärtlich.

»Stell dir vor, ich war kurz davor, in eine Disco zu gehen.«

Sie schüttete sich aus vor Lachen.

»Ist nicht wahr!«

»Doch, ich schwör's! *Wir sind heute Abend unter uns, also was soll's!«,* äffte ich Paolos Stimme nach.

Sie schlang die Arme um mich und drückte mich so fest, als wollte sie sagen: »Jetzt bin ich hier, um dich zu beschützen, alles wird gut«, was genau das war, was ich brauchte. Was ich immer gesucht und nie richtig gefunden hatte.

Und bevor ich es merkte, wurde ich wieder in jenen Strudel aus Farben und Leichtigkeit hineingezogen, saß zusammen mit Unbekannten, die sangen und Gitarre spielten und billigen Glühwein tranken.

Ich war wieder zu Hause.

Gegen Mitternacht hörte ich Gabriels Stimme, der alle begrüßte.

»Guck mal, wer hier ist!«, rief Cate und zeigte auf mich.

Er kam zur Wohnzimmertür, und als er mich sah, riss er die Augen auf.

»Es tut mir leid, wenn ich nicht Selena Gomez bin!«, sagte ich und breitete die Arme aus.

»Tante Ludo!«, brüllte er und stürzte in meine Arme, wobei er zwei Mädchen umrannte, die auf dem Boden saßen. »Es war kein richtiges Weihnachten ohne dich, das hab ich schon zu Mama gesagt!«

Das gab mir den Rest, und ich fing an zu heulen.

Cate, die niemals weinte, tat, als würde sie sich das Make-up richten.

»Muss der Rauch aus dem Kamin sein, der mir in die Augen gestiegen ist«, sagte sie und zog die Nase hoch.

»Wir haben keinen Kamin!«, antwortete Gab und drückte uns beide, wie ein Erwachsener, wie ein Kind, wie ein Sohn.

Es war ohne Zweifel einer der glücklichsten Momente meines ganzen Lebens.

Dann spielte irgendjemand *Last Christmas*, und wir sangen aus vollem Halse mit und wiegten uns hin und her wie in dem uralten Video zu dem Song.

Ich fühlte mich so friedlich, so entspannt, so wohl, dass ich gar nicht bemerkte, wie die Zeit verging. Es war schon eins, und ich hatte nicht mal aufs Handy geschaut, auf dem sich inzwischen sechzehn verpasste Anrufe und sieben stinksaure WhatsApp-Nachrichten von Paolo befanden, davon drei Sprachnachrichten, eine betrunkener als die nächste.

»Ich muss los, Cate!«, sagte ich.

Sie schaute mich traurig an: »Aber wieso gehst du jetzt zu dem? Wir müssen doch erst noch die Geschenke auspacken!«

Mehr musste sie nicht sagen, ihr besorgter Blick sprach Bände.

»Bevor ich es vergesse, ich hab ein Geschenk für Gab«, sagte ich.

»Dann geben wir ihm unsere Geschenke zusammen, wie wir es immer gemacht haben!«, antwortete sie, packte Gabriel am Ärmel und zog ihn hinter sich her in ein Zimmer.

Wir setzten uns auf den riesigen Berg Mäntel und Jacken und überreichten ihm unsere Geschenkpäckchen.

Gabriel wischte sich verlegen die Hände an der Jeans ab, dann strich er sich die Haare zurecht.

»Meine Güte, was für ein Weihnachten, mit doppelten Geschenken, wie bei Scheidungskindern!«, lachte er.

Cate und ich schauten uns an und brachen in Lachen aus.

»Deine beiden Mamas sind wieder zusammen!«, verkündete Cate.

»Wir sind wieder ein Paar«, bestätigte ich feierlich, die Hand aufs Herz gelegt.

»Ah, umso besser. Seit ich in der Schule gesagt habe, dass ich der Sohn zweier Lesben bin und durch künstliche Befruchtung geboren, krieg ich alles!«

»Aber wir sind nicht lesbisch!«, wandte ich ein.

»Egal, Marketing ist alles«, antwortete er augenzwinkernd.

Er packte Cates Päckchen aus, und ich glaubte, ihm würden die Augen aus dem Kopf fallen, als er sah, dass seine Mutter ihm ein Samsung Galaxy 7 gekauft hatte, genau das gleiche, das ich gekauft und das sich Paolo unter den Nagel gerissen hatte.

Aber als er meins auspackte und das iPhone 7 sah, das

mich das dreizehnte Monatsgehalt gekostet hatte, dachte ich, er bekäme einen Herzinfarkt.

Cate und ich schlugen die Hände vor den Mund, während der arme Gabriel von einer zur anderen und dann auf die beiden Telefone blickte, ohne zu wissen, was er sagen sollte, hin- und hergerissen zwischen Freude und einem schlechten Gewissen, weil er nicht wusste, für welches Handy er sich entscheiden sollte.

»Du kannst es umtauschen«, sagten Cate und ich im Chor.

Gab sah uns an wie ein verwirrter Welpe, der sich zwischen zwei Herrchen entscheiden soll.

So lange, bis der Druck zu groß wurde und er in Tränen ausbrach.

»Neeeiiin, mein Schatz!«, »Nicht weinen, Kleiner!«, sagten wir und nahmen ihn in den Arm.

Jetzt war er wieder drei Jahre alt und keinen Tag älter.

Wir streichelten und lachten abwechselnd, versicherten ihm, dass keine von uns beleidigt sein würde, dass es seine Entscheidung war und unsere Schuld, weil wir nicht miteinander geredet hatten, was aber nie mehr vorkommen würde.

»Verstanden, Frau?«, sagte Cate mit tiefer Männerstimme. »Von jetzt an nur noch Dialog und Klarheit.«

»Jawohl, Frau!«, antwortete ich mit Micky-Maus-Stimme. »Dialog und Klarheit.«

Gabriel trocknete sich die Augen.

»Seid ihr echt nicht beleidigt, wenn ich mir eins aussuche?«

»Natürlich nicht!«, versicherte Cate und sah mich

dabei an, um mir stumm zu sagen: »Er nimmt sowieso meins.«

»Mach dir keine Sorgen, Gab!« »Meins« formten meine Lippen stumm zu Cate.

»Dann nehme ich das!«, sagte er, und ich sprang jubelnd und jauchzend auf, als wäre Italien Weltmeister geworden. »Jaaaa! Ich wusste es! Du bist großartig!« Wir klatschten uns ab, während Cate Ungerührtheit vortäuschte.

»Mama, bist du ehrlich nicht sauer?«

»Aber nein, wo denkst du denn hin?«, antwortete sie. »Wir tauschen es gegen Guthaben um, dann brauchst du dich ein Jahr um nichts zu sorgen«, sagte sie und wuschelte ihm durch die Haare.

»Danke!«, rief er mit der strahlenden Freude von einem kleinen Jungen in den Augen. »Danke, Mama und Tante Ludo, ich liebe euch!«, und lief in sein Zimmer.

Cate und ich blieben allein zurück und mussten lachen.

»Stell dir vor, ich hatte auch ein Galaxy 7 gekauft, aber Paolo hat es gefunden und geglaubt, es wäre für ihn. Und so bin ich noch mal losgerannt, um ein anderes Handy zu kaufen, aber es gab nur noch ein iPhone.«

»Uns hat man bei der Geburt getrennt, das hab ich immer schon gesagt«, meinte sie. Dann setzte sie plötzlich ernst hinzu: »Aber du darfst Paolo wirklich nicht heiraten.«

»Na gut, darüber reden wir ein andermal, jetzt muss ich echt los, sonst krieg ich was zu hören!«, antwortete ich mit gespielter Fröhlichkeit, während ich meinen Mantel suchte.

»Ludo, wirklich, im Ernst, wir müssen reden!«

»Ja, ja, ich schwöre, wir werden reden, stundenlang, aber bitte morgen, okay?« Ich gab ihr einen Kuss auf die Wange. »Danke für alles, wie schön, dass es dich gibt, danke, danke!«, rief ich ihr zu, während ich hinauslief.

In meinem Herzen brodelte es. Einerseits fühlte ich mich wie im siebten Himmel, lebendig und glücklich, endlich in Frieden mit mir selbst. Aber ich war auch unruhig und ängstlich, denn ich musste Paolo gegenübertreten, und ich hatte keine Lust auf Diskussionen.

Ich wollte mir diese innere Wärme so lange wie möglich erhalten.

Ich würde mir eine Entschuldigung ausdenken und abwarten, bis er sich beruhigt hatte.

Immerhin hatte ich ihm ein verdammtes Galaxy für sechshundert Euro geschenkt!

Ich brauchte länger als eine halbe Stunde, um ein Taxi zu finden.

Als ich vor dem Haus stand, hämmerte mir das Herz wild in der Brust.

Langsam steckte ich den Schlüssel ins Schlüsselloch, drehte vorsichtig den Knauf um, trat ein und machte die Tür leise hinter mir zu.

Es war nach drei, wahrscheinlich schlief er schon.

Ich ging auf Zehenspitzen ins Wohnzimmer, ohne das Licht anzumachen, lehnte die Tasche ans Sofa und schälte mich aus dem Mantel.

Plötzlich ging das Licht an.

Ich sah ihn auf dem Sofa sitzen, auf meinem Platz,

und er blickte mich ungerührt an, mit eiskaltem Blick, distanziert, aber innerlich kochte er vor Wut.

»Setz dich. Wir müssen reden.«

7.

Es war, als wäre ich im Haus von König Blaubart gelandet.

Ich witterte Gefahr, bekam Angst, eigentlich ein Unding in meiner eigenen Wohnung. Ein Unding, Angst vor dem eigenen Partner zu haben.

Ich schluckte.

Ich spielte auf Zeit, vielleicht beruhigte er sich ja wieder.

Ich lächelte.

»Entschuldige, es ist spät geworden«, sagte ich, während ich nervös meine Haare ordnete.

Er schaute mich ungerührt an.

»Wo warst du?«, fragt er mich langsam und klang beherrscht und bedrohlich.

»Ich hab noch eine Runde gedreht«, log ich, hatte aber sofort ein schlechtes Gewissen.

»Und wo hast du noch eine Runde gedreht?«

»Ich hab ein paar alte Freundinnen aus der Schule getroffen, und die wollten unbedingt, dass ich mit ihnen komme, ich hab ein bisschen was getrunken und nicht mehr auf die Zeit geachtet, entschuldige, dass ich dir nicht geantwortet habe, es war so laut, dass ich das Telefon nicht gehört habe«, erklärte ich, aber die Angst schnürte mir allmählich die Kehle zu.

»Und wer waren diese Freundinnen aus der Schule?«

»Ach, die kennst du nicht, aber sie sind alle sehr nett, vielleicht laden wir sie mal zum Essen ein.«

»Und wo wart ihr genau?«

»In verschiedenen Lokalen, so ganz weiß ich das nicht mehr, ich geh ja nie aus … irgendwo in der Nähe der Piazza Dogana jedenfalls.«

»Ah, da …«, sagte er nickend, ohne auch nur einen Moment den Blickkontakt aufzugeben.

Mir ging allmählich die Puste aus, es war ein völlig absurdes und ungerechtfertigtes Verhör.

Ich spürte seine Aggressivität körperlich und war wie gelähmt.

»Sag mal, du bist nicht zufällig bei Cate gewesen, oder?«

»Nein, nein«, antwortete ich viel zu schnell.

»Wirklich nicht?«, sagte er mit einem liebenswürdigen, beinahe verschwörerischen Lächeln.

»N-nein, wirklich nicht, es waren nur alte Schulfreundinnen, das hab ich doch gesagt«, wiegelte ich ab, während mir der kalte Schweiß ausbrach.

»Es ist ja nicht so, als würde ich deswegen sauer werden«, erklärte er in honigsüßem Ton. »Du bist eine erwachsene Frau, du kannst tun und lassen, was du willst, auch mich allein lassen, sodass ich vor den Kollegen wie ein Idiot dastehe, die auf unsere Heirat anstoßen wollen und dich im Lokal ausrufen lassen. Aber keiner meldet sich, und ich steh da wie ein Depp und weiß nicht, was ich sagen soll!«

Ich wurde knallrot vor Scham. »Ich … es tut mir leid, ehrlich, ich …«

»Du warst bei Caterina, stimmt's?«, sagte er immer noch in diesem nervenaufreibend künstlichen Ton.

»Nein, ich …«

»Lüg mich nicht an, verdammt noch mal!«, brüllte er und knallte die Faust auf den Tisch.

Der Lärm hallte in meinen Ohren wie ein Schuss.

»Ich war bei ihrem Haus, ich hab Leute gefragt, die herauskamen, und die haben mir gesagt, du wärst oben. Du hast dich oben amüsiert, während ich unten stand und wie ein Bekloppter versucht habe, dich anzurufen!«

»Ja«, gestand ich mit gesenktem Kopf, während es mir kalt über den Rücken lief. »Ich war bei Cate, ich wollte nur Gabriel frohe Weihnachten wünschen und gleich wieder zurückkommen, das schwöre ich dir, aber dann hat ein Wort das andere ergeben, und es ist später geworden, als ich dachte. Es tut mir wirklich schrecklich leid, glaub mir.«

Es folgte ein spannungsgeladenes Schweigen, das sich zermürbend in die Länge zog; es war wie auf eine Tracht Prügel zu warten, die nicht kommt, wenn man sich duckt und bereit macht, einen Schlag zu parieren, von dem man nicht weiß, wann er kommt oder aus welcher Richtung.

Du weißt nur, er wird kommen und er wird sehr wehtun.

»Ich möchte nicht, dass du sie noch mal siehst«, sagte er lapidar.

»Aber … warum denn?«, fragte ich mit brüchiger Stimme.

»Weil ich das so entschieden habe. Und wenn du es wagst, sie wiederzusehen oder mit ihr zu sprechen, wirst du mit mir rechnen müssen!«

Mir drehte sich der Kopf.

Die Szene hatte etwas Surreales.

»Komm, Paolo, mach keine Witze, ja?«, sagte ich abwiegelnd und zog mich in Richtung Bad zurück.

»Sag mir nicht, dass ich Witze mache, Ludovica!«, bellte er mich an, sprang auf und stellte sich direkt zwischen mich und die Badezimmertür.

Ich roch den Alkohol in seinem Atem, sah den Schweiß auf seiner Oberlippe.

Ich traute mich kaum, Luft zu holen.

»Okay«, sagte ich leise, »okay, ich werde mich nicht mehr mit ihr treffen.«

»Sag's laut!«

»Ich werde sie nie wiedersehen«, wiederholte ich in Panik und wünschte mir nichts sehnlicher als mich ins Bett zu verkriechen und die Decke über den Kopf zu ziehen. Und zu vergessen.

»Brav. Und jetzt geh zu Bett«, befahl er.

Ich senkte den Kopf und rannte ins Bad, schloss die Tür hinter mir und streckte die Hand zum Schlüssel aus, um mich einzuschließen, doch der Schlüssel war weg.

Es war wie im Horrorfilm.

Ich setzte mich auf den Toilettendeckel und wartete darauf, dass ich ihn zu Bett gehen hörte, ließ das Wasser laufen, damit er dachte, ich würde mich waschen.

Warum hatte er so aggressiv reagiert?

Das Glück, das mich noch vor einer Stunde erfüllt hatte, war zerplatzt wie eine Seifenblase.

Noch nie hatte ich eine solche Angst empfunden, aber ich war auch noch nie so verunsichert gewesen.

Ja, ich hatte ihn im Stich gelassen, dabei hätte es genügt, ihm Bescheid zu geben. Andererseits wusste ich, dass das nicht stimmte – ich hätte ihm nicht einfach sagen können, wo ich war.

Es war meine Schuld, dass er so wütend geworden war. Und zugleich stimmte das so nicht. Und es gab schon gar keinen Grund, mich auf diese Weise zu bedrohen.

Ich trat aus dem Bad und bemühte mich, kein Geräusch zu machen.

In der Wohnung war alles still.

Paolo lag im Bett, auf die Seite gedreht.

Ich seufzte vor Erleichterung, zog mich um und schlüpfte ebenfalls unter die Decke, auf meine Seite gedrängt, mit dem Rücken zu ihm.

Kurz darauf fühlte ich, wie seine Hand über meine Haare strich und dann meinen Rücken und den Oberschenkel entlangstreichelte.

Ich stellte mich schlafend.

Ich hoffte, dass er nicht merkte, dass ich mich bewegt hatte und sich umdrehte und einschlief.

Doch er wurde beharrlicher, rückte näher an mich heran, klebte seinen Körper an meinen, legte seinen Mund über mein Ohr und sagte, dass er Lust hätte.

Ich hatte zu überhaupt nichts Lust, außer endlich meine Ruhe zu haben und zu schlafen.

Mir machte es fast Angst, dass er nach einem solchen Wutausbruch Lust auf Sex hatte.

Das war kein normaler Streit gewesen, nachdem man sich wieder verträgt und dann vielleicht Sex hat, um sich wieder zu versöhnen.

Hier war Gewalt im Spiel gewesen, hier war es darum gegangen, wer der Stärkere ist, wer die besseren Nerven hat und die Oberhand behält – und das war klassischerweise nicht ich gewesen.

»Na komm«, sagte er und massierte meine Brüste. »Ich weiß, dass du es auch willst«, murmelte er drängend in mein Ohr.

»Paolo, nein, ich … heute Abend nicht, bitte«, murmelte ich, ohne mich umzudrehen.

Er hörte mir überhaupt nicht zu.

Innerhalb weniger Sekunden war er über mir, riss mir die Schlafanzughose herunter und fummelte in meiner Unterhose herum.

Ich hatte nicht die Kraft, mich zu wehren, ich wollte nicht noch einen Wutausbruch riskieren, ich war fix und fertig, leer.

Ich ließ ihn machen, zog mich zurück, tat so, verließ in Gedanken meinen Körper, schwebte über ihm und betete nur, dass es bald vorbei sei.

Er spornte mich an.

Er machte mir Komplimente.

Ich hörte, wie sein Atem immer schneller ging, während ich mit zur Wand gedrehtem Gesicht darauf wartete, dass er fertig wurde. Dann zog er heftig an meinen Haaren, spannte sich an, vergrub das Gesicht im Kissen, stieß einen erstickten Schrei aus und rollte endlich von mir herunter.

Fröhliche Weihnachten, dachte ich.

Am nächsten Morgen war Paolo bestens gelaunt und weckte mich, indem er mir Frühstück ans Bett brachte.

»Guten Morgen, *amore!«,* sagte er und stellte mir ein Tablett mit Milchkaffee und Pandoro auf die Knie.

Ich lächelte verlegen.

Hatte ich das alles nur geträumt?

Mein Kopf schmerzte. Als hätte ich mich sinnlos betrunken und würde jetzt versuchen, die Bruchstücke des letzten Abends zu einem komplizierten, unvollständigen Mosaik zusammenzufügen.

Die Weihnachtsfeier im Büro, das Anstoßen, das Handy, die Flucht aus der Disco, Cate, Freude, Lächeln, Umarmungen und dann das Danach.

Ich konzentrierte mich auf dieses Danach, versuchte, eine Logik darin zu erkennen, mildernde Umstände.

War er wirklich so feindselig und brutal gewesen? Oder dramatisierte ich in der Erinnerung alles? Immerhin hatte ich etwas getrunken und mir irgendwann auch einen Joint gedreht, möglich, dass ich alles überdramatisiert hatte.

Im Grunde hatte Paolo sich im Stich gelassen gefühlt, und ich wusste sehr gut, wie schrecklich dieses Gefühl war, dazu seine Eifersucht auf Cate, das Gefühl, dass ich ihn vor den Kollegen blamiert hatte, dazu der ein oder andere Prosecco zu viel, das alles hatte seine Wut geschürt.

Er hatte Angst, mich zu verlieren.

Weil er mich liebte. Er wollte mich heiraten. Wir waren seit einer Ewigkeit zusammen und die Vorstellung, nicht zu wissen, wo ich war, hatte ihn erschreckt.

Und dann waren ihm die Sicherungen durchgebrannt. Irgendwie verständlich. Oder nicht? Es blieb ein Restzweifel, das dumme Gefühl, dass hier etwas gründlich schieflief und ich mir etwas vormachte, um nicht handeln zu müssen. Oder hatte ich etwa schon wieder Angst?

»Weißt du, was ich denke?«, sagte er, setzte sich neben mich aufs Bett und schob mir eine Haarsträhne hinters Ohr. »Dass es an der Zeit wäre, ein Kind zu zeugen.«

Ich schaute ihn ungläubig an.

Darüber hatten wir noch nie gesprochen.

Es hatte nie einen Anlass dafür gegeben.

Ich kratzte mir die Stirn, fühlte mich unwohl.

Das war ganz schön viel auf einmal.

Zusammenziehen, heiraten, ein Kind, so viele Entscheidungen in kurzer Zeit.

Natürlich war mir auch klar, dass die biologische Uhr tickte, ich war über vierzig. Vielleicht war es auch schon zu spät. Auf jeden Fall ging mir die Spontaneität der Jugend ab, sagen wir es mal so.

»Ich weiß nicht, Paolo, vielleicht denken wir mal drüber nach«, sagte ich, ohne den Blick zu heben.

»Ludo, wir können nicht ewig darüber nachdenken, du bist nicht mehr die Jüngste, daran brauche ich dich wohl nicht zu erinnern«, antwortete er scharf.

Dieser Satz wühlte mich auf.

Stimmt, mein Verfallsdatum rückte näher, während er seine besten Jahre noch vor sich hatte.

Wie nett von ihm, mir das so klar ins Gesicht zu sagen.

»Du lässt einfach die Pille weg und wirst sehen, dass es nicht viel braucht«, verkündete er. »Und das ist mein Geschenk für dich«, setzte er hinzu und überreichte mir einen Umschlag. »Fröhliche Weihnachten, *amore mio!*«

Vollkommen verwirrt öffnete ich den Umschlag und fand eine Magnetstreifenkarte, auf der *Fit and Run* stand.

»Ein Abonnement fürs Fitnessstudio?«, fragte ich.

»Für ein ganzes Jahr!«, antwortete er stolz. »Du gehst in der Mittagspause hin und wirst sehen, wie du wieder in Form kommst.«

»Danke«, log ich. »Was würde ich nur ohne dich machen.« Diese Aussage war nicht ohne Hintersinn.

»Na los, zieh dich an, wir sind zum Essen bei meinen Eltern, und es wird auf den Straßen viel los sein«, sagte er, als wäre nichts gewesen.

Im Auto schwieg ich, während Paolo bester Laune war.

In den Kurven nach Sestri Levante hinunter sah ich unten das Meer, ach könnte ich doch jetzt dort sein, ohne ihn.

Wie mir das Schwimmen fehlte, die Spaziergänge am Strand, bei denen ich Steine sammelte, meine Zeit für mich. Nur ich allein.

Aber das Leben zu zweit war nun mal kein Ponyhof und bestand aus Kompromissen, oder nicht?

Seine Eltern empfingen uns überschwänglich.

Paolo war ein Einzelkind und immer wie ein kleiner Prinz behandelt worden.

Seine Mutter Linda, stets perfekt gepflegt, gertenschlank und durchtrainiert, sah dank Botox und Filler zwanzig Jahre jünger aus. Die einzige Frau, die es sich mit achtundsechzig Jahren noch leisten konnte, weiße Jeans zu tragen.

Und sie versäumte es nie, mich darauf hinzuweisen.

»Ludo, meine Liebe, wie gut du aussiehst!«, zwitscherte sie mit ausgebreiteten Armen. »Mein Gott, was würde ich dafür geben, deine Haare zu haben«, erklärte sie, während sie mich auf die Wangen küsste, »und erst diesen knackigen Hintern!«, schloss sie und versetzte mir einen Klaps auf den Po.

»Ja, und ab jetzt geht sie auch noch ins Fitnessstudio«, informierte ihr Sohn sie prompt.

Sie lebten in einem großen Haus in den Hügeln mit einem Garten, in dem sie im Sommer Tai-Chi-Kurse bei einer eigens dafür einbestellten koreanischen Trainerin nahmen, eine Aktivität, die sich mit regelmäßiger Teilnahme an Golfturnieren in ganz Italien abwechselte.

Linda war ein Fan von Anti-Aging-Therapien und hatte ihren Mann als Verbündeten in diesem Kampf gegen die Zeit gewonnen und nun rannten beide jedem neuen Trend hinterher, der versprach, das Altern hinauszuzögern.

Bioidentische Hormone, zwei Mal im Jahr Detox, Colon-Hydro-Therapie, Nahrungszusätze, um den oxidativen Stress zu mindern, Aufenthalte in thailändischen Gesundheitszentren, Wochenenden in Badekurorten, sobald etwas Neues auf den Markt kam, konnte man sicher sein, dass sie es ausprobierten.

In dieser Familie hatte sie die Hosen an, war sie es, die entschieden hatte, welchen Beruf Paolo ergreifen sollte, sie hatte die Grundlagen für die Karriere ihres Mannes gelegt und wenn wir einen Sohn bekommen würden, würde wieder sie für ihn entscheiden.

Wir setzten uns an den Tisch zu einem Weihnachtsfestessen auf Feldsalat mit Nüssen und Avocado, Hummus mit Karotten, Rohkostspaghetti aus Zucchini mit Pesto ohne Knoblauch oder Parmesan, Lachs im Teigmantel mit veganer Mayonnaise und als krönenden Abschluss Himbeeren und Heidelbeeren mit einer Mousse aus Magerjoghurt, gesüßt mit Stevia.

Der Genueser Focaccia war schon im Jahr 1974 eine Absage erteilt worden, seitdem gab es glutenfreie Backwaren und selbstverständlich kein Fleisch und keine Milchprodukte.

Und ja, sie sahen zwanzig Jahre jünger aus, ein bisschen wie lebende Mumien, aber zu welchem Preis, fragte ich mich.

Ein Körper musste benutzt werden, er war zum Leben da, er wollte bewohnt sein und nicht in den Schrank gehängt wie ein geliehenes Kleidungsstück.

Aber vielleicht sprach da auch nur der Neid aus mir.

»Also, Ludovica, meine Liebe«, fing Linda an und wedelte mit ihren langen, knochigen Fingern in der Luft herum, »Paolo hat mir gesagt, dass ihr euch endlich entschieden habt, den großen Schritt zu wagen!« Wie immer war ihre Aussprache so perfekt wie bei den Nachrichtensprecherinnen der RAI in den Siebzigern.

»Ja«, ich räusperte mich, um Zeit zu schinden, »ich

denke, der Moment ist gekommen«, und nickte, um meine Überzeugung zu bekräftigen.

»Auch endlich Enkelchen zu zeugen, nicht wahr, Ruggero?«, sagte sie und legte dabei ihrem Mann die Hand auf den Arm, der gehorsam nickte.

»Ich bringe ihm dann Golfspielen bei«, erklärte er, und setzte lachend hinzu: »Lasst mich nicht darauf warten, bis ich neunzig bin!«

»Keine Sorge, Papa«, beruhigte ihn Paolo, »wir haben schon angefangen.« Er kniff mich in die Wange.

Wenn ich irgendetwas noch nie leiden konnte, dann war es, mit so viel Nonchalance über Empfängnis zu sprechen, als müsse man keinen Sex haben, um ein Kind zu zeugen, sondern würde irgendwie Module zusammensetzen oder verschiedene Levels in einem Videospiel erreichen. Sex war ein Dienst auf Bestellung, er verlor jede Erotik und wurde zu einer mechanisch erfüllten Pflichtübung, als wollte man sagen: »Ich würde es mir ja gern ersparen, leider geht es nicht anders, aber keine Sorge, ich werde es so wenig wie möglich genießen.«

Schaudernd dachte ich an die vergangene Nacht zurück.

Wie benutzt ich mir vorgekommen war, wie geschändet.

Besonders angenehm oder gar aufregend war der Sex mit Paolo nie gewesen, aber er war nie zuvor so aggressiv, gemein oder aufdringlich gewesen wie in der vergangenen Nacht.

Hatten Wut und Alkohol ihn so verändert?

Aus dem Augenwinkel beobachtete ich ihn, wie er

sich mit seinem Vater über die Arbeit unterhielt, in seinem beigekarierten Pulli mit V-Ausschnitt, nichtssagend, harmlos.

Und schüttelte den Kopf.

Alles Hirngespinste.

Vielleicht hätte ich an seiner Stelle auch sauer reagiert.

Aber … ich wäre nach Hause gegangen, um mir einen Tee zu machen. Wieder nagten Zweifel und Unbehagen an mir.

Ich hörte mein Handy in der Manteltasche an der Garderobe am Eingang, eine Nachricht. Als ich aufstehen wollte, warf mir Paolo einen missbilligenden Blick zu.

Ich wartete, bis seine Mutter ihren Monolog über die Gefahren versteckter Zucker in Nahrungsmitteln beendet hatte, und als wir endlich aufstehen und zum Kaffee ins Wohnzimmer gehen durften, nutzte ich den Augenblick, um das Telefon zu holen und mich damit im Badezimmer einzuschließen.

Es war ein Video, das Gabriel mir geschickt hatte, mit dem iPhone gemacht, in seinem Zimmer: Er trug ein rotes Hütchen à la Justin Bieber auf dem Kopf, machte Faxen, und am Ende kam Cate ins Bild.

»Mama, sag mal *ciao* zu Tante Ludo!«, rief er.

»*Ciao,* Tante Ludo!«, grüßte sie mich mit der Hand, dann ging sie ganz nah an die Kamera heran und setzte hinzu: »Schön, dass du gestern da warst, ich liebe dich, Küsschen, Küsschen, Küsschen!« Dann schob Gab sie lachend weg.

Eine Träne rollte über meine Wange.

Wie gern wäre ich jetzt bei ihnen gewesen und hätte

den Panettone ausgehöhlt auf der Jagd nach Korinthen für mich und Zitronat für Cate und angefangen, Pläne für Silvester zu schmieden.

Und am Ende hätte wieder halb Genua bei ihr im Wohnzimmer gesessen.

Es klopfte an der Tür, ich schrak schuldbewusst zusammen.

»Bist du immer noch da drin?«, fragte Paolo.

»Ich komme!«, rief ich und versteckte beschämt das Telefon in der Tasche meiner Strickjacke.

Als ich aufschloss, erwartete er mich im Türrahmen lehnend.

»Alles in Ordnung?«, fragte er.

»Ja, ja, klar, alles gut«, bestätigte ich.

»War das Cate?«, fragte er lächelnd.

»Ja, Gab und Cate haben mir mit dem neuen Telefon ein Video geschickt«, antwortete ich, ohne nachzudenken.

»Aha«, antwortete er ausdruckslos und fixierte mich, ohne ein weiteres Wort zu sagen, so lange, bis ich seinem Blick kaum noch standhalten konnte.

»Ich glaub, ich esse noch ein bisschen von der Joghurt-Mousse«, sagte ich, damit er mir Platz machte. »Die war richtig gut, und dazu noch kalorienarm, oder?«

»Pass auf mit den Süßigkeiten«, sagte er, während er mir nachschaute.

Der Nachmittag verging quälend langsam.

Draußen war es bedeckt und kalt, und das Winterlicht ließ alles traurig und melancholisch aussehen.

Ich hasste die Zwangsgeselligkeit der Festtage, wenn man mit der Familie zusammensein muss, weil es so üblich ist, sich aber an einen anderen Ort wünscht. Alles dreht sich ums Essen, und eigentlich hat man sich nichts zu sagen.

Paolo saß neben mir auf dem Sofa, einen Arm um meine Schultern gelegt, seine Eltern uns gegenüber, Ruggero, der das Feuer im Kamin schürte, während Linda ihren Carokaffee schlürfte.

Weil echter Kaffee freie Radikale freisetzt.

»Hoffen wir, dass er rote Haare bekommt«, sagte sie und schaute mich dabei an. »Ein Enkel mit roten Haaren und grünen Augen wäre wirklich niedlich, aber mit Paolos Nase, als der klein war, hatte er ein Näschen zum Anbeißen!«

»Wenn alles gut geht, sind wir nächste Weihnachten schon zu fünft!«, echote Ruggero.

»Ja«, bestätigte Paolo und zog mich an sich, »ein kleiner Leonardo oder eine kleine Sara, was meinst du?«

Ich lächelte. Ich lächelte die ganze Zeit, aber es kam mir vor, als spräche er gar nicht von mir oder mit mir, sondern über ein Projekt, das mich nichts anging.

Alles passierte viel zu schnell, entsprang einer gekünstelten Entschlossenheit, und warum überhaupt? Warum ausgerechnet jetzt? Wollte er mich endgültig an sich binden? War es eine Idee seiner Mutter? Oder war er so eifersüchtig auf Cate, dass er alles tun würde, um sie hoffentlich loszuwerden? Auch ein Kind zeugen?

Und welche Rolle spielte ich bei der ganzen Sache? War ich der Inkubator, der gerade zur Verfügung stand? Würde er mich die ganze Schwangerschaft über auf Diät setzen? Meine Kehle war wie zugeschnürt.

Am liebsten wäre ich aufgestanden und mit den Worten geflohen: »Aber klar, macht ihr nur den Enkel, den ihr euch wünscht, nehmt euch eine Leihmutter oder adoptiert ihn oder klont ihn, aber lasst mich damit in Frieden, lasst mir mein ruhiges Leben!«

Stattdessen lächelte ich.

Als wir aufstanden, um zu gehen, war es bereits dunkel.

Der Marathon war noch nicht vorbei, zum Abendessen waren wir bei meinen Eltern eingeladen. Immerhin würde es da Focaccia geben.

Paolo war schweigsam und nachdenklich.

Er saß wortlos am Steuer, und diesmal hatte ich wirklich keine Ahnung, was ich getan oder gesagt haben könnte, um seine Stimmung so zu verdüstern.

Ich schaltete das Radio ein, suchte nach Musik und ließ *Oh Happy Day* laufen. Von dem Song bekam ich immer Lust, in einen Gospelchor zu gehen, obwohl ich keinen geraden Ton herausbekam.

»Mach das aus«, sagte er trocken. »Ich hab Kopfschmerzen.«

»Oh, tut mir leid«, antwortete ich und schaltete das Radio wieder aus. »Das wird dieses ganze gesunde Zeug sein, wir sind nicht daran gewöhnt! Aber jetzt bei meiner Mutter machen wir das alles wieder wett, sie hat Pansotti gemacht, denk dir nur …«

Er lachte nicht. »Es hat mir ganz und gar nicht gefallen, wie du dich vorhin bei meinen Eltern benommen hast.«

Ich schrak zusammen.

»Und wie habe ich mich benommen?«

»Man hat dir aus einem Kilometer Entfernung angesehen, dass sie dir auf die Nerven gehen und du sie kaum erträgst!«, schimpfte er.

»Ach was, da irrst du dich!«, wiegelte ich ab. »Ich hab mich nicht anders benommen als sonst auch.«

»Eben, genau wie immer, weil du sie noch nie leiden konntest!«

»Also ehrlich ...«, setzte ich an.

»Und ich weiß ganz genau, dass du im Bad warst, um ihr Nachrichten zu schicken!«

»Wir haben uns keine Nachrichten geschickt! Und wenn schon? Was wäre so schlimm daran?«

»Ich will nicht, dass du das machst! Das habe ich dir gestern doch wohl klipp und klar gesagt, oder?«, brüllte er und haute aufs Lenkrad. Ich hatte Angst, dass er auch noch einen Unfall bauen würde.

Ich verstummte.

War das jetzt der neue Umgangston?

»Hör mal, Paolo, im Ernst, es tut mir wirklich schrecklich leid wegen gestern, ich wollte dich nicht verletzen oder respektlos behandeln, aber es ist nun mal so gelaufen, und es wird nicht wieder vorkommen. Aber mir zu verbieten, meine beste Freundin zu sehen, also, kommt dir das nicht auch ein bisschen übertrieben vor?« Ich lachte unsicher.

Er bog abrupt in einen Feldweg ab, mitten im offenen Gelände, fuhr etwa dreihundert Meter weiter, hielt an und machte den Motor aus.

»Also, offensichtlich haben wir uns gestern nicht richtig verstanden«, erklärte er. Er zeigte mit dem Finger auf mich. »Du wirst dich nicht noch einmal mit Cate treffen. Ist das klar?«

»Jetzt mach aber mal halblang«, wagte ich mich zaghaft vor, während mir das Herz bis zum Halse schlug. »Was ist denn so schlimm daran, wenn wir ab und zu telefonieren?«

»Ich erkläre es dir ein allerletztes Mal«, sagte er leise. »Sie ist ein Arschloch und manipuliert dich, ich will nicht, dass sie irgendetwas mit uns zu tun hat.«

Ich beschränkte mich darauf, mit gesenktem Kopf zu nicken.

Die Angst saß mir in den Knochen und lähmte mich.

Mein Vertrauen in ihn war erschüttert. Wie bei einem Hund, der einen zum ersten Mal beißt. Danach traut man sich nie wieder, die Hand in den Zwinger zu stecken.

»Okay«, sagte ich, »okay, Paolo, aber schrei mich nicht an, bitte …«, murmelte ich so unterwürfig, dass er sich beruhigte.

Er ließ den Motor wieder an, legte den Rückwärtsgang ein und fuhr auf die Straße zurück, die Ruhe war wiederhergestellt.

Er begrüßte meine Eltern mit ungewohnter Herzlichkeit, überschüttete sie mit überschwänglichen Komplimenten. Probierte die Gerichte noch direkt aus dem Topf und forderte mich auf, von einer so hervorragenden Köchin zu lernen.

Mein Vater schien verblüfft, aber positiv überrascht. Allerdings war er noch nie sonderlich gesprächig gewesen und ließ lieber andere reden.

»Also, hast du es ihnen schon gesagt?«, forderte Paolo mich augenzwinkernd auf.

»Was gesagt?«, fragte meine Mutter, die Überraschungen im Allgemeinen nicht besonders schätzte.

»Wir werden ein Kind bekommen!«, verkündete Paolo.

»Oh, Madonna!«, rief meine Mutter, es klang alles andere als begeistert, und sie schlug sich die Hände vor den Mund.

»Nein Mama, wir sind noch in der Planung!«, wiegelte ich ab, um das ganze Theater im Keim zu ersticken, das mir unglaublich auf die Nerven ging.

Außerdem wollte ich nicht, dass meine Mutter sich unnötig Sorgen machte.

Ein Kind? Ausgerechnet jetzt, wo ich vor dem Mann an meiner Seite Angst haben musste, weil ich ihn nicht mehr wiedererkannte. Ganz sicher wollte ich nicht den Rest meines Lebens mit ihm verbringen und ihn schon gar nicht als Vater meiner Kinder haben.

»Paolo und ich denken nur darüber nach«, stellte ich klar, »ich bin nicht schwanger. Im Moment jedenfalls.«

Meine Mutter wirkte erleichtert.

Und mein Vater stand auf, um eine zweite Flasche Wein zu holen, stets ein sicherer Ausweg, selbst aus den schlimmsten Situationen.

Paolo war allerdings nach meiner Intervention deutlich weniger gesprächig als vorher. Ich war mir sicher, dass er auf einen weiteren seiner Wutausbrüche zusteuerte, und der Gedanke daran erfüllte mich schon jetzt mit Sorge.

Ich versuchte so lange wie möglich bei meinen Eltern zu bleiben, knabberte mit quälender Langsamkeit einen Kürbiskern nach dem anderen, bis es dann doch Zeit war zu gehen.

Ich küsste und umarmte meine Eltern und hielt meine Mutter noch ein bisschen länger fest, als wollte ich ihr sagen: »Mach dir keine Sorgen, es ist alles gut.«

Dann waren wir wieder allein.

Auf dem Weg nach Hause.

Die Fahrt kam mir unendlich vor, der Soundtrack wieder lärmendes Schweigen.

Ein Schweigen voller Missbilligung, Anspannung, Abneigung.

Mein Magen krampfte sich zusammen.

Er sagte überhaupt nichts mehr.

Kein Wort.

Er verschwand im Bad, um sich zu waschen, zog den Schlafanzug an, ging ins Bett, drehte sich um, machte das Licht aus und redete nicht mehr mit mir.

Die Bank machte erst drei Tage später wieder auf.

Mir stand eine dreitägige Leidenszeit bevor.

Wir gingen uns aus dem Weg, so gut es ging: Wenn einer in der Küche war, war der andere im Wohnzimmer, wenn einer im Schlafzimmer war, war der andere im Bad, stumm wie die Fische, bestenfalls einsilbig.

Irgendwann gerät man unweigerlich an einen Punkt, an dem keiner mehr weiß, warum man eigentlich aufgehört hat, miteinander zu sprechen.

Das Schweigen verselbstständigt sich, es wird zu einer Gewohnheit, einer Frage des Prinzips.

Der Klügere gibt nach, heißt es, doch wer in diesem Fall als Erstes aufgibt, hat eindeutig die schwächeren Nerven und schenkt dem anderen einen Pyrrhussieg.

»Paolo«, sagte ich ernst, »lass uns miteinander reden. Ich erkenne dich nicht wieder. Ich verstehe nicht, was mit dir los ist, was ich dir getan habe, und ich sorge mich um dich und um mich.«

Hinter meinen Worten stand keine klare Absicht, aber ihm sollte zumindest klar werden, dass ich sein Verhalten nicht einfach so hinnehmen würde und eine Trennung für mich durchaus in Betracht kam.

Er schwieg, ohne von der Zeitung aufzuschauen.

»Willst du mir nicht antworten, Paolo?«, wiederholte ich. »Wie lange willst du mich noch mit Schweigen strafen? Sag mir zumindest, was ich dir getan habe, ich kann keine Gedanken lesen, rede mit mir, bitte!«

Nichts.

Nicht ein Ton, keine Reaktion.

Erst als ich aus Frustration anfing zu weinen, ließ er sich zu einer Antwort herab.

»Jetzt machst du es dir einfach und heulst eine Runde«, sagte er schließlich. »Erst verletzt du einen, und dann fällt dir nicht mehr viel ein.«

»Was hab ich dir denn getan? Was?«, rief ich verzweifelt.

»Merkst du es nicht? Echt nicht?«, fragte er ungläubig.

»Nein! Echt nicht!«, gab ich zurück.

»Du machst mich am laufenden Band runter und bringst mich nur in Schwierigkeiten, erst bei meinen Eltern, dann bei deinen. Man sieht dir das Mitleid förmlich an, du hältst mich für einen armen Trottel, und meinst, du könntest dich hinter meinem Rücken zusammen mit deiner Freundin über mich lustig machen! Aber weißt du was? Damit ist Schluss!«

»Paolo, ich hab dich nie runtergemacht, das schwör ich dir, ich weiß gar nicht, wovon du redest, du liegst vollkommen falsch!«

»Ah, ich liege also falsch? Ich liege falsch? Siehst du? Es geht schon wieder los, du verarschst mich, und merkst es nicht einmal.«

»Jetzt krieg dich mal wieder ein, ja? Wir haben uns missverstanden, mehr nicht, und wenn ich irgendwas falsch gemacht habe, so tut es mir leid, und ich bitte dich um Entschuldigung, aber hör auf, immer gleich so wütend zu werden.«

»Ich werde wütend, weil ich dich liebe und dir meine Gefühle total egal sind.« Er stand auf und kam mir entgegen. »Ich will dich heiraten, ich will einen Sohn von dir, eine Familie, und du willst weiter das kleine Mädchen bleiben, dieser Tussi hinterherlaufen, die schon ein eigenes Leben hat, und sogar einen eigenen Sohn. Du willst dich bei den beiden einschmeicheln, indem du ihm ein Handy schenkst, aber er wird immer seine Mutter vorziehen, und niemals dich!«

Er wusste genau, wie er mich treffen konnte.

Er trat zu mir und nahm mich in die Arme. »Ich bin deine Familie, verstehst du? Ich und du, wir werden ein Kind bekommen und glücklich sein. Wir werden eine glückliche Familie sein.«

Ich kam mir vor, als wäre ich in die Hände eines dieser Kindesentführer geraten, die ihr Opfer zwanzig Jahre lang in irgendeinem Keller gefangen halten und es zwingen, sie zu lieben, und am Ende tun sie es auch.

Ich fühlte mich erpresst.

Seit er befördert worden war und Macht über andere und mich bekommen hatte, seit er mich von Cate fernhielt und mein Chef geworden war, zeigte er noch mehr als früher sein wahres Gesicht: überheblich, arrogant, dominant.

Langsam traten seine tyrannischen Eigenschaften zutage, und mir kam es vor, als habe es nie einen anderen Paolo gegeben. Natürlich war er immer schon so gewesen, Menschen verändern sich nicht, vielleicht hatte nur die Gelegenheit oder das Umfeld gefehlt.

»Gehen wir ins Bett, komm, wir haben noch was zu tun!«, sagte er augenzwinkernd.

Ich ging ins Bad und nahm die Pille.

8.

Mit Cate traf ich mich heimlich.

Wie bei einem Seitensprung.

Sie hatte ebenfalls einen Vertrag in meinem Fitnessstudio unterschrieben, und wir trafen uns drei Mal die Woche in der Sauna.

Beim Hinausgehen taten wir, als würden wir uns nicht kennen.

Sie fand die ganze Situation absurd und schimpfte mich jedes Mal aus, aber auf diese Weise gelang mir eine Art Doppelleben.

Wenn ich alles so machte, wie Paolo es wollte, lief alles glatt.

Unterdessen rückte der Hochzeitstag näher.

Paolo verstand nicht, warum ich nicht schwanger wurde, schöpfte jedoch noch keinen Verdacht. Die Packung mit der Pille im Büro bewahrte ich mittlerweile in meinem Büroschreibtisch auf, den ich abschließen konnte.

Er informierte sich auf allen möglichen Internetseiten, folgte dort angezeigten Ratschlägen und verordnete mir Zink, Folsäure und Omega 3.

Ich hatte inzwischen prächtiges Haar und eine Haut

wie eine Porzellanpuppe, dachte aber gar nicht daran, ein Kind mit ihm zu haben.

Ich hatte nichts gegen ein Kind, aber ich wollte mich nicht für den Rest des Lebens an ihn binden, wollte nicht erpressbar werden.

Seine Freundlichkeit mir gegenüber hatte mittlerweile pathologische Züge angenommen, alles in seinem Leben drehte sich nur noch um mich: Er wachte darüber, dass ich ausreichend schlief, dass ich gut aß und mich nicht zu sehr anstrengte, übertrug meine Arbeit zunehmend anderen Kollegen, die wenig begeistert waren.

Ich fühlte mich wie ein Versuchskaninchen im Labor.

Warum machte ich nicht einfach mit allem Schluss?

Würde Paolo wirklich so weit gehen und dafür sorgen, dass ich meinen Job verlor, wenn ich ihn verließ? Mein Job, meine einzige Sicherheit, das Einzige, worin ich Bestätigung fand, der letzte Rest von Freiheit.

Er hatte mir nie offen damit gedroht, aber mir war klar, dass er dazu fähig gewesen wäre.

Er war zu allem fähig.

Er hatte ein gutes Verhältnis zu den oberen Etagen – dem Vorstand, der Führungsebene und dem Geschäftsführer, dem er in den Arsch kroch.

Da zeigte er Talent, da gab es nichts zu deuteln.

Mir fehlte vermutlich die Kraft zum Ausbruch, und einstweilen bewegte ich mich in den Bahnen, die er mir vorgab.

Wenn er mir seine Liebe beteuerte, lächelte ich.

Eines Morgens, als ich in den Aufenthaltsraum kam, unterbrach ich ein Gespräch zwischen Kollegen, die das

Thema wechselten, als sie mich erblickten. Einen Wortfetzen hatte ich noch aufgeschnappt: »in ihrer Verfassung«.

Sie starrten mich peinlich berührt an, lächelten und kehrten in ihre Abteilungen zurück.

Hatten sie von mir gesprochen?

War es um meine Verfassung gegangen? Und welche Verfassung hatten sie gemeint?

In der Tat waren meine Aufgaben mittlerweile recht anspruchslos, obwohl ich erfahren und für viele Bereiche qualifiziert war. Trotz allem saß ich gelegentlich weiter am Schalter und übernahm die Privatkunden.

Ich versuchte, mit Paolo darüber zu sprechen.

»Ich habe nicht den Eindruck, dass du nicht genug geschätzt wirst«, antwortete er.

»Ich rede nicht von Wertschätzung, sondern von Kompetenzen, ich mache immer noch dieselben Sachen wie vor zwanzig Jahren, also wär's vielleicht mal an der Zeit für andere Aufgaben.«

Er dachte einen Moment lang nach. »Ich glaube nicht, dass es der richtige Zeitpunkt für eine Beförderung wäre, oder? Was sollen wir denn machen, wenn du in Mutterschutz gehst, wie soll ich dich dann ersetzen? Und durch wen? Durch Erika, die quasi alles in diesem Büro macht? Lieber nicht, ich lasse dich lieber außen vor.«

Immer noch dieses Damoklesschwert über meinem Kopf.

»Und was ist, wenn ich nicht schwanger werde? In meinem Alter ist das nicht so leicht …«

»Quatsch! Du bist gesund wie ein Fisch im Wasser, alles nur eine Frage der Zeit!«, fiel er mir ins Wort.

Ich ließ das Thema fallen.

Aber insgeheim nahm ich mir vor, Erika zu bitten, mir ein paar von ihren Aufgaben zu überlassen. Heimlich natürlich.

»Ach was!«, wiegelte sie ab. »Ich wüsste gar nicht, was ich dir abgeben sollte, das mach ich doch inzwischen alles wie auf Autopilot!«, sagte sie mit einem etwas zu lauten Lachen.

»Bist du sicher?«, fragte ich sie stirnrunzelnd.

»Aber klar! Absolut sicher! Keine Sorge!«, und ließ mich stehen, um ans Telefon zu gehen.

Irgendetwas stimmte da nicht.

Oder war ich es, die allmählich paranoid wurde, weil ich zu niemandem mehr engeren Kontakt hatte?

Mir kam es vor, als würden sich alle Augenpaare auf mich richten, sobald ich einen Raum betrat, es hatte etwas Surreales.

Zum Glück kam ich drei Mal in der Woche raus, wenn Cate sich trotz ihres niedrigen Blutdrucks mit mir in der Sauna einschloss, um meine Situation zu analysieren.

»Du bist nicht verrückt, er ist es, der dich verrückt macht!«

»Jetzt übertreib mal nicht! Die Bank ist nun wirklich kein Ort für Hexenspiele.«

»Ganz im Gegenteil. Ist dir noch nicht aufgefallen, dass das Licht schwächer wird, wenn er den Raum verlässt? Hörst du die Schritte auf dem Dachboden nicht? Verlierst du nicht auf rätselhafte Weise Sachen, die du sorgsam verwahrt hattest?«

»Ich darf dich daran erinnern, dass ich keine milliardenschwere Tante habe, deren Schmuck ich geerbt habe, ich bin arm wie eine Kirchenmaus und die schlechteste Partie, die man sich denken kann!«, lachte ich.

»Ja, und das alles wegen mir. Aber er hat enormen Einfluss auf dich, und da er im Grunde seines Herzens nur ein armes Würstchen ist, fühlt er sich wie ein König, wenn er dich manipulieren kann! Psychologisches Grundwissen.«

»Aber er hat eigentlich nur diese fixe Idee mit dem Kind.«

»Und das findest du nicht viel?«

»Ich muss es nur bis zur Menopause schaffen, mit ein bisschen Glück bin ich in vier Jahren durch mit dem Thema.«

»Ludo. Du machst dir dein Leben kaputt. Du weißt, wie ich darüber denke«, antwortete sie, während sie den Bademantel um meine Schultern legte.

Natürlich hatte sie nicht ganz unrecht, wusste aber nicht, was tun.

Vielleicht würde sich ja alles von selbst lösen.

Cate sah mich mit einem kleinen, ironischen Lächeln an. »Wenn du willst, finden wir jemanden, der ihn dir vom Hals schafft. Mit zweitausend Euro bist du dabei.«

»Führ mich nicht in Versuchung!«, sagte ich und ging zu den Duschen.

Seit ich ihm das Handy geschenkt hatte, schrieb Gabriel mir oft.

Ich mochte diese Art der Kommunikation, sie war

indirekter und weniger peinlich. Immerhin steckte er mitten in der Pubertät.

Vor allem hatte er einen Haufen Fragen, die alle mit dieser Phase zusammenhingen.

Er schickte mir lange Nachrichten, die meist mit: »Tante Ludo, was meinst du, warum …« begannen, und ich rang nach Antworten.

Meistens ging es um Mädchen, ums Verliebtsein, Herz, um Gefühle und warum er verwirrt und oft aggressiv war. Er gestand mir, dass er an nichts anderes dachte als an Sex und dass es in seiner Klasse alle bereits getan hatten, und natürlich hatte er, um nicht dumm dazustehen, mitgeprahlt.

Ich versicherte ihm, dass dies alles normal sei und eben zu seinem Alter gehöre.

Er würde sowieso machen, was er wollte, er würde seine Fehler und Erfahrungen selbst machen.

Er war verliebt, vermutete ich, und seine Gedanken drehten sich um nichts anderes mehr. Sicher hoffte er, dass ich nichts ahnte, aber irgendwie sollte ich doch ein bisschen was davon mitbekommen.

Wenn du einen Rat willst, schrieb ich ihm, *dann halte dich ein bisschen bedeckt, prahl nicht zu viel, zieh nicht zu viel Aufmerksamkeit auf dich, mach dein Ding, folge deinem Bauchgefühl und lauf nicht den anderen nach. Lieber ganz bewusst einen Fehler riskieren, als einfach alles zu machen wie alle anderen.*

Ich war stolz auf meine Ratschläge.

Machte eine Mutter das etwa anders?

Von wegen!

Meine eigene Mutter konnte übrigens eine gewisse Besorgnis nicht verbergen.

Sie agierte vorsichtig und diskret, aber sie fand jeden Sonntagabend beim Essen eine Ausrede, um allein mit mir zu sein.

»Es geht dir doch gut, oder?«

»Ja, Mama!«, sagte ich wie immer.

»Und zu Hause ist alles in Ordnung?«

»Ja, alles gut.«

Ich fand ihre Besorgtheit übertrieben.

Im Grunde war doch noch nichts passiert und ich gab mir alle Mühe, mich an die neue Situation zu gewöhnen.

Außerdem musste ich anfangen, an die Hochzeit zu denken, auch wenn wir nur im allerkleinsten Rahmen feiern würden, mit unseren Eltern und den Kollegen.

Cate kam als Trauzeugin natürlich nicht infrage. Also würde die treue Erika der Ersatz sein.

»Ein Kleid hast du schon gefunden?«

»Nein, Mama, wo denkst du hin! Ich heirate auf der Gemeinde. Das dauert keine fünf Minuten! Ein elegantes Kostüm, vielleicht ein Paar neue Schuhe dazu.«

»Aber wenigstens Großmamas Brosche! Die heben wir schon so lange dafür auf!«

Ich seufzte. »Hör mir bloß mit Großmamas Brosche auf!«, antwortete ich erschöpft. Ich hatte Broschen noch nie leiden können und immer Angst, sie brächten Pech.

Mein Vater und Paolo hatten einen Weg gefunden, ein Gespräch zu vermeiden.

Sie spielten Schach.

Eine Partie, die sich über Wochen hinzog.

Wenn wir gingen, stellte mein Vater das Spielbrett bis zum nächsten Sonntag genauso weg, wie es war.

Paolo schlief immer häufiger mit mir.

Manchmal sogar drei Mal die Woche. Geradezu grotesk!

Ich fügte mich ohne zu murren.

Ich wollte jeder Diskussion, jedem noch so kleinen Anzeichen von Gewalt aus dem Wege gehen.

In Cates Augen war alles eine Ungeheuerlichkeit – sein Verhalten, aber auch meines.

Ich arrangierte mich und strafte ihn, indem ich weiter die Pille nahm.

Ja, ich arrangierte mich.

Am Ende wählen wir immer das kleinere Übel. Oder nicht?

Dann geschah eines Tages im Büro etwas Seltsames. Ich sah ein Grüppchen Kollegen zusammenstehen, die sich einen Film auf einem Handy ansahen.

Kaum bemerkten sie mich, ging jeder seines Weges, und Erika kam mir entgegen und wedelte mit einem Stapel offensichtlich wahnsinnig wichtiger Papiere herum, die ich unbedingt lesen musste.

»Was ist denn los?«, fragte ich.

»Ach nichts, Rossi mit seinen idiotischen Filmchen immer, ein hüpfender Hund, sonst nicht!«, wiegelte sie ab.

Ich wurde misstrauisch, sagte aber nichts.

Ich wusste nicht mehr, ob ich überempfindlich war, oder mich die ganze Welt nicht mehr ernstnahm.

Manchmal schützt Unwissenheit vor Leid.

»Du musst zum Arzt«, sagte Paolo kurz danach eines Morgens. »Du musst ein paar Tests machen lassen, das geht schon viel zu lange.«

Ich antwortete nicht, sondern schlürfte weiter meinen gesunden grünen Tee, bevor ich mich über das Chiasamen-Porridge hermachte, das Linda als »Fruchtbarkeits-Adjuvans« angepriesen hatte (genauso hatte sie es gesagt).

»Mir ist ein Spezialist empfohlen worden, bei dem auch die Frau des Geschäftsführers in Behandlung ist, einer der besten Italiens. In dessen Hände werden wir uns begeben, habe ich beschlossen.«

Ganz gelassen stellte ich die Tasse ab. »Wie du willst, Schatz!«

Meine übliche Reaktion eben, um mir kleine Freiheiten zu erkaufen.

Aber innerlich war mir sterbensangst.

Denn ein Blutbild log nicht.

Ich steckte in Teufels Küche.

Ich vertraute mich Cate an, und sie hörte mir teilnahmsvoll zu.

»Soll ich für dich ins Gläschen pinkeln?«

»Meine Güte, nein, wir sind nicht beim Dopingtest! Aber am Blutbild kann man erkennen, dass ich die Pille nehme!«

»Warum nimmst du dann nicht den Arzt beiseite und sagst ihm, dass du gegen deinen Willen zu ihm geschleift wurdest? Ist ja schließlich auch so, oder nicht?«

»Weil ich das nicht tun kann, der würde mich doch

für irre halten, und dann würde Paolo ...« Ich schauderte, obwohl wir in der Sauna waren.

Sie packte mich an den Schultern und schüttelte mich: »Verdammt, Ludo, verlass diesen Scheißkerl endlich!«

»Ich schaffe es nicht Cate. Basta!«

»Also heiratest du ihn mit allem Drum und Dran?«

»Ja klar«, antwortete ich. Ich lächelte bitter.

»Aber wieso?«

»Weil du deinen Weg hast und ich meinen.« Ich strich ihr zärtlich über die Wange.

»Sag mal, weißt du schon, dass Gabriel sich verliebt hat?«, sagte sie, um das Thema zu wechseln.

»Weiß ich!«, antwortete ich. »Und jetzt fängt's an wehzutun!«

Cate's Place lief wunderbar, das freute mich.

In den Lokalzeitungen waren Artikel darüber erschienen, und die Mundpropaganda funktionierte fantastisch, so gut, dass sogar Erika ab und zu hinging, um sich behandeln zu lassen.

Sie verstand sich bestens mit Cate und behauptete, seit sie mit Reflexologie angefangen habe, fühle sie sich einfach nur göttlich.

Das sei wie ein Termin beim Psychologen.

Natürlich war ich wie immer eifersüchtig.

Ich hätte mich auch gern von meiner besten Freundin behandeln lassen, wann immer ich wollte, stattdessen musste ich mir die begeisterten Schilderungen meiner Kollegin anhören, um mir nicht den Zorn des Abteilungsleiters zuzuziehen.

Aber nach der Heirat war Schluss damit.

Wenn ich ihm erst vor dem Gesetz gehörte, hatte er keinen Grund mehr, mich ständig zu kontrollieren.

Eine Woche später saßen wir in der Praxis von Dr. Rinaldo, Händchen haltend.

Er beruhigte uns, zählte viele Gründe für Unfruchtbarkeit auf, die meisten davon harmlose gesundheitliche Probleme wie kleinere, unbemerkt verlaufende Infektionen, Fibrome, polyzystische Ovarien. Wir sollten nicht gleich mit dem Schlimmsten rechnen.

Paolo nickte und schaute mich dabei unverwandt an, als wollte er sagen: »Siehst du. Vielleicht bist du gar nicht mangelhaft«, und ich lächelte schwachsinnig und kam mir vor wie eine Betrügerin, weil ich jemandem die Zeit stahl, dem der Professor vielleicht ernsthaft hätte helfen können.

Er verordnete Tests, um die häufigsten Ursachen auszuschließen, und schlug uns einen Termin vor, sobald die Ergebnisse da seien.

Beim Verlassen der Praxis war Paolo überaus optimistisch, als hätte schon allein der Besuch bei diesem Chefarzt ein Wunder bewirkt.

Manchmal sehnte ich mich nach dem langweiligen Paolo von einst zurück, der sich nicht zu einer festen Beziehung aufraffen konnte. Den unscheinbaren Angestellten aus einem anderen Leben, der keine Forderungen stellte und der sich mit einem Leben von der Stange begnügt hatte wie ich.

An dem Abend schrieb Gab mir per WhatsApp:

Tante Ludo, ich glaub, ich hab mich verliebt.

Und was machen wir jetzt?

Keine Ahnung, sag du's mir!

Wer ist denn die Glückliche?

Eine aus der Zwölften.

Puh, so alt!

Na komm, zwei Jahre.

Und sie? Liebt sie dich auch?

Sie weiß es nicht. Außerdem hat sie schon wen.

Ups.

Ja, ein Arschloch, ein Versager, der sie jeden Tag von der Schule abholt.

Aber gefällst du ihr wenigstens?

Ja, glaub schon. Sie sagt, ich bringe sie zum Lachen und ihr gefallen meine Haare.

Ein gutes Zeichen, wenn du sie zum Lachen bringst!

Ja, aber was soll ich jetzt machen? Ich fühl mich ständig scheiße, ich lerne nicht mehr, denk immer nur an sie und dann … also, das kann ich dir jetzt echt nicht sagen, du bist eine Frau, und das ist mir peinlich.

Du denkst den ganzen Tag nur an Sex und willst am liebsten nur mit ihr zusammen sein? Ich war auch mal 16, du Idiot!

Mmm, ja … erwischt

Das sind die Hormone, aber mach dir keine Sorgen, das wird alles noch schlimmer!

Das hilft mir jetzt echt nicht! Was soll ich machen?

Genieße es, Gab, sei mit ihr zusammen, bring sie zum Lachen, flirte mit ihr, versuch sie zu küssen und lass dich nicht von ihrem Freund ärgern. Am Ende muss sowieso sie sich entscheiden, nicht du.

»So intensiv und aufwühlend wirst du es nie mehr erleben«, dachte ich, »das erste Mal ist einzigartig und unwiederholbar.«

Man schenkt zum ersten Mal einem anderen sein Herz und hofft, dass er drauf aufpasst und alles gut geht.

Auch ich war einmal so verliebt gewesen, erinnerte ich mich.

Meine Gefühle waren unerwidert geblieben, trotzdem … Ich hatte sie auch erlebt, die Schmetterlinge im Bauch, Liebesschauer, das Warten, Erregung und Sehnsucht.

Nur den Sex hatte ich mir anders vorgestellt – nicht als Liste, die man abarbeiten muss.

Und dann, was war dann passiert?

In der Mittagspause jenes Tages fragte mich Erika, wie eng Cate und ich befreundet seien.

»Schwestern!«, sagte ich ohne zu zögern.

»Du Glückliche«, antwortete sie. »Ich hatte noch nie so eine Freundin, aber man merkt sofort, dass sie etwas ganz Besonderes ist.«

»Ja, ich hab wirklich Glück«, sagte ich, während ich in mein Brötchen biss.

Wir saßen auf einer Bank im Villa-Rossi-Park, wo wir immer hingingen, wenn wir ein bisschen frische, saubere Luft brauchten.

Mit dem Frühling nahte auch das Datum für meine Hochzeit, an die ich, wahrscheinlich kommt das eher selten vor, versuchte so wenig wie möglich zu denken.

Zwei Wochen noch, um genau zu sein.

»Hör mal, Ludovica, da gibt es etwas, das ich dir wirklich sagen muss …«

»Was denn?«, fragte ich ganz entspannt auf der Bank sitzend, während ich die ersten schwachen Sonnenstrahlen genoss.

»Ich mische mich normalerweise nicht in die Angelegenheiten von anderen ein, das weißt du, oder?«, fing sie an. »Ich tratsche nicht, ich erzähle nichts, und ich höre mir so etwas auch nicht an, leben und leben lassen lautet meine Devise, deshalb macht mich das so fertig, und jetzt, wo du mich gebeten hast, deine Trauzeugin zu sein, also … ich hab schon schlaflose Nächte deswegen!«

Ich drehte mich zu ihr: »Na, dann besser raus damit!«

»Es kursiert ein Video von der Weihnachtsfeier, als wir alle noch in den Pub gegangen sind … von Paolo, wie er die Carrisi küsst, und dann schließen sie sich im Bad ein.«

Mein Herz schlug mir bis zum Hals.

»Was redest du denn da? Bist du sicher?«

»Ja. Erinnerst du dich noch an den Tag, wo du uns alle im Aufenthaltsraum erwischt hast? Da haben wir uns das Video angesehen. Man erkennt nicht viel, es ist dunkel, aber man sieht eindeutig, wie er sie ins Bad schiebt, und sie dabei lacht. Ich hab mich so schrecklich gefühlt, aber mir gesagt, dass es mich nichts angeht, dass er immer so fürsorglich und nett zu dir ist, und dann du in deinem Zustand, also … ich wollte dir wirklich nichts davon sagen. Manchmal trinkt man halt zu viel und macht irgendwelchen Blödsinn, und das hat nicht wirklich was zu sagen, stimmt's? Trotzdem hatte ich ein schlechtes Gewissen, und jetzt, wo es nicht mehr lange bis zur

Hochzeit ist … Also, ich wollte einfach, dass du davon weißt.«

Mir fehlten die Worte.

Paolo hatte mich mit der Carrisi betrogen?

Mit der Praktikantin, die die Geschäftsleitung als Verstärkung im Mahnwesen geschickt hatte und die allerhöchstens fünfundzwanzig war.

Unmöglich.

Ich war innerlich außer mir.

Und ausgerechnet er verbot mir, mich mit meiner besten Freundin zu treffen!

»Jetzt reg dich bitte nicht auf, Ludo, sonst geht's dir wieder schlecht!« Sie legte mir verständnisvoll eine Hand auf den Oberschenkel.

»Wieso sollte ich mich schlecht fühlen, und was ist überhaupt der ›Zustand‹, von dem ihr alle immer redet?«, platzte ich heraus.

»Aber ja, deine Therapie, wegen der Depressionen, der nervösen Erschöpfung, weil du kein Kind bekommen kannst. Paolo hat uns alles erzählt, er macht sich Sorgen um dich, und wir sollen alle Geduld haben und dich nicht aufregen, deshalb versuche ich ja, dir den Großteil deiner Arbeit abzunehmen, aber ich mach das wirklich gerne, das kann ich dir versichern, das belastet mich überhaupt nicht!«, sagte sie, die Hand auf dem Herzen.

Ein Schlag ins Gesicht.

Es war schlimmer als ein Schlag ins Gesicht mit einer Keule.

9.

Ich beschloss, ihn beim Abendessen mit dem Thema zu konfrontieren.

Ich ging ja bekanntlich Auseinandersetzungen aus dem Weg, aber diesmal war er zu weit gegangen.

Nur in Filmen begegnen sich die beiden Parteien klar denkend und eigenverantwortlich, im echten Leben wird alles abgestritten, man lügt und macht sich so lange Vorwürfe, bis einer von beiden erschöpft die weiße Flagge hisst und sich ergibt. Und meistens ist das nicht der Schuldige.

Ich hatte meine Rede den ganzen Nachmittag einstudiert. »Hör mal, Paolo, mir ist da was zu Ohren gekommen, weswegen ich mich ganz schrecklich fühle.«

»Und das wäre?« Er sah mich an.

»Es geht um die Weihnachtsfeier.«

»Und was soll ich da gemacht haben?«, fragte er ganz entspannt.

»Mir wurde zugetragen, dass du mit der Carrisi rumgemacht hast.«

»Ah.« Er nahm sich Zeit und trank einen Schluck Wein. »Und wer hat dir das gesagt?«

»Das spielt keine Rolle, es gibt Gerüchte, und ich möchte wissen, ob etwas dran ist oder nicht.«

»Und was glaubst du?«, fragte er nach einer weiteren Pause.

»Ich weiß es nicht, ich frage dich.«

»Perfekt, kaum wird dir irgendetwas zugetragen, glaubst du es sofort und hast mich schon verurteilt, ohne mich überhaupt anzuhören.« Er lächelte sarkastisch.

»Nein, ich frage dich gerade deswegen, weil ich herausbekommen möchte, wie es zu einem solchen Gerücht kommen konnte.«

»Also deiner Meinung nach hab ich was mit der Carrisi, stimmt's?«, antwortete er trocken.

»Nein, das hab ich nicht gesagt«, fuhr ich beschwichtigend fort. »Aber anscheinend hat man dich gesehen, wie du sie geküsst hast und dann mit ihr auf die Toilette verschwunden bist.« Ich fühlte mich unwohl, als hätte ich selbst das Gerücht in Umlauf gebracht, ohne dass es dafür irgendeine Begründung gab.

»Ah, klar, weil ich ein pädophiles Schwein bin, schließe ich mich mit kleinen Mädchen auf dem Klo ein.« Er sprang auf und stieß dabei den Stuhl nach hinten, griff nach dem Brotkorb und knallte ihn auf den Tisch.

Ich zuckte zusammen und zog den Kopf ein.

Ich hätte diese Diskussion nie und nimmer anfangen dürfen.

Egal, was er getan hatte und mit wem! Nur bloß nicht wieder diese Wut und Aggression spüren. Am liebsten wäre ich in Tränen ausgebrochen und hätte ihn um Entschuldigung gebeten.

Sein Schweigen machte mir noch mehr Angst. Ich spürte, wie seine Gedanken rasten und seine Wut mit jeder Sekunde wuchs.

Mir saß die Angst von den anderen Malen noch tief in den Knochen.

»Du sagst mit jetzt sofort, wer dir das erzählt hat, dem mach ich so was von die Hölle heiß, dass der morgen nicht mehr weiß, wo oben und unten ist!«

»Niemand war's, lass es gut sein, bitte!«

»Lass es gut sein?«, brüllte er. »Du bescheuerte Idiotin machst mir so einen Vorwurf, und dann soll ich es gut sein lassen? Sag mal, was glaubst du eigentlich, wen du hier vor dir hast? Einen von deinen armseligen Freunden oder was?«

Hätte ich doch nur den Mund gehalten.

Aber ich konnte die Quelle auch nicht preisgeben, ich hatte ohnehin schon keine Verbündeten mehr im Büro.

»Es gibt ein Video, Paolo, deshalb hab ich dir davon erzählt, es kursiert ein Video von der Weihnachtsfeier!«, sagte ich entschlossen.

Er erstarrte.

»Ein Video?«, fragte er mit eisiger Ruhe. »Und du hast es gesehen?«

»Nein«, antwortete ich, die Hände vors Gesicht geschlagen.

»Ich hab dich nicht gehört«, murmelte er und rückte mir ganz dicht auf die Pelle.

»Nein, ich habe es nicht gesehen.«

»Ha! Da haben wir's!« Als spräche er mit einem Kind.

»Es gibt nur angeblich ein Video, das du nicht mal gesehen hast, aber du glaubst es trotzdem.«

»Ich habe dich nur danach gefragt, Paolo, das ist alles.«

Er stellte seinen Stuhl neben meinen, der trockene Knall der Stuhlbeine auf dem Boden ließ mich zusammenschrecken.

Er konnte seine Wut kaum noch im Zaum halten, sie war wie ein Panzer, der von einem Seidenfaden zurückgehalten wurde. Noch eine einzige Provokation mehr, und er würde mich überrollen.

»Sieh mir jetzt mal gut in die Augen, meine Liebe. Ich hab mir den Arsch aufgerissen, um dahin zu kommen, wo ich jetzt bin, und ich werde mir das ganz sicher nicht von einer armen Schwachsinnigen wie dir kaputtmachen lassen, die wie jeder beliebige Volltrottel sofort alles glaubt, was sie irgendwo aufschnappt. Du solltest diejenige sein, die mich unterstützt, weil du mich am besten von allen kennst, du solltest mich verteidigen, mich unterstützen, ohne Fragen zu stellen, du solltest meine Verbündete sein, stattdessen fällst du armseliger Wurm auf jeden Klatsch rein, der dir zugetragen wird, weil es dir nicht in dein kleines, leeres Köpfchen will, dass ich vielleicht von vielen beneidet werde und dass die Leute vielleicht mit falschen Karten spielen, um an meinen Job zu kommen. Und du machst dir keine Gedanken, du stehst einfach da und spielst ihr Spiel mit! Und so eine sollte ich heiraten wollen? Ich bin doch nicht verblödet!«

Ich bekam keine Luft mehr.

Er hatte recht.

Es war dumm gewesen, Erika einfach so zu glauben. Ich hatte alles für bare Münze genommen, ohne nach Beweisen zu fragen, ohne zu verlangen, dass sie mir das Video zeigte. Ich hatte ihn ohne zu zögern verurteilt, aufgrund eines Gerüchts, das von wem auch immer in die Welt gesetzt worden war.

Ich massierte mir die Schläfen.

»Paolo, du hast recht, es tut mir leid, ich hab nicht nachgedacht, ich wusste nichts, ich hab mich in die Ecke getrieben gefühlt, ich hätte ihr nicht glauben dürfen, du hast recht«, sagte ich in einem Atemzug.

»Deine Entschuldigungen reichen mir nicht, Ludovica. Du hast mich erniedrigt, mich verletzt und gekränkt wie noch nie im Leben. Ich kann dir nicht mehr trauen, du bist nicht die Gefährtin, für die ich dich gehalten habe.«

Damit traf er einen wunden Punkt.

Ich war also diejenige, die sich geirrt hatte.

Ich hatte also einen unverzeihlichen Fehler begangen.

Er blickte mich finster an.

Ich würde sein Schweigen nicht noch einmal ertragen. Aber hatte er eben nicht gesagt, er wolle mich nicht mehr heiraten? War das vielleicht der Ausweg, nach dem ich gesucht hatte?

»Morgen früh wirst du zum Blutbild gehen. Ich will dich nicht im Büro sehen, bevor das nicht erledigt ist.«

»Mach ich«, antwortete ich gehorsam.

Während ich am folgenden Morgen vor dem Labor Schlange stand, rief ich Cate an.

Paolo würde erfahren, dass ich die Pille nahm, ein Drama war vorprogrammiert.

Was sollte ich nur tun?

Mir war schlecht vor Angst.

Cate kam in einen bunt gestreiften Schal und einen orangefarbenen Mantel gehüllt, eine Zigarette im Mund, sicheren Schrittes, das Lächeln eines Menschen auf den Lippen, der das Leben nimmt, wie es kommt.

Auch am Arsch, wenn es nötig war.

Wir setzten uns ins Wartezimmer.

Ich konnte meine Beine nicht stillhalten und wippte mit einem Knie.

»Hey, Ludo, ich glaube nicht, dass er was mitkriegt!«

»Ne, schon klar, er kriegt nicht mit, dass ich seit ungefähr fünfzehn Jahren die Pille nehme«, antwortete ich und verdrehte die Augen.

»Ja, aber das sieht doch erstmal nur der Arzt, und wenn es doch herauskommt, dann streitest du alles ab und schindest ein bisschen Zeit und sagst, dass sie sich geirrt haben müssen. So was passiert doch ständig!« Sie reichte mir einen Flyer über Hämorrhoiden.

»Cate, dieses Mal komme ich ernsthaft in Schwierigkeiten!«

Meine Nummer wurde auf der Anzeige aufgerufen.

Ich schaute sie an, als ginge ich zum Schafott.

»Ach, was soll's! Gib mir das!« Sie riss mir das Nummernzettelchen aus der Hand.

Und ging an meiner Stelle hinein.

Noch drei Tage bis zur Hochzeit.

Es würde eine Sache von zehn Minuten auf dem Standesamt in Genua werden, danach ein Restaurant in den Hügeln, das Paolos Eltern ausgesucht hatten.

Wie es Tradition war, würden wir die Nacht davor getrennt voneinander verbringen, er bei seinen Eltern, wie von seiner Mutter gewünscht, und ich bei mir zu Hause, wo ich mich noch einmal ganz allein genüsslich in meinem Bett ausstrecken würde, wie früher.

Mittags traf ich mich mit meiner Mutter zum Essen im Zentrum.

Das hatten wir noch nie getan.

Sie war ein Gewohnheitsmensch, sie blieb gern zu Hause, liebte ihre Küche, und wenn sie ausging, fühlte sie sich immer ein bisschen unwohl. Sie ließ sich nicht gerne bedienen und beschwerte sich niemals, selbst wenn man ihre Bestellung ignorierte.

Ihr Leben war wohlgeordnet und ruhig, es passte alles zusammen.

Sie hatte niemals Flöhe im Ohr gehabt, sie hatte meinen Vater geheiratet, ohne zuvor andere Männer kennengelernt zu haben, dann war ich zur Welt gekommen, und sie hatte aufgehört zu arbeiten.

Von außen betrachtet wirkte ihr Leben einfach und folgerichtig, auch wenn sie die ein oder andere bittere Pille geschluckt haben musste.

Ich konnte mir nicht vorstellen, dass sie auch mal Träume oder Hoffnungen gehabt hatte, ich hatte sie immer nur so erlebt wie jetzt, ein bisschen resigniert. Aber in ihrer Resignation lag viel Würde.

Die Würde, die eine bis auf den Grund respektierte Entscheidung mit sich brachte.

Arm in Arm machten wir einen Spaziergang durch den Hafen.

Schweigend lauschten wir dem Wind und den Möwen und dem Rauschen des Meeres.

»Bist du glücklich?«, fragte sie mich aus heiterem Himmel.

Noch nie hatte sie mich so etwas gefragt, wir stellten uns diese Art von Fragen nicht.

Höchstens »Hast du Hunger?« oder »Hast du schon deine Sommersachen weggepackt?«, praktische Fragen, die besagten: »Ich liebe dich, und du liegst mir am Herzen, aber das kann ich dir nicht direkt sagen.«

»Und du, bist du glücklich?«, fragte ich zurück.

»Ich bin glücklich, wenn du glücklich bist.«

Ich lachte. »Das gilt nicht, Mama, das ist keine Antwort!«

»Aber es stimmt!«, antwortete sie voller Überzeugung. »Wenn du mal Kinder hast, wirst du das verstehen. Von da an wirst du nie wieder ganz glücklich sein können, solange du weißt, dass es deinem kleinen Mädchen nicht gut geht.«

»Aber es geht mir gut, Mama«, beharrte ich.

Sie blieb stehen, drehte sich zu mir um und zog den Regenmantel enger um sich. »Ich habe dich zur Welt gebracht. Glaubst du, ich merke nichts?«

Ich hatte nicht den Mut, es zu leugnen, senkte nur den Blick und schaute dann in die Ferne.

»Wir haben nie viel miteinander geredet, ich weiß,

dass ich nicht gerade die liebevollste Mutter der Welt war und dass ich mit Sicherheit viel falsch gemacht habe«, sagte sie, als hätte sie diese Ansprache lange einstudiert, aus Angst, etwas zu vergessen. »Aber ich muss dir gestehen, dass ich nicht froh darüber bin, dass du Paolo heiraten willst, wirklich nicht. Das wollte ich dir schon lange sagen, aber du hörst mir nicht zu, hast deinen eigenen Kopf, machst fast schon trotzig, was du meinst, fährst mir über den Mund und gehst weg.« Sie holte Luft. »Aber überleg dir das gut, mein Schatz. Eine Ehe ist fürs ganze Leben, ganz besonders, wenn Kinder im Spiel sind, und ich sehe in ihm nicht den Richtigen für dich. Natürlich hat er mir nie etwas getan, aber mein Mutterinstinkt sagt mir, dass da irgendetwas nicht stimmt.«

Arme Mama, dachte ich, sie hatte ja keine Ahnung, was sich unter meinem Dach abspielte.

»Es wird schon gut gehen, du wirst sehen«, versuchte ich sie zu beruhigen und legte ihr eine Hand auf die Schulter. »Er liebt mich, er sorgt sich um mich, er beschützt mich, und wir sind schon so viele Jahre zusammen, wer sollte eine alte Jungfer wie mich da noch nehmen wollen?« Ich lachte beschwichtigend.

»Was schert es dich, wenn du Single bleibst! Du bist immer eine Einzelgängerin gewesen, du hast schon als Kind lieber allein gespielt und immer gesagt, dass du nie heiraten würdest. Willst du denn wirklich so enden wie ich? Wolltest du denn nicht reisen und die Welt sehen wie Cate? Was ist in der Zwischenzeit passiert?«

»Das Leben ist passiert, Mama!«, fauchte ich sie an. Ich fühlte mich in die Enge getrieben. »Man trifft Entscheidungen, und die ziehen wieder andere nach sich, und irgendwann ist Schluss, das weißt du besser als ich!«

»Aber ich wollte nie, dass du dich genauso entscheidest, wie ich es getan habe.«

»So ist es nun mal gelaufen, machen wir jetzt kein Drama draus, ich heirate einen Mann, mit dem ich schon mein ganzes Leben zusammen bin, ich wandere ja nicht aus.«

Auch wenn das so nicht stimmte.

»Dein Vater ist auch nicht besonders glücklich darüber, weißt du? Er sagt es nicht direkt, aber er ist alles andere als erfreut. Er mosert ständig herum und zerbricht sich den Kopf, wie er Paolo im Schach besiegen kann. Inzwischen ist er schon ganz besessen davon.«

»Ich bitte Paolo, ihn auch mal gewinnen zu lassen.«

»Hör bloß auf, das würde er niemals wollen!« Sie strich mir über die Wange und zupfte meinen Schal zurecht. »Zieh dich warm an, sonst wird dir noch kalt, meine Kleine!«

Und mir kamen die Tränen.

Am Abend verbrachte ich zwei Stunden mit Cate am Telefon. Wir lachten und blödelten herum wie schon lange nicht mehr, und alle paar Minuten wiederholte sie mit Grabesstimme: »Nicht dieses Arschloch heiraten!«

»Das ist durch, Cate! Lass uns nicht mehr darüber reden«, antwortete ich.

Wie gerne hätte ich sie jetzt hier bei mir gehabt, um ein letztes Mal *Dirty Dancing* zu gucken und sich dabei gegenseitig aufs Bett zu werfen wie mit sechzehn.

»Pass gut auf dich auf«, sagte sie noch, bevor sie auflegte.

Alle warnten mich, das war doch absurd.

Ich hätte gern zumindest einen Menschen gefunden, der sich für mich freute.

Einen einzigen!

Am nächsten Morgen präsentierte ich mich in einem pastellfarbenen Kostüm vor dem Rathaus, mit hochhackigen Schuhen aus dem Schlussverkauf, Großmamas Brosche und einem grünen Pashmina-Schal um die Schultern, der die Farbe meiner Haare, zu einem eleganten Chignon gebunden, unterstrich.

Ich warf einen letzten prüfenden Blick in den Spiegel: Ich sah aus wie eine Stewardess der Alitalia.

Paolo war mit seinen Eltern schon im Standesamt.

Linda, unnötig zu sagen, war natürlich viel schöner und eleganter als ich. Sie umarmte mich und machte mir eine ganze Reihe Komplimente und danach ein Dutzend Selfies für Instagram, auf denen sie herumalberte wie ein junges Mädchen.

Ich begrüßte die Kollegen und Erika, die mich angestrengt anlächelte. Sie sah traurig aus, aber mir blieb keine Zeit, um mit ihr ein paar Worte zu wechseln, weil Paolo mich gleich weiterzerrte, um mich dem Generaldirektor vorzustellen, dem er schon seit einiger Zeit nicht mehr von der Seite wich.

Auch die Carrisi war da, wie ich bemerkte, gekleidet, als wollte sie zu einem Rave gehen, aber ich war nicht objektiv und beschloss, nicht weiter darüber nachzudenken.

Endlich kamen auch meine Mutter und ihre Schwester zusammen mit ein paar entfernten Cousinen, die sie mitgebracht hatten, damit die anderen nicht in der Überzahl waren.

Fehlte nur noch mein Vater, der mich zum Tisch des Bürgermeisters geleiten sollte, über diese fünf Meter roten Teppich, um mich symbolisch neuen und weisen Händen zu übergeben.

Er sei noch einmal nach Hause gefahren, weil er etwas vergessen habe, beruhigte mich meine Mutter.

Wir warteten etwa eine Viertelstunde, Paolo und seine Mutter wurden allmählich unruhig, und alle begannen zu tuscheln.

»Wir müssen allmählich anfangen, in zehn Minuten ist die nächste Hochzeit angesetzt«, sagte der Bürgermeister vorsichtig. »Es sei denn, euch reichen vier Minuten!« Er lachte als Einziger über seinen Witz.

Das Handy meiner Mutter klingelte. Sie vergaß ständig, dass sie es dabeihatte und blickte mich verzweifelt an, während sie hektisch in ihrer Handtasche kramte.

Beim sechsten Klingeln fand sie es endlich und nahm den Anruf an.

Ich sah, wie ihr Gesicht versteinerte und sie kreidebleich wurde.

Sie senkte den Arm, blickte mich an und sagte tonlos: »Papa hat einen Herzinfarkt.«

Die Welt blieb stehen.

Mein Bouquet fiel auf den Boden und explodierte in tausend weiße Rosenblätter.

Gott hatte mich gestraft.

Ich hatte allen, die mich gern hatten und denen ich wichtig war, das Herz gebrochen, hatte Ratschläge und gute Einwände von allen in den Wind geschlagen, die mich einfach nur glücklich sehen wollten, meinen Selbsterhaltungstrieb unterdrückt, und jetzt war mein Vater tot.

Verzweifelt stürzte ich aus dem Saal, in Tränen aufgelöst, verfluchte die Schuhe, in denen ich nicht schneller rennen konnte, ohne auch nur eine Vorstellung davon zu haben, wo ich hinwollte.

Ich hatte gar nicht gefragt, wo er war, ob im Krankenhaus oder zu Hause oder im Rettungswagen, ich wusste überhaupt nichts.

Ich wollte nur zu ihm laufen und ihm sagen, dass alles gut werden würde, dass er nicht sterben musste, um mich aufzuhalten. Dass ich verstanden hatte.

Ohne nach rechts und links zu schauen, rannte ich über die Straße und wäre beinahe vor ein Auto gelaufen.

»Darf man erfahren, wo du hinwillst?«, rief mir eine schrecklich vertraute Stimme hinterher.

»Cate!«, schrie ich aufgeregt. »Papa hatte einen Herzinfarkt, ich weiß nicht, wo er ist! Ich bin total durcheinander, hilf mir, lass uns nach Hause fahren, wir müssen ihn suchen, ich muss wissen, wie es ihm geht!«, schrie ich außer mir.

»Ich glaube, mir ist es noch nie besser gegangen!«, rief mein Vater und winkte mir vom Rücksitz aus zu.

»Papa!«, rief ich. »Was machst du hier?!«

»Dich vor dem schlimmsten Fehler deines Lebens bewahren, mein Mädchen!«, lächelte er so breit, wie ich ihn noch nie hatte lächeln sehen. »Niemals hätte ich dich dieses Arschloch heiraten lassen.«

»Spring rein!«, rief Cate.

Und mit quietschenden Reifen fuhren wir los.

Sie hatten seit Wochen daran gearbeitet.

Weder Cate noch mein Vater hätten diese Ehe jemals zugelassen, aber ihnen war klar, dass ich nicht mehr entscheidungsfähig war.

Sie wussten, dass Paolo aggressiv geworden war und mich schlecht behandelte, sie wussten, dass er mich manipulierte, und zwar allein deshalb, weil sie mich liebten und gesehen hatten, wie ich dahinwelkte.

Ich fühlte mich wie aus der Gefangenschaft befreit, empfand eine Mischung aus Euphorie und Schrecken über die wiedergewonnene Freiheit, Furcht vor den Folgen, die ich noch nicht absehen konnte.

»Ich musste mir auf die Finger hauen, sonst hätte ich längst eingegriffen, das kannst du mir glauben, stimmt's, Piero?«, sagte Cate.

»Und ich erst, wenn du mich angerufen und mir erzählt hast, wie dieser Verbrecher mit meinem kleinen Mädchen umspringt«, antwortete mein Vater mit einem Kloß im Hals.

»Ich meinte es ernst, als ich dir vorgeschlagen habe, einen Auftragsmörder zu bestellen, um die Sache zu regeln. Ich hatte schon Geld beiseitegelegt, aber er hat mich davon abgehalten!«

»Und was machen wir jetzt?«, fragte ich ängstlich.

»Oh, jetzt kommt der schönste Teil!«, rief Cate. »Erst

einmal müssen wir deine Wohnung zurückerobern, und dann lassen wir dich keinen Moment allein, damit er es nicht wagt, dir nahezukommen, nicht mal in Gedanken.«

»Aber was mache ich mit der Arbeit?«, fragte ich, wie ein Entführungsopfer.

»Erstmal hast du ja zwei Wochen Urlaub, und sobald du wieder da bist, bittest du um eine Versetzung. In dem Augenblick kursiert auf allen Handys in der Bank das Video, auf dem er mit der Carrisi herumknutscht, zusammen mit Fotos von ihm und der Frau des Geschäftsführers, mit der er in den letzten Monaten mehrfach ausgegangen ist.«

»Aber wie seid ihr denn an das Video gekommen?«

»Erika hat es mir geschickt, sie hat sich Sorgen um dich gemacht, und Piero hat dann den Rest erledigt, stimmt's?« Sie drehte sich um und hob die Hand, um sich mit meinem Vater abzuklatschen.

»Dieser Dummkopf, der mir erzählen wollte, wie man Schach spielt! Der arme Idiot!«, antwortete er und hob ebenfalls die Hand.

Ich weiß nicht, was mich mehr verblüffte, die Tatsache, dass er Paolo beschattet hatte oder dass er sich mit Cate abklatschte.

»Glaubst du denn, wir hätten so etwas zugelassen? Im Haus eingesperrt, ohne rauszukommen, ständig unter Kontrolle! Wir mussten uns in der Sauna treffen! In der Sauna! Hinterher musste ich jedes Mal noch eine Stunde die Beine hochlagern, um mich davon zu erholen. Aber nachdem ich mit Piero darüber gesprochen hatte, haben wir sofort einen Plan geschmiedet.«

»Weiß Mama davon?«

»Nein, die Ärmste, ich rufe sie jetzt gleich an, sonst bekommt sie noch einen Infarkt!« Mein Vater lächelte erleichtert.

Ich drehte mich zu ihm um. »Danke, Papa!«, sagte ich und meinte es aus tiefstem Herzen.

Er schaute mich gerührt an und drückte meine Hand. Noch nie in seinem Leben hatte er so viel zu mir gesagt.

Wir verbrachten den Tag damit, schwarze Säcke mit Paolos Sachen zu füllen und sie unten zu den Müllcontainern zu stellen.

Mein Vater tauschte das Schloss aus, und Cate und Gabriel kamen, um zu streichen, weil die Wohnung ihrer Meinung nach dringend neue Energie benötigte.

Ich konnte sie nicht daran hindern, grobes Salz auszustreuen und Salbei zu verbrennen, um die bösen Geister zu vertreiben. Ich hätte sie bei Bedarf auch Nutella an die Wände schmieren lassen.

Drei Tage lang ließen sie mich nicht allein, um sicherzugehen, dass er mir nicht nahekam.

Cate und mein Vater hatten einen hervorragenden Anwalt beauftragt, der sofort eine einstweilige Verfügung mit einem Kontaktverbot beantragte, auch wenn ich nicht müde wurde, das für übertrieben zu erklären.

Paolo war bis auf Weiteres suspendiert und lebte bei seinen Eltern, die sich ihrerseits einen Anwalt genommen hatten und mit einer Klage drohten, aber damit musste ich mich nicht länger beschäftigen.

Wir waren nicht verheiratet, hatten keine Kinder, nichts band mich mehr an ihn.

Und ich gestehe, dass mir das komisch vorkam.

Manchmal fehlte er mir, manchmal hatte ich Angst, dass er auf einmal vor mir stehen könnte.

Genua war eine kleine Stadt.

Aber weder Cate noch meine Eltern ließen mich auch nur eine Sekunde aus den Augen.

Ich kann das Glück gar nicht beschreiben, das ich empfand, weil ich mich wieder beschützt fühlte, umsorgt, aber vor allem endlich wieder frei.

Frei, zu kommen und zu gehen.

Frei, bei Cate zu sein, zu lachen und meinen Gab zu verwöhnen.

Frei, ich selbst zu sein.

Wir verbrannten die Mitgliedskarten des Fitnessstudios und versprachen uns, nie wieder einen Fuß in eine Sauna zu setzen, nicht einmal, um eine Wette zu gewinnen.

Und endlich ging ich wieder zum Schwimmen.

Stunden verbrachte ich im Wasser, als wollte ich all die verlorene Zeit wieder aufholen.

Mein Körper war glücklich, wie ich ihn seit Langem nicht mehr gespürt hatte.

Ich war lebendig und froh, aber vor allem war ich dankbar.

Dankbar, von so viel Liebe umgeben zu sein, Liebe, die ich beinahe zusammen mit mir in einem Gefängnis aus Schmerz, Gewalt und Grausamkeit begraben hätte.

Liebe, die ich für selbstverständlich gehalten hatte und

die sich unter so extremen Bedingungen gezeigt hatte. Erst in der Gefahr hatten wir die Scham überwunden, unsere Liebe füreinander auch in Worte zu fassen.

Meine Eltern waren gar nicht so lieblos, verschlossen oder gleichgültig, wie ich immer gedacht hatte. Sie hatten sich nur mit dem Platz begnügt, den ich ihnen eingeräumt hatte. Und ich hatte mir ein bestimmtes Bild von ihnen gemacht, weil ich der festen Überzeugung war, dass sie ihr Leben ohne Leidenschaft und Begeisterung führten und sich für Mittelmäßigkeit entschieden hatten.

Und voller Bescheidenheit und Respekt hatten sie da draußen gewartet, bis ihr Gefühl sie zum Handeln trieb, und sie fegten alle Konventionen und Bedenken beiseite, um mir zu Hilfe zu kommen und mich zu retten.

Jetzt bewunderte ich sie grenzenlos.

Cate verwöhnte mich, als wäre ich aus dem Koma erwacht.

Sie bot mir die ganze Palette an Behandlungen an, die ihr Zentrum zu bieten hatte, nahm mich jeden Abend in einen anderen Club mit, ins Kino, in die Diskothek, zum Essen, in die Berge, ans Meer – wir machten alles, was man sich nur denken kann und je verrückter es war, desto königlicher amüsierten wir uns.

Nachts schreckte ich dennoch manchmal aus dem Schlaf, überzeugt, dass er vor meinem Bett stand und mich anbrüllte.

Mein Körper ließ los, nach und nach wichen die Anspannung und der Stress, die sich in den letzten Monaten angesammelt hatten.

Ich bekam Fieber, Hautausschläge, Schmerzen, Herpes, der ganze Hass kam in einer Art emotionaler Entgiftung aus mir heraus.

Und dabei fühlte ich mich von Tag zu Tag besser.

Jeden Tag wurde ich lebendiger.

Eines Morgens bekam ich einen Telefonanruf.

Ich erkannte die Nummer nicht, und der Anwalt hatte mir verboten, Anrufe von fremden Nummern entgegenzunehmen.

Aber mir erschien es immer so unhöflich, nicht abzunehmen.

Eine Frauenstimme erinnerte mich freundlich daran, dass ich meine Laborergebnisse noch abholen musste.

Die hatte ich vollkommen vergessen.

Am liebsten hätte ich ihr gesagt, sie solle Paolo anrufen und ihm erklären, dass ich bei bester Gesundheit sei und das Problem nicht bei mir läge, aber das ließ ich sein.

Ich spürte Wut aufsteigen, aber es war eine andere Wut, eine gesündere, die ich herauslassen konnte.

Also ging ich zum Labor, um den Umschlag mit den Ergebnissen abzuholen, doch die Frau an der Rezeption bat mich, noch einen Moment im Wartezimmer zu warten.

Kurz darauf kam ein junger Arzt zu mir, mit einem sonnigen, zuversichtlichen Lächeln auf dem Gesicht.

Er bat mich, ihm in sein Zimmer ein paar Türen weiter zu folgen.

Ich folgte ihm und setzte mich.

Er nahm die Ergebnisse in die Hand.

»Also, ich weiß dass Professor Rinaldi Ihnen diese Tests empfohlen hat, weil Sie Schwierigkeiten mit der Empfängnis haben.«

Ich lachte laut auf. »Nein, hören Sie, da gibt es kein Problem!«, unterbrach ich ihn. »Ich muss nicht mehr versuchen, schwanger zu werden, das ist eine lange Geschichte, jetzt kann ich darüber lachen, aber damals … war es … ein Albtraum.« Ich seufzte erleichtert. Dann wurde ich ernst: »Entschuldigen Sie, wenn ich Ihnen Ihre Zeit gestohlen habe! Ich hatte damals keine andere Wahl. Ich erwarte nicht, dass Sie mich verstehen«, sagte ich, während ich aufstand. »Glauben Sie mir, niemals hätte ich so etwas gemacht, wenn ich nicht dazu gezwungen worden wäre. Ich habe großen Respekt vor Ihnen und Ihrer Arbeit …« Ich öffnete die Tür, um zu gehen.

»Signorina, warten Sie bitte«, hielt er mich auf. »Ich wollte Ihnen etwas ganz anderes mitteilen. Diese Testergebnisse deuten darauf hin, dass Sie Leukämie haben.«

10.

So fanden wir es heraus.

Durch Zufall.

Oder »Schicksal«, wie sie meinte.

Durch ein ganz banales Blutbild, das sie hatte machen lassen, um mir den Arsch zu retten.

Ich sagte dem Doktor nicht, dass es sich um Cate handelte.

Ich kann mich kaum erinnern, was er mir sagte, nur, dass er mich hinsetzen und mir ein Glas Wasser bringen ließ und dann mit mir über weitere Tests, Analysen und Untersuchungen sprach.

An eines erinnere ich mich jedoch noch ganz genau.

Wäre ich diejenige mit der Leukämie gewesen, wäre ich sofort nach Hause zu meinen Eltern gegangen, und wir hätten zusammen einen Weg gefunden, die Krankheit zu bekämpfen.

Wir hätten es versucht.

Wieso nur hatte es sie getroffen?

Sie hatte immer alles für andere getan, sie hatte sich aufgerieben, um allein ein Kind großzuziehen, mit der Kraft der Begeisterung und einem Optimismus, der immer kämpfte und sich nie geschlagen gab.

Als wollte das Schicksal sie aus Lust und Laune auf die Probe stellen, es war geradezu sadistisch.

Für mich dagegen, die ich weder an Gott noch an das Schicksal glaubte, war es nur eine Kombination aus Ungerechtigkeit und Zufall.

Irgendjemanden musste es treffen, und dafür spielte es keine Rolle, wer man im Leben war.

In meinem persönlichen Umfeld fiel mir allerdings kein unangenehmer Mensch ein, der jemals eine so schwere Krankheit gehabt hatte.

Paolo zum Beispiel bekam nicht mal eine Erkältung.

Das bestätigte meine Hypothese, dass selbst Krankheiten vor bösen Menschen fliehen, bei denen kann sich nicht einmal ein Virus halten.

Ich ging zu meinen Eltern, ohne mich zum Mittagessen anzumelden.

Mit hängendem Kopf, die Hände in den Manteltaschen, kam ich in die Küche.

Meine Mama wusste sofort, dass etwas nicht stimmte.

»O mein Gott, hat Paolo dir was angetan?«, fragte sie, und ließ die Stangenbohnen fallen, die sie gerade putzte.

Ich schüttelte den Kopf.

Mein Vater kam hereingelaufen.

»Dieser Verbrecher! Ich schwöre, ich bringe ihn um!«, rief er mit geballter Faust.

»Nein, Papa, es geht um Cate …«, sagte ich, »… sie ist krank.«

Einen Moment lang war alles still, wie nach einer

Explosion, bei der man im ersten Augenblick gar nicht begreift, was passiert ist.

»Wie krank?«, fragte Mama.

Ich straffte die Schultern. »Leukämie, sagen sie. Der Befund muss erst noch bestätigt werden, aber mehr, um herauszufinden, um welche Form es sich handelt.«

»Wo ist sie denn jetzt? Wie geht es ihr?«

»Sie weiß es noch gar nicht, und das ist das Problem.«

Ich erklärte die Geschichte mit dem Tausch, und wir beschlossen, alles zu tun, um Cate zu unterstützen. Wir würden sie keine Sekunde allein lassen und zusammen alles schaffen.

Mein Vater bot sich sofort an, Gabriel zur Schule mitzunehmen, und meine Mutter würde kochen und das Haus sauber halten.

Es war unglaublich und rührend.

Musste ich es also nur noch Cate sagen.

Die Hauptperson, der wir bereits das ganze Leben organisiert hatten, damit sie in Ruhe gesund werden und so lange wie möglich mit uns zusammenleben konnte.

Aber wir hatten die Rechnung ohne sie gemacht.

Ich ging zu Cate's Place, um ihr die Nachricht zu überbringen.

Sie war gerade mit einer Behandlung beschäftigt, und ich setzte mich in das kleine Wohnzimmer.

Ich warf einen Blick auf das Schwarze Brett, an dem Broschüren und Informationen zu allen Arten von Therapien hingen, gegen Angst, gegen Trennungsschmerz, zur Wiederherstellung des Zellgedächtnisses, Genesung durch Fasten …

Ich fragte mich, ob es funktionieren würde. Ob alle diese Sachen zusammen sie heilen könnten.

Von ganzem Herzen hoffte ich darauf. Ich würde alles dafür tun.

Als sie endlich zu mir kam, strahlend und fröhlich und bereit, auf eine Zigarette vor die Tür zu gehen, hätte ich am liebsten die Flucht ergriffen.

Würde es etwas ändern, wenn ich es ihr jetzt sagte?

War es wirklich so wichtig, sich der Realität bewusst zu sein?

Cate die Nachricht von ihrer Krankheit zu überbringen, war das Schwerste und Schrecklichste, was ich je in meinem Leben tun musste.

Denn wenn man zum Tode verurteilt wird, hört man nichts anderes mehr.

Und ich war ihr Todesengel.

Ich zog die Linie zwischen dem Leben vor und nach der Diagnose.

Und sie würde den Countdown für immer mit mir verbinden.

»Die haben was verwechselt!«, war ihre erste Reaktion, eine Mischung aus Arroganz und Verärgerung. »Das passiert doch ständig in solchen Laboren, da weiß doch eine Hand nicht, was die andere tut!«

»Könnte sein, aber du solltest dich trotzdem unbedingt vom Arzt untersuchen lassen!«

»Aber es geht mir prächtig, ist mir nie besser gegangen!«

»Nein, Cate, komm, du weißt genau, dass das nicht

stimmt. Du bist dünn wie eine Bohnenstange und bist ständig müde.

»Ich steh jeden Morgen um fünf auf und geh erst nachts um zwei ins Bett, wer wäre da nicht müde? Und die Flecken kommen von einer Nickelallergie, ein Klassiker, bei all dem Dreck, den wir essen!«

»Okay, du hast definitiv recht, aber wir gehen zum Arzt, allein um Gewissheit zu haben«, beharrte ich.

»Ich hab nicht mal einen Arzt«, antwortete sie. »Hab nie einen gehabt.«

»Dann gehst du halt zu meinem, ich mach dir einen Termin!«

»Ich hab nie Zeit! Wirklich nie, ich bin total ausgebucht!« Jetzt regte sie sich ernsthaft auf.

»Die können auch warten, sich ihre Aura lesen zu lassen, okay?«, brüllte ich sie mitten auf der Piazza Corvetto an. »Erst kommt deine Gesundheit, dann die von anderen!«

Sie machte ein finsteres Gesicht, sagte aber nichts mehr. Ich hatte den richtigen Knopf gedrückt.

Wenige Tage später saßen wir in der Praxis meiner Hausärztin mit den Ergebnissen in der Hand.

Den richtigen.

Die Diagnose bot wenig Hoffnung: akute myeloische Leukämie.

Dr. Lenzi erklärte uns sehr freundlich und einfühlsam Therapien und Erfolgschancen, auf die wir hoffen konnten.

Doch weder Cate noch ich konnten ihr folgen.

Vor allem Cate war mit den Gedanken ganz woanders. Aus dem Augenwinkel sah ich, wie sie Nägel kaute, mit dem Knie wippte, als wartete sie nur darauf, dass die Schulleiterin ihre Rede beendete, damit sie gehen konnte.

Ich legte eine Hand auf ihr Bein, um sie in die Realität zurückzuholen.

Ich wollte ihr nahe sein und dieses Unglück mit ihr teilen, aber am Ende war sie doch allein mit ihrer Krankheit.

Die Krankheit war bereits weit fortgeschritten; sie hatte die ersten Symptome ignoriert, etwa die geschwollenen Lymphknoten, gelegentliches Fieber und chronische Müdigkeit.

Alles Sachen, die man auch auf Stress zurückführen konnte.

Sie war noch jung, leider, sagte ihr die Dottoressa in aller Offenheit.

Cate lächelte nervös. »Jung mit einundvierzig? Das ist das erste Mal, dass ich das höre! Sobald ich hier raus bin, suche ich mir einen Toyboy.«

»Jung in der Hinsicht, dass Ihre Zellen schneller arbeiten, als wenn Sie sechzig wären. Und indem sie schneller arbeiten, entwickelt sich auch die Krankheit schneller«, erklärte die Dottoressa. Dann machte sie eine Pause, weil sie die Panik hinter unserem Schweigen erahnte. »Glauben Sie mir, es gibt zahlreiche Therapiemöglichkeiten, die sich verbessert haben«, versuchte sie uns zu beruhigen. »Wir dürfen auf keinen Fall pessimistisch sein, wir haben es noch rechtzeitig bemerkt und werden dem Behandlungsweg folgen, den das Krankenhaus für am erfolgversprechendsten hält.«

»Krankenhaus?«, fragte Cate, als hätte man ihr nahegelegt, ins Kloster zu gehen und Nonne zu werden.

»Ja, Sie müssen stationär aufgenommen werden, um mit der Therapie zu beginnen.«

Sie lachte. Laut. Aus vollem Halse. »Sie sind ja verrückt!«, rief sie. »Ich leite ein Zentrum für ganzheitliche Gesundheit, da hab ich keine Zeit, mich im Krankenhaus ins Bett zu legen!« Dann schaute sie mich an. »Ludo, lass uns gehen, wir sind schon spät dran, und ich hab noch einen Kredit bei dir abzuzahlen.« Sie zwinkerte mir zu und nahm ihre Jacke.

»Cate, warte!« Ich bremste sie aus, indem ich entschlossen ihre Hand nahm und mich nicht vom Fleck rührte. »Das ist kein Witz hier, falls du das noch nicht kapiert hast.« Ich schluckte. »Was die Dottoressa dir zu sagen versucht und was du nicht hören willst, ist ganz einfach: Entweder lässt du dich behandeln, oder du stirbst, und zwar bald. Stimmt's?«, fragte ich die Ärztin.

Sie nickte. »Es besteht die Gefahr einer sekundären Erkrankung.«

»Okay! Es ist ein Albtraum!«, platzte Cate heraus und warf ihre Tasche auf den Boden. »Wie soll ich dir verdammt noch mal sagen, dass ich mich gut fühle?«, schrie sie mich mit Schweiß auf der Stirn keuchend an.

»Cate, nein, es geht dir ganz und gar nicht gut, und das weißt du auch.«

Ihre Augen glänzten, sie zitterte.

»Lassen Sie sich helfen, Caterina«, sagte Dottoressa Lenzi sanft.

Cate brach in Tränen aus.

Sie begriff, dass ihr Leben sich drastisch verändern würde, dass sie schon bald keinerlei Kontrolle mehr über ihr Leben oder ihren Körper haben würde.

»Was muss ich tun?«, murmelte sie unter Tränen.

»Wir rufen die Kollegen von der Hämatologie am Gaslini an, und ich stelle Ihnen eine Überweisung mit der Bitte um unverzügliche Aufnahme aus. Morgen früh stellen Sie sich damit im Krankenhaus vor.«

Aufgewühlt und verwirrt traten wir ins Freie.

Am liebsten hätten wir so getan, als wäre das alles nicht wahr, als könnten wir uns ins nächste Café setzen und sagen: Wird schon wieder.

Aber wir sagten nichts. Es gab nichts zu sagen. Alles, was mir einfiel, klang dumm, banal und heuchlerisch.

Da machte man Pläne für die Zukunft, war motiviert, packte Dinge an, setzte Kinder in die Welt, nahm Hypotheken mit einer Laufzeit von dreißig Jahren auf, gründete ein Unternehmen, lebte, als lebte man ewig, und wie aus heiterem Himmel bekam man eine Überweisung ins Krankenhaus in die Hand gedrückt, und plötzlich war der Tod in Sicht.

Es regnete. Passend zur Stimmung.

Wir lehnten uns an eine Mauer, um nicht allzu viel davon abzubekommen.

Cate holte eine Zigarette heraus.

»Bist du sicher, dass du jetzt rauchen solltest?«

Sie verzog das Gesicht.

»Meinst du, es ändert was?«, antwortete sie gereizt.

Ich hatte keine Ahnung. Vielleicht nicht. Vielleicht hatte sie recht.

Ich kam mir dumm und nutzlos vor.

An ihrer Stelle hätte ich mich wahrscheinlich zu Hause eingeschlossen, mich unter einer Decke vergraben, niemanden mehr sehen wollen, aber ganz sicher hätte ich keine Lust auf idiotische Ratschläge von Leuten gehabt, die mein Schicksal nicht teilten.

Stattdessen sagte sie: »Komm, wir betrinken uns!« und versetzte mir mit dem Ellbogen einen Stoß in die Rippen.

Mein »aber« erstarb mir auf den Lippen.

Ich lief ihr nach durch den strömenden Regen.

Sie ging schnell, ohne auf den Regen zu achten.

Sie bog in eine Seitengasse ab, offensichtlich kannte sie sich hier aus, zog die Tür zu einer Weinbar auf, ein kleines, ruhiges Lokal mit wenigen Gästen, gedämpftem Licht und einem flackernden Kamin.

»Ha, perfekt«, sagte sie und warf ihre Tasche auf eine der Holzbänke, bevor sie an den Kamin trat, um sich am Feuer zu wärmen.

Der Barista lächelte uns breit an.

»Was darf ich euch bringen, Mädels?«

»Eine Flasche Roten!«, rief sie. »Aber einen guten. Geld spielt keine Rolle!«

Dann an mich gewandt: »Wein ist gut fürs Blut, nicht wahr?«, und lachte nervös.

Wir setzten uns an den Tisch, und der junge Mann brachte uns zwei große Gläser und eine Flasche.

Er hatte Lust, sich zu unterhalten. »Ich hab euch einen Rossese ausgesucht, aus Ligurien, einer meiner Lieblingsweine«, sagte er, während er die Flasche aufmachte und am Korken schnupperte. Es war noch echter Kork.

Dann schenkte er Cate etwas ein, und sie hob das Glas gegen das Licht.

Ich kannte sie zu gut, um nicht zu merken, dass sie schauspielerte. Sie roch daran, probierte, sagte, dass er perfekt sei und entließ den jungen Mann.

Cate nahm die Flasche und füllte unsere beiden Gläser bis fast zum Rand.

»Cate, ich hab noch nichts gegessen! Wenn wir so anfangen, liegen wir gleich im Koma.«

»Genau, was ich vorhabe!«, sagte sie und stürzte den Wein in wenigen Schlucken herunter.

Ich gab dem Kellner ein Zeichen, dass er uns Brot bringen sollte und etwas anderes zu essen, und er kam mit einem Brett mit Käse und Schinken und begann arglos (und mit einem gewissen Stolz), uns zu erklären, dass der Bio-Pecorino von Bergwiesen stammte und sie ihre Produkte nach der Slow-Food-Philosophie einkauften.

»Wunderbar!«, rief Cate, schon leicht benebelt, »aber das ist für Leute, die Zeit zu verlieren haben! Ich hab aber nun wirklich keine Zeit mehr«, sie lächelte ihn bitter an. »Wissen Sie, warum? Weil ich Leukämie habe! Eine komische, die … warte mal … myele … so was …« Sie wandte sich mir zu.

»Myeloische …«, flüsterte ich langsam mit gesenktem Blick.

»Ah ja, myeloische!«, sagte sie laut. »Passt ja vielleicht gut zum Pecorino!« Sie war die Einzige, die lachte.

Der junge Mann sah mich betreten an und verschwand, ohne noch einmal an unseren Tisch zurückzukehren.

»Musstest du jetzt wirklich so eine Szene machen?«, fragte ich ernst. »Findest du das witzig?«

»Du hast ja wohl keine Leukämie«, antwortete sie achselzuckend.

Nein, ich hatte keine, das stimmte, aber ihre Reaktion überraschte mich trotzdem.

Also beschloss ich, mich ebenfalls zu betrinken.

Wenn wir schon durch die Hölle gehen mussten, dann wenigstens zusammen.

Zwei Flaschen Roten und ich weiß nicht mehr wie viele Grappas später waren wir in einem bemitleidenswerten Zustand.

Cate lachte, sang, rauchte, und niemand traute sich, ihr irgendetwas zu sagen.

Nicht einmal die Rechnung wollten sie uns bezahlen lassen, was Cate erboste, die lallend darauf bestand: »Was kostet es dich denn?« Der arme Junge druckte sofort den Bon aus.

Wir taumelten nach draußen.

In ihrem Zustand war es eine absurde Dummheit gewesen, sich die Leber zu vergiften.

Und ich hatte nicht die Kraft gehabt, sie davon abzuhalten.

Wir schafften gerade mal zehn Schritte, bevor Cate sich zur Mauer umdrehte und sich die Seele aus dem Leib kotzte.

Eine Gruppe junger Leute kam vorbei und lachte, und einer sagte: »In dem Alter bist du nicht mehr …«

In einem Anfall von Stolz richtete Cate sich auf, wischte sich den Mund mit dem Handrücken ab und rief ihm hinterher: »Komm du erstmal in mein Alter mit Leulo ... Leuko ...«

Ich konnte mich nicht mehr zurückhalten und versetzte ihr einen Tritt gegen das Schienbein. »Lepra!«, brüllte ich dem Jungen entgegen. »Ist dir klar, was das bedeutet? Sie ist einundvierzig geworden mit Lepra! Ein Wunder!«

Inzwischen war ich stinksauer.

Ich kramte Taschentücher heraus, und als Cate sich mit verwuschelten Haaren und rot im Gesicht wieder aufrichtete, sagte ich knallhart: »Jetzt machst du dich erstmal vorzeigbar, und dann gehen wir nach Hause, weil wir nämlich mit Gabriel reden müssen, deinem Sohn, erinnerst du dich? Dann packen wir den Koffer, und morgen früh bringe ich ihn zur Schule, dann checken wir im Grandhotel Gaslini ein, verstanden? Das ist keine Bitte, sondern ein Befehl. Es reicht, wenn du nickst, wenn du verstanden hast, oder es gibt noch einen Tritt!«

Sie nickte.

Ich war inzwischen wieder nüchtern.

Als wir bei ihr ankamen, war sie kleinlaut. Nachdem der Mut verflogen war, den uns der Alkohol geschenkt hatte, packte uns beide die Angst.

»Wie soll ich ihm das sagen, Ludo?«

»Wir machen es so«, schlug ich vor. »Wir sagen ihm nur, dass du Tests machen lässt, für die sie dich ein paar Tage im Krankenhaus behalten müssen. In der Zwischenzeit kann er bei mir wohnen. Wir wollen ihn nicht mehr als nötig beunruhigen.«

»Was würde ich nur ohne dich machen!«, rief sie, fiel

mir in die Arme und drückte mich fest, während sie in Tränen ausbrach.

Und so übernahm ich das Kommando.

Ich strich ihr die Haare aus den Augen, wischte ihr die Tränen aus dem Gesicht und legte meine Hände an ihre Wangen.

»Atme. Alles wird gut«, flüsterte ich ihr zu und versuchte ganz fest, ebenfalls daran zu glauben.

Stufe für Stufe stiegen wir langsam die Treppe zur Wohnung hinauf.

Wenn doch diese Treppe niemals enden würde, dachte ich bei mir.

Sie schloss die Tür auf, und Hugo, der offensichtlich bei ihnen geblieben war, stürzte sich auf uns und richtete ein beispielloses Chaos an, indem er mit seinem Wägelchen überall anstieß.

Cate kniete sich hin, um den Hund zu knuddeln, worauf der Hund außer sich vor Freude war.

»Was meinst du, ob ich ihn mitnehmen kann?«, fragte Cate lächelnd.

»Du, beeil dich lieber, gesund zu werden.«

»Du weißt, dass du dich auch um ihn kümmern musst, ja?«

»Ja«, seufzte ich.

Gabriel saß auf dem Sofa und schaute sich eine Folge X-Factor an, war allerdings in sein Handy versunken.

Was hatte ich nur in seinem Alter gemacht – ohne Handy oder X-Factor?

Wahrscheinlich hatte ich in meinem Zimmer auf dem Bett gelegen und von Simon Le Bon geträumt.

Cate machte den Fernseher aus, Gabriel protestierte lautstark.

»Mama, was soll das, das ist die letzte Folge!«

»Schatz, Tante Ludo und ich müssen dir etwas Wichtiges sagen.«

»Heiratet ihr?«, fragte er mit einem spitzbübischen Lächeln.

»Nein«, antwortete Cate und nahm ihm das Handy aus der Hand, was ihm den Ernst der Lage klarmachte.

Sie schob seine Beine vom Sofa, sodass sie sich neben ihn setzen konnte. Ich blieb stehen. Ich weiß nicht warum, aber ich hatte das Gefühl, dass mir die Kraft zum Aufstehen gefehlt hätte.

»Mama ging es in letzter Zeit nicht gut, und der Arzt hat ihr gesagt, sie soll sich untersuchen lassen«, sagte sie ihm.

»Warum redest du von dir in der dritten Person?«, fragte er misstrauisch.

»Oh, Gabriel, mach's mir doch nicht so schwer!«, rief sie. »Morgen früh muss ich ins Krankenhaus, um ein paar Sachen abklären zu lassen. Wahrscheinlich nichts Ernstes, aber es ist wichtig, dass ich es tue.«

»Und wann kommst du zurück?«, fragte er sie und schaute sie von unten herauf an.

»Das weiß ich noch nicht, das kann schon ein Weilchen dauern, es sind ziemlich umfangreiche Tests, aber du brauchst dir keine Sorgen zu machen, denn Tante Ludo wird sich um dich kümmern, stimmt's?«

»Klar!«, sagte ich. »Du kommst zu mir, wie findest du das?«

Ich gebe zu, dass ich mir etwas mehr Begeisterung erhofft hatte, aber im Augenblick musste er erstmal die Nachricht verarbeiten, dass seine Mutter krank war, auf unabsehbare Zeit ins Krankenhaus musste und folglich war die Aussicht, bei mir zu wohnen, nicht wirklich verlockend.

»Warum kann ich nicht hierbleiben?«

»Weil du zur Schule musst und nicht allein bleiben kannst«, erklärte Cate geduldig.

»Aber ich bin doch schon oft allein hier gewesen, auch schon mal drei Tage hintereinander, weißt du noch, letzten Sommer.«

»Ja, schon, aber ich weiß noch nicht, wie lange ich weg sein werde, und ich will nicht, dass du dir Sorgen machst oder in Schwierigkeiten gerätst, also gehst du zu Tante Ludo, die sich um dich kümmern wird, solange ich weg bin.«

Er schwieg.

Cate und ich blickten uns an.

Wie konnte man einem Fünfzehnjährigen diese Situation anders klarmachen?

»Aber dir geht's doch gut, warum musst du denn ins Krankenhaus?«, fragte er verzagt.

»Ja, mir geht's gut, Schatz, aber du weißt doch, wie Ärzte so sind, die wollen immer alles ganz genau wissen, also hab ich gesagt: ›Okay, machen wir diese ganzen Tests auf einmal, dann kann ich wenigstens schnell wieder zu meinem kleinen Mann nach Hause.«

Sie wuschelte ihm durch die Haare, aber er rückte von ihr ab.

Er war nicht überzeugt. Er wusste ganz genau, dass sie etwas vor ihm verbarg.

»Gut! Kofferpacken«, sagte Cate und stand auf. »Ob ich das lange Abendkleid mitnehmen sollte?«, fragte sie lächelnd, bevor sie ins Schlafzimmer ging.

Ich blieb allein mit Gabriel zurück, der immer noch dasaß und ins Leere starrte.

»Mach dir keine Sorgen, Gab, ich bin ja da.«

Das schien ihm nicht sonderlich zu helfen.

Die Einzige, die er jetzt neben sich haben wollte, war seine Mutter. Für immer.

Ich ging zu Cate, um ihr beim Packen zu helfen.

Wir redeten nicht.

Wir hangelten uns von Augenblick zu Augenblick.

Einzige Regel: Bloß keine Panik!

Als ich mich von Cate und Gabriel verabschiedete, schoss mir der Gedanke durch den Kopf, dass dies für lange Zeit ihre letzte, gemeinsam verbrachte Nacht sein würde.

Eine Nacht voller Fragen und Ängste, Geständnisse und Versprechen. Mit unserer Unbeschwertheit war es vorläufig vorbei. Wie viel war in den letzten Wochen passiert – die Trennung von Paolo, jetzt Cates schreckliche Diagnose. Sie hatte mich aus der Beziehung mit ihm befreit, jetzt war ich dran mit dem Retten.

Sehr früh am nächsten Morgen holte ich sie ab.

Wir brachten Gab zusammen zur Schule. Während der ganzen Fahrt sagte er kein Wort. Beim Aussteigen verabschiedete er sich mit derselben kurzen Geste wie immer.

»Ich hole dich nachher wieder ab!«, rief ich ihm nach, doch er drehte sich nicht einmal um.

»Wie hat er es aufgenommen?«, fragte ich Cate.

»Schlechter ging's nicht, würde ich sagen«, antwortete sie. »Vorausgesetzt, es ist überhaupt möglich, einen solchen Schlag gut aufzunehmen.«

»Er wird sich wohlfühlen bei mir, du wirst sehen«, beruhigte ich sie, auch wenn ich mir nicht sicher war.

Langsam fuhr ich zum Krankenhaus.

Schweigend.

Ich wusste nicht, ob es ein Anfang oder ein Ende war.

Am liebsten hätte ich den Rückwärtsgang eingelegt und wäre mit ihr nach Porto Venere geflohen, um Focaccia mit Stracchino und Pesto zu essen.

Das würden wir machen, sobald sie wieder entlassen war, versprach ich mir.

Ich suchte einen Parkplatz und schaltete den Motor aus.

Wir schauten uns an.

»Gut!«, sagte sie. »Da wären wir.«

Wir gingen hinein zur Rezeption.

»Guten Morgen!«, begann sie. »Ich hab reserviert, das Einzelzimmer mit Meerblick.«

Die Schwester lächelte nicht.

»Raucher, wenn möglich«, setzte ich hinzu.

»Es gibt keine Raucherzimmer«, antwortete die Krankenschwester empört.

»Ich weiß noch nicht, wie lange ich bleiben werde, das hängt auch davon ab, wie wohl ich mich fühle. Bis wann gibt es denn morgens Frühstück?«

»Spielen Sie nicht den Witzbold und unterschreiben Sie hier«, sagte sie eisig.

Wir fuhren in den zweiten Stock hinauf, Abteilung Hämatologie.

»Da bin ich!«, rief sie, während sie die Tür zur Station aufzog. »Bereit, mich auf den Kopf stellen zu lassen!«

Ein Arzt eilte angesichts des Lärms besorgt zu uns. Ein Mann Mitte fünfzig mit Brille, dicklich mit Geheimratsecken, aber einem freundlichen, fürsorglichen Gesichtsausdruck.

»Sind Sie der Concierge?«, fragte sie lächelnd mit französischem Akzent. »Eine harte Matratze bitte für meinen Rücken und mindestens drei Kissen!«

»Alle unsere Matratzen sind aus Memory-Schaum, *Madame!*«, spielte er das Spiel mit und zwinkerte mir dabei zu.

»Selbstverständlich«, gab Cate zurück. Sie umarmte mich fest. »Ich ruf dich später an und sag dir, wie es läuft. Lass es dir und Gab gut gehen inzwischen, ich bin bald wieder zurück. Nicht wahr, Dottore?«

»Wir werden alles dafür tun, um Sie so schnell wie möglich wieder loszuwerden!«, versicherte er ihr.

Wir blickten uns mit tränenglänzenden Augen schweigend an.

»Mach's gut, meine Freundin«, dachte ich, »du wirst das hier schaffen, wie du immer alles geschafft hast. Eine blöde myeloische Leukämie wird dich ganz bestimmt nicht unterkriegen.«

»Nein, Ludo, nie im Leben!«, antwortete sie mit ihrem Blick.

11.

In der ersten Nacht tat ich kein Auge zu.

Zum Teil wegen der Unruhe, die der Hund verbreitete, der lautstark dagegen protestierte, in der Küche schlafen zu müssen.

Ich fragte mich ständig, wie es Cate ging, woran sie dachte, ob sie Angst hatte, ob sie schlafen konnte, ob sie Geräusche hörte, ob sie gegessen hatte, ob die Krankenschwestern nett zu ihr waren, ob sie ihre Fragen beantwortet hatten, ob sie auf Toilette gegangen war, ob ihr kalt war, ob ihr warm war, was sie aus ihrem Fenster sah, ob das Bett nach Norden ausgerichtet war, ob sie ihr Telefon behalten durfte, ob sie Durst hatte, ob sie es bequem hatte …

Am Ende stand ich auf und suchte nach einem Beruhigungsmittel.

Unter der Wohnzimmertür drang Licht in den Flur, Gab musste ebenfalls wach liegen.

Ich ging in die Küche, wo der Hund mir einen traurigen Blick zuwarf und sich dann zwischen meinen Beinen hindurchschlängelte und weiter bis zur Wohnzimmertür, an der er kratzte.

Ich klopfte leise und steckte den Kopf durch die Tür, um zu sehen, wie es Gabriel ging.

Hugo hielt sich nicht mit solchen Förmlichkeiten auf und schleppte sich jaulend zum Sofa.

Gab lag unter der Decke und chattete am Telefon. Er sah mich mit einem halben Lächeln an.

»Du kannst wohl auch nicht schlafen, was?«

Er nickte, dann hob er den Hund hoch und zog ihn zu sich aufs Bett.

Offensichtlich gab es ein paar neue Regeln, die ich wohl oder übel akzeptieren musste.

»Magst du ein Glas Milch mit Honig?«

»Wenn du das machen würdest …«

»Ich bring's dir gleich«, sagte ich und verschwand in der Küche, um ein paar Minuten später mit einem Tablett, zwei Tassen Milch und Keksen zurückzukommen.

Er rutschte zur Seite, um mir Platz zu machen, und ich setzte mich neben ihn.

Schweigend tunkten wir die Kekse in die heiße Milch. Es wirkte beruhigend.

Er hatte Angst, das spürte ich.

Er war sicher innerlich aufgewühlt, und für einen Teenager war es schwierig, seine Gefühle offen zu zeigen und zuzugeben, wie sehr seine Mama ihm fehlte.

Und ohne Vater musste er sich noch verlorener fühlen.

»Weißt du eigentlich, warum du Gabriel heißt?«, fragte ich ihn.

»Weil Mama gern Peter Gabriel gehört hat«, antwortete er düster, während er den Hund streichelte.

»Ja, deshalb auch, aber Oasis mochte sie eigentlich lieber. Warum hat sie dich dann weder Liam noch Noel genannt?«

»Warum denn?«

»Du weißt ja, dass sie so ihre eigenen Vorstellungen vom Universum hat und warum wir hier auf der Welt sind, nicht wahr? Sie sagt immer, dass wir uns unsere Eltern aussuchen und nicht zufällig da leben, wo wir leben.«

Er nickte.

»Sie hat immer schon Engel geliebt. Ihr gefällt die Vorstellung, dass es jemanden gibt, der in jedem Augenblick seine schützende Hand über uns hält, der immer an unserer Seite steht und uns bedingungslos liebt, auch wenn wir nicht auf ihn achten, weil wir viel zu beschäftigt damit sind, an uns selbst zu denken.«

Er nickte wieder.

»Ihr Lieblingsengel war Gabriel, ein mächtiger Erzengel, eine Art Rockstar mit unglaublicher Macht. Er ist Gottes Bote, der Fürst aller Engel, der die Träume bringt, der in schwierigen Zeiten immer für dich da ist und dich dein ganzes Leben lang begleitet. Sie wollte deinen Namen nicht vorher aussuchen, sondern hat gewartet, bis sie dich sehen konnte. Und kaum warst du auf der Welt und wurdest ihr in die Arme gelegt, hast du aufgehört zu weinen und sie angesehen und gelächelt. Und sie hat gesagt: ›*Ciao,* Gabriel!‹«

Jetzt hatte ich seine volle Aufmerksamkeit.

»Und woher weißt du so was?«

»Weil ich dabei war! Siehst du, sie wusste von Anfang an, dass du mutig und etwas Besonderes bist, dass du Charakter hast, stark und großzügig bist und dass dich nichts so leicht umwerfen kann. Genau wie ein Erzengel.

Deshalb musst du jetzt, in dieser schwierigen Zeit, deiner Mama glauben, wenn sie dir sagt, dass alles gut gehen wird, genau wie ich. Wir müssen jetzt nur Vertrauen und Geduld haben.«

Als ich ihn umarmte, schmiegte er sich an.

Mein Kleiner.

»Wird sie denn wieder gesund?«

Ganz bewusst ließ ich keine Pause entstehen, seufzte auch nicht, sondern antwortete sofort in einem heiteren und ruhigen Tonfall. Uns fehlten noch viele Informationen, warum ihn also jetzt schon erschrecken.

»Aber natürlich wird sie wieder gesund!«

Er löste sich von mir und blickte mir in die Augen.

»Hör mal, Tante Ludo, kennst du meinen Vater?«

Es tat mir in der Seele weh.

»Nein, mein Schatz. Ich weiß nur, dass sie sich in Australien kennengelernt haben, mehr nicht.«

Er ließ sich wieder zurückfallen.

»Schade«, sagte er traurig.

Ich fragte mich, ob Cate unter diesen Umständen vielleicht schon vor seinem achtzehnten Geburtstag mit ihm sprechen wollte, auch wenn für einen Vater, von dem er nichts wusste und der in seinem Leben bisher nie präsent gewesen war, das Timing nicht hätte schlechter sein können.

Ich beschloss, das Thema zu wechseln.

»Hör mal, wie läuft es denn mit deiner Freundin?«

»Wenn sie mal meine Freundin wäre«, seufzte er. »Manchmal hab ich das Gefühl, sie mag mich, manchmal nicht.«

»So geben wir Mädchen uns manchmal«, erklärte ich lächelnd. »Um zu sehen, ob ihr euch wirklich für uns interessiert oder nicht, um euch auf die Probe zu stellen, um zu verstehen, ob ihr es ernst meint.«

»Aber ich mein's auf jeden Fall ernst!«, empörte er sich.

»Dann wird sie das früher oder später kapieren«, beruhigte ich ihn.

Am nächsten Morgen ließ ich ihn ausschlafen, ohne ihn in die Schule zu schicken.

Er brauchte ein bisschen Zeit, um sich bei mir einzuleben.

Zeit, um die Route neu zu berechnen.

Ich nutzte sie, um ins Büro zu gehen und mit meinen Vorgesetzten zu reden.

Mein Anwalt war meinen Arbeitgebern gegenüber ziemlich deutlich geworden, sie mussten mir den Arbeitsplatz erhalten, dennoch wusste ich natürlich ganz genau, dass sie keine große Lust hatten, mich weiter zu beschäftigen.

Ich konnte ihnen Probleme bereiten.

Ich konnte ihnen die Gewerkschaft auf den Hals schicken, sie des Mobbings beschuldigen und einer Reihe anderer Verstöße gegen das Arbeitsrecht.

Aber ich wollte keinen Krieg.

Man empfing mich zurückhaltend.

Erika war die Einzige, die mich mit etwas Wärme begrüßte.

»Wie schön, dich wiederzusehen! Wie geht's dir?«

»So lala«, antwortete ich vage.

Alles hier weckte Erinnerungen an mein vergangenes Leben, das ich erst vor Kurzem dank meiner Familie und dank Cate hinter mir gelassen hatte.

Aber jetzt stand ich wieder hier, lebendig, wach und geistesgegenwärtig und spürte, wie schwer es mir fiel, mich in der alten Umgebung zu bewegen.

Ich klopfte an die Tür zum Büro des Direktors, der mich mit künstlicher Freundlichkeit empfing.

»Was für eine schöne Überraschung, Ludovica, bitte, setzen Sie sich doch! Ich habe seit Tagen vor, Sie anzurufen.«

Ich setzte mich.

»Uns ist bewusst, dass Sie eine wirklich schwere Zeit hinter sich haben, und ich möchte Ihnen, auch im Namen des Unternehmens, meine volle Unterstützung zusagen.«

Ich ahnte, dass jetzt ein großes Aber kommen würde.

»Für uns ist es schwierig, Position zu beziehen, ohne in einen Interessenkonflikt zu geraten. Wir legen großen Wert darauf, Ihnen zu sagen, dass uns das Wohl aller unserer Mitarbeiter am Herzen liegt.«

Der Wechsel vom »ich« zum »wir« war so unauffällig gewesen, dass er mir fast nicht aufgefallen wäre. Wahrscheinlich hatte er sich seine kleine Rede vorher zurechtgelegt.

»Wir haben uns Ihre Situation gründlich angeschaut, alle Möglichkeiten abgewogen und sind zu dem Schluss gekommen, dass wir keine der beiden Parteien schädigen und die Rechte aller Beteiligten berücksichtigen sollten. Wir sind jederzeit zu einer Gegenüberstellung bereit.«

Ich lächelte.

»Roberto, ich bitte Sie!«, unterbrach ich ihn. »Hören Sie auf, mir etwas vorzumachen. Reden wir Klartext: Paolos Eltern haben euch die besten Anwälte am Platz auf den Hals gehetzt, und jetzt könnt ihr ihn nicht rauswerfen, weil er euch in einen Rechtsstreit zerren würde, den ihr nur verlieren könnt. Dazu dann noch die schlechte Publicity. Und dann sind sie auch noch bestens mit den Leuten vom Rotary-Club befreundet. Aber wisst ihr was? Meine beste Freundin ist todkrank und braucht mich, und ich brauche Zeit, um ihr beizustehen. Also werde ich es euch sehr leicht machen. Ich will sechs Monate Freistellung und eine Versetzung in eine andere Filiale hier in Genua. Alles andere interessiert mich nicht.«

Er lehnte sich in seinem Sessel zurück.

»Geben Sie mir das schriftlich?«

»Wo ist der Stift?«

Eine halbe Stunde später räumte ich meinen Schreibtisch ab und leerte die Schubladen.

Als ich die letzte aufzog, fand ich die Packung mit der Pille.

Mir zog sich der Magen zusammen.

Das hatte ich schon ganz vergessen.

Ich hatte alles erfolgreich verdrängt.

Ich steckte die Packung in einen Umschlag und ging hinaus, ohne mich von irgendjemandem zu verabschieden.

Doch am Ausgang stand ich plötzlich Paolo gegenüber. Bestimmt kein Zufall.

Ich spürte, wie die alte Panik, die ich noch eine Minute zuvor für besiegt gehalten hatte, mich wieder packte.

Mir wurde klar, wie viel Macht er noch immer über mich hatte.

Ich beschloss einfach durch die Tür zu gehen, ohne ein Wort mit ihm zu wechseln. Innerlich war ich in Panik, denn wir hatten seit der geplatzten Hochzeit nicht mehr direkt miteinander gesprochen.

»Oh, na sieh mal einer an, wen haben wir denn da?«, rief er.

Unnütz zu sagen, dass die bescheuerte Antidiebstahlstür mit mechanischer Stimme immer wieder sagte, ich solle »alle metallischen Gegenstände in die Sicherheitskassette legen«, als hätte ich ein Maschinengewehr in der Tasche – vielleicht wäre das die Lösung gewesen.

Ich drehte mich mit einem gezwungenen Lächeln zu ihm um.

»Keine Sorge, ich hab nur meine Sachen geholt.«

»Ah, also verlässt du uns?«, fragte er sarkastisch.

Als hätte er das nicht schon längst gewusst.

Es musste eine der Forderungen gewesen sein, die seine Anwälte in ihren Schreiben für unverzichtbar erklärt hatten.

Mir war allerdings wichtig, dass er mir meine Angst nicht ansah, ich wollte nicht als Verliererin dastehen oder als jemand, der den Rückzug antritt.

»Tja. Ich hab Besseres zu tun«, sagte ich mit gespielter Dreistigkeit.

»Ach ja? Was denn? Morgens schwimmen gehen?«

Ich biss mir auf die Unterlippe, und ich schwöre bei

Gott, dass ich mich zurückhalten musste, um ihm nicht die Augen auszukratzen. »Das auch«, antwortete ich in der Hoffnung, dass er aufgab.

»Und dann mit deiner Freundin abhängen.«

Ich schloss die Augen und atmete tief durch.

Am liebsten hätte ich ihm ins Gesicht geschrien, dass Cate todkrank war, aber ich hielt mich zurück. Vielleicht hätte es ihn mit Schadenfreude erfüllt, zugetraut hätte ich es ihm.

»Ja, wir haben einen Heidenspaß dabei, die Schule zu schwänzen und im Einkaufszentrum Lippenstift zu klauen. Entschuldige, aber ich muss jetzt wirklich los.« Ich gab dem nutzlosen Typen an der Sicherheitsschleuse ein Zeichen, der so tat, als wüsste er erstmal nicht, wie er die Tür aufkriegen soll.

Endlich verstummte die elektronische Stimme, und die Tür öffnete sich.

Paolo nutzte die Gelegenheit, um öffentlich nachzutreten.

»Ich habe dich nie geliebt«, sagte er.

»Ich weiß«, antwortete ich und drehte mich von ihm weg.

Ich kramte in dem Umschlag herum, nahm die Pillenpackung heraus, drehte mich um und schleuderte sie ihm vor die Füße.

»Behalt sie, du Arsch. Ich hätte mich lieber umgebracht, als von dir ein Kind zu kriegen!«

Und so zog ich im Triumph hinaus.

Ich besuchte Cate im Krankenhaus.

Ich war aufgeregt und hatte keine Ahnung, was mich erwarten würde.

Ich versuchte, mich zu beruhigen, redete mir gut zu – dass sie gute Nachrichten haben würde, die Engel sie beschützten und alles andere, was sie mir gesagt hätte, aber am Ende hatte ich doch mehr Vertrauen in Ärzte als in Engel.

Als ich auf die Station kam und nach Cate fragte, rollte die Schwester nur die Augen und rief nach dem Oberarzt. Es war derselbe, der uns am Vortag aufgenommen und den Concierge gespielt hatte.

»Dottore Sarti, aber nennen Sie mich nur Gianfranco«, stellte er sich mit einem optimistischen Lächeln vor, während er mir fest die Hand drückte. »Sie hat uns den ganzen Morgen auf Trab gehalten, wir mussten ihr das Handy wegnehmen und ihr ein Beruhigungsmittel geben, weil sie einfach nicht aufgehört hat, Leute anzurufen und Termine zu verschieben!«

Ich lächelte. »Typisch Cate, sie kann einfach nicht Ruhe halten.«

»Ja, aber sie muss begreifen, dass sie sich unbedingt schonen muss. Manche Patienten kommen wie sie ohne schwere Symptome zu uns, sie merken gar nicht, wie sehr ihr Körper bereits zermürbt ist und absolute Ruhe benötigt. Sie müssen erst begreifen, dass sie das Spiel so nicht gewinnen können. Erst wenn die erste Chemotherapie sie umhaut, begreifen sie, dass sie nachgeben müssen.«

»Haben Sie schon angefangen?«

»Ja, vor einer Stunde. Jetzt schläft sie, wir sollten sie nicht wecken«, erklärte er. »Sie ist müde.«

Ich trat an die Zimmertür und sah sie im Bett liegen, eine Kanüle in der Halsbeuge und daran ein Schlauch, der zum Infusionsbeutel führte. Sie schlief, den Kopf zur Seite gedreht und einen verdrossenen Ausdruck auf dem Gesicht, als hätte man sie »nur zu ihrem Besten« zur Ruhe verdonnert.

Eine Träne rollte mir über die Wange.

»Sie sollte von jetzt an so wenig Besuch wie möglich bekommen, denn ihr Immunsystem wird drastisch herunterfahren, und wir dürfen keine Infektionen riskieren.«

»Aber wie soll ihr Sohn sie dann besuchen?«

»Im Moment ist es besser, wenn er sie nicht sieht, es ist kein schöner Anblick für einen Jungen. Aber ihr könnt sie anrufen, oder mich, wenn ihr wollt. Hier ist meine Nummer.« Er zog eine Visitenkarte aus der Tasche und gab sie mir.

Ich tat, als studierte ich konzentriert die Visitenkarte, während mir in Wahrheit nur eine einzige Frage im Kopf herumging.

Ich hob den Kopf und blickte dem Dottore in die Augen. Sie waren blau.

Er antwortete mir, als hätte er meine Frage gehört: »Es ist noch zu früh für eine Prognose, und im Augenblick können wir nur das Beste hoffen. Caterina ist eine starke Frau, das ist das Wichtigste«, sagte er und legte mir eine Hand auf die Schulter.

Das war jetzt nicht der richtige Augenblick, um zusammenzubrechen.

Noch nicht.

»Also kann ich nachher anrufen, um zu fragen, ob sie wach ist?«

»Selbstverständlich, Ludovica. Keine Sorge, Cate ist hier in guten Händen!« Er schenkte mir ein gutmütiges Lächeln zwischen seinen Pausbacken.

Hätte ich ihn außerhalb des Krankenhauses getroffen und diese Pranken und diesen Bauch gesehen, hätte ich ihn für einen Bäcker oder Gastwirt gehalten. Stattdessen war er einer der angesehensten Hämatologen Italiens und auch im Ausland hochgeschätzt.

Als ich nach Hause zurückkam, sah ich, dass Gabriel aufgestanden war und das Schlafsofa aufgeräumt, das Geschirr abgewaschen und den Hund gefüttert hatte, der friedlich in seinem Körbchen lag.

»Toll! Das war nett von dir!«, rief ich ehrlich beeindruckt.

»Mama sagt immer, man soll keine Umstände machen, wenn man bei jemandem zu Besuch ist.«

»Aber mein Schatz, du bist doch hier nicht bei irgendjemandem *zu Besuch,* du bist hier zu Hause. Natürlich wärst du jetzt lieber bei dir zu Hause, aber fühl dich hier bitte nicht wie ein Gast.«

Das war nicht leicht für ihn, auch weil ich nicht gerade in dem Ruf stand, besonders gastfreundlich zu sein oder dass das Zusammenleben mit mir einfach war. Cate hatte sich immer über mich lustig gemacht, in ihren Augen war ich ein Kontrollfreak und manchmal, wenn sie zu mir kam, verstellte sie meine Bücher und brachte absichtlich die Ordnung in meinen Schubladen durcheinander.

Deshalb nahm ich an, dass Gabriel sich nicht wirklich wohl bei mir fühlte.

Ich beschloss, mich ins Zeug zu legen.

»Wollen wir Pizza essen gehen?«

»Gehen wir denn nicht Mama besuchen?«, fragte er alarmiert.

»Der Tag heute wird für sie ziemlich anstrengend. Sie wollen anrufen, wenn sie wieder wach ist, es wurden verschiedene Untersuchungen gemacht, und als ich vorhin dort war, hat sie gerade geschlafen.«

Gab sagte nichts.

Als er da so orientierungslos, so verwirrt und allein vor mir stand, kam ich mir zutiefst nutzlos vor.

»Mach dir keine Sorgen, sie ist in guten Händen, es wird ihr gut gehen«, setzte ich hinzu.

Wie sollte man einen Jungen beruhigen, dessen ganze Welt auf den Kopf gestellt worden war?

»Hast du nicht Lust, mit Hugo rauszugehen?«

Er nickte wenig überzeugt. Hugo war der Einzige, der sich tatsächlich über meinen Vorschlag freute.

Wir holten das Wägelchen, und als wir draußen waren, befestigte Gabriel es an den Hinterbeinen des Hundes, so dass der sich frei bewegen konnte.

Es machte mich jedes Mal froh zu sehen, wie dieser kleine Hund vor Freude fast durchdrehte, wenn wir mit ihm kuschelten oder mit ihm spazieren gingen. Dass er von der Taille ab gelähmt war, kümmerte ihn nicht im Geringsten. Er erinnerte sich nicht daran, jemals anders gewesen zu sein und alles, was ihn im Augenblick interessierte, war der Spaziergang mit uns.

Ich beobachtete Gab, wie er vor mir herging, die Hände in den Taschen, den Kopf gesenkt und den Hund, der sich mit hechelnder Zunge hinter ihm herschleppte.

Ich verlängerte meine Schritte, um ihn einzuholen, und legte einen Arm um seine Schultern.

Als Tante taugte ich wirklich nicht viel.

»Hör mal, Tante Ludo, heute Abend hat eine Freundin von mir Geburtstag, vielleicht kommt Mara auch, darf ich hin?«

»Mara ist das Mädchen, das dir so gefällt?«

Er nickte.

»Natürlich, Gab, das fehlte ja noch! Ich bringe dich hin!«

»Nicht nötig, es ist hier um die Ecke, ich geh zu Fuß.«

Ich traute mich nicht, darauf zu bestehen, ich wollte, dass für ihn alles möglichst genauso war wie sonst auch.

Nach ein paar Runden um den Block kehrten wir alle drei nach Hause zurück.

Gab chattete weiter und war ganz bei der Sache.

Ich nutzte es, um Dottore Sarti anzurufen.

Er meldete sich nach dem zweiten Klingeln mit seiner tiefen, herzlichen Stimme. »Sie ist jetzt wach, aber es geht ihr nicht gut, doch das ist normal nach einer Chemo. Ich schau mal, ob sie mit Ihnen sprechen möchte, aber erwarten Sie nicht zu viel.«

Ich hörte, wie er den Flur entlangging, der mir unendlich lang vorkam.

Dann hörte ich jemanden etwas flüstern.

Und kurz danach meldete sich Cate.

Sie klang ganz anders als sonst.

Ihre Stimme war rau und belegt, sie konnte nicht verbergen, wie erschöpft sie war, auch wenn sie versuchte, normal zu klingen.

»Wie fühlst du dich, Schatz?«, fragte ich.

»Tja, Ludo«, sagte sie mit einem gezwungenen Lächeln, »die haben mir hier echt die Hölle heiß gemacht, die Arschlöcher ...« Sie lachte leise. »Ja, ja ... auch Sie gehören dazu, Dottore. Hör mal, macht es dir was aus, wenn ich den Mädels vom Zentrum deine Nummer gebe? Dann könntest du sie auf dem Laufenden halten. Ich dachte ja eigentlich, dass ich trotzdem weiterarbeite, aber so lange es mir so ...«

»Cate, vergiss die Arbeit! Du machst gerade eine Chemotherapie, bist du irre?« Ich war ein bisschen zu laut geworden. »Du musst dich jetzt ausruhen und die Ärzte machen lassen, die wissen, was gut für dich ist.«

Aber was wusste ich schon davon, wie man sich während einer Chemotherapie fühlte? Was sollte ich ihr sagen, damit sie sich besser fühlte? Ich fühlte mich so machtlos.

Wenn mir doch nur irgendetwas Hilfreiches eingefallen wäre!

Warum war ich nicht Krankenschwester geworden? Meine Ausbildung bei der Bank nützte mir jetzt gar nichts.

»Wie geht's Gab?«, fragte sie.

»Gut, er ist ein bisschen durcheinander, aber er ist stark, das weißt du.«

»Lass ihn nicht allein, ja? Er wirkt schon groß, aber er ist immer noch ein Kind.«

»Ja, Cate, keine Sorge. Ich bin ja da«, versicherte ich ihr.

Als ich auflegte, war ich noch verwirrter als vorher.

Cate war immer die Stärkere gewesen, die die Richtung vorgegeben hatte, ohne sie kam ich mir verloren vor.

Gegen sieben verabschiedete Gab sich.

»Bist du sicher, dass ich dich nicht hinbringen soll?«

»Ja. Ich möchte lieber allein gehen.«

»Aber Mama lässt dich schon abends auf Partys gehen, oder?«

»Ja klar!«, antwortete er achselzuckend. »Ich bin ständig unterwegs.«

»Okay, aber komm nicht zu spät zurück, spätestens um Mitternacht!«, sagte ich und tat, als sei ich vertraut mit den Uhrzeiten, die unter Teenagern üblich waren. In seinem Alter war ich nicht mal an Silvester bis Mitternacht unterwegs gewesen.

Als er die Tür hinter sich schloss, ließ ich mich aufs Sofa fallen.

Ein Scheißtag.

Der arme Hugo schleppte sich zu mir auf der Suche nach jemandem, der ihn kraulte.

»Kleiner, ahnungsloser Hugo. Was für ein Glück du hast, ein Hund zu sein«, sagte ich zu ihm, während ich ihn auf meine Beine hob.

Wie wäre ich wohl mit allem zurechtgekommen, wenn ich noch mit diesem Schuft von Paolo zusammengewohnt hätte? Wahrscheinlich hätte er mich davon überzeugt, dass Cate nur Aufmerksamkeit schinden wollte, und verhindert, dass ich sie sah.

Cates Freundinnen schickten mir besorgte Nachrichten.

Derzeit nahmen sie Cates Termine wahr, aber es klang durch, dass die Kunden nicht glücklich darüber waren und immer wieder fragten: »Aber sie kommt doch wieder, oder?«

Das war die Frage, die wir uns alle stellten und im Augenblick noch mit einem »Aber sicher!« beantworteten.

Natürlich bewahrten wir absolutes Stillschweigen über Cates Krankheit. Wenn ich gefragt wurde, was sie hatte, antwortete ich ausweichend, vage, redete von Untersuchungen, Müdigkeit, Anämie. Der Begriff Leukämie kam mir nicht über die Lippen.

Ich musterte mein Wohnzimmer, die Bücher, Zeitschriften, CDs.

Ich hatte immer mehr Zeit für mich haben wollen, und jetzt, wo ich sie hatte, wusste ich nichts damit anzufangen, weil die Angst mich ablenkte.

Ich wärmte mir eine Suppe in der Mikrowelle auf und aß sie vor dem Fernseher, den treuen Hugo an meiner Seite.

Früher wäre es mir niemals eingefallen, dass es angenehm sein könnte, Tiere im Haus zu haben, ich hatte immer nur an Unordnung und Haare gedacht, aber die zurückhaltende, aufmerksame Gesellschaft, die sie einem leisten konnten, war für mich eine Entdeckung. Man konnte mit ihnen reden und musste keinen Widerspruch befürchten.

Ich suchte im Internet nach Informationen über behinderte Hunde und entdeckte eine mir vollkommen fremde Welt.

Zum Glück hatte Hugo kein Problem mit Inkontinenz, aber es gab bestimmt noch einiges, das man tun konnte, um ihm das Leben etwas leichter zu machen.

Ich bestellte rutschfeste Decken, eine elastische Stütze, die ihm helfen sollte, aufzustehen, wenn er das Wägelchen nicht hatte, und dann Bällchen, Kauknochen und am Ende konnte ich nicht widerstehen, ihm einen Pullover mit der Aufschrift »I'm the boss« zu kaufen.

Ich hatte schon den Kopf verloren!

Ich vergaß die Zeit, bald war es schon nach zehn.

Mit jeder halben Stunde, die verging, machte ich mir mehr Sorgen um Gabriel.

Um mir die Zeit zu vertreiben, staubte ich Bücher ab, schaute ein bisschen fern, und gegen Mitternacht begann ich offiziell, mir Sorgen zu machen.

Ich nahm das Handy zur Hand, war aber unschlüssig, schließlich wollte ich ihn nicht so auffällig kontrollieren.

Bis hin zu: »Meine Güte, er ist doch erst fünfzehn!«, sagte ich zum Hund.

Ich rief ihn an, aber er antwortete nicht.

So ein Mist.

Und jetzt? Was, wenn ihm etwas passiert war? Ich war verantwortlich für ihn und wusste nicht einmal, wo er hingegangen war!

Was würde ich den Carabinieri sagen?

Ich rief meine Mutter an, ungeachtet der späten Stunde.

»Was soll das heißen, du weißt nicht, wo er ist?«, schrie sie mir ins Ohr.

»Mama, bitte, ich bin schon aufgeregt genug, ich weiß, ich hab einen Fehler gemacht, aber ich wollte nicht, dass er sich kontrolliert fühlt, und er war immer ein Junge mit vielen Freiheiten und verantwortungsbewusst …«

»Was soll das heißen! Er ist dir anvertraut worden, deiner Obhut übergeben, du bist es, die die Regeln aufstellt!«

»Mama, ich bitte dich … sag mir irgendwas, was ich noch nicht weiß.«

Sie seufzte. »Geh ihn suchen.«

»So weit war ich auch schon, Mama! Aber ich weiß nicht, wo!«

»Dann ruf halt Cate an!«

»Bist du verrückt? Mitten in der Nacht? Sie liegt im Krankenhaus, schon vergessen, das fehlte gerade noch, dass sie erfährt, dass ich ihren Sohn verloren habe! Also wirklich!«

»Dann rufst du ihn weiter an und fährst eine Runde mit dem Auto, zu den Lokalen, in die junge Leute gehen.«

»Okay, Mama, wenn ich was Neues weiß, ruf ich dich an.«

»Zu den Lokalen, in die junge Leute gehen«, sagte ich kopfschüttelnd zu Hugo. »Da hättest sogar du mir einen besseren Rat geben können.«

Ich ging nach unten, stieg ins Auto und kurvte durch die Straßen.

Niemals würde ich einen Teenager finden, indem ich kreuz und quer durch Genua fuhr.

Solche Wunder passieren nur im Film.

Inzwischen hatte ich ihn unzählige Male angerufen

und malte mir die schrecklichsten Szenarien aus: Kokain, Komasaufen, Smart-Drugs …

»Mein Gott, ich bin so doof!« Ich haute mit aller Kraft auf das Lenkrad.

Cate würde mir das nie verzeihen, ich mir selbst auch nicht.

Es war schon Viertel vor eins, und in meinem Kopf hallte Paolos Stimme wider: »Du bist wirklich so naiv, so eine Idiotin, ich habe dich nie geliebt.«

Tränen liefen mir übers Gesicht.

Ich wusste nicht, was ich tun sollte, ich fühlte mich nutzlos und dumm.

Mein Telefon klingelte.

Ich schrak zusammen.

Es war meine Mutter.

»Nein, Mama, ich hab ihn noch nicht gefunden«, sagte ich sofort.

Sie schwieg.

»Also, so hilfst du mir echt nicht, nur dass du's weißt!« Ich legte auf.

Schicksalsergeben ließ ich mich gegen die Rückenlehne fallen.

»Wenn du da irgendwo bist, hilf mir, ihn zu finden!«, sagte ich laut. »Ich muss allerdings dazu sagen, dass ich nicht an dich glaube, aber du bist jetzt echt meine letzte Hoffnung! Wenn du ehrlich der Rockstar bist, für den Cate dich hält, wenn du so mächtig bist und alles, also dann kostet es dich doch nichts, mir ein Zeichen zu geben, oder? Mir geht's schon dreckig genug.«

Dann lächelte ich.

»Ich rede schon mit Engeln … Ich muss echt am Ende sein.«

Doch dann kam mir eine Eingebung, anders kann ich es nicht ausdrücken. Ich fuhr los.

Als ich bei Cates Wohnung ankam, parkte ich den Wagen in zweiter Reihe und fing an, wie eine Blöde zu klingeln, mindestens zehn Mal, aber nichts passierte.

Fix und fertig lehnte ich mich an die Hausmauer.

Dann fiel mir ein, dass ich ja die Schlüssel in der Tasche hatte.

Ich schloss die Haustür auf, ging nach oben, schloss die Wohnungstür auf und hörte Musik aus Gabs Zimmer dröhnen.

In wenigen Schritten durchquerte ich den Flur und riss die Tür auf.

Ich tat so, als würde ich das Mädchen in Gabs Bett nicht sehen. Wahrscheinlich war das Mara, aber in dem Moment hätte ich sie am liebsten vor Wut auf den Mond geschossen.

»Bist du eigentlich total verblödet? Weißt du, wie viel Uhr es ist?«, brüllte ich ihn an und musste mich zurückhalten, um ihm keine Ohrfeige zu geben.

Ich packte ihn an den Handgelenken.

»Ey, du tust mir weh!«, jammerte er und hielt sich ein Kissen vor.

»Und ich hab noch nicht mal angefangen! Wegen dir hab ich fast einen Herzinfarkt bekommen, du Vollidiot!« Seine Augen glänzten, seine Wangen waren rot.

Das Mädchen hatte sich inzwischen angezogen und stand neben der Tür.

Ich drehte mich zu ihr um.

»Nein, Signora, sehen Sie mal, nein …«

»Du hau bloß ab, sonst zeig ich dich noch wegen Kindesmissbrauch an! Hau ab!«, brüllte ich und sah, wie sie augenblicklich verschwand.

In einem Anfall aus Stolz entwand sich Gab meinem Griff.

»Du bist nicht meine Mutter, lass mich in Ruhe!«, rief er.

»Bitte, was hast du da gesagt?«, fragte ich kochend vor Wut. »Auch wenn ich dich nicht zur Welt gebracht habe, hab ich mir für dich den Arsch aufgerissen in einer Weise, die du dir gar nicht vorstellen kannst, und schon allein deshalb schuldest du mir Respekt. Ich weiß, dass du eine Scheißzeit durchmachst, aber vielleicht überlegst du dir mal ganz kurz eins, mein Junge: Das gilt für uns alle, und was machst du? Du verschwindest, ohne ein Wort zu sagen, um Sex zu haben, während deine Mutter im Krankenhaus liegt! Bist du doof?« Und ich versetzte ihm eine Ohrfeige.

»Aua, Tante Ludo!«

»Ja, aua!«, brüllte ich ihn an. »Weißt du, was das Problem mit euch *Millenials* ist, die ihr alle mit der Vorstellung aufgewachsen seid, ihr wärt was ganz Besonderes? Also, mein Lieber, jetzt verrat ich dir mal was: Ihr liegt falsch! Wir sind nicht allein auf der Welt, wir gehören einer Gemeinschaft an und wir müssen uns immer anstrengen, aufeinander zuzugehen, immer! Und du solltest dir an einer wie Cate, die was ganz Seltenes ist in dieser Welt, ein Beispiel nehmen!«

Ich spürte, wie die Ader an meiner Schläfe pulsierte, das war mir erst ein, zwei Mal im Leben gelungen, einmal, als ich unverdienterweise in Kunstgeschichte sitzengeblieben war und das andere Mal, als man mir einen Kredit für einen Mann verweigert hatte, der sich gerade hatte scheiden lassen und der mit seinem Geld nicht bis zum Monatsende auskam.

Ich war fuchsteufelswild.

Gabriel musste wohl gemerkt haben, dass es besser war, mich nicht noch weiter zu reizen.

Er setzte sich auf das zerwühlte Bett. »Es tut mir leid, Tante Ludo.«

»Das reicht mir nicht!«

»Ich hab mich idiotisch verhalten, Ludo.«

»Schon besser.«

»Ich mach das nie wieder.«

»Ah, darauf kannst du das Handy verwetten, das zieh ich jetzt nämlich erstmal ein.«

»Nein, das kannst du nicht machen, bitte!«

»Wollen wir wetten? Ich behalte es eine Woche, und außerdem darfst du natürlich nicht weg, außer zur Schule.«

Er starrte mich hasserfüllt an, was genau die Reaktion war, die ich erreichen wollte.

»Dann lernst du was aus dem vergangenen Jahrhundert, was uns Dinosauriern nie geschadet hat: Bestraft zu werden, wenn man sich extrem danebenbenommen hat.«

Er schnaufte und hielt mir das Telefon hin.

»Ein iPhone für siebenhundert Euro«, sagte ich kopfschüttelnd. »Weißt du, wie lange man dafür arbeiten muss?«

Er ließ den Kopf hängen.

Natürlich hing das vom Verdienst ab – aber das sagte er nicht, sondern gab sich kleinlaut.

Ich setzte mich neben ihn.

»Wir kriegen das hin, du wirst sehen«, sagte ich, etwas überzeugter dieses Mal.

Er nahm meine Hand. »Es tut mir so leid, Tante Ludo«, seufzte er.

»Willst du mir jetzt was über Mara erzählen?«, fragte ich ihn, und schob ihm dabei die viel zu langen Haare hinters Ohr.

»Ich wollte nicht dauernd nur an Mama denken müssen«, antwortete er. »Und ich wollte, dass Mara mich für voll nimmt, also hab ich sie hierher eingeladen.«

»Wie ist es denn gelaufen? Hat es funktioniert?«

»Nicht so toll. Ich wusste echt nicht, was ich machen sollte, und sie hat's gemerkt und mich damit ein bisschen aufgezogen, und dann haben wir uns einfach nur in den Armen gelegen, und ich hab ihr von Mama erzählt und geweint, und sie hat gesagt, ich soll mir keine Sorgen machen.«

»Dann ist diese Mara doch gar nicht so übel, alles in allem!« Ich schämte mich ein bisschen, dass ich sie so davongejagt hatte. »Beim nächsten Mal läuft's besser«, versicherte ich ihm. »Du musst niemandem irgendwas beweisen. Und, nicht vergessen, nur mit Kondom.«

»Mir ist peinlich, mit dir darüber zu reden!«

»Mir auch, glaub's mir, aber ich muss dich daran erinnern, sonst fühl ich mich schlecht.«

Wir schwiegen.

»Mama hat Leukämie, stimmt's?«, sagte er leise, als würde es wahr werden, wenn er es laut aussprach.

»Wer hat dir das erzählt?«, fragte ich.

»Ich hab dich am Telefon gehört und die Symptome im Internet gesucht.«

Na, das hatte ich ja mal wieder wunderbar hingekriegt. Applaus.

»Ja, Schatz, sie hat eine myeloische Leukämie, wir haben es nur zufällig herausgefunden. Und jetzt bekommt sie eine starke Chemotherapie, die die Krankheit plattmachen soll.«

»Aber sie wird doch wieder gesund, oder?«

Die Frage aller Fragen.

»Die Ärzte sind optimistisch, und Cate ist stark.«

»Also wird sie wieder gesund, stimmt's?«

»Ja, sie wird wieder gesund«, sagte ich fest. »Es wird ein bisschen dauern.«

Wir blickten an die Wand gegenüber.

»Gibst du mir eine von deinen Zigaretten?«, fragte ich ihn.

»Aber du rauchst doch gar nicht.«

»Jetzt ist der richtige Moment, um damit anzufangen, hab ich das Gefühl.«

12.

Die erste Woche war verheerend.

Dann, wie immer im Leben, fing die Gewöhnung an.

Wir besuchten sie abwechselnd, immer nur sehr kurz und nur, wenn Dr. Sarti es für geboten hielt, je nachdem, wie die Analysen ausfielen.

Er war ein großzügiger Mensch, überzeugt davon, dass Humor grundlegend für die Genesung war, weshalb er versuchte, Optimismus zu verbreiten.

Aber Cate war immer noch Cate, und wenn man ihr den kleinen Finger reichte, versuchte sie natürlich, gleich den ganzen Arm zu nehmen, weshalb es einmal zehn Minuten Besuchszeit mehr waren, ein anderes Mal ein Kuss für Gab auf den Hals.

Sie war eine Plage, Pippi Langstrumpf, Kevin allein zu Haus, und man musste sie unter Kontrolle halten, damit sie nicht über die Stränge schlug.

Obwohl sie erschöpft und schwach war, ein Tuch um den Kopf trug, weil ihr bereits die Haare ausgingen und man ihr den Kopf rasiert hatte, war sie immer guter Laune, hatte immer Lust auf Gesellschaft, hörte zu und schmiedete Pläne für die Zukunft.

Außerdem organisierte sie weiter die Arbeit bei Cate's

Place und gab anderen Patienten hin und wieder eine reflexologische Behandlung. Ganz zu schweigen davon, dass in ihrem Zimmer ständig Patienten und Krankenschwestern kamen und gingen, die sich von ihr die Karten legen ließen.

Das war der Moment, in dem Dr. Sarti beschloss, einzugreifen. Und er bat mich um Unterstützung.

Er kannte Cate nicht.

Niemand hatte ihr je Angst machen können.

»Gianfranco, ich langweilige mich hier zu Tode!«

»Wenn es nach mir ginge, würde ich dich noch heute entlassen, aber das kann ich nicht!«

»Was für ein Langweiler! Die paar Leutchen, die hier waren, um mich zu besuchen! Ich rede kaum noch mit jemandem, das WLAN hier funktioniert so gut wie nicht, was soll ich da machen? Einen Pullover stricken?«

»Zum Beispiel. Das wäre eine brillante Idee, eine gesunde und erholsame Beschäftigung! Und es waren nicht nur ein paar Leutchen, es waren mindestens siebzehn!«

Ich lächelte.

Mir gefiel dieses Wortgefecht, das sie sich lieferten.

Sie passten gut zueinander. Cate brauchte einen starken, zuverlässigen Mann. Wäre da nur nicht dieser gigantische Ehering am Finger des Dottore gewesen!

Als er uns allein ließ, nahm mich Cate beiseite und schaute mich feierlich an.

»Ludo, ich habe beschlossen, dass du mehr weggehen musst.«

»Ach ja?«

»Ja. Nach dieser Geschichte mit einem Arschloch brauchst du Ablenkung und solltest nicht jeden Abend zu Hause in Gesellschaft eines verliebten Teenagers und eines behinderten Hundes verbringen müssen, und das alles nur wegen mir. Das kommt nicht weiter infrage!«

»Ah!«, antwortete ich.

»Ich hab dir einen Tinder-Account eingerichtet.«

»Nein, das ist nicht wahr!«, antwortete ich ernst und schüttelte heftig den Kopf. »Das hast du nicht gemacht.«

»Doch, und du kommst sogar richtig gut an!«

»O mein Gott, und was mach ich jetzt?«

»Nichts, ich hab an alles gedacht, und weil ich kein großes Vertrauen in deinen Geschmack habe, hab ich dich schon mit drei Typen in Kontakt gebracht, die einfach perfekt für dich wären.«

»Cate, du spinnst! Die Chemo muss dir das Hirn aufgeweicht haben!«

»Ich hab einen Haufen Zeit, und mir ist langweilig! Deshalb hast du heute Abend ein Date mit Raffaele, Finanz-Promotor und in seiner Freizeit Skipper, da könnt ihr über Bankenkram reden und auf Palmaria schwimmen gehen. Er ist geschieden und hat keine Kinder, perfekt für dich!« Sie legte die Hände im Schoß aneinander wie ein Buddha.

»Cate, davon kann gar keine Rede sein!«, sagte ich, als wüsste ich nicht, dass sie schon wieder einmal gewonnen hatte.

Sie legte mir das Kinn auf die Schulter und sagte mit Micky-Maus-Stimmchen: »Nun hab dich nicht so, du willst doch wohl deiner krebskranken Freundin nichts abschlagen, oder?«

»Du bist hinterlistig, weißt du das?«

»Weiß ich!« Sie legte den Kopf schief und zog die Nase kraus wie ein kesses Mädchen.

»Was soll ich machen?«, ergab ich mich.

»Ich hab ihm schon deine Handynummer gegeben, warte einfach, bis er dir schreibt.«

»Ah, na super.«

»Geh jetzt! Du muss dich noch vorbereiten, und zieh dir ein Kleid an, ja? Keinen Wollpulli!«

Sie warf mich tatsächlich raus.

An der Tür traf ich Dr. Sarti.

»Ich flehe Sie an, entlassen Sie sie bald, damit sie zumindest wieder arbeitet und aufhört, alle anderen zu terrorisieren.«

»Wem sagen Sie das!«, antwortete er lachend.

Und dann ging er leise pfeifend weg und ließ seine grünen Crocs schlappen.

Als ich wieder zu Hause war, bekam ich eine Nachricht.

Ciao Ludovica, ich hab im Broadside für 8 reserviert, sehen wir uns da?

Ich brauchte einen Moment, um zu verstehen, was das Broadside war und warum er mich nicht abholen wollte, doch dann dachte ich mir, dass es wohl ganz banale, ungeschriebene Regeln gab, wie zum Beispiel sich nicht gleich vor dem eigenen Haus zu treffen.

Ja, perfekt, antwortete ich wem auch immer, denn sein Profilfoto zeigte einen Wolfshund.

Gab war im Wohnzimmer und machte Hausaufgaben.

In der Schule wurde er mit einer gewissen Rücksicht behandelt, aber nach dem Schrecken, den er mir eingejagt hatte, hatte ich jegliche Starallüren sanktioniert, und er war sehr viel ruhiger geworden.

Unsere kleine Wohngemeinschaft funktionierte prima, ich behandelte ihn gleichberechtigt, und er fühlte sich ernstgenommen und hatte kein Bedürfnis mehr danach, etwas heimlich zu tun.

Wir wechselten uns mit Einkaufen und Putzen ab, und wenn er Zeit mit Mara verbringen wollte, sagte er es mir vorher.

Ich entschied mich für ein schwarzes Schlauchkleid mit Dreiviertelärmeln, steckte die Haare mit einer Spange zusammen und legte einen Hauch Rouge auf.

Dann ging ich zu Gabriel, um ihn um seine Meinung zu fragen.

»Scharf, Tante Ludo!«

»Komm, Gab, im Ernst!«, sagte ich verzagt.

»Nein, ehrlich. Du siehst echt schön aus!«

»Ich treffe mich mit einem Mann«, sagte ich, während ich mich um mich selbst drehte.

»Einem Mann?«, fragte er stirnrunzelnd. »Mit was für einem Mann?«

»Frag deine Mutter, die hat ihn für mich bei Tinder ausgesucht, wusstest du das?«

»O mein Gott, dann ist es bestimmt ein alter, fertiger Kahlkopf.«

»Du wirst doch wohl nicht eifersüchtig werden?« Ich zwinkerte ihm zu.

»Eifersüchtig, ich? So weit kommt's noch.« Er lief rot an. Dann brach er in Lachen aus. »Nein, schon in Ordnung. Dann geh diesmal ich dich suchen.«

»Wollen wir wetten, dass ich allerspätestens um zwei wieder zu Hause bin?«

»Und nicht vergessen, nur mit Kondom!«, rief er mir nach, während ich hinausging.

Ich kam eine Viertelstunde zu früh am Restaurant an. Klassiker.

Aber das Wetter war schön und der Abend angenehm; ich fragte mich, ob wir nach dem Essen noch einen Spaziergang am Hafen machen würden.

Ich fragte mich eine ganze Menge, um die Wahrheit zu sagen. Hoffentlich hatten ich und dieser geheimnisvolle Raffaele uns nicht gegenseitig nur ordentlich was vorgemacht.

Er kam etwa eine Viertelstunde zu spät, was ich ihm nicht sagte, in Anzug und Krawatte und mit der Ausstrahlung »dynamischer Broker«, der gerade direkt vom Motivations-Coaching zum Tutorial »Start-up-Gründung in drei Schritten« übergeht, das Ganze in Dauerschleife per Bluetooth-Headset im Ohr.

Er trug Bart und hatte rote Haare.

Cate hatte ihren Humor offensichtlich nicht verloren.

Er schloss den BMW mit der Fernbedienung ab und kam mit offenen Armen auf mich zu. »Entschuldige, aber ich hatte noch einen Termin mit einem chinesischen Kunden, der einfach nicht enden wollte!« Er umarmte mich, als würde er mich schon ewig kennen, und zog die Tür zum Restaurant auf.

Entschlossen marschierte er auf den Kellner zu, der uns zu einem Tisch führte, und verlangte sofort einen Platz wesentlich näher am Fenster.

»Kommst du oft hierher?«, fragte ich ihn.

»Ziemlich«, antwortete er, während er mir einen Stuhl abrückte, worüber ich unwillkürlich lachen musste. »Ich vergöttere das Sushi hier.«

»Also, Ludovica, erzähl mir mal ein bisschen über dich«, fing er an, als säßen wir in einem Arbeits-Meeting.

»Nichts Besonderes«, sagte ich, während ich in der Speisekarte herumblätterte. »Ich arbeite in einer Bank, du wirst wissen, wie das ist.«

»Ah ja, wunderbar! Ich lebe vom Brot und von Finanzmärkten, quasi mein natürliches Habitat!«, rief er und legte sich die Serviette auf die Beine. »Ich liebe die Herausforderung, die Arbeit im Team, sich immer neues Know-how anzueignen, um immer besser in turbulenten Märkten performen zu können, die immer bessere Skills verlangen.«

Ich verstand kein Wort.

Die Alternative bestand darin, mich auf die japanische Speisekarte zu konzentrieren, von der ich noch weniger verstand.

»Such du etwas für mich aus!«, kapitulierte ich.

Er gab dem Kellner ein Zeichen, der sofort kam und unsere Bestellung aufnahm, die am Ende aus vier armseligen Stückchen Lachs für jeden bestand.

»Am Abend Proteine«, rief er zufrieden, trennte fein

säuberlich die Stäbchen voneinander und verputzte in Nullkommanichts den Fisch.

Das würde Cate mir büßen müssen!

»Ich will einen Venture-Capital-Fond auflegen. Sobald ich das erste Closing erreiche, können wir loslegen, und endlich wettbewerbsfähig werden, schließlich reiß ich mir nicht umsonst seit zehn Jahren den Arsch dafür auf. Weißt du, was der Wagen kostet, der da draußen vor der Tür steht?« Er streckte alle fünf Finger aus. »Und wenn ich heute Abend meine Bulgari angezogen hätte, hätte ich hier alles erleuchtet.« Er lachte über seinen Witz.

Ich blickte instinktiv auf die Pop-Swatch an meinem Handgelenk.

»Wie sieht denn eure Politik im Hinblick auf alternative Assets aus?«, fragte er dann.

»Wie bitte?«, fragte ich mit verständnislosem Blick zurück.

»Die Strategie für alternative Investments …« Er schaute mich verblüfft an und wedelte mit den Stäbchen in der Luft.

»Also, na ja, ich bin nicht so die Expertin für Finanzmärkte, ich beschäftige mich überwiegend mit Darlehen, weißt du … Ich bemühe mich vor allem um einen Umgang mit den Kunden, einen freundlichen, wenn möglich.«

Er sah mich mit leiser Verachtung an.

»Was machst du denn in deiner Freizeit, hast du irgendwelche Hobbys … gehst du aus …«, fing er von Neuem an, als hätte er beschlossen, mir angesichts meiner Schwierigkeiten zu überlassen, ein Thema zu wählen.

»Ich schwimme leidenschaftlich gern!«, verkündete ich voller Stolz.

»Ah, schön!«, sagte er mit einem Funken neu erwachten Interesses, während er wortlos zwei Sake und ein Soja-Dessert für Zwei bestellte. »Und wie viel machst du so?«

»Na ja … ein paar Mal die Woche, wenn ich es schaffe.«

»Nein, ich meine deine Zeiten!«, rief er stirnrunzelnd, jetzt ganz offen perplex.

»Ah, du meinst, um den Ärmelkanal zu überqueren!«, lachte ich in der Hoffnung, dass er sich anschloss, aber vergeblich.

Er bat um die Rechnung und zog das Handy heraus.

»Macht 27 für jeden, ich hab noch Gutscheine, so werde ich die wenigstens mal los.« Er warf sie auf das Tellerchen.

Offensichtlich stammte meine Vorstellung vom »ersten Date« aus der Steinzeit.

Ich bezahlte meinen Anteil und gab noch fünf Euro Trinkgeld dazu.

»Machen wir noch einen Spaziergang?«, fragte er, als wir draußen waren. »Um das Essen abzulaufen, das ist essenziell für den Stoffwechsel.«

»Klar!«, antwortete ich, ohne darauf hinzuweisen, dass ich das bisschen Fisch seit mindestens einer halben Stunde verdaut hatte.

»Ist dir kalt? Willst du meine Jacke?«, fragte er.

»Nein, danke, mir ist warm genug«, antwortete ich beinahe gerührt und beschloss, ihm noch eine Chance zu geben.

Niemand konnte schlimmer sein als Paolo.

»Bist du oft auf Tinder?«, fragte ich, um das Thema zu wechseln und auch mal einen englischen Begriff einfließen zu lassen.

»Mmh, ziemlich … das hilft mir, mich zu entspannen. Weißt du, ich arbeite ständig und habe keine Zeit, zum Aperitif zu gehen und Leute kennenzulernen, Tinder ist da viel praktischer.«

Ich musste ein wirklich enttäuschtes Gesicht gemacht haben, denn trotz seines totalen Mangels an Einfühlungsvermögen fragte er mich, ob es mir gut gehe.

»Ja klar, mir ist nur tatsächlich ein bisschen kalt, ich würde jetzt doch gern deine Jacke nehmen, wenn du nichts dagegen hast.«

»Ähm, bist du sicher?«, fragte er, in der Hoffnung, dass ich es nicht ernst meinte.

Ich drehte mich um, hob die Hand und rief: »Taxi!«

Das Taxi hielt mit quietschenden Reifen. Ich drehte mich zu Raffaele um und sagte: »Entschuldige, aber mir ist gerade eingefallen, dass ich morgen ganz früh einen Conference Call mit einem Stakeholder für ein Crowdfunding hab. Wir sehen uns, ja?«

Und ich verschwand für immer aus seinem Leben.

Tinder …

Als ich nach Hause kam, klingelte ich extra lange, um anzukündigen, dass ich eine halbe Stunde früher zurück war als geplant, um weitere Überraschungen zu vermeiden.

»Gab, ich hab die Wette gewonnen!«, rief ich, während

ich in die Küche ging, um mir eine Scheibe Brot abzuschneiden.

»Komm mal, Tante Ludo!«, hörte ich es aus dem Bad rufen.

Ich öffnete die Tür und sah Gab auf dem Badewannenrand sitzen. Mara stand mit finsterem Lächeln vor ihm, einen Elektrorasierer in der Hand, und seine Haare lagen auf dem Boden.

Mir blieb der Mund offen stehen.

»Sieht er nicht wahnsinnig gut aus?«, sagte Mara.

In der Tat.

Er hatte schon als Kind ein perfektes Köpfchen gehabt. Ganz rund und wohlriechend, so dass ich mich schon zurückhalten musste, um ihm jetzt keinen Kuss darauf zu geben. Ich wollte seine Freundin nicht beunruhigen.

»Hast du das für Mama gemacht?«, fragte ich ihn, nachdem ich mich vom ersten Schock erholt hatte.

»Ja«, antwortete er und drehte sich stolz vor dem Spiegel von einer Seite zur anderen.

»Du willst aber nicht, dass ich das auch tue, oder?«, regte ich mich auf.

»Aber nein, Tante Ludo, deine Haare sind doch das Schönste, was du hast!«

»Danke, Neffe«, antwortete ich erleichtert und ging Schaufel und Kehrblech holen, um meine Rührung und den Stolz zu verbergen, die ich für diesen Jungen empfand.

Es war großartig, es war der großzügigste und größte Liebesbeweis, den er ihr geben konnte, und es war etwas, das auch Cate zuzutrauen gewesen wäre.

Am folgenden Nachmittag gingen wir direkt nach der Schule im Krankenhaus vorbei.

Ich konnte es kaum erwarten, Cate zu sehen und ihr von meinem verrückten Abend zu erzählen, und Gab war unendlich stolz auf seinen frisch rasierten Kopf, der ihn erwachsener und verwegener aussehen ließ.

Wir gingen zur Station hinauf, klopften an Cates Zimmertür und gingen hinein und da war sie, mit einem seltsamen Gesichtsausdruck.

Gab zog sich mit einem »Tadaaa!« die Wollmütze vom Kopf.

Aber Cate riss nur die Augen auf, drehte sich weg und erbrach sich in eine Schale.

Gab stand wie versteinert da.

Die Krankenschwester eilte herbei, um ihr zu helfen.

»Entschuldigung«, sagte sie atemlos, während sie ihr den Mund abwischte und ihr half, sich wieder hinzulegen. »Heute ist kein so guter Tag.«

»Tut mir leid, Schatz«, flüsterte sie, »diese Scheißchemo hat mich heute echt so mitgenommen ... Du siehst gut aus, weißt du das?«

Ich nahm ihn bei der Hand, und wir gingen einen Kaffee trinken.

Er schwieg.

Wir setzten uns auf die Plastikstühle.

Er lehnte den Kopf gegen die Wand und schloss die Augen, das Licht der Neonleuchten glänzte auf seinen zarten Zügen und zeigte seine ganze Verletzlichkeit.

»Wir haben einen ungünstigen Moment erwischt«, sagte ich sanft und legte ihm eine Hand auf die Schulter.

»Von wegen ungünstiger Moment!«, rief er, schob meine Hand weg, sprang auf und versetzte dem Stuhl einen Tritt. »Mama liegt im Sterben, siehst du das nicht?«

»Jetzt beruhige dich mal, ja?« Meine Antwort fiel brüsk aus. »So helfen wir ihr auch nicht! Mama liegt nicht im Sterben, sie ist krank, das stimmt, sie kriegt Medikamente wie ein Pferd, aber sie kämpft, und allgemeine Hysterie hilft ihr ganz und gar nicht, verstanden?«

Mit geballten Fäusten stand er zähneknirschend da und starrte auf den Boden.

In dem Moment hätte er entweder mit der Faust ein Loch in die Wand schlagen oder in Tränen ausbrechen können.

Er entschied sich für Letzteres.

Er setzte sich wieder und brach in verzweifeltes Schluchzen aus, tieftraurig, untröstlich, und mit seinem rasierten Schädel noch verletzlicher aussehend.

Ich setzte mich neben ihn und zog ihn an mich. Ich war das, was seiner Mutter am nächsten kam, ich war seine Tante Ludo, die ihn niemals alleinlassen würde.

»Hör mal, Gab«, sagte ich und zog ein Papiertaschentuch aus meiner Handtasche, mit dem ich ihm die Augen abtrocknete, »wir können weder die Zukunft noch das Schicksal bestimmen, aber an eins glaube ich ganz fest, und das hat mich deine Mama gelehrt: dass die Energie zwischen den Menschen fließt, und dass positive Energie eine mächtige Waffe für diejenigen ist, die sie brauchen, so wie sie im Moment. Also werden wir beide jetzt nach Hause gehen und so positiv wie wir nur können an Mama denken. Wir stellen sie uns geheilt vor, wie sie mit uns in der Küche lacht, wie sie sich über mich lustig macht, weil ich es nicht mag, wenn irgendetwas nicht an seinem Platz liegt, wie sie hinter dem lahmen Hund herrennt und tausend andere Sachen macht, okay? Mehr können wir nicht tun, als so gelassen wie möglich zu sein und ihr keine Sorgen zu machen.«

Er nickte.

»Jetzt bring ich dich erstmal wohin!« Ich stand auf und nahm seine Hand.

Wir fuhren zu meinen Eltern.

Sie hatten sich bereits an die Vorstellung gewöhnt, dass ihre Tochter arbeitslos war und keinen festen Tagesablauf hatte, aber paradoxerweise waren sie fröhlicher als früher, und das lag mit Sicherheit auch an der Tatsache, dass Paolo aus meinem Leben verschwunden war.

Sie jubelten nicht, weil das nicht ihre Art war, aber es herrschte eine ganz andere Atmosphäre im Haus.

Und mein Vater war seit dem Tag seiner Wiederauferstehung viel entspannter und herzlicher.

Es war, als hätte er früher seine Gefühle in sich eingeschlossen und versiegelt, doch seit das Siegel gebrochen war, war nichts mehr, wie es vorher gewesen war.

Nachdem er diese seltsame Scham überwunden hatte, denjenigen gegenüber, die einem das Liebste auf der Welt sind, seine Gefühle nicht zu zeigen, gelang es ihm überhaupt nicht mehr, schweigsam und düster zu sein wie früher, er konnte es schlichtweg nicht mehr. Und davon profitierte vor allem meine Mutter, die sich so viele Jahre lang an diese harsche Zurückhaltung angepasst hatte, obwohl sie wusste, dass sich darunter eine selbstlose und großzügige Seele verbarg. Dafür hatte sie diesen Mann schließlich geheiratet und ein ganzes Leben lang geliebt.

Sie verwöhnten Gabriel nach Strich und Faden. Schließlich war er für sie wie ein Enkel, der Sohn, den sie nie gehabt hatten, den sie verwöhnen und liebkosen konnten, und meine Mutter stellte sich sofort an den Herd, um *Panissa* für ihn zu machen.

»Papa, kannst du Gabriel Schach beibringen?«, fragte ich.

Seine Augen leuchteten unwillkürlich auf, als hätte ich ihm ein Geschenk gemacht: Als ich noch ein kleines Mädchen war, wollte er es mir unzählige Male beibringen, doch ich hatte mich immer geweigert. Jetzt bekam er seine Chance.

»Sicher, sicher!«, antwortete er und lief sofort das Schachspiel holen, während Gabriel ihm ins Wohnzimmer zu dem kleinen Tischchen unter der Lampe folgte.

Ich half meiner Mutter beim Kochen. Das hatte ich schon seit ewigen Zeiten nicht mehr getan, aber jetzt musste ich mich auch nicht mehr verstecken oder vor ihren Fragen fürchten.

Auch wenn wir uns dieses Mal leider wieder im Ausnahmezustand befanden.

»Wie geht es Cate?«, fragte sie, während sie das Mehl mischte.

»Nun ja, es gibt Höhen und Tiefen. Der Oberarzt ist optimistisch, aber sie so zu sehen, kann einem schon das Herz brechen.«

Ich merkte, dass ich von mir sprach.

»Und dann ist da auch noch dieser Junge da …«, sagte ich und zeigte auf Gab, der mit meinem Vater lachte. »Er hat nicht einmal einen Vater, der ihn unterstützen könnte. Ich bin ja praktisch sein Vater!«, lachte ich nervös.

»Ludo, hör mal, du weißt, dass dein Vater und ich keine großen Redner sind, aber ich will dir sagen, auch von ihm, er sagt mir das ständig, dass wir so unglaublich stolz auf dich sind. Wir zweifeln schon daran, ob du überhaupt unsere Tochter bist!«

»Soll das heißen, mein Vater ist eigentlich der Postbote? Ich hab ja schon immer vermutet, dass da zwischen euch was war!«, sagte ich scherzhaft.

»Wenn dir so etwas passieren würde, ich wüsste nicht, was ich machen sollte«, sagte sie, während sie weiter den Teig mischte, und ich merkte, dass ihr die Tränen übers Gesicht liefen.

Ich war wie gelähmt. Meine Mutter weinte über mich, das war noch nie vorgekommen.

Es hatte sich wirklich alles geändert. Wir hatten uns alle geändert.

»Nein, Mama, komm, hör doch auf!«, sagte ich und suchte nach einem Papiertaschentuch. »Beruhige dich, mir geht's doch gut, und Cate wird es auch gut gehen, komm, sonst verwässerst du noch die Panissa! Und dann weinen am Ende alle.«

Sie trocknete sich die Tränen mit dem Ärmel und fasste sich schniefend.

Ich lächelte sie liebevoll an.

In meinem Alter noch zu entdecken, dass meine Eltern empfindsame Menschen voller Herzenswärme waren – das hätte ich nie für möglich gehalten.

Wenn ich das nur eher gemerkt hätte!

Es hätte nicht Cate treffen dürfen, dachte ich bitter.

Es hätte niemanden treffen dürfen.

Ich ließ Gabriel bei meinen Eltern übernachten, dort würde er sich geborgen fühlen.

Abends kehrte ich ins Krankenhaus zurück.

Cate ging es sehr viel besser als am Morgen. Entschieden besser.

Abgesehen von ihrer erschreckenden Blässe und dem durch das Kortison aufgedunsenen Gesicht war sie bester Dinge.

»Also, heute Abend gehst du mit Giuseppe aus!«, sagte sie, als hätten wir gerade vor zehn Minuten zum letzten Mal miteinander gesprochen.

»Nein, heute Abend gehe ich mit niemandem aus. Nein, lass mich das klarstellen: Nicht nur heute Abend nicht, sondern niemals wieder!«

»Dieses Mal passt es perfekt!« Sie zwinkerte mir zu.

»Ich habe Nein gesagt!«

»Sag mir nicht, dass du dich gestern nicht amüsiert hast!«

»Überhaupt nicht!«

»Hör mal, ich wusste genau, dass das nichts werden würde. Er war furchtbar, aber du brauchtest den Schock!«

»Cate«, sagte ich und setzte mich neben sie, »was ist an dem Satz so schwer zu verstehen: Ich habe in keiner

Weise vor, mich mit irgendeinem anderen Tinder-Fang zu treffen?«

Sie ignorierte mich strikt weiter und wischte auf dem Handy herum.

»Darf ich ihn zumindest aussuchen?«

»Okay!« Sie gab mir das Telefon.

»Nein, den kann man kaum angucken«, begann ich, »und der mit der enthaarten Brust, ich bitte dich ... der mit dem Daumen auf der Lippe, der in die Kamera zwinkert? Was posieren die Männer heutzutage denn so bescheuert?«

»Ludo, es geht nicht darum, die große Liebe zu finden, weißt du?«

»Darf ich dich daran erinnern, dass das deine Idee war!«

»Mir blieb ja nichts anderes übrig! Wer weiß, ob du dich überhaupt jemals wieder mit einem Mann triffst, so traumatisiert wie du bist. Du musst wieder aufs Pferd, sonst traust du dich nie mehr, du weißt, wie ich darüber denke!«

»Könntest du bitte nur daran denken, wieder gesund zu werden und nach Hause zurückzukommen?«, sagte ich verzweifelt.

»Lu«, antwortete sie und nahm mein Gesicht zwischen ihre Hände, »ich bitte dich, gib du mir wenigstens die Illusion eines normalen Lebens. Du kannst dir nicht vorstellen, wie es hier drin ist, ich kann nicht raus, ich kann nichts machen, außer in diesem Bett zu liegen. Ich rede immer nur mit denselben Leuten, ich habe alle Serien auf Netflix gesehen, ich darf kein Fenster aufmachen, damit ich nicht krank werde, ich darf keinen Besuch haben, weil ich nur noch das Immunsystem einer Kaulquappe habe, mir fehlt mein Sohn so sehr, dass ich schreien könnte, aber ich darf nicht daran denken, denn sonst fange ich an zu weinen und will am liebsten nur noch hier weg, und ich war schon ein paar Mal in Versuchung, einfach hier abzuhauen, und du weißt, dass ich dazu fähig wäre! Also gebe ich mir Mühe, aber glaub mir, es gibt Momente, in denen hab ich Angst, tatsächlich durchzudrehen.« Sie blickte mir ernst in die Augen. »Ich bitte dich, lass uns einfach noch ein bisschen normales Leben spielen.«

»Der mit dem roten Kater auf dem Arm, der würde doch prima passen«, sagte ich, bevor ich tatsächlich dem Impuls nachgeben würde, sie mir einfach über die Schulter zu legen und mit ihr von hier zu verschwinden.

Am folgenden Nachmittag saß ich in einer Cafeteria und wartete auf Oscar, der Schriftsteller werden wollte, angeblich der letzte Romantiker der Welt und großer Katzenliebhaber.

Er kam mit einem Blumenstrauß und gab mir ein Wangenküsschen.

Ich stand auf, um ihm zu danken und den Kuss zu erwidern.

Wenn ich eins bin, dann wohlerzogen und herzlich.

»Was soll ich dir bestellen? Die backen hier eine hervorragende Apfeltorte«, sagte er neugierig.

»Dann natürlich die Apfeltorte! Aber zwei schöne Stücke!«, sagte ich in Erinnerung an das schreckliche

Soja-Dessert, dass ich mir das letzte Mal auch noch teilen musste.

Ich sah ihm nach, als er zur Theke ging mit den umgekrempelten Jeans, die an seinem ausladenden Hintern spannten, und mir fiel etwas Seltsames auf: Er schwenkte die Hüften. Mehr als ich, zweifellos.

Und er gestikulierte wie eine Kosmetik-Verkäuferin, die einem erklärt, wie man den Primer vor der Foundation aufträgt.

Ich lächelte.

Das würde ein interessanter Nachmittag werden.

Er kam mit zwei riesigen Stücken Torte zurück, darauf Sahne und eine Prise Zimt.

»Ich lieeebe Sahne«, sagte er in unverwechselbarem Ton.

Ich lachte: »Ich auch!« und wusste im selben Augenblick, wen ich zum Shoppen mitnehmen würde, während ich darauf wartete, dass Cate wieder gesund wurde.

Wir verbrachten drei überaus angenehme Stunden, in denen wir darüber plauderten, wer der bestaussehende Schauspieler in *The Mentalist* ist, wie zart die Bücher von Cecelia Ahern sind, welch gute Gesellschaft Tiere bieten, wie wichtig es ist, viel Wasser zu trinken und wie gut eine gute Handcreme auf Basis von Mandelöl der Haut tut, vor allem in der kalten Jahreszeit, und dann, unnötig zu sagen, bewunderte er meine roten Haare.

Ich war glücklich, jemanden gefunden zu haben, mit dem ich ganz leicht über einfach alles reden konnte.

Ich hatte eine Freundin gefunden!

Als wir uns trennten, umarmte er mich fest, und wir

versprachen uns, uns so bald wie möglich wieder zu treffen.

Ich schlug ihm nicht vor, dass er lieber auf Grinder statt auf Tinder suchen sollte, und schaute ihm nach, wie er davontänzelte, bevor er sich umdrehte, um mir zum Abschied noch einmal zu winken und einen Luftkuss zu schicken.

»Wie, schwul!?«, brüllte Cate mir ins Ohr und lachte sich kaputt.

»Ich schwör's!«, lachte ich ebenfalls. »Vielleicht sucht er eine Freundin … Er war supersympathisch, und ich treffe mich ganz bestimmt noch mal mit ihm! Wir wollen vielleicht zusammen einen Kurs im Tortenbacken machen.«

»Siehst du? Hauptsache, man bleibt offen für alles!«

»Bist du jetzt zufrieden? Sind wir fertig mit dem Spiel?«

»Nein, Ludo, das nächste Date darfst du einfach nicht verpassen! Ich schwöre, er ist perfekt für dich, ohne Witz. Außerdem sind aller guten Dinge drei, stimmt's? Beim dritten Mal ist es der Richtige.«

»Nein, Cate, wir hatten eine Vereinbarung, du und ich.«

»Ja, ja, ich weiß.« Ich stellte sie mir vor, wie sie die Handflächen aneinanderlegte. »Aber du wirst nicht glauben, was mir da in die Hände gefallen ist. Das ist er, ich spüre da einen gigantischen Widerhall, irre! Ich flehe dich an, geh da hin, er führt dich zu Salvini aus, ich hab ihm gesagt, du hättest einen eher luxuriösen Geschmack.«

»Du spinnst doch! Und hinterher muss ich noch die Hälfte zahlen, nein, diesmal gibt's Focaccia und ein Bier dazu!«

»Nein, ich schwöre dir, er wird zahlen. Das ist einer, der sich zu benehmen weiß. Sagen wir's so, Ludo: zufrieden oder Geld zurück.«

Ich seufzte.

Ich hatte überhaupt keine Lust.

»Caaate, bitteee.«

»Lu, du willst doch deiner besten Freundin keinen Gefallen abschlagen …«

»… die an Leukämie erkrankt ist! Natürlich nicht! Das ist die reine Manipulation, was du hier machst, und das weißt du ganz genau!«, antwortete ich zermürbt.

»Du wirst mir noch danken! Mach dich hübsch und sei pünktlich, und dann ruf mich an, oh, da kommt mein Essen, heute Abend Hähnchenbrust, was ein Glück! Iss für mich ein paar *Spaghetti al Pesto Genovese* mit, meine Freundin!«

Cate war vollkommen irre, ich hatte ihr noch nie etwas abschlagen können.

Aber jetzt lebte sie auch ein bisschen durch mich, und wenn ich ihre Verbindung zur Welt sein konnte und ihr das half, die Moral nicht zu verlieren und einen weiteren Tag dort eingesperrt zu überstehen, dann wäre ich auch mit den sieben Zwergen ausgegangen.

Ich zog kein schwarzes Schlauchkleid an, sondern Hosen und einen Pulli, den würde ich sowieso nie wiedersehen und Cate davon erfahren, und zur Sicherheit holte ich vorher noch zweihundertfünfzig Euro vom Geldautomaten.

Ich kam wie üblich eine Viertelstunde zu früh, doch zu meiner großen Verwunderung sah ich dieses Mal jemanden vor der Tür des Restaurants warten.

Als ich näherkam, fiel mir auf, dass er von hinten alles andere als jung aussah.

Doch die wahre Überraschung kam erst, als er sich umdrehte und mir entgegenrief: »Ludovica, was machen Sie denn hier?«

»Das wüsste ich von Ihnen auch gern, Dottore Sarti!«

13.

Cate war völlig verrückt, ein Blind Date zwischen ihrer besten Freundin und ihrem besten Oberarzt zu organisieren!

Wir lachten erst einmal beschämt, aber auch erleichtert, dass wir unseren Abend nicht mit einem fremden Menschen verbringen mussten.

»Wie elegant Sie aussehen!«, sagte ich. »Sie haben sich wirklich ins Zeug gelegt!«

»Hören Sie mir bloß auf! Das habe ich für Caterina getan, sie hat mir die Hölle heiß gemacht, das habe ich zum letzten Mal in der Psychiatrie erlebt!«

»Glauben Sie, ich hätte es leichter gehabt? Sie sind das dritte Blind Date, das sie mir in einer Woche organisiert hat, also glauben Sie mir, Sie sind noch glimpflich davongekommen!«

Wir betraten das elegante Restaurant und fühlten uns wie zwei Fische auf dem Trockenen. Mein Begleiter hatte sich in einen blauen Zweireiher gezwängt, und ich sah aus, als käme ich direkt von der Inventur in der Gemeindebibliothek.

Als er sich setzte, spannte der Anzug an den Schultern und am Bauch sichtbar.

Ich versuchte, nicht zu lachen, aber er war es, der mich von meiner Verlegenheit befreite.

»Ludovica, da wir uns gegenseitig nicht mehr beeindrucken müssen, würde es Ihnen etwas ausmachen, wenn ich die Krawatte und die Jacke ablege? Denn ich muss mich entscheiden: Entweder setze ich mich hin oder ich esse etwas!«

»Dottore Sarti, ich gestatte es. Aber nur, wenn wir uns duzen!«

»Perfekt«, sagte er mit einem erleichterten Seufzer, während er die Krawatte aufband und auf den Stuhl neben sich warf. »So hab ich mich seit meiner Hochzeit nicht mehr angezogen! Es war vermessen von mir, anzunehmen, ich würde noch in den Anzug passen.«

Ich lachte, aber dann fiel mir ein, dass er verheiratet war.

»Und wo ist Ihre Frau heute Abend? Pardon, deine Frau?«

»Ah, keine Ahnung. Ich hab sie seit 2003 nicht mehr gesehen!«, antwortete er, während er die Grissini plünderte und sich gleich zwei auf einmal in den Mund schob.

»Also bist du gar nicht verheiratet?«, fragte ich überrascht und zeigte auf den Ehering.

»Ach, das!«, rief er aus, während er die Speisekarte aufklappte. »Das ist eine lange Geschichte, aber der Hauptgrund ist, dass ich den Ring nicht mehr vom Finger abbekomme. Siehst du diese Wurstfinger hier? Und da ich abergläubisch bin, will ich das Schicksal lieber nicht herausfordern. Madonna, was hab ich für einen Hunger!« Er vergrub die Nase in der Karte.

Die Küche war gut, die Entscheidung war nicht leicht, aber Gianfranco fiel sie besonders schwer.

»Was mach ich nur, nehme ich die Paccheri oder die Linguine?«, fragte er mich ernst.

»Paccheri«, sagte ich entschieden.

»Die nehme ich auch, aber ich will nicht ausschließen, dass ich hinterher doch noch die Linguine bestelle. Ich gehe so gut wie nie abends essen, aber wegen der ganzen Chips aus dem Automaten, die ich nachts esse, habe ich so zugenommen. Ich traue mich kaum, ein Blutbild machen zu lassen, denn dann würden sie mir ordentlich den Kopf waschen und mich auf Diät setzen!«

Ich musste lachen. »Also stimmt es, dass Ärzte die Letzten sind, die auf ihre Gesundheit achten!«

»Wir sind die Schlimmsten, ja! Vielleicht, weil wir zu viel wissen und so viel zu sehen bekommen, dass wir am Ende doch ans Schicksal glauben.« Er aß ein Stück Brot. »Deine Freundin zum Beispiel. Man denkt einfach nicht, dass einer gesunden Frau, die sich viel bewegt, gut isst und über eine solche Vitalität verfügt, so etwas passieren könnte. Das lässt einen doch an Roulette denken.«

Ich senkte den Blick. Ich hatte mir vorgenommen, ihn nicht auszufragen, aber es war stärker als ich: »Denkst du …«

»Wir müssen abwarten. Ich kann dir keine Zahlen nennen, das wäre, als wollte ich das Roulette vorhersagen. Du kannst Statistiken lesen, bis dir der Kopf raucht, Publikationen, wissenschaftliche Zeitschriften, und du wirst immer einen Sonderfall finden, ein Wunder, das Undenkbare. Ich habe schon selbst alle möglichen Kombinationen erlebt. Einer meiner besten Freunde hatte nur Stufe 1, war jung, aktiv … es sah nach einem Spaziergang aus, statistisch hätte er 80 % Überlebenschance gehabt. Er ist nach eineinhalb Jahren gestorben. Eine alte Dame von fast siebzig Jahren, Stufe 4, die erst spät diagnostiziert wurde, maximal 15 % Überlebenswahrscheinlichkeit. Ich gehe jede Woche einmal zu ihr zum Essen, seit sechs Jahren. ›Zum Tod geht man lebend‹, sagt sie immer. Also, was soll ich dir sagen?«

»Aber Cate spricht doch gut an, oder?«, fragte ich ängstlich.

»Sehr gut. Sie ist zäh.«

Unser Essen kam.

»Entschuldige, aber mir ist schon ganz schwindelig vor Hunger«, sagte er lächelnd und bugsierte sich fünf Paccheri gleichzeitig in den Mund.

»Pass auf, den Heimlich-Handgriff könnte ich jetzt nicht bei dir anwenden, ne?«, sagte ich lächelnd.

Er musste so lachen, dass er um ein Haar tatsächlich erstickt wäre.

»Ihr zwei seid wirklich irre komisch! Das bringt einem glatt die gute Laune zurück«, sagte er mit vollem Mund. »Man merkt, dass ihr euch wirklich nahesteht.«

»Wie Schwestern!«

»Das ist ein Glück. Ich rede mit meinem Bruder schon seit zehn Jahren kein Wort mehr, und ich weiß nicht einmal mehr, warum eigentlich!« Er stippte bereits die Soße mit dem Brot auf, während ich erst bei der dritten Gabel Risotto war.

»Du weißt, wie wir die Krankheit entdeckt haben?«, fragte ich.

»Ja, sie hat es mir erzählt, sie hat für dich eine Probe abgegeben. Siehst du, das habe ich damit gemeint, wenn ich sage, dass oft irgendetwas von außen mitspielt? Mir als Arzt fällt es natürlich schwer, Gott oder das Schicksal verantwortlich zu machen, aber ich habe es schon oft erlebt.«

»Wenn es jemanden gibt, der einen ganz besonderen Draht zum Himmel hat, dann ist es Cate«, meinte ich. »Sie bietet allem und jedem eine Chance!«

Mit einer Handbewegung bot ich ihm die Hälfte von meinem Reis an.

»Darf ich?«, fragte er etwas verlegen.

»Bitte!«, antwortete ich.

Ich sah zu, wie er auch das Risotto innerhalb von Sekunden in sich hineinschaufelte. Noch nie hatte ich jemanden in so kurzer Zeit so viel essen sehen.

»Caterina ist eine ganz besondere Frau«, sagte er, als er satt zu sein schien. »Sie ist schön, intelligent, großzügig, hat unglaublich viel Humor, kann schrecklich dickköpfig sein, schön …«

»Das hast du schon gesagt«, lächelte ich.

»Was?«

»Schön. Das hast du zwei Mal gesagt.«

Er wurde rot, das schwöre ich.

Er fuhr sich mit der Hand übers Gesicht.

Das musste Verlegenheit sein.

Bingo …

»Cate ist großartig. Anders kann man es nicht sagen«, bestätigte ich.

Wir schwiegen einen Augenblick.

Ich sah ihm an, dass er mich etwas fragen wollte, aber nicht den Mut dazu aufbrachte.

»Sie bräuchte wirklich einen starken Mann an ihrer Seite«, versuchte ich, ihm auf die Sprünge zu helfen.

»Ja, aber ich bin wohl kaum ihr Typ, sonst hätte sie mir nicht dieses Date organisiert.«

»Ah, herzlichen Dank aber auch!«

»Nein! So meinte ich das nicht!« Er wurde noch verlegener. »Ich freue mich sehr, heute Abend mit dir hier zu essen.«

»Aber noch lieber wärst du mit Cate essen gegangen.«

»Das ist ein verbotener Traum, sagen wir's mal so«, lachte er und schenkte mir Wein nach.

»Wirklich? Ich kenne sie wirklich gut. Sie ist wild wie ein Teenager. Sie würde alles tun, um Aufmerksamkeit zu erregen.«

Er blickte mich ernst aus diesen hellen Augen an, er musste mal gut ausgesehen haben – vor vielen Nachtschichten und unzähligen Snacks.

»Ich will dir eine Geschichte erzählen, Ludovica«, sagte er und zeigte auf den Ehering an seinem Finger. »Es stimmt, dass ich ihn nicht mehr ablegen kann, aber ich trage ihn nicht nur aus Aberglauben.« Er machte eine Pause. »Als ich diesen Job angefangen habe, war ich noch jung und fühlte mich allmächtig. Junge Ärzte geraten leicht in Gefahr, sich ein bisschen wie Gott zu fühlen. Vielleicht ist es verständlich: Wir retten Leben. Ich hatte meine Frau während des Studiums kennengelernt, und wir haben ziemlich bald geheiratet. Dann begann ich meine Facharztausbildung, und ich arbeitete wie verrückt, war sehr ehrgeizig und auch begabt, und die Karriere wurde für mich mehr und mehr zur Droge. Meine Frau sah ich immer weniger, und ich will auch nicht verschweigen, dass ich die ein oder andere Affäre hatte. Aber ich war dermaßen von mir selbst eingenommen, dass das für mich eine Nebensache war. Sie hat es mitbekommen, sagte aber nichts, die Ärmste. Dann jedoch kam diese eine Patientin. Non-Hodgkin-Lymphom, auf meiner Station. Chemotherapie, Transplantation, das ganze Programm, sie blieb mehr als sechs Monate. Und ich verliebte mich bis über beide Ohren in sie.«

Ich zog überrascht die Augenbrauen hoch.

»Ich war wie von Sinnen, Ludovica, ich bekam überhaupt nichts mehr mit. Für mich gab es nur noch sie, die mich tatsächlich sah wie einen Gott auf Erden. Sechs Monate, in denen ich so sehr den Kopf verlor, dass ich um die Scheidung bat. Meine Frau war darüber nicht glücklich. Heute weiß ich – ich war undankbar, ich warf sie weg, nachdem sie mich immer voll unterstützt hatte. Nachdem sie auf ihre eigene Karriere verzichtet hatte, um zu Hause zu bleiben, als die Kinder noch klein waren. Ich hab mich wie ein Arschloch verhalten. Am Ende trennten wir uns. Meine Patientin war am Anfang überglücklich darüber, sie war geheilt, sie war ins Leben zurückgekehrt, sie war in mich verliebt, schöner konnte es nicht sein. Doch etwa drei Monate, nachdem sie aus dem Krankenhaus entlassen worden war, begann sie zu zweifeln. Sie war sich nicht mehr sicher, wollte mehr Zeit für sich, und am Ende verließ sie mich. Und ich war allein und kam mir vor wie ein Idiot.«

»Scheußliche Geschichte«, kommentierte ich.

»Ich habe ein Jahr gebraucht, um zu verstehen, warum sie mich verlassen hat. Viele Patientinnen haben diesen verliebten Blick, sehen in mir ihren Retter. Es entsteht eine Zuneigung, die in der unendlichen Freude, ins Leben zurückgekehrt zu sein, leicht mit Liebe zu verwechseln ist und damals meinem Ego unendlich schmeichelte. Also gebe ich mich meinen Patientinnen gegenüber als verheiratet aus, damit so etwas nicht noch mal passiert.«

»Und funktioniert es?«

»Hervorragend! Ich bekomme oft zu hören, was für ein Glück meine Frau gehabt haben muss. Und dann antworte ich: Ja, das sage ich mir auch immer!« Er lächelte etwas melancholisch. »Und dann kam Caterina, und ich, der ich dieses Jahr vierundfünfzig werde, fühlte mich mit einem Mal wieder wie mit dreiundzwanzig.«

Ich seufzte kopfschüttelnd. »Also müssen wir doch was unternehmen, Dottore Sarti!«, sagte ich, um die Stimmung etwas aufzuheitern. »Irgendwann muss auch mal Schluss mit der ewigen Selbstbestrafung sein. Du trägst diese Überzeugung ja schon wie ein Büßerhemd! Ja, es war nicht nett, wie du deine Frau behandelt hast, aber du hast deinen Fehler erkannt und sogar etwas dagegen getan, was man nun wirklich nicht von allen behaupten kann.«

»Aber Caterina ist für mich wirklich unerreichbar, eine ganz andere Liga!«, sagte er niedergeschlagen.

»Nur Mut, Gianfranco. Abgesehen davon kann ich dir garantieren, dass Cate in ihren Männerbeziehungen schon manchmal ganz schön … Aber wer nicht wagt, der nicht gewinnt, wie sie mir immer sagt!«

Er schien ein bisschen aufgemuntert, aber noch nicht genug.

Ich gab dem Kellner ein Zeichen.

»Ein doppeltes Tiramisu für den Herrn, bitte!«

»Woher weißt du, dass das mein Lieblings-Dessert ist?«

»Das war total schwer zu erraten!«

Während ich zusah, wie er den Nachtisch verschlang, beschloss ich, alles dafür zu tun, damit diese beiden zusammenkamen.

Cate brauchte einen starken Mann an ihrer Seite und Gabriel einen Vater.

Wir verließen das Restaurant.

»Das war das schönste Blind Date, das ich je hatte«, sagte Gianfranco, als wir uns zum Abschied die Hände schüttelten.

»Für mich auch, ganz klar!« antwortete ich und gab ihm ein Küsschen auf jede Wange.

Mein Telefon klingelte, ich entschuldigte mich und nahm den Anruf an.

»Was gibt's, Gab?«

»Tante Ludo, ich hab Scheiße gebaut.« Ich hörte ihn schluchzen.

»Was ist passiert?«, rief ich, während mir das Herz bereits bis zum Halse schlug.

»Ich wurde zusammengeschlagen!«

»Von wem?«

»Von Maras Freund!«

»O mein Gott, und wo bist du jetzt? Geht's dir gut?«

»Ich bin bei dir und hab Nasenbluten, und es blutet auch sonst irgendwo.«

»Bleib, wo du bist, ich komme sofort!«, seufzte ich.

»Kannst du nähen?«, fragte ich Gianfranco scherzhaft, während ich das Handy wieder einsteckte. »Dein künftiger Stiefsohn muss zusammengeflickt werden.«

Zwanzig Minuten später kam Gabriel wieder aus der Notaufnahme, wohin wir ihn gefahren hatten, mit einem dicken Pflaster über dem Jochbein.

»Pass auf, die Mädchen werden Schlange stehen, wenn das verheilt ist«, munterte Gianfranco ihn auf.

»Ich will nie wieder mit irgendwem gehen!«

»Kannst du mir jetzt mal erklären, was passiert ist?«, fragte ich ihn später in der Küche bei einem Becher Tee.

»Nichts. Ich war bei ihr, und dann ist er gekommen und hat eine Szene gemacht. Ein Typ wie ein Kleiderschrank, und es hätte noch ganz anders laufen können, wenn Mara nicht dazwischengegangen wäre, aber am Ende sah er auch ziemlich übel aus«, sagte er mit einem gewissen Stolz.

»Noch mal ganz langsam für alle zum Mitschreiben: Die waren gar nicht auseinander?«

»Ähm, nein.«

»Was heißt ›ähm, nein‹?«, fragte ich verblüfft.

Er seufzte. »Dass sie ihn noch nicht verlassen hat und sich noch Zeit nehmen wollte, also bin ich ein bisschen sauer geworden und wollte die Situation klären. Und da bin ich zu ihr gegangen, und er war auch da.«

Gianfranco und ich schauten uns verwirrt an.

»Also, du hattest beschlossen, einen Schlägertypen darüber zu informieren, dass seine Freundin in Wirklichkeit dich liebt?«, fragte Gianfranco, um ganz sicherzugehen, dass wir das richtig verstanden hatten.

»Mehr oder weniger ja …«

»Wenn dir das nächste Mal so eine brillante Idee kommt, kommst du erst mal zu mir!«, sagte er und versetzte ihm einen leichten Schlag auf die Schulter, bevor er mit der Jacke über dem Arm zur Tür ging.

»Warte mal«, hielt ich ihn auf. »Lass uns erst noch ein Selfie für Cate machen!«

Unter das Foto schrieb ich: *Welche Geschichte willst du zuerst hören? Die von der Idiotin, die ihrer Freundin ein Date mit ihrem Arzt macht, oder die vom Sohn der idiotischen Freundin, der sich zusammenschlagen lässt, weil er einem Schläger die Freundin ausgespannt hat?*

Cate nahm das Foto als Hintergrundbild für ihr Telefon und musste jedes Mal lachen, wenn sie es sah.

Es ging ihr besser, sehr viel besser.

Und mit ihr ging es uns allen besser.

Am nächsten Morgen brachte ich ihr eine pinkfarbene Perücke mit einem Pagenschnitt. Ich konnte sie nicht mehr sehen mit diesem Tuch um den Kopf, das schon aus einem Kilometer Entfernung »krank« schrie.

Lieber sollte sie aussehen wie eine Cosplayerin auf dem Heimweg von einer Convention.

Gianfranco kam herein.

»Darf ich?«, fragte er, nachdem er geklopft hatte.

»Dottooore!«, kreischte Cate mit der Perücke auf dem Kopf. »Wie sehe ich aus?«, fragte sie kokett.

»Wunderschön!«, antwortete er aus tiefstem Herzen. »Aber du sähest auch mit einem Kartoffelsack auf dem Kopf noch schön aus!«, setzte er hastig hinzu und stolperte über seine Worte wie ein Abc-Schütze.

»Gianfranco hat mir einen wunderbaren Abend bereitet«, erklärte ich, um der Sache ein bisschen Würze zu verleihen. »Ein Gentleman alter Schule! Du warst wirklich ein Schatz, dass du dieses Blind Date für mich arrangiert hast.« Ich versetzte ihm einen Klaps auf den Arm.

»Allerdings!«, bekräftigte er. »Ein wunderschöner Abend, allerbestes Essen in allerbester Gesellschaft«, setzte er hinzu und schaute mich an, als wollte er sagen: »Nicht schlecht, was?«

Cate zuckte kaum merklich zusammen.

Wenn ich das richtig sah, würde ich meinen Fisch in kürzester Zeit an der Angel haben.

Sie hatte schon immer gern Spielchen gespielt, und wenn sie unsicher war, trat sie lieber einen Schritt zurück und überlegte, ob es nicht auch ohne sie ging.

Ließ die anderen machen.

Ich wusste ganz genau, dass Gianfranco ihr gefiel, aber sie scheute vor möglichen Schwierigkeiten zurück, auch angesichts ihres Gesundheitszustands, und wollte ihn offenbar mir überlassen.

»Ich bin wirklich froh, dass ihr so einen schönen Abend hattet«, sagte sie und versuchte, sich nichts anmerken zu lassen. »Habt ihr gut gegessen?«

»Sag es ihr, Gianfranco!«

»Wunderbar!« Er strahlte. »Ich habe es natürlich wie immer übertrieben, aber ich habe schon seit Längerem nicht mehr richtig gut gegessen«, gestand er. »Aber jetzt lass ich euch allein, ich komme später noch mal für die Blutprobe vorbei.«

Er ließ uns allein.

»Und?«, fragte Cate mich neugierig.

»Er ist ein unglaublich toller Mann, weißt du? Intelligent, unterhaltsam, gebildet, reif ... Endlich mal jemand, mit dem man über alles reden kann, der sich nicht nur in dir spiegeln will oder nur von sich selbst spricht.«

»Ich wusste es!«, sagte sie mit einer Spur Bedauern in der Stimme. »Ich wusste, dass er einer von den Guten ist«, ließ sie sich entschlüpfen.

»Und er ist total verschossen in dich!«, rief ich und sprang auf, um mich auf ihre Bettkante zu setzen.

»Ach, was redest du denn da«, sagte sie und verschränkte die Arme.

»Aber wie!«, sagte ich. »Merkst du das eigentlich gar nicht?«

»Das macht er mit allen Patientinnen, weil wir einsam und krank sind, er ist nur ein guter Samariter.«

»Aber mit dir ist er anders, glaubst du nicht?«

Sie machte ein seltsames Gesicht, voller Fragezeichen, und mit der Perücke sah sie wirklich aus wie eine Cartoon-Figur.

»Hat er dir das gesagt?«

»Ich musste es ihm aus der Nase ziehen, es war ihm furchtbar peinlich, ganz rot ist er geworden. Wirklich zu komisch!«

»O mein Gott, ich dachte wirklich, ich gefalle ihm überhaupt nicht«, gestand sie. »Also hab ich mir gesagt: lieber mit meiner besten Freundin als mit irgendeiner Unbekannten, die ihm am Ende noch das Herz bricht.«

»Und stattdessen hat der alte Cupido seine Pfeile doch in die richtige Richtung abgeschossen.«

»Wow«, machte sie verträumt. »Früher hätte mich so ein Mann ja alles andere als angesprochen, ein so … so gesetzter Typ und alles … Ich hab ja immer eher eine Schwäche für Habenichtse gehabt«, sagte sie und kratzte sich nachdenklich unter der Perücke. »Aber jetzt, wo ich ihn jeden Tag sehe und mit ihm spreche … Du glaubst gar nicht, wie sehr wir auf einer Wellenlänge sind! Wir können nachts stundenlang reden, er ist supersensibel, kommt immer direkt zum Punkt, ohne zu übertreiben, versteht, was ich ihm sagen will, noch bevor ich es weiß. Und soll ich dir mal was gestehen? Für mich sieht er sogar gut aus.«

»Das müssen diese ganzen Transfusionen gewesen sein«, antwortete ich. »Die haben dich reifen lassen.«

Und am Glänzen in ihren Augen sah ich, wie verschossen sie war. Dass ihr das Herz hochschlug wie mit sechzehn, dass sie das Gefühl hatte, ganz genau den Richtigen gefunden zu haben.

Ich dagegen, die ich nichts in Aussicht hatte, begann mich mit Oscar zu treffen.

Wir besuchten Ausstellungen, gingen in die Therme und ins Kino, machten Spaziergänge am Strand, also alles Unverfängliche, was uns so einfiel.

Er war ein reizender Mensch, in dessen Gegenwart ich mich wirklich wohlfühlte und dem ich alles anvertrauen konnte, was mir durch den Kopf ging.

Bei ihm bestand nun wirklich keine Gefahr, sich ineinander zu verlieben.

Was alles in allem sehr beruhigend war.

Oscar war sensibel und großzügig, sprach nie schlecht über andere und liebte aufrichtige Menschen.

Als Kind war er oft gemobbt worden und hatte zu Hause wenig Verständnis oder Unterstützung bekommen; seiner Familie zuliebe suchte er immer noch nach einer Freundin, auch wenn er im Inneren genau wusste, dass er sich nicht zu Frauen hingezogen fühlte.

Ich fragte mich, ob seine Eltern, wie meine damals, vielleicht einfach nur nicht in der Lage waren, ihre Gefühle auszudrücken und an überkommenen Klischees festhielten.

Ich beschloss, dass Cate ihm guttun würde, erzählte ihm stundenlang von ihr, und er lauschte mir gebannt, als würde ich ihm von einer Heldin aus der Feder von Jane Austen erzählen.

Also beschloss ich, ihn mit ins Krankenhaus zu nehmen.

Und, wie nicht anders zu erwarten, vergötterte er Cate von der ersten Sekunde an.

Eines Tages, bei einem unserer »Mädelsabende«, als wir gerade Karten spielten, kam Gianfranco herein.

Cate und er mochten einander, so viel war klar, aber sie würden beide aus unterschiedlichen Gründen noch lange brauchen, bis einer von ihnen die Initiative ergriff.

»Ich habe eine gute und eine schlechte Nachricht«, sagte er. »Welche wollt ihr zuerst hören?«

»Die gute!«, sagten wir im Chor.

»Also, die gute Nachricht ist, dass du hier rauskommst!«, verkündete er triumphierend.

Wir warfen die Karten in die Luft, schrien vor Freude, fielen uns in die Arme und küssten Cate, die lachte und unsere Umarmungen erwiderte.

»Und die schlechte?«, fragte sie, nachdem sie wieder zu Atem gekommen war.

»Und die schlechte ist, dass du hier rauskommst«, sagte er mit trauriger Miene.

»Ohhhhh!«, machten Oscar und ich im Chor, wobei Oscar mit den Händen noch ein Herz formte. »Wie süüüß.«

»Ich brauch dringend einen Kaffee«, sagte er und zog mich am Ärmel nach draußen.

Das war der Moment, wo sie sich zum ersten Mal küssten.

Unbeholfen und glücklich.

Zumindest stelle ich es mir so vor.

Die Liebe schmeckt noch besser, wenn man groß ist und schon ein paar Irrwege hinter sich hat.

Sie schmeckt nach Vertrauen.

14.

Der Tag, an dem Cate aus dem Krankenhaus entlassen wurde, war wunderschön und strahlend, genau wie es sein sollte.

Ich und Gab holten sie mit dem Auto ab.

Gianfranco, die Schwestern und ein paar Patienten begleiteten sie nach draußen und applaudierten, als würde Lady Gaga entlassen.

Sie trug ein langes grünes Kleid, das ihr viel zu weit war, und die rosa Perücke, die sie nie ablegte.

Gerührt und ganz durcheinander, die Arme voll mit Geschenken, stieg sie ins Auto ein.

In ihren Augen las ich verschiedene, einander ablösende Gefühle: riesige Freude, Angst vor den ersten selbstständigen Schritten zurück in den Alltag, Unsicherheit über die Heilung, Traurigkeit, weil sie Gianfranco nun nicht mehr jeden Tag sehen würde, tausend Dinge zusammen, die ich mir nur vage vorstellen konnte, obwohl ich dabei war.

Bei ihr zu Hause war das ganze Haus in Partystimmung. Langsam stiegen wir die Treppe hinauf und grüßten Stockwerk für Stockwerk die Nachbarn: Es war, als würde die Königinmutter nach einer langen Auslandsreise zurückkehren.

Cate war außer sich vor Freude und sorgte sich, dass sie nicht allen gerecht werden könnte.

Natürlich hatte man ihr empfohlen, sich nicht zu sehr anzustrengen, und ihr davon abgeraten, mit allzu vielen Menschen in Kontakt zu treten.

Aber das war es doch, was sie am meisten liebte: den Kontakt mit anderen!

Oscar und ich hatten die Wohnung festlich dekoriert, unzählige Luftballons aufgeblasen und überall Girlanden und Luftschlangen aufgehängt.

Cate hörte nicht auf, sich zu bedanken, »O mein Gott, ist das schön« zu sagen, zu lächeln und zu weinen.

Sie setzte sich aufs Sofa, schaute uns alle an, ergriff unsere Hände und strich uns über die Wangen.

Sie konnte es kaum glauben, wieder nach Hause zurückgekehrt zu sein.

Natürlich musste sie noch ein paar Mal ins Krankenhaus, zur Kontrolle und für eine weitere Therapie, zu der noch ein weiterer Zyklus Chemotherapie gehörte, aber im Gegensatz zu dem, was sie bisher durchgemacht hatte, war das ein Kinderspiel.

Was jetzt kam, war der schwierige Teil: sie ruhig zu halten und dafür zu sorgen, dass sie sich nicht überforderte.

Hugo drehte durch, als er sie erblickte, fing an zu jaulen und versuchte mit den Vorderbeinen an ihr hochzuklettern, und sie überschüttete ihn mit Küssen und Zärtlichkeiten.

Gianfranco war sehr eindeutig gewesen: Entweder sie hielt sich an die Regeln oder er würde sie erneut stationär aufnehmen. Wir würden sie zur Ruhe zwingen müssen und ihr nur wenig Anstrengung auf einmal erlauben dürfen.

Gab und ich kannten sie nur zu gut: Sie würde sich jeden Tag ein klein wenig mehr Freiheiten herausnehmen, und ehe wir's uns versahen, würde sie ihr altes Leben wieder aufnehmen. Aber wir hatten einen Pakt geschlossen: Wenn sie nicht gehorchte, würden wir sie verpetzen.

Gab und der Hund fehlten mir zu Hause.

Meine Wohnung fühlte sich leer und einsam an. Vorher hatte ich das geschätzt und für unverzichtbar gehalten, aber jetzt kam es mir vor, als hörte ich unsere Stimmen noch durch die Räume hallen und Hugos Wägelchen an den Ecken anschlagen.

Ich rief meine Mutter an, um eine vertraute Stimme zu hören und etwas Wärme zu empfinden.

Sie war überglücklich für Cate, und im Hintergrund hörte ich auch meinen Vater jubeln. Ich sollte sie zum Essen einladen, und sie würden für alle kochen. Dann ging sie in ein anderes Zimmer und flüsterte: »Hör mal, Ludo, ich muss dir etwas nicht so Schönes sagen, aber ich möchte, dass du es von mir erfährst.«

Mein Magen krampfte sich zusammen.

Was war denn nun schon wieder passiert?

»Es geht um Paolo.«

Ich wartete, dass sie weitersprach.

»Ich habe ihn neulich mit einer anderen Frau gesehen.«

Ich kann mich nicht mit der Behauptung brüsten, dass

dieser Satz mich kaltgelassen hätte: Ich fühlte Unbehagen, Eifersucht, Ärger, Wut, Zorn und Hass.

Denn das Herz ist und bleibt ein einfältiger Idiot. Natürlich hatte ich im Stillen gehofft, dass Paolo nie über mich hinwegkommen würde, weil er mich am Ende doch liebte, ja, dass er vielleicht sogar Reue empfand und litt. Und der gehässige, rachsüchtige Teil in mir hoffte, dass er nie wieder eine Frau finden würde, die etwas mit ihm zu tun haben wollte, dass er sitzen gelassen und eine Enttäuschung nach der anderen erleben würde.

»Das ging schnell«, meinte ich.

»Allerdings, genau mein Gedanke! Dass er sich nach all den Jahren mit dir so bald schon tröstet …« Meine Mama war nicht gerade für ihren Takt berühmt.

»Na gut, was soll ich dir sagen«, antwortete ich gereizt. »Kultiviert wie wir sind, wünschen wir ihm doch alles Gute.«

Und einen langsamen, qualvollen Tod, dachte ich, nachdem ich aufgelegt hatte.

Am nächsten Tag fuhr ich mit Cate nach Porto Venere.

Das hatte ich ihr schon seit Langem versprochen und konnte es kaum erwarten.

Wie sehr hatten wir davon geträumt.

Die Straße duftete nach Basilikum, und die Sonne löste sich vor uns zu einem goldenen Band auf.

Ausgehungert und glücklich kamen wir auf die Piazza.

Seit wir als Kinder hierher ins Ferienhaus unserer Eltern ans Meer gefahren waren, waren wir nicht mehr hier gewesen.

Ein kleines Eckchen ungetrübtes Paradies, wo wir fast jeden Sommer verbracht hatten.

Wir kauften uns ein riesiges Stück Focaccia und setzten uns damit auf eine Bank an der Hafenmole vor den bunten Häuschen und blickten aufs Wasser mit seinem Treiben.

»Ich kann es immer noch nicht glauben, Lu, gib mir mal ein Stück ab!«, sagte sie, während sie ihr Gesicht mit geschlossenen Augen in die Sonne hielt.

Ihre Haut sah weiß und durchscheinend aus, und die Arme waren von den zahllosen Einstichen der letzten Monate gezeichnet.

Wie sehr sie sich verändert hatte, und wie sehr wir uns mit ihr verändert hatten.

Aber wir waren immer noch zusammen und noch stärker geworden, das war das Einzige, was zählte.

»Weißt du, was ich damals in der ersten Nacht im Krankenhaus gemacht habe?«, fragte sie mich immer noch mit geschlossenen Augen.

»Nein, was denn?«

»Ich habe mir immer so lange die Worte ›akute myeloische Leukämie‹ laut vorgesagt, bis sie keinen Sinn mehr ergaben. Bis es nur noch zufällig aneinandergereihte Buchstaben waren.« Sie drehte sich zu mir und stützte sich mit der Hand an der Lehne ab. »Bis zu dem Moment hatte ich noch nie ans Sterben gedacht. Nicht ein einziges Mal. Ich hatte es nicht für wirklich möglich gehalten. Seltsam, oder? Viele Leute denken immer an den Tod oder haben ihn zumindest im Hinterkopf, aber ich hatte das nie.«

»Ja, ich weiß. Du hattest immer einen vollkommen unerschütterlichen Optimismus. Ich habe mich oft gefragt, wie du das hinbekommen hast.«

»Ich auch«, antwortete sie nachdenklich. »Bei der Scheißfamilie, die ich hatte!« Sie lachte.

»Vielleicht war das am Ende gerade dein Glück«, sagte ich. »Du musstest was tun und nach vorn schauen.«

Sie gab mir die Hälfte von ihrer Focaccia und klopfte sich die Hände ab, bevor sie sie an ihren viel zu weiten Jeans abwischte.

»Ja, aber jetzt schaffe ich es einfach nicht mehr, diese Angst abzuschütteln, und das nervt mich ein bisschen. Ich habe mein ganzes Leben an alternative Therapien geglaubt, an die Kraft des positiven Denkens, an die Liebe zu allen und jetzt liege ich im Clinch mit meinem eigenen Körper, dem ich nicht verzeihen kann, dass er mich so verraten hat, und er kann mir nicht verzeihen, dass ich zugelassen habe, dass er so mit diesem ganzen Dreck vergiftet wird, den sie mir im Krankenhaus gegeben haben!«

»Ja, Cate, aber Mondbäder hätten gegen Leukämie wahrscheinlich nicht viel ausgerichtet«, meinte ich lakonisch.

Sie zuckte mit den Achseln. »Wer weiß. Vielleicht hätte es funktioniert! Aber man hat mir keine Zeit gegeben, um es auszuprobieren. Und es hätte mich zumindest entspannt.«

»Aber du weißt doch, was Gianfranco immer sagt, oder? Es ist wie beim Roulette! Wen's trifft, den trifft's.« Lachend stieß sie mir den Ellbogen in die Rippen.

»Ja, aber dich hätte es nicht treffen dürfen!«, sagte ich ernst.

»Und warum nicht? Wen hätte es denn treffen sollen?«

Wir blickten schweigend aufs Meer hinaus und lauschten der Brandung und dem Kreischen der Möwen.

»Weißt du, was mich oft am meisten geärgert hat?«, fragte sie.

Ich schüttelte den Kopf.

»An manchen Tagen ging's mir echt dreckig. Ich habe mir die Seele aus dem Leib gekotzt, hatte heftige Schmerzen am ganzen Körper, alles brannte, die Haare sind mir büschelweise ausgefallen, und aus meiner Nase sprudelte es wie ein Springbrunnen. Ich lag da im Bett, und mir wollte beim besten Willen nichts einfallen, worüber ich lachen könnte. Das war es, was mich am meisten geärgert hat, dass ich leiden sollte wie ein Hund und nicht mit einem Lachen auf den Lippen gehen konnte. So darf man einfach nicht gehen, schmollend, wenn du mich fragst, das bringt alle Energien durcheinander im wichtigsten Moment! Der Tod ist eine ernste Sache, man sollte vorbereitet sein, wenn man es schon vorher weiß.«

Ich legte den Kopf auf ihre Schulter.

So blieben wir sitzen. Zwei alte Freundinnen, die auf den Horizont blickten, vereint gegen das, was noch kommen mochte.

In der Zeit danach begann Cate allmählich, ein fast normales Leben zu führen.

Gianfranco besuchte sie, wenn er ein paar freie Augenblicke hatte.

»Da siehst du, was es heißt, der Beste zu sein«, sagte sie immer, obwohl er sich besonders aufmerksam und fürsorglich um sie kümmerte.

Zur großen Freude ihrer Patienten und Angestellten begann sie, sich wieder bei Cate's Place zu engagieren, auch wenn man sie zwingen musste, sich weiter zu schonen.

Leider mussten wir uns große Sorgen um Gabs Noten machen: Es blieb uns nichts anderes übrig, als auf die Großzügigkeit der Lehrer zu hoffen.

Mit Mara gab es Höhen und Tiefen. Sie trafen sich heimlich, sie schaffte es nicht, den Muskelprotz aufzugeben, und Gab schaffte es nicht, sie aufzugeben.

Also alles ganz normal.

Mir wurde die Versetzung in eine Filiale in Nervi zugesagt, aber darüber würde ich erst nach meinem Sonderurlaub nachdenken.

Jetzt war es mir wichtiger, den Augenblick zu genießen und die Menschen, die ich liebte.

Seit Neuestem veranstalteten wir ausgiebige Sonntagsessen bei meinen Eltern.

Meine Mutter liebte es zu kochen, gewöhnte sich schnell daran, stets die doppelte Menge zu kochen, denn Gianfranco lehnte einen Nachschlag niemals ab. Mein Vater war sehr viel gesprächiger geworden, und Gab versuchte weiterhin vergeblich, ihn im Schach zu schlagen. Auch Oscar kam, dessen Süßspeisen unübertroffen waren und der jedes Mal eine neue Kreation zu einem Thema mitbrachte: Taschen, Perücken, Hunde, wozu auch immer wir ihn inspirierten.

Über seine Homosexualität sprachen wir nie offen, wir hatten nicht das Bedürfnis danach. Er hatte aufgehört zu versuchen, seine Eltern glücklich zu machen, indem er nach einer Freundin suchte, und in uns treue Freunde gefunden, die ihn so nahmen, wie er war und ihm die Geborgenheit einer Familie boten.

Das alles hätte ich verpasst, wenn ich mit Paolo zusammengeblieben wäre.

Wahrscheinlich hätte ich inzwischen ein Kind von ihm und würde in einer Beziehung leben, die sich anfühlte wie ein Gefängnis.

Nach einigen dieser sonntäglichen Gelage, als die lebhaften Gespräche, befördert durch Vin Santo und Cantucci, allmählich träge verebbten, kam Gab zu mir.

»Tante Ludo, kann ich mal kurz allein mit dir sprechen?«

»Klar, was gibt's denn?«

»Gehen wir raus?«

Meine inneren Alarmglocken schrillten.

Wir gingen in den Garten.

»Hör mal, Tante Ludo, es gibt da ein Problem«, sagte er an die Wand gelehnt.

»War Maras Freund bei dir?«

»Er wird bei mir sein, sobald er erfährt, dass Mara schwanger ist.«

Ich fühlte mich wie vom Schlag getroffen.

»Aber hattest du nicht gesagt, dass du keinen … Sex mit Mara hast?«, fragte ich, obwohl die Frage natürlich idiotisch war.

»Na ja … ein bisschen schon«, murmelte er.

Ich bekam einen Hustenanfall.

»Also, dann noch mal anders: Falls du jemals Sex mit Mara gehabt haben solltest, war die Vereinbarung doch klar: nur mit Kondom, oder?«

»Ja, aber es ist gerissen.«

»Oh!«

Ich drehte mich um und sah Cate durchs Fenster, wie sie entspannt in Gianfrancos Arm auf dem Sofa saß und sich mit meinem Vater unterhielt, während meine Mutter zusammen mit Oscar Nüsse knackte.

Ich seufzte.

»Gab, du bist nicht mal sechzehn, verdammt noch mal, und dieses Mädchen ist achtzehn, ist euch klar, was das bedeutet?«, sagte ich ernst.

»Ja, ich weiß, wir sind am Arsch.«

»Das kannst du laut sagen!«

Mir wurde klar, dass ich ihm so nicht half.

Das Schlimmste, was man zu jemandem mit einem Problem sagen kann, ist: »Und was hast du jetzt vor?« Das stürzt schon erwachsene Menschen in tiefe Mutlosigkeit, erst recht so einen milchbärtigen Jungen.

»Hör mal, Gab. Ich muss es dich fragen, auch wenn es eine schreckliche Frage ist, ist sie unglaublich wichtig. Bist du dir tausendprozentig sicher, dass es von dir ist und nicht von ihrem richtigen Freund?«

Er ließ den Kopf hängen. »Sie sagt, sie hätte gar nicht mehr mit ihm geschlafen, und es ist schon einen Monat her und jetzt kommt ihre Regel nicht.«

»Habt ihr einen Test gemacht?«

»Noch nicht!«

»Wie wär's denn mal damit?«

»Ich trau mich nicht.«

»Das verstehe ich, aber das ist der erste Schritt. Und hast du nicht gesagt, sie hätte sich gar nicht von ihm getrennt? Wer bist du denn in dieser Geschichte? Der heimliche Liebhaber?«

»Es ist kompliziert, Tante Ludo, du verstehst das nicht!«

Ich lachte aus vollem Halse. Oh, glückliche Jugend!

»Ihr kommt morgen früh zu mir, und wir machen einen Schwangerschaftstest. Ich besorge einen. Aber du musst mir versprechen, ihr ein Ultimatum zu stellen. Entweder trennt sie sich von ihm oder du trennst dich von ihr. Und wenn du es ihr nicht sagst, sag ich es ihr!«

Gab sah zu Boden.

»Okay«, sagte er schließlich.

Langweilig war's nie in diesem Haus. Nie.

Am nächsten Morgen kaufte ich Croissants und zwei Schwangerschaftstests. Eine ungewöhnliche Kombination, ohne Zweifel.

Ich deckte den Tisch wie für einen Brunch, um die mit Sicherheit angespannte Atmosphäre aufzulockern.

Pünktlich um neun klingelten sie.

Gab und Mara betraten mit hängenden Köpfen meine Wohnung.

Sie erschien mir wesentlich weniger frech als sonst.

»So, meine Lieben, bringen wir's hinter uns. Mara, wir gehen ins Bad, Gab, du bleibst draußen.«

Sie ließen es sich nicht zwei Mal sagen.

»Na komm, je eher dahin, je eher davon«, sagte ich, während ich die Packung aufmachte.

»Und was mache ich, wenn ich wirklich schwanger bin?«, fragte sie mich mit großen Augen, als wäre es meine Aufgabe, darüber zu entscheiden, und nicht ihre.

Es war rührend zu beobachten, wie sich ihre ganze Großschnäuzigkeit auflöste.

»Nun, mein Schatz, das musst du entscheiden, du kennst die Optionen …«, sagte ich sanft zu ihr.

Sie setzte sich auf die Toilette und nahm den Stick aus meinen Händen, pinkelte darauf und steckte die Kappe wieder auf. Dann gab sie ihn mir zurück, und ich legte ihn auf die Ablage, um die längsten zwei Minuten ihres Lebens mit ihr zusammen zu warten.

Die Striche sagten es deutlich: schwanger.

»Und was machen wir jetzt?«, fragte sie mich erschöpft.

»Erst mal sagen wir es Gabriel«, schlug ich vor und öffnete die Tür.

Gabriel stand mit niedergeschlagener Miene und kreidebleich im Gesicht direkt vor mir.

»Es ist ein Ja, stimmt's?«, fragte er.

Mara nickte.

»Na, sei's drum! Jetzt denken wir erst mal nicht darüber nach, sondern frühstücken!«, hätte ich an dieser Stelle gerne ausgerufen. Das Timing konnte wirklich nicht schlechter sein, da hatten wir mit Cate gerade erst eine so höllische Zeit durchgemacht, und schon erwartete uns das nächste Drama.

Wie sollte ich das nur Cate beibringen?

Seit sie wieder zu Hause war, versuchten wir, möglichst alles von ihr fernzuhalten, was anstrengend war, und zwar ohne dass sie es merkte, denn sonst bekamen wir zu hören: »Jetzt hört aber mal auf, mich zu behandeln, als wäre ich krank, ich krieg das schon allein hin!«

Sie hatte recht, aber man konnte nie vorsichtig genug sein.

Das hier war ein heftiger Schlag, wie man ihn in einer so empfindlichen Phase der Rekonvaleszenz des Immunsystems nun wirklich nicht brauchen konnte.

Ich seufzte.

»Klar, Leute, ihr hättet besser aufpassen können …«

»Wir haben doch aufgepasst!«, antwortete Gabriel den Tränen nahe, ohne zu merken, dass meine Nerven zum Zerreißen gespannt waren und ich kurz davor stand, ihn anzuschreien: »Was musstest du in deinem Alter auch schon unbedingt in der Gegend rumficken, hat dir das Telefon nicht mehr gereicht? Schließlich hatte ich dir das extra dafür geschenkt!«

Mara sagte wie üblich fast nichts und ging mir damit auf die Nerven. Sie hatte sich mit in diesen Schlamassel manövriert, und jetzt stand sie da und wartete, dass jemand sie wieder herauszog.

»Willst du mit deiner Mutter sprechen?«, fragte ich tastend.

»Nein, das kommt gar nicht infrage, die bringt mich um.«

»Wer könnte es ihr verdenken«, meinte ich. »Mit sonst jemandem? Eine Freundin, eine Lehrerin, der du vertraust …«

Sie schüttelte den Kopf.

Perfekt, wir steckten mal wieder in der Tinte.

»Also, dann frühstücken wir jetzt. Mit vollem Bauch denkt sich's leichter!«, sagte ich und ging in die Küche, um Kaffee aufzusetzen.

Sie setzten sich an den Tisch und warteten, dass ich ihnen das Frühstück servierte.

»Also, Mara, wir müssen jetzt als Erstes zum Gynäkologen gehen. Hast du einen … nein, offensichtlich nicht«, gab ich mir selbst die Antwort.

Wie lebten diese Jugendlichen eigentlich?

Sie konnten zwar mit ihrem Handy umgehen, aber mit dem Rest sah es noch finster aus. Auf der anderen Seite – war das bei uns damals wirklich so anders gewesen?

Ich würde mit Gianfranco darüber sprechen.

Wer würde mir besser helfen können als der Arzt, mit dem Cate zusammen war?

Gabriel versuchte, mir das auszureden, sah aber ein, dass ich Verbündete brauchte und ihm nicht garantieren konnte, dass Cate die Nachricht besonders gut aufnahm.

Ich rief Gianfranco an, der mir zwanzig Minuten zugestand, mehr Zeit hatte er nicht zwischen zwei Terminen, aber er kam sofort.

Er verlor keine Zeit.

»Bist du bereit, Vater zu werden?«, fragte er Gab direkt.

Ich sah ihn schlucken.

»Nein«, antwortete er.

»Und du, wie willst du das mit deinem anderen Freund regeln?«, drängte er Mara.

»Dem muss ich das erst noch sagen«, antwortete sie, und versteckte die Hände in den Ärmeln.

»Ah, und wie lange willst du damit noch warten? Sieben Monate, bis man den Bauch sieht, oder willst du ihn erst überraschen, wenn das Kind da ist?«, fragte ich sarkastisch.

Am liebsten hätte ich ihr eine ordentliche Tracht Prügel verabreicht.

Sie zuckte die Achseln.

Ich stand auf und machte mich auf die Suche nach einer Zigarette, bevor mir der Kragen platzte.

»Leute«, sagte Gianfranco. »Es bringt nichts, so zu tun, als wäre es nicht passiert. Spätestens wenn dieses kleine Wesen auf die Welt kommt, müsst ihr euch darum kümmern. Ich weiß nicht, ob euch das klar ist, ich habe nicht den Eindruck.«

Sie schauten sich an.

»Was wollt ihr machen?«, fragte ich. »Im Ernst.«

Gabriel schaute sie an, sie nestelte am Saum eines Ärmels.

»Was willst du machen?«, fragte er.

»Ich weiß nicht«, antwortete sie.

Gianfranco sah mich an, ich hatte keine Ahnung, wie es nun weitergehen sollte. »Mara, du kommst morgen zu mir ins Krankenhaus, dort kannst du mit einem Kollegen sprechen, der dich über die verschiedenen Möglichkeiten berät, einverstanden?«

Sie nickte.

»Und du kommst auch mit, Gabriel.«

»Muss ich denn wirklich?«, protestierte er.

»Aber sicher musst du!«, brüllte ich. »Es ist auch dein Kind! Du bist dafür verantwortlich!«

»Und vorerst kein Wort zu Cate!«, setzte er hinzu. »Ich will nicht, dass sie sich Sorgen macht. Wenn die Zeit reif ist, werden wir es ihr schonend beibringen.«

Nachdem die beiden gegangen waren, blieben wir allein zurück, und ich fing an, vor Wut zu schreien.

»Wie kann man nur so ahnungslos sein!«, rief ich, »Wie???«

»Das kommt vor«, antwortete er fatalistisch.

»Mit einem gerissenen Präservativ?«, gab ich zurück. »Wie wahrscheinlich ist das denn, jetzt mal im Ernst?«

»Mehr als vierzig Prozent«, antwortete er.

Ich verdrehte die Augen.

»O mein Gott!« Ich raufte mir die Haare. »Hast du gesehen, wie die geguckt hat? Ich will mir gar nicht ausmalen, mit wem die alles vor Gab in der Falle war!«

»Ja, das wäre jetzt wirklich nicht nötig gewesen«, antwortete Gianfranco ernst. »Aber wie so oft im Leben kommt eins zum anderen.«

Am nächsten Morgen steckte mir der Schreck noch immer in den Gliedern.

Ich konnte mich noch nie gut von den Problemen anderer abgrenzen – wie heißt es so schön? Mitgehangen, mitgefangen – und hier ging es um meine Familie, also betraf es auch mich.

Ich holte Gabriel einige Blocks von zu Hause entfernt ab, um Cate nicht misstrauisch zu machen, dann fuhren wir zum Krankenhaus.

Wir warteten eine gute halbe Stunde, aber von Mara keine Spur.

Ich war außer mir vor Wut. Wie konnte sie wagen, zu diesem Termin unpünktlich – oder noch schlimmer – gar nicht zu erscheinen!

Cates Krankheit und all das ohnmächtige Warten, zusammen mit der Gefangenschaft, die ich mit Paolo hatte durchmachen müssen, hatten in mir eine Wut geschürt, die ich kaum noch im Zaum halten konnte.

Gut möglich, dass es für meine Umgebung nicht gerade eine Wohltat war, aber mir ging es entschieden besser, seit ich angefangen hatte, die Dinge auszusprechen, sobald ich sie empfand, statt mir tagelang darüber Gedanken zu machen, bis sie mich von innen heraus auffraßen.

»Ruf sie an!«, befahl ich Gab.

»Ich schick ihr eine …«

»Ich hab gesagt, du sollst sie anrufen, sofort! So machen das Erwachsene, wenn sie ein dringendes Problem haben, und du bist jetzt ein Erwachsener!«

»Ja, Tante Ludo«, sagte er leise.

Er rief sie an.

»Sie geht nicht dran«, sagte er.

»Klar …«, murmelte ich. »Leider hab ich das von ihr auch nicht anders erwartet.«

Gab sagte nichts.

Ich blickte ihn an. Dem eigenen Unmut Luft zu machen, war schön und gut, aber es gab Grenzen. Ich beschloss, mich etwas zusammenzureißen.

Okay, sie hatten Mist gebaut, aber das konnte passieren.

Der arme Gab hatte es nicht verdient, auch noch meinen Frust der letzten Monate abzubekommen.

»Entschuldige Gab, es tut mir leid. Es ist einfach ein bisschen viel im Moment, ich hab die Nerven verloren. Wir kriegen das schon irgendwie hin, wie immer. Ihr seid ja nun weder die Ersten noch die Letzten, denen so etwas passiert. Mama wird das auch verstehen.«

Er lächelte mich schüchtern an, schien ein wenig getröstet zu sein.

Ich strich ihm über den Kopf und lächelte zurück, dann brachte ich ihn zurück.

Als er die Autotür aufzog, schaute er mich über das Dach hinweg an wie ein geprügelter Hund.

»Keine Sorge«, sagte ich zärtlich und schimpfte dann doch auf ihn ein, bis wir zu Hause waren.

Mara schickte mir gegen Abend eine Nachricht.

Sorry, hatte heute was anderes. Ich geh morgen.

Typisch für diese Prinzessin! Im Geist ließ ich eine Schimpfkanonade auf sie los.

Okay, bis morgen, schrieb ich zurück.

Cate war derweil wieder fast in ihrem Element.

Sie war voll aktiv, auch wenn sie sehr viel mehr delegierte als früher, und man sah ihr inzwischen den Leidensweg nicht mehr an.

Ihre Haare wuchsen nach, sodass sie die Perücke nicht mehr brauchte, und mit ihrem perfekt geschnittenen Gesicht konnte sie sich auch einen soldatischen Bürstenschnitt erlauben.

Gianfranco tat ihr sehr gut.

Er gab ihr jene Stabilität, Heiterkeit und Balance, die sie so sehr brauchte, und natürlich tat sie auch ihm gut, sodass er als Folge erwiderter Liebe sogar angefangen hatte abzunehmen.

Am folgenden Morgen fuhr ich also wieder ein paar Blocks weiter, um meinen Patensohn abzuholen und das Spiel noch einmal zu versuchen.

Dieses Mal erwartete die Flüchtige uns bereits auf dem Flur, und auch Gianfranco ließ nicht lange auf sich warten.

Mara trat ins Behandlungszimmer, während wir schweigend im Wartezimmer zurückblieben und uns alle sehnlichst wünschten, die Zeit zurückdrehen und alles anders machen zu können.

Oder gar nichts zu machen.

Schließlich kam Mara mit hängendem Kopf und ein paar Blättern Papier in der Hand wieder heraus, Labortermine und Informationsbroschüren.

Wir verabschiedeten uns und fuhren alle vier immer noch schweigend mit dem Aufzug nach unten.

»Hast du irgendwas entschieden?«, fragte Gabriel sie.

»Ich behalte es«, antwortete sie ernst.

»Ah«, sagte er und schaute mich Hilfe suchend an.

Ich strich ihm über den Kopf und gab ihm einen Kuss aufs Haar. »Hallo, Papa«, flüsterte ich.

Wir kamen im Erdgeschoss an und standen plötzlich Cate gegenüber.

»Was macht ihr denn hier?«, fragte sie verblüfft.

Ich hob ergeben die Hände und wusste nicht, was ich sagen sollte.

Gianfranco kratze sich am Kopf und verfluchte sich dafür, nicht in den Kalender geschaut zu haben.

Gab rührte sich überhaupt nicht mehr wie ein Reh im Scheinwerferlicht.

Und ausgerechnet Mara machte zum ersten Mal den Mund auf: »Ich bin schwanger!«, verkündete sie.

15.

»Wie schwanger … von wem denn?«, stammelte Cate und starrte uns fragend nacheinander an.

»Von … von mir …«, antwortete Gabriel, während wir anderen uns am liebsten verdrückt hätten.

»Was?«, fragte sie ungläubig und erschüttert.

Gianfranco sah aus, als läge er lieber ohne Anästhesie unterm Messer, als jetzt und hier zu sein.

»Cate, wir hätten es dir noch erzählt, wir wollten nur erst sicher sein …«, begann ich.

»Aber wie … wie hast du denn …«, stammelte sie, nach Worten suchend, ohne sie zu finden.

Ich konnte mir sehr gut vorstellen, was in ihr vorging: Du, mein Kind, das ich doch eben erst im Arm gehalten habe, mein introvertierter und ganz und gar anbetungswürdiger Teenager, den ich immer wie eine Löwin verteidigt habe, dem ich die Grundlagen des Lebens beigebracht zu haben glaubte, Freiheit, Respekt, Werte, ausgerechnet du bist hingegangen und hast so einen Mist gebaut …

»Warum setzen wir uns nicht alle erst einmal hin?«, schlug Gianfranco schließlich vor.

Cate schien die Nachricht tiefer verstört zu haben als damals die Leukämie-Diagnose.

Wir verließen das Krankenhaus, machten einen kurzen Spaziergang und setzten uns auf eine Bank direkt am Meer.

Gabriel war am Boden zerstört. Er spürte, dass er seine Mutter enttäuscht hatte, und das in einem Moment, wo sie überaus verletzlich war. Er sehnte sich verzweifelt nach ihrer Vergebung, wusste aber auch, dass es dafür noch zu früh war.

»Kannst du mir das erklären?«, fragte sie ihn.

»Da gibt's nicht viel zu erklären, Mama«, antwortete er mit gesenktem Kopf, die Hände in den Taschen.

»Aber habt ihr nicht …«

»… aufgepasst? Ja, wir haben aufgepasst, aber das Kondom ist gerissen«, antwortete Mara in diesem nervigen genervten Ton.

Cate strich sich mit der Hand über die Augen und massierte sich die Schläfen.

Sie blickte ein Weilchen aufs Meer hinaus, dann wandte sie sich erneut an die beiden.

»Was habt ihr jetzt vor?«

Sie fragte sie ganz direkt, wie zwei Erwachsene.

»Wir behalten es«, antwortete sie.

»Gut«, sagte Cate, und ich sah sie vor meinen Augen um zwanzig Jahre altern. »Viel Glück. Ich werdet es brauchen«, setzte sie hinzu und stand auf, um zu ihrem Termin ins Krankenhaus zurückzukehren.

Gianfranco machte Anstalten, sie etwas zu fragen, aber sie unterbrach ihn mit einer barschen Geste. »Nicht jetzt, bitte«, sagte sie und ging.

Wir blieben stumm zurück.

Ich war mir sicher gewesen, dass Cate anders reagieren würde. Aber vielleicht hatte ich noch die Cate vor der Erkrankung im Kopf.

Die Cate von heute hatte gelitten, litt noch, überließ nicht mehr alles dem Zufall, sondern fing an zu planen, und Gabriel mit einem Neugeborenen auf dem Arm gehörte sicher nicht zu ihren Wunschvorstellungen. Sie hatte sich immer unendliche Horizonte für ihn erträumt, und dies hier war jetzt ein gewaltiges Hindernis.

Also spielte ich jetzt den guten Cop.

»Also los, Kinder, ich bring euch nach Hause«, sagte ich.

Ich rief Oscar an.

Auch er war sprachlos.

Die beiden würden keine zwei Wochen durchhalten, und es war so sicher wie das Amen in der Kirche, dass wir nun alle gefordert waren.

Denn natürlich würden wir sie nicht allein lassen mit dem Neugeborenen.

Man musste über Geld nachdenken, eine Wohnung und die Beziehung zu ihrer Familie und das Wo und Wann. Das waren alles große Probleme, nicht zuletzt, weil Gab noch minderjährig war.

Denn darum ging es.

Jetzt mussten sich die beiden, kaum dem Kindesalter entwachsen, auf eigenen Nachwuchs einstellen und Verantwortung übernehmen.

Gabriel bombardierte mich mit Nachrichten, in denen er mich bat, bei Cate ein gutes Wort für ihn einzulegen.

Natürlich würde ich ihn unterstützen, er brauchte jemanden, der ihm das Gefühl vermittelte, dass er es schaffen würde.

Und ich schwor mir, es zu versuchen.

Cate war traurig, verbittert und enttäuscht, Gefühle, die ihrem Gesundheitszustand alles andere als zuträglich waren.

Gab versuchte mit ihr zu sprechen, aber sie antwortete ihm nur einsilbig.

Sie ging früh aus dem Haus und arbeitete bis spät abends.

Nicht einmal Gianfranco konnte sie aufheitern.

Also lud ich sie eines Abends zu mir zum Essen ein.

Nur wir zwei, damit ich versuchen konnte, zumindest den Konflikt zwischen ihr und Gab aufzulösen.

Ich kaufte eine Flasche Wein.

Sie durfte nichts trinken, aber dieser Abend verlangte unbedingt nach einer Minimaldosis Benommenheit.

Als sie hereinkam, ließ sie sich aufs Sofa fallen und zog sich die Schuhe aus.

Ihre Miene war grimmig, als hätte sie in den letzten Tagen an nichts anderes gedacht.

»Wie läuft's auf der Arbeit?«, fragte ich.

»Gut!«, antwortete sie. »Reichlich Klienten, aber wenig Begeisterung bei mir. Das Einzige, worauf ich wirklich Lust hätte, ist, eine Voodoo-Puppe zu machen, die Mara ähnlich sieht, aber das wäre zu gemein und ist auch gar nicht meine Art. Ich komme mir vor wie ein Ungeheuer!« Sie fuhr sich mit den Händen durch die raspelkurzen Haare.

Ich machte die Flasche auf, schenkte Wein in die Gläser und hielt ihr eines hin.

»Mir geht sie auch auf die Nerven, das muss ich gestehen, aber jetzt bleibt uns nichts anderes übrig, als sie zu akzeptieren.«

»Ja«, meinte sie und hob das Glas. »Wie doof kann man nur sein?«, stöhnte sie. »Und dabei hatte ich ihm doch alles ganz genau erklärt; als er gerade mal elf geworden ist, habe ich alles über Verhütung und Krankheiten erzählt, was mir einfiel, am Ende wusste er vielleicht fast zu viel für sein Alter!«

»Das kann ich mir vorstellen! Du warst nie besonders zimperlich«, lächelte ich.

»Vielleicht war ich doch nicht deutlich genug.« Sie trank einen großen Schluck. »Und was machen die zwei jetzt? Was ist mit der Schule? Was stellt sie sich denn vor? Will sie etwa in der Pause stillen? Meine Güte, was für ein Desaster!«

»Cate, ich weiß, dass du enttäuscht bist, ich bin's ja auch, aber du darfst Gabriel nicht bestrafen, er ist vielleicht ohnehin schon gestraft. Er braucht jetzt mehr denn je unsere ganze Unterstützung. Und am Ende ist es doch nie so schrecklich, wie es am Anfang aussieht, oder? Sieh doch nur, was du gerade überstanden hast.«

»Kinder sollten keine Kinder machen«, sagte sie, stellte das Glas ab und zündete sich eine Zigarette an.

Ich traute mich nicht, etwas zu sagen, sondern beschränkte mich darauf, ihr den Aschenbecher zu holen.

Die Zigarette zwischen den Fingern, das Handgelenk an die Stirn gelegt, dachte sie nach, in Gedanken weit weg.

»Ich habe dir nie von Gabriels Vater erzählt«, sagte sie unvermittelt.

»Nein …«

»Es gibt einen Grund dafür.« Sie zog einmal, trank noch einen Schluck und sah mich an. »Weißt du noch, wie wir gestritten haben und ich dir gesagt habe, ich würde nach Australien gehen, weil ich da Arbeit gefunden hätte?«

Ich nickte.

»Das stimmte nicht. Ich bin nicht zum Arbeiten dorthin gegangen, sondern weil ich wusste, dass meine Mutter dort war. Sie hatte einen Typen in Brisbane, bei dem sie lebte, und mir gesagt, ich solle zu ihr kommen. Ich wusste nicht, was ich tun sollte, aber nach unserem Streit meinte ich, ich könnte mir weit weg von hier ein neues Leben aufbauen.« Sie lehnte sich zurück. »Um Geld zu sparen, hatte ich einen Flug mit drei Zwischenlandungen genommen, und es dauerte zwei Tage, bis ich da war. Ziemlich anstrengend. Ich hatte Fotos von Brisbane gesehen und wusste, dass es eine wunderschöne Stadt war. Und so stellte ich mir vor, dass meine Mutter endlich ihren Platz im Leben gefunden hätte und es uns gut gehen würde. Aber als ich bei ihr ankam, mit drei verschiedenen Überlandbussen und per Autostopp, wurde mir klar, dass sich nichts geändert hatte. Sie saß am anderen Ende der Welt und führte genau dasselbe absurde Leben, das sie immer geführt hatte, nämlich im Provisorium. Sie wohnten in der Peripherie in einer Art Wohnwagen mit einer Veranda davor und streunenden Hunden. Der Unterschied zu früher bestand darin, dass sie den ganzen Tag mit diesem Kerl in diesen alten, kaputten Stühlen herumhing und trank. Das war deren Hauptbeschäftigung.«

Sie machte eine Pause.

»Ich weiß noch, was mich am meisten getroffen hat. Außerdem sah sie total verwahrlost aus. Zwei Schneidezähne fehlten, und ihre Haare waren stumpf und strähnig. Sie behauptete, sie sei gestürzt, aber ich wusste, dass das nicht stimmte. Es tat mir in der Seele weh, sie so zu sehen. Aber eins wurde mir klar: Wenn du dich nicht selbst retten willst, kann es auch niemand für dich tun. Ich schlief an dem Abend dort, bekam aber kaum ein Auge zu. Sie stritten die ganze Nacht, und irgendwann hörte sie etwas brüllen, bei dem es mir kalt den Rücken runterlief. ›Du willst sie? Dann geh hin und hol sie dir halt!‹ Ich schnappte mir meinen Rucksack und dann nichts wie weg in die Nacht. Ich war panisch vor Angst und rannte so weit weg wie möglich. Ein paar Nächte schlief ich dann am Busbahnhof. Ich wusste nicht, wohin und hatte nicht mal Geld für den Rückflug. Aber ich wollte auf keinen Fall so enden wie sie. Eines Morgens ging ich in einem Schwimmbad duschen, zog mich ordentlich an und stellte mich in der ersten Bar vor, die Personal suchte. So fing ich an, meinen Lebensunterhalt zu verdienen und die Sprache zu lernen, und dann lernte ich eines Tages Matt kennen. Er war Touristenführer und begleitete eine Gruppe Italiener, und wir kamen ins Gespräch. Er war toll, immer gut gelaunt, großzügig, gut, einfach ein netter Mensch. Und bald waren wir zusammen. Und dann merkte ich, dass ich schwanger war und lief davon.«

»Du hast es ihm nicht einmal gesagt?«, fragte ich.

Sie schüttelte den Kopf. »Ich hatte Angst, mich der Tatsache zu stellen, vielleicht heiraten zu müssen oder für immer dort zu bleiben … Ich mochte Matt wirklich gern, aber eine Familie wollte ich nicht mit ihm gründen. Ich wollte eine perfekte Mutter werden und nur noch an mein Kind denken, ohne einen Mann um mich herum. Deshalb wollte ich sofort nach Hause zu dir zurück. Du warst schon immer meine ganze Familie.«

Seit ich sie kannte, hatte sie noch nie so ernst mit mir gesprochen.

Ich war wie vom Donner gerührt und gleichzeitig verblüfft.

»Und du hast Matt nie wieder gesehen?«

»Nein, nie wieder.«

»Und er weiß nicht, dass er einen Sohn hat.«

»Nein.«

»Und das findest du fair ihm und Gab gegenüber.« Es war mehr eine Feststellung als eine Frage.

»Nein, aber so ist es nun mal«, antwortete sie barsch.

Ich nickte schweigend und dachte darüber nach, wie es wohl war, wenn man aus heiterem Himmel erfuhr, dass man einen Sohn hatte.

»Deshalb bin ich ja so sauer«, fuhr sie fort und nahm sich noch eine Zigarette. »Weil mir dieses Mädchen ganz und gar nicht gefällt, weil Gabriel noch so jung und es einfach nicht richtig ist, dass er für so eine Dummheit für immer sein Leben ruiniert!«

»Cate«, sagte ich und legte ihr eine Hand aufs Bein. »Das Einzige, was wir jetzt für ihn tun können, ist, hinter ihm zu stehen. Ihn zu bestrafen, ändert überhaupt nichts, im Gegenteil, er wird sich nur noch schlechter fühlen, noch entmutigter und verwirrter und das ausgerechnet jetzt, wo er Kraft und Mut braucht wie noch nie in seinem Leben.«

»Du hast recht«, sagte sie und schenkte sich Wein nach.

Ich versuchte, das Thema zu wechseln. »Und wie läuft's mit Gianfranco?«

»Es lief gut, aber in letzter Zeit gehe ich ihm aus dem Weg. Ich weiß auch nicht genau warum, und außerdem, jetzt mal ehrlich, kann ich mit einundvierzig schon Großmutter sein? Ich bitte dich.« Sie lächelte.

»Das kriegen wir schon hin, wie alles andere auch, wir können doch gar nicht anders, das weißt du.«

»Natürlich weiß ich das, aber ich stehe noch unter Schock. Eines Tages lache ich vielleicht darüber, aber nicht in den nächsten fünfundzwanzig Jahren, da bin ich mir sicher.«

Eine Nachricht traf auf ihrem Handy ein, sie las sie und dann blickte sie mich an. »Darf er kommen?«

»Aber natürlich!«, antwortete ich. »Das fragst du mich?«

Sie lächelte und tippte eine Antwort ein. »Danke, Freundin!« Sie hob ihr Glas.

Gianfranco kam eine halbe Stunde später mit einer Schale Eis und seufzte, als er Cate mit dem Weinglas in der Hand sah.

»Ich weiß, ich weiß«, sagte sie, während sie ihm entgegenlief und ihm einen Kuss auf die Stirn gab. »Nur heute Abend ausnahmsweise, weil ich nicht nachdenken möchte, dann bin ich wieder artig und trinke nie wieder einen Schluck, ich schwör's!«

»Schwör lieber nicht«, antwortete er und gab ihr einen Kuss auf die Lippen. »Sonst kommst du noch in die Hölle.«

»Da dürfte ich wenigstens rauchen!«, lachte sie, nahm ihm das Eis ab und lief in die Küche.

»Eine scheußliche Geschichte!«, sagte er.

»Ja, ein ganz schöner Schlamassel, den es nun wirklich nicht noch gebraucht hätte.«

»Das Kind wird zu Weihnachten auf die Welt kommen, was für ein schönes Geschenk«, sagte er, als er sich aufs Sofa setzte.

»Hm, nein«, antwortete ich, »es wird im Februar geboren, vielleicht am Valentinstag.«

»Wie das denn?«, gab er zurück. »Sie ist doch schon im dritten Monat … zumindest hat mir der Gynäkologe das gesagt, als ich gefragt habe, ob alles in Ordnung ist.«

»Wer ist im dritten Monat?«, fragte Cate, als sie mit Schälchen und Löffeln aus der Küche zurückkam.

»Gabriels Freundin«, sagte Gianfranco, dem es wie uns allen schwerfiel, sie beim Namen zu nennen, als würde sie dadurch noch realer.

Cate runzelte die Stirn.

»Mir hat sie gesagt, ihre Regel wäre erst seit ein paar Tagen ausgeblieben«, bestätigte ich.

Wir blickten uns fragend an.

»Diese verdammte …«, knurrte Cate, griff sich ihr Telefon und rief Gabriel an.

»Hör mal, mein Junge«, begann sie leicht angesäuselt.

»Hast du vor drei Monaten schon mit Mara geschlafen oder nicht? Denk gut nach!« Sie hörte zu und schaute uns dann mit einem halben Lächeln und hochgezogener Augenbraue an. »Und du bist dir hundertprozentig sicher, ja?« Sie nickte, ihr Lächeln wurde noch breiter. »Ich sag's dir, wenn ich nach Hause komme!«

Sie legte auf und stieß einen Schrei aus, stützte sich mit den Händen auf unsere Schultern und fing an, auf und ab zu hüpfen. »Es ist nicht von Gabriel! Es ist nicht von Gabriel!«

Auch wir sprangen auf, heilfroh über die Nachricht, obwohl wir überhaupt nichts verstanden.

»Dieses Luder wollte uns reinlegen! Es ist von ihrem arbeitslosen Freund, verstanden? Gab hatte bis vor einem Monat noch gar keinen Sex mit ihr. Er weiß es noch genau, sie waren nämlich von der Silvesterparty zurückgekommen, und dieser Idiot hat sich Hals über Kopf in sie verliebt!«

Ich schlug die Hand vor den Mund. »Wusste ich es doch, dass mit der etwas nicht stimmte! Manchmal liegt man mit dem sechsten Sinn richtig!«

Er schenkte sich ein Glas Wein ein. »Ich würde sagen, jetzt haben wir alle ein Gläschen verdient!«

Wir stießen im Stehen an.

Unsäglich erleichtert.

Ganz ungetrübt war unsere Freude aber nicht, wir waren aufgewühlt und fühlten uns betrogen. Hoffentlich würde das Gabriel eine Lehre sein, aber so konnten wir die Liste umwälzender Ereignisse in diesem Jahr wenigstens um einen weiteren Punkt verlängern.

Cate war wieder ganz die Alte.

Und Mara verschwand nach einer ordentlichen Standpauke für immer aus unserem Leben.

Sie weinte, entschuldigte sich, aber angeblich hatte sie nicht gewusst, was sie tun sollte. Mit Gianfrancos Hilfe brachten wir sie in einer Selbsthilfegruppe unter, informierten aber auch ihre Eltern über die Ereignisse.

Am Tag darauf beschloss Cate, ihr Zentrum um eine Cafeteria zu erweitern.

Ende Juni konnte man unser Leben glücklich nennen.

Oscar hatte einen Mann kennengelernt, mit dem er sich ein Coming-out vorstellen konnte, ich ging so oft es ging im Meer schwimmen, Cate verbrachte die Tage damit, Bauarbeiten zu leiten, Gianfranco passte auf, dass sie sich nicht überanstrengte, indem er ständig neue Vorwände für Kaffeepausen erfand, und Gab, der sitzengeblieben war, das hatten wir befürchtet, würde den Sommer als Praktikant in einem Pflegeheim verbringen und sich um Alte und Behinderte kümmern. Das würde ihm guttun, fand Cate.

Eines Morgens fand ich im Briefkasten einen edlen blaugrünen Umschlag.

Ich setzte mich mit einer Tasse Tee in die Sonnenecke meiner Terrasse und öffnete vorsichtig den Umschlag. Er enthielt eine Einladung zu einer Hochzeit.

Paolos Hochzeit.

»Natürlich gehen wir zu dieser Hochzeit!«, nuschelte Cate, die auf einem Stuhl stand und Nägel zwischen den

Lippen hielt, weil sie gerade dabei war, ein Bild aufzuhängen.

»Nein, du spinnst wohl! Es ist doch eine Frechheit, dass sie mich überhaupt eingeladen haben!«

»Aber unbedingt gehen wir da hin!«, spielte Oscar das Echo, der Kräuterteemischungen aus einem Katalog auswählte. »Wann ist das denn?«

»Am vierzehnten Juli«, antwortete ich lakonisch, *»à la Bastille …«*

Cate drehte sich zu mir um, ein arglistiges Glitzern in den Augen. »Wir werden alle zusammen hingehen, und du wirst wunderschön aussehen!«

Meine Mutter teilte ihre Meinung, ich solle hingehen und ihnen mein wiedergeborenes Selbst zeigen.

Mein Vater hingegen riet mir, einen großen Bogen darum zu machen und nicht allzu übermütig zu werden, denn ohne seine Hilfe wäre ich jetzt Paolos Ehefrau gewesen.

Wir Frauen verliebten uns mehr und mehr in die Vorstellung einer Revanche auf großer Bühne, während die Männer sich eher für eine diskretere innere Genugtuung aussprachen.

Die große Bühne war entschieden besser, oder nicht?

Cate nähte mir ein glanzvolles Abendkleid.

Wir hatten ein Modell mit Meerjungfrauen-Silhouette ausgesucht, das wir an Julianne Moore auf dem roten Teppich gesehen hatten.

Es stach sofort ins Auge.

Als ich mich bei der letzten Anprobe im Spiegel betrachtete, jubelte ich innerlich.

Die Botschaft war einfach und direkt: Fahr zur Hölle, du Mistkerl, ich bin frei!

Der 14. Juli entpuppte sich als der windigste Tag des Jahres, und ganz sicher nicht der wärmste.

Ich jubelte auch darüber, weil ich mir ausmalte, wie seine Mutter hektisch den Wetterbericht auf dem iPhone kontrollierte, auf dem Bildschirm herumwischte und sich fragte, warum ihr derart schlechtes Wetter angetan wurde.

Die Hochzeit sollte in der Esedra di Santo Stefano in Sestri Levante stattfinden, einer glanzvollen Villa aus dem achtzehnten Jahrhundert, die von einem weitläufigen Park umgeben war. Ein wirklich märchenhafter Ort.

In die Kirche ging ich nicht, weil dort mein Auftritt nicht den gewünschten, spektakulären Effekt gehabt hätte. Zu viel Durcheinander, fand ich.

Mich einzuladen, war sicher die Idee seiner Mutter Linda gewesen, die bestimmt damit rechnete, dass ich nicht kommen würde.

Wenn sie gewusst hätte ...

Cate, Oscar und ich stiegen aufgeregt ins Auto, als wären wir zu unserem Debütanten-Ball unterwegs.

Ich gab mich gelassen, doch innerlich war ich angespannt.

Cate rauchte in langen Handschuhen, die zu ihrem puderfarbenen Kleid gehörten, das wir bei Jennifer Lopez abgekupfert hatten, und Oscar hörte nicht auf, auf dem Rücksitz Selfies von sich zu machen.

Ein starker Wind trieb schwarze Wolken vor sich her.

Wir saßen in unserem alten Seat und sangen aus vollem Halse Mika mit.

Wir kamen nach den anderen Gästen an.

Wir fuhren mit dem Wagen die Allee entlang, parkten und gingen zu der Rasenfläche vor der Villa, wo das Mittagessen im Augenblick noch im Freien stattfinden sollte.

Die Gäste warfen besorgte Blicke zum Himmel, während Linda, in ein blaues Spitzenkleid gezwängt, mit martialischem Gehabe die Kellner herumkommandierte und den Gästen vergebens versicherte, dass es bald aufklaren würde.

Ich erblickte Paolo sofort im Zentrum des Geschehens, in einem tadellosen Cutaway, der ihn aussehen ließ, als sei er direkt einer Komödie mit Cary Grant entsprungen. Liebenswürdig lachend begrüßte er die Gäste. Und dann sah ich die Braut, in einem federleichten, lachsrosa Kleid mit Volants an der Vorderseite.

Und war sprachlos.

»Scheiße, Ludo, die sieht aus wie du!«, sagte Cate, während sie mir einen Stoß mit dem Ellbogen versetzte.

Sie hatte recht.

Man hätte uns für Schwestern halten können.

Mir zog sich das Herz zusammen. Sie tat mir auf einmal furchtbar leid, und am liebsten wäre ich hingegangen, hätte sie bei der Hand genommen und wäre mit ihr davongelaufen, wie Cate es mit mir getan hatte.

Es war beeindruckend: die roten Haare, die schmale Figur, eine gewisse Schüchternheit und Zerbrechlichkeit, leicht unterwürfig, genau wie ich am Schluss.

»Siehst du, wie du geendet hättest?« Meine Freundin warf ihre Zigarette auf den Rasen und trat sie aus, dann packte sie mich am Arm. »Gehen wir, das ist unser Moment!«

Wie drei abgehalfterte Film-Diven überquerten wir die Rasenfläche und gingen zu einem Tisch, an dem noch Plätze frei waren. Cate stellte sich vor und gab allen die Hand, hielt einen Kellner mit einem Tablett voller Champagnergläser an, nahm sich eines und stürzte den Champagner in einem Zug herunter, und begann dann ein Gespräch, in dem sie mögliche Verwandtschaften mit dem Hochzeitspaar erfand.

Mein Herz raste. Gleich würde Paolo mich erblicken, und mit einem Mal erschien es mir vollkommen idiotisch, dass wir hergekommen waren.

Vielleicht hatte mein Vater doch recht gehabt.

Paolo lächelte strahlend einer Gruppe zu, vermutlich Freunde von ihm, auch wenn ich sie in all den Jahren nie zu Gesicht bekommen hatte. Ich fragte mich, ob seine Mutter Komparsen engagiert hatte, damit die Gästeschar auf den Fotos größer wirkte.

Kurz darauf drehte er sich um, als hätte er meine Präsenz gespürt, und sobald sich unsere Blicke trafen, verspannte sich sein Kiefer und sein Gesichtsausdruck veränderte sich.

Purer Hass stand in seinen Augen, und ich sah seine Finger zucken, als wollte er sie zur Faust ballen.

Ich deutete ein Lächeln an, etwas spöttisch, wie ein aus dem Käfig entkommener Vogel, der dir von einem Ast aus einen letzten Blick zuwirft.

Er blickte kurz zu Boden, um sich wieder unter Kontrolle zu bekommen, dann ging er mir entgegen.

»Was machst du denn hier?«, zischte er mich an.

»Wieso? Ich bin offiziell eingeladen«, antwortete ich so ruhig, wie es mir möglich war.

»Ich habe dich nicht eingeladen!«, fauchte er mit nur mühsam verhohlener Wut.

Ich straffte die Schultern.

»Dann war das wohl deine Mutter?« Ich wich einen Schritt zurück, aber es genügte nicht, er stand immer noch zu dicht vor mir.

Er wandte sich ab und schaute sich suchend nach seiner Mutter um, spürbar nervös.

Die junge Braut trat zu uns.

»Alles in Ordnung?«, fragte sie, bevor sie mich richtig wahrnahm und ihrerseits ein zutiefst verblüfftes Gesicht machte, als ihr die Ähnlichkeit auffiel.

»Ciao, du musst Laura sein«, sagte ich und streckte ihr die Hand hin. »Ich bin Ludovica, seine Ex, vielleicht hat er dir von mir erzählt. Wenn du magst, können wir uns ja mal zum Kaffee treffen …«

Lauras freundliches Lächeln verblasste.

»Lass uns gehen, *Amore*«, sagte er angespannt und nahm sie am Ellbogen. »Das ist eine ehemalige Mitschülerin von mir, meine Mutter muss sie eingeladen haben, das ist ein Witz, den wir immer machen …«

Ich hätte Laura am liebsten noch zugerufen »Lauf weg!«, aber mir war klar, dass es sowieso schon zu spät war, und zum Glück war es ja auch nicht mein Problem.

Cate, die an die Herrschaften am Tisch Flyer für Cate's

Place verteilte, bemerkte, dass Paolo vor mir stand und kam mir zu Hilfe.

»Paolo!«, rief sie aus, legte die Hände auf seine Schultern und drückte ihm einen lippenstiftroten Kuss auf jede Wange. »Alter Schwerenöter, hast du doch noch eine arme Seele gefunden, die dich heiratet!« Dann zu Laura: »Kleiner Scherz, mach dir nichts draus!«

Laura war entsetzt und suchte in Paolos Gesicht vergeblich nach Antworten.

Schließlich eilte Linda herbei, um zu retten, was noch zu retten war.

Auch sie wurde blass, als sie mich erblickte.

»Was machst du denn hier?«

Ich öffnete meine Clutch und zog die Einladung hervor.

»Na, wenn du das nicht weißt …«, antwortete ich lächelnd.

»Paolo, davon weiß ich nichts, ich schwöre!«, verteidigte sie sich. »Bitte geh jetzt wieder, Ludovica! Ich finde es schon reichlich geschmacklos von dir, überhaupt hier aufzutauchen.«

»Ich fand die Einladung auch reichlich geschmacklos«, gab ich zurück. »Aber von Leuten wie euch hat mich das alles andere als überrascht«, sagte ich süßlich.

Große Regentropfen begannen vom Himmel zu fallen, verwandelten sich innerhalb von Augenblicken zu Hagel.

Wir zerrten Oscar vom Buffet mit den Nachtischen weg und ergriffen die Flucht.

Ein solches Unwetter Mitte Juli war selten.

Kreischend stoben die Gäste auseinander, hielten sich

die Servietten über den Kopf und suchten in der Villa Schutz. Ich drehte mich ein letztes Mal um, während ich darauf wartete, dass Cate die Autotür aufmachte, und sah Laura tropfnass im Regen stehen, stur wie ein Muli, während Paolo vergeblich an ihrem Arm zog und versuchte sie davon zu überzeugen, hineinzugehen.

Ich nickte ihr zu und stieg ins Auto.

16.

Zehn Tage später eröffneten wir das Café in Cate's Place.

Es war ihr gelungen, ein gemütliches Eckchen zu schaffen, das sich perfekt mit der Rezeption ergänzte. Sie hatte drei runde Tischchen daneben aufgestellt, das Sofa, die Teppiche und die Kissen umgestellt, sodass sie eine Entspannungszone bildeten, mit Regalen voller Bücher und Zeitschriften und schließlich dem Tresen über Eck, an dem sie Kaffee, Tee und Gebäck verkaufte. Es war so gemütlich wie zu Hause, ein Ort, wo man entspannen kann.

Cate war eine Naturgewalt, da war nichts zu machen, alles, was sie sich vornahm, setzte sie um, ungeachtet aller Schwierigkeiten, und Schwierigkeiten hatte sie weiß Gott genug zu überwinden gehabt.

Jeder andere an ihrer Stelle hätte irgendwann die Hoffnung verloren.

Sie hatte in ganz Genua Flyer verteilt, war bei den lokalen Radiosendern vorbeigegangen, hatte Gefallen von all ihren Bekannten erbeten, und da ihr immer alle wohlgesonnen waren, hatte niemand abgelehnt, alle Geschäftsleute der Gegend und ihre Klienten hatten intensiv Mundpropaganda gemacht.

#CatesPlace war ein Trendthema in den Social Media, auch dank der Blogger, und so war an jenem Sonntag die Straße vor dem Zentrum praktisch blockiert.

Cates Place war *the place to be*.

Cate nutzte die Chance und setzte sich in Szene. Sie hatte außerdem die Kurse, Behandlungen, Workshops und damit natürlich auch die Arbeitsstunden vervielfacht, aber ihre Augen glänzten.

Wir waren alle da, um sie zu unterstützen und anzufeuern, ich, Gabriel, Gianfranco und Hugo, und das war dann auch das Bild, das der Fotograf auswählte und das in der Ausgabe von *Secolo XIX* am nächsten Tag erschien, und das wir uns alle ausschnitten und einrahmten, um für immer jenen perfekten, wunderschönen Moment festzuhalten, der den Erfolg meiner Freundin bestätigte, die gegen alle Erwartung ihren Traum verwirklicht hatte.

Später an jenem Abend, als wir noch beim Aufräumen halfen, setzte sich Cate auf das Sofa, zündete sich eine Zigarette an und rief mich zu sich.

Ich setzte mich neben sie und lehnte den Kopf an ihre Schulter.

»Ist dir eigentlich klar, dass es das alles ohne dich nicht gäbe?«, sagte sie.

»Irgendwie hättest du es trotzdem hingekriegt.«

»Nicht ohne deine Hilfe. Du hast mir das Geld gegeben, ohne Sicherheiten, das hätte niemand sonst getan.«

»Ich wusste, dass du es mir wiedergeben würdest, ich vertraue dir.«

Sie drückte mich mit dem freien Arm an sich und gab mir einen Kuss auf den Kopf.

»Was würde ich nur ohne dich machen?«, fragte sie, und mir wurde bewusst, wie gerührt sie war.

»Sag mal, weinst du?«, fragte ich sie. »Seit wann denn das?«

»Seit ich vor Glück fast explodiere wie jetzt«, sagte sie, während ihr eine Träne über die Wange rollte. »Es ist zu schön, um wahr zu sein.«

»Es ist Wirklichkeit, weil du es so gewollt und dir den Arsch aufgerissen hast, um es zu erreichen, und wir lieben dich alle, und auch das Universum liebt dich und die Engel und die Cherubim und die Elfen und die Feen ...«, lachte ich.

»Ich bin eine Frau, die sich glücklich schätzen kann«, sagte sie.

»Ja, das bist du«, sagte ich, und trocknete ihr eine Träne.

Doch mein Lächeln erstarb.

Ich berührte ihre Stirn.

Sie glühte.

»Cate, du glühst«, sagte ich erschreckt.

»Pssst«, flüsterte sie. »Sag nichts. Du und ich, wir verschwinden jetzt hier unter einem Vorwand, und du bringst mich ins Krankenhaus. Nicht mal Gianfranco darf davon erfahren.«

»Aber er ist der Oberarzt, wie könnte ich ihm das verheimlichen?«

»Es ist mit Sicherheit nur eine Kleinigkeit«, sagte sie und drückte meine Hand so fest, dass es schmerzte. »Und ich will niemandem das Fest verderben. Wir stehen jetzt ganz unauffällig auf und schleichen uns davon.« Sie lächelte gezwungen.

Wie immer konnte ich nicht Nein zu ihr sagen, doch das übernahm dann schon das Schicksal, denn als Cate aufstand, brach sie zusammen und fiel in Ohnmacht.

Gianfranco wollte nicht einmal den Krankenwagen rufen, um keine Zeit zu verlieren, er rannte los und holte seinen eigenen Wagen und trug Cate hinein, um dann mit der Hand auf der Hupe ins Gaslini-Krankenhaus zu rasen.

Als Cate wieder zu sich kam, wurde sie gerade auf der Bahre ins Krankenzimmer gefahren.

Sobald sie mich erblickte, nahm sie meine Hand und zog mich zu sich heran: »Ich will nicht sterben, Ludo, ich will nicht.«

»Du wirst nicht sterben, ich schwör's dir.«

17.

Es begann der Leidensweg zur Knochenmarkstransplantation, die – wie sich herausstellte – vor allem Gabriel betraf.

Gianfranco richtete einen leidenschaftlichen Appell an alle, die Nerven zu behalten, aber er selbst war auch stinksauer auf Cate, die in der letzten Zeit Raubbau an ihren Kräften getrieben hatte.

Aber vor allem war er wütend auf sich selbst, weil er sich als Arzt nicht durchgesetzt hatte.

Ich erklärte ihm, es sei unmöglich, Cate etwas anzuordnen, und das machte ihn nur noch wütender, denn immerhin war er vom Fach und hatte in seinen Augen versagt.

Er wusste ganz genau, dass er sie nicht hätte behandeln dürfen, weil er ihr zu nahestand.

Cate wurde in ein Iso-Zimmer verlegt. Sie durfte nur wenige Besucher empfangen und immer nur für kurze Zeit, und diese mussten Atemschutz tragen.

Für sie war das schwer erträglich.

Gabriel traumatisierte es.

Da er als Stammzellspender für Cate infrage kam und

eine Knochenmarktransplantation Erfolg versprach, lastete ein Teil der Verantwortung für die Gesundung seiner Mutter auch auf seinen Schultern.

Gabriel kam in die Obhut meiner Eltern, damit er in einem ruhigen Umfeld war.

Und Cate musste wieder eine Chemotherapie über sich ergehen lassen.

»Und das, wo mir gerade erst die Haare wieder nachgewachsen sind!«, sagte sie traurig.

Sie sah schrecklich aus, ihre Lippen und ihr Zahnfleisch waren wund. Ihr war übel, und sie konnte nichts bei sich behalten. Außerdem war sie strengen Hygienemaßnahmen unterworfen.

»Habt ihr euch die Schuhe abgeputzt, bevor ihr reingekommen seid?«, war eine ihrer bevorzugten Fragen, zusammen mit: »Habt ihr was zu trinken mitgebracht?« und »Vorsicht, wenn du dir nicht die Maske aufsetzt, krieg ich am Ende noch Leukämie.«

Sie war unerträglich und wütend, aber wer hätte es ihr verdenken können.

Es heißt, man mache vier Phasen durch, wenn man die Diagnose einer tödlichen Krankheit bekommt.

Als Erstes leugnet man die Diagnose und redet sich ein: »Das stimmt nicht, die müssen sich geirrt haben, da muss ein Fehler vorliegen.« Es folgt die Phase des Verhandelns, in der man anfängt, sich mit der Krankheit zu arrangieren und so tut, als sei sie zu ertragen oder versucht, die Kontrolle zurückzugewinnen; die dritte Phase ist die der Depression, in der man sich seines Zustands bewusst wird und die Hoffnung verliert. Die letzte Phase ist schließlich die der Akzeptanz, in der man inneren Frieden erreicht.

Natürlich durchlief kaum jemand alle vier Phasen wie nach dem Lehrbuch, aber bei Cate lief es, wie nicht anders zu erwarten gewesen war, besonders chaotisch.

»Weißt du übrigens«, fragte sie mich eines Abends in einem unserer endlosen Telefongespräche, »dass ich nach der Transplantation unfruchtbar sein werde?«

»Du hast recht, das tut mir leid, Cate«, sagte ich niedergeschmettert.

»Tja«, sagte sie nach einer Pause. »Vielleicht hätte ich in keinem Fall weitere Kinder bekommen, bei meinem Alter ist das sogar wahrscheinlich, aber jetzt fühlt es sich an wie ein Urteil …«

Ich musste weiter daran glauben, dass meine Freundin auch diesmal dem Tod von der Schippe springen würde.

»Weißt du noch, wie du mich zu diesem bescheuerten Ritual überredet hast, als wir nachts am Strand unsere Unterhosen verbrannt haben? Zusammen mit dem Brief an das Universum, weil das deiner Meinung nach der einzige Weg war, um unsere magischen Energien zu bündeln? Und wie wir beinahe von den Hunden des Bademeisters zerfleischt worden wären?«

»O mein Gott, wie könnte ich das vergessen! Das war meine wikkanische Phase, bei der es um die weiblichen Energien von Mutter Erde ging, ich hab dich auch zum Mondscheinbad überredet.«

»Ja, genau, schade nur, dass es Dezember war! Du hast mich eine Stunde lang in Unterwäsche auf dem Balkon stehen lassen, und danach hab ich eine Lungenentzündung gekriegt.«

»Stimmt! Ich hab dich als Versuchskaninchen für meine Experimente benutzt. Tut mir leid.«

»Ach was! Ohne dich hätte ich nie was ausprobiert.«

»Weißt du noch, wie wir einen ganzen Tag von zu Hause abgehauen sind?«

»Na und ob! Und niemand hat was gemerkt!«

Sie lachte. »Ludo. Du bist meine beste Freundin, du bist meine Schwester.«

Ich hörte, wie müde sie war. »Ich lass dich jetzt mal ausruhen, Cate.«

»Denk dir schon mal was aus, was mich zum Lachen bringt, für den Fall, dass ich dieses Mal wirklich abtreten muss.«

»Was für ein Quatsch!«, antwortete ich lachend.

Aber ich wusste, dass ich daran denken würde.

Ein paar Tage später begleitete ich Gabriel zur Knochenmarksbiopsie.

Dafür würde eine kleine Probe aus dem Beckenkamm entnommen werden, das Ergebnis würden wir bald erfahren. Die Krankheit seiner Mutter hatte ihn schnell erwachsen werden lassen.

Gab war tapfer ohne Ende, er sagte nichts, er beschwerte sich nicht, er hatte keine Angst, sondern sagte zu Gianfranco nur: »Bitte, rette meine Mutter.«

Eine Woche später erhielt Cate die Transplantation, und von dem Moment an musste sie von ihrer Umgebung abgeschirmt werden.

Es waren lange und beschwerliche Wochen.

Oscar arbeitete täglich in der Cafeteria, und die Mädels hatten wieder Cates Termine bei den Behandlungen übernommen.

»Alle sind nützlich, niemand ist unersetzlich«, meinte sie bitter.

Aber das stimmte nicht, und das sagte ich ihr auch jedes Mal.

Es war meine Pflicht, sie daran zu erinnern.

Gianfranco war besorgt, aber verhalten optimistisch: Die Werte hatten sich verbessert, die Transplantation war gut verlaufen und nun musste man nur noch abwarten, wie ihr Körper darauf reagierte.

Es war einer jener Abende, an denen ich zum Erzengel Gabriel betete.

Wenn er schon beim ersten Mal so freundlich gewesen war, mich anzuhören, dann würde er mir vielleicht – vorausgesetzt, dass es kein persönliches Limit für Hilfsersuchen gab – auch dieses Mal helfen.

Ich bat ihn, uns weiteren Schmerz zu ersparen, Cate das unbeschwerte und glückliche Leben zu ermöglichen, das sie verdiente, sie, die sie immer alle und jeden gemocht und allen und jedem nur Gutes gewünscht hatte.

Hoffentlich würde ich erhört.

In der Zwischenzeit verbrachten Cate und ich die Nächte am Telefon. Es war fast wieder wie damals, als wir noch Kinder waren und stundenlang einfach nur reden konnten.

Wir redeten übers Fernsehen, über Bücher, über Sex,

Reisen und alles, was uns sonst durch den Kopf ging, als hätten wir tatsächlich ein echtes Leben irgendwo da draußen.

»Ich müsste mir dringend mal wieder die Beine wachsen lassen«, sagte sie eines Abends zu mir.

»Hast du noch was vor?«

»Vergiss nicht, dass ich einen Freund hier habe!«, lachte sie. »Aber das mit der Unfruchtbarkeit ist schon traurig.«

»Aber hast du nicht schon mit Gabriel das Maximum gegeben?« Ich warf einen Blick gen Himmel.

»Vielleicht hätte ich mit Gianfranco noch ein Kind bekommen, weißt du?«

»Ehrlich?«

»Hätte ich ihn doch nur schon früher kennengelernt. Er ist ein ganz besonderer Mann!«

»Das stimmt, aber ich frage mich, ob er dir vor zehn Jahren überhaupt aufgefallen wäre.«

»Vielleicht nicht«, antwortete sie nach einer kurzen Pause. »Ich war viel zu beschäftigt, viel zu abgelenkt.«

»Tja, manchmal findet man die wahre Liebe erst, wenn es eng wird.«

Sie schwieg einige Sekunden.

»Ludo, ich muss dich um den größten Gefallen bitten, um den ich je gebeten habe«, sagte sie dann zur mir.

»Schieß los.«

»Du musst Gabs Vater suchen.«

»Gabs … Vater?«, stammelte ich.

»Ja, Ludo, jetzt ist der richtige Zeitpunkt. Du musst so bald wie möglich nach Australien fliegen.«

»Also, Cate, jetzt … das kann ich jetzt nicht. Nicht,

bevor du nicht aus dem Krankenhaus bist«, antwortete ich, plötzlich panisch.

»Meinst du, ich würde das nicht tun, wenn ich könnte?«

»Wieso hast du es denn nicht längst schon getan?«

»Weil ich früher viel zu sehr damit beschäftigt war, an mich zu denken, an uns, zu oberflächlich und zu egoistisch, immer irgendwelche Pläne für die Zukunft verfolgt habe, aber jetzt … Jetzt hab ich Angst, Ludo, so sieht's aus. Ich hab Panik, dass ich's nicht schaffe. Ich lebe sowieso nur noch von einem Tag zum anderen. Ich weiß, es ist ein gigantischer Gefallen, aber du könntest das, nur du, niemand sonst.«

Ich holte tief Luft.

Der Mut, den ich beinahe schon gefasst hatte, verließ mich bereits wieder.

»Ludo, bist du noch dran?«

»Ja …«, murmelte ich.

»Was denkst du?«

»Dass mir nicht wohl ist.«

»Ich weiß, und ich versteh das. Aber du musst jetzt ich sein, meine Augen, meine Ohren, meine Worte und das ist wirklich der letzte Gefallen, um den ich dich bitte.«

»Der größte, um den du mich je gebeten hast.«

»Das stimmt, aber du wirst mir doch jetzt nichts abschlagen …«

»Okay, hör bloß auf, ich mach's ja!«, platzte ich heraus. »Ich hasse dich, wenn du so ankommst.«

»Aber es funktioniert!«

»Ja, aber hör jetzt auf damit!«

»Okay, ich hör auf.«
»Hör auf!«
»Okay.«

Eine Woche später brachten meine Eltern mich zum Flughafen, Reiseziel Brisbane.

Natürlich durfte Gabriel nicht wissen, warum ich flog; wir sagten ihm, es sei ein Geburtstagsgeschenk von Cate an mich.

Meine Eltern machten sich Sorgen und überhäuften mich mit guten Ratschlägen.

Aber ich hatte am meisten Angst.

Ich war noch nie so lange weg gewesen und schon gar nicht in einem so weit entfernten Land, noch dazu allein, und fühlte mich jetzt schon verloren.

Ich konnte das nicht, ich fühlte mich nicht wohl außerhalb Genuas, meines Reviers und meiner Gewohnheiten, ich wusste nicht, wie ich mit unvorhergesehenen Ereignissen umgehen sollte, ich hatte keine Ahnung, was mich erwartete und wer, und mein Englisch war nur eine ferne Erinnerung.

Warum nur hatte sie nicht im nahen Santorini einen Sohn mit einem Unbekannten gezeugt?

Es war wie eine von Cate organisierte Schnitzeljagd.

Aber hätte ich es ihr abschlagen können?

Ich an ihrer Stelle hätte mir denselben Gefallen erbeten: Beste Freundinnen ist man in guten wie in schlechten Zeiten.

Sie hatte mir ein Zimmer in dem Stadtviertel gebucht, in dem Matt immer noch als Touristenführer arbeitete.

Es hatte nur einer kleinen Internetrecherche bedurft, um die Adresse herauszufinden.

Und dann sollte ich »zufällig« bei ihm vorbeigehen und ihn um eine Stadtführung bitten.

Leider kam ich mit drei Stunden Verspätung an, fix und fertig wegen der Zeitverschiebung, außerdem wurde ich vom Zoll gründlich gefilzt, und so war es draußen bereits stockfinster, und ich hatte keine Ahnung, wie ich zu meiner Unterkunft kommen sollte.

Ich war übermüdet und kam mit meinen paar Brocken Englisch kaum weiter. Irgendwann war ich den Tränen nahe.

Aber Gott sei Dank kam mir ein freundlicher blonder Polizist zu Hilfe, dessen Waschbrettbauch ich sogar unter der Uniform ausmachen konnte.

Er brachte mich in eine Bar, wo ich in seiner Gesellschaft einen Kaffee trank und ein Brötchen aß, und dann erklärte er mir in aller Ruhe, wie ich an mein Ziel kam, kontrollierte die Roaming-Einstellungen auf meinem Handy, und nachdem er den Fahrer instruiert hatte, wo er mich aussteigen lassen sollte, setzte er mich persönlich in den Bus, wo ich ihm durchs Fenster zuwinkte wie ein kleines Mädchen.

Am nächsten Morgen war ich zwar voller Neugier, aber auch immer noch ein wenig ängstlich. Vergessen wir nicht, dass ich mein ganzes Leben in einer einzigen Bank in Genua gearbeitet hatte!

Meine Gastgeberin war eine sympathische junge Frau, die mir ganz selbstverständlich den Wohnungsschlüssel überließ und meinte, ich solle mich wie zu Hause fühlen.

»Zwei Wochen! Du musst doch was erleben für den Preis und solltest wenigstens so lange bleiben, dass du über den Jetlag hinwegkommst«, hatte Cate erklärt.

Es gab so vieles, was man in Brisbane unternehmen konnte, von einem Tag am Strand über Museumsbesuche mit anschließendem Spaziergang an der South Bank, Bootstouren, einer Fahrt auf der Panoramastraße, Märkte, alle Arten von Attraktionen.

Die Hausherrin gab mir einen Stapel bunter Flyer, und ich versicherte ihr mit breitem Lächeln und breitem »Yeah!«, dass ich es kaum erwarten konnte, auf Entdeckungsreise zu gehen.

Kaum war sie aus dem Haus, legte ich mich wieder ins Bett.

Die Zeitverschiebung, sagte ich mir.

Die Angst, sagte ich mir drei Stunden später.

Am Ende nahm ich all meinen Mut zusammen und – ausgestattet mit der Adresse, die Cate mich hatte auswendig lernen lassen – machte mich auf den Weg zu Matts Büro, das nicht weit von der Wohnung entfernt lag.

Das Herz schlug mir bis zum Halse.

Ich würde gleich mit einer Nachricht in ein Leben platzen, die einen nur sprachlos machen konnte.

Wie soll man darauf reagieren? Welche Fragen würde er mir stellen? Würde er wütend werden?

Ich drückte die Glastür auf, worauf eine Glocke erklang.

Ein junges Mädchen begrüßte mich lächelnd, und ich fragte furchtsam nach Matt.

Sie ließ mich kurz warten, dann kam ein schmuddeliger Riese mit Hut und Bart in den Raum.

»Ich bin Matt«, sagte er, während er mir die Hand gab.

Ich schluckte.

Konnte er das wirklich sein? Schnell rechnete ich nach. Wenn er nicht schnell schlecht gealtert war, dann musste er vor fünfzehn Jahren mindestens vierzig gewesen sein … Aber Cate hatte immer schon einen besonderen Geschmack gehabt, und wer war ich schließlich, über sie urteilen zu dürfen? Eins war klar: Ich würde ihm die Nachricht sicher nicht direkt vor den Latz knallen, sondern mich allmählich herantasten, auch wenn mein Englisch nicht viel hergab.

»Matt Fullerton?«, fragte ich.

Er nickte lächelnd.

Ob er mir eine Tour organisieren könne?

Er antwortete mir begeistert, fragte, was ich gern sehen wollte, und machte mir ein paar Vorschläge.

Ich war nur dankbar, dass es hier jetzt Winter war und eine Kajak-Tour bei zwanzig Grad Höchsttemperatur nicht infrage kam.

Also entschied ich mich für eine Stadtführung, etwas Ruhiges, bei dem ich mit ihm ins Gespräch kommen könnte.

Wir machten einen Termin für den nächsten Tag aus.

Damit blieb mir eine Nacht Zeit, um mir ein paar Worte zurechtzulegen – immerhin hatte ich jetzt bereits einen ersten Eindruck von Matt.

Vielleicht interessierte er sich gar nicht für Gabriel – in diesem Fall wollten Cate und ich ihn nicht mit Informationen über seinen leiblichen Vater belasten.

Wieder zu Hause, bestand meine Vermieterin darauf,

dass ich mit ihr und ihren Freunden ein Willkommensbier trinken ging, eine verrückte Idee.

Das Wetter war wunderschön, die Lichter der Stadt erhellten den Himmel.

Es war fast wie in New York , nur mit angenehmerem Klima: aufregend, frenetisch, riesig, voller Wolkenkratzer, aber mit einem Strand im Stadtzentrum.

Nach dem zweiten Bier begann ich mich zu entspannen, und merkwürdig – mein Englisch wurde auch immer besser, aber vielleicht bildete ich mir das auch nur ein.

Die Frauen in der Runde erkundigten sich freundlich und interessiert nach meinem Heimatland, einige waren sogar schon in Europa gewesen und hatten Rom besichtigt. Tja, immerzu Rom.

Nicht zuletzt dank der Bierchen erzählte ich ihnen begeistert von meinem geliebten Genua, den engen Gassen, der Musik, der nostalgischen Faszination, schwärmte von der lokalen Küche – und bekam fast Heimweh. Wir Italiener nehmen *il bel paese* überallhin mit – und sei es bis ans andere Ende der Welt.

18.

Am nächsten Morgen traf ich Matt in der Agentur.

Ich hatte feuchte Hände vor Aufregung.

Er war sympathisch und umgänglich und sehr freundlich, aber ich konnte ihn mir einfach nicht als Gabs Vater vorstellen.

Er sah ihm ähnlich, das konnte ich nicht bestreiten, ich musste ihn mir nur mit dreißig Kilo weniger vorstellen. Was war passiert? Warum hatte er sich so dermaßen gehen lassen?

Ich musste mich ganz schön ins Zeug legen, um während der Tour seinen Ausführungen zu folgen – und bald schwirrte mir der Kopf. Bei Tage betrachtet war Englisch eben doch schwieriger als gestern Abend in der Kneipe.

Bis er mir schließlich vorschlug, eine Pause zu machen und einen Kaffee trinken zu gehen. Vielleicht merkte er, dass ich müde wurde.

»Wir gehen in ein italienisches Café, das Merlo Coffee, dann können Sie mir sagen, ob der Kaffee schmeckt.«

Ich war froh, mich hinsetzen zu können, der Kaffee würde den leichten Kater von gestern vertreiben, und dann würde ich den Rest der Tour auch noch schaffen.

Ich bestellte einen Espresso, während er sich ein Bier bringen ließ, das er in drei großen Schlucken austrank.

Unauffällig beobachtete ich ihn, während er sich suchend nach einer Kellnerin umschaute, um ein zweites Bier zu bestellen.

Nicht schlecht, Herr Specht. Trank man in Australien schon am Morgen seine paar Bierchen?

In der Zwischenzeit legte ich mir ein paar Worte zurecht, um das Gespräch zu starten – mal sehen, ob es klappen würde.

»Kommen Sie aus Brisbane?«, tastete ich mich vor.

»Ja, ich komme von hier, als einer der wenigen.«

»Lieben Sie Ihren Beruf?«

»Ich würde sagen Ja!«, antwortete er lächelnd. »Es ist ein Job.«

»Leben hier eigentlich viele Italiener?«

»Ja, es gibt eine italienische Community.«

»Waren Sie mal in Italien?«

»Nein, aber ich war mal mit einer Italienerin zusammen.«

Da, wir kamen der Sache näher.

»Ah, wirklich?«, gab ich mich überrascht, während ich mir vor Nervosität den Nacken kratzte. »Und?«

»Sie ist wieder nach Italien zurückgegangen, und ich habe nie wieder was von ihr gehört.«

Aber du hast einen Sohn von ihr!, dachte ich entmutigt.

»Haben Sie immer schon als Touristenführer gearbeitet?«, versuchte ich noch einmal, das Gespräch in Gang zu bringen.

»Nein«, antwortete er. »Früher war ich Perlenfischer unten in Broome, im Nordwesten.«

»Ah!«, antwortete ich. Ich sah ihn in einem neuen Licht, romantischer, abenteuerlicher.

»Und wie kam es, dass Sie aufgehört haben?«

»Es ist ein hartes Leben, da draußen auf dem Meer«, antwortete er. »Ab einem bestimmten Alter wird es auch gefährlich, es ist körperliche Arbeit, anstrengend, und dazu habe ich Arthritis bekommen, dann ein paar Unfälle gehabt. Jetzt hat mein Neffe mir seinen Job hier in der Agentur angeboten, als er weggezogen ist.«

»Ah, Sie haben einen Neffen?«

»Ja, und er trägt denselben Namen wie ich, eine Tradition in der Familie Fullerton!« Als er lachte, fielen mir seine schlechten Zähne auf.

»Entschuldigen Sie, aber habe ich das richtig verstanden?«, fragte ich, um ganz sicherzugehen, dass ich mich nicht verhört hatte. »Sie haben einen Neffen, der genauso heißt wie Sie und der hier in Brisbane gearbeitet hat und jetzt woanders lebt?«

Er nickte.

»Und wie alt ist der?«

»Hm … um die vierzig vielleicht?«

Scheiße, das musste der richtige Matt sein!

»Entschuldigung, aber wo lebt er jetzt?«, fragte ich beklommen.

»Er hat ein Hotel am Margaret River aufgemacht, im Weinbaugebiet, direkt am Strand, wirklich ein schöner

Platz. Er ist auf Draht, der Junge! Ohne ihn würde ich jetzt wahrscheinlich in irgendeiner Fischerspelunke vor mich hingammeln.«

Ich sprang auf, als stünde mein Stuhl in Flammen. »Geben Sie mir die Adresse!«

»Wie bitte?«

»Mir ist gerade was eingefallen, eine Überraschung für eine Freundin, sagen Sie mir, wo ich ihn finden kann!«

Er tastete langsam seine Taschen ab, offensichtlich versuchte er, sich an etwas zu erinnern. Es hätte nicht viel gefehlt, und ich hätte ihm selbst in die Taschen gegriffen.

»Ich hab sie im Büro, die Adresse.«

»Matt, ich bitte Sie, es ist wirklich wichtig, ich brauche diese Adresse!«, flehte ich ihn an.

Er legte Geld auf den Tisch und erhob sich langsam wie ein müder Elefant von seinem Stuhl.

Ich bebte förmlich vor Ungeduld. Am liebsten wäre ich zurück in die Agentur gerannt und hätte seine Assistentin selbst gefragt.

Zurück in der Agentur kramte er zwischen den Papieren auf dem Schreibtisch, bis er mir endlich die Visitenkarte seines Neffen hinhielt.

Ich fiel ihm um den Hals und gab ihm einen Kuss auf die Wange.

»Sie wissen gar nicht, wie glücklich Sie heute jemanden gemacht haben!«

Dann rannte ich nach Hause, um meinen Koffer zu packen.

Ich schrieb an Cate, dass alles gut laufe und es eine

kleine Programmänderung gebe, aber alles »in Arbeit« sei.

Mit einem Mal fühlte ich mich voller Energie und Begeisterung.

Was für ein Glück, dass dieser Matt nicht Gabs Vater war!

Jetzt musste ich nur noch fünf Stunden Flug hinter mich bringen und noch mal so viele im Reisebus.

Diese Entfernungen in Australien!

Ich schaute mir die Webseite von besagtem Hotel an. The Wishing Bridge, so hieß es. Die Brücke der Träume. Ein kleines Resort aus entzückenden Holzhäuschen inmitten von einem Eukalyptuswald, und drum herum Weinberge so weit das Auge reichte.

Das Stück Land lag wenige Kilometer vom Meer entfernt, einem bei Surfern für seine Wellen hochgeschätzten Strand.

Der Ort gefiel mir auf den ersten Blick.

Ich buchte ein Zimmer für eine Woche und organisierte meine Abreise mit dem ersten Flug nach Perth am nächsten Morgen. Dort würde ich eine Nacht verbringen, um von dort nach Margaret River zu kommen, wo man mich abholen würde.

Wie hatten wir das früher nur gemacht, als es noch kein Internet gab?

Wenn man bedenkt, was für ein Angsthase ich noch wenige Tage zuvor gewesen war! Ich hatte mir wirklich einen ordentlichen Ruck gegeben.

Cate, rate mal, wo ich bin?, schrieb ich ihr und schickte dazu ein Foto von mir mit erhobenem Daumen vor der Skyline von Perth.

Ludo, Wahnsinn! Ist fast, als wäre ich mit dir dort! ☺

Aber du bist mit mir hier!

Du hast ja keine Ahnung, wie gern ich das wäre! Sobald ich rauskomme, machen wir eine Reise!

Wie geht's dir? Schick mir ein Foto!

Sie schickte mir eins mit der pinkfarbenen Perücke, auf dem sie mir die Zunge herausstreckte.

Du hast Farbe bekommen.

Ich darf nichts sagen, aber es läuft gut! ☺

Ich seh's an deinen Augen!

Hör mal, was hast du da überhaupt zu suchen?

Kann ich dir nicht verraten, geheime Mission, hochwichtige Details folgen, wenn's so weit ist.

Okay, aber spann mich nicht zu lange auf die Folter und mach Fotos!

Ich versprach es und machte mich fröhlichen Herzens daran, die Wunder von Perth zu entdecken. Ich besuchte die Art Gallery und gönnte mir ein Picknick aus Pfannkuchen mit Käse und Speck auf dem Rasen des Kings Park.

Ich atmete freier, fühlte mich freier und voller Entdeckungsfreude, endlich hatte ich es geschafft, meine Komfortzone zu verlassen.

Ausgestreckt auf dem Rasen blickte ich in die Wolken, die Haare offen im grünen Gras und fühlte mich lebendig, und obwohl ich allein war und niemand von meinen Lieben in der Nähe oder auch nur erreichbar, hatte ich sie bei mir, im Herzen.

Die Reise nach Margaret River war lang und anstrengend. Ich versuchte alles, was ich sah, roch, fühlte und hörte so gut wie möglich in mich aufzunehmen, um es dann an Cate weiterzugeben.

Am Omnibus-Bahnhof in Margaret River angekommen, stieg ich aus und fand schnell den verabredeten Platz vor einem Postamt.

Es waren kaum fünfzehn Grad, ziemlich frisch. Ich zog den Reißverschluss meiner Fleecejacke hoch und setzte mich direkt auf die Bordsteinkante, den Rucksack neben mir.

Nach etwa zehn Minuten kam ein staubiger grüner Pick-up und hielt direkt vor mir.

Ich stand auf und hob den Blick.

Und verstand nichts mehr.

Das war Gabriel.

Gabriel mit vierzig.

Matt stieg lächelnd aus und begrüßte mich überschwänglich, entschuldigte sich für die Verspätung.

Er nahm meinen Rucksack, warf ihn hinten auf die Ladefläche des Pick-ups und forderte mich auf, einzusteigen. In meiner absoluten Verwirrung ging ich zur rechten Seite (auf der hier der Fahrer saß), und wir stießen auf halbem Weg zusammen.

Er entschuldigte sich wortreich, fragte immer wieder, ob ich »okay« sei.

Dann holte er schnell eine kleine Flasche Wasser und ein Papiertaschentuch aus dem Auto, das er nass machte.

»Es ist nicht so schlimm, Matt«, sagte ich, »ehrlich!«, während ich mir mit beiden Händen die Nase hielt, nicht allzu sicher, dass sie noch fest mit meinem Gesicht verbunden war.

»Woher weißt du denn, dass ich Matt heiße?«

Scheiße!

»Dein Onkel!«, rief ich aus. »Ihr seht euch total ähnlich, ich hab dich sofort erkannt.« Erst dann fiel mir ein, dass der fragliche Onkel ein übergewichtiger, praktisch zahnloser Alkoholiker war. »Also … so im Großen und Ganzen …«, versuchte ich zu retten, was noch zu retten war.

Er lachte, und wir stiegen ins Auto.

Mir lagen so viele Fragen auf der Zunge, aber ich hatte weder den Mut noch das Recht, auch nur eine davon zu stellen.

Jedenfalls jetzt noch nicht.

»Also, was bringt dich mitten im Winter hierher?«, begann er mit der typisch australischen Neugier, die ich allmählich zu schätzen lernte.

»Ich hab schon mein ganzes Leben davon geträumt, mal nach Australien zu reisen …«, sagte ich. »Ich mache … ich schreibe an einer Doktorarbeit in Botanik, über … Karribäume«, sagte ich in einem Atemzug, weil ich mich an etwas erinnerte, das ich auf der Fahrt im *Lonely Planet* gelesen hatte.

»Ah, eine Doktorarbeit?« Wahrscheinlich fragte er sich, was ich im dritten Lebensabschnitt noch an der Universität machte.

»Nach meinem zweiten Studium«, sagte ich nonchalant.

»Wow!«, rief er aus. »Ich hab nicht mal das erste zu Ende gebracht! Aber dafür immer gearbeitet. Erst als Touristenführer, dann als Parkranger im Kakadu-Nationalpark, war Surf-Lehrer, dann hab ich eine Agentur in Perth aufgemacht und am Ende endlich meinen Traum verwirklicht und ein Weingut mit Touristenunterkunft aufgemacht. Wenn ich jetzt so darüber nachdenke, hätte mir ein Abschluss nicht wirklich etwas genützt, außer meine Mutter glücklich zu machen.«

»Tja, bei mir war es am Anfang ähnlich.«

»Am Ende sind doch alle Eltern überall auf der Welt gleich.«

So brachen wir das Eis.

Er war schon ein besonderer Typ, das sah man, der Energie und Optimismus versprühte.

Ich begriff sofort, warum Cate sich in ihn verliebt hatte.

Als wir in Wishing Bridge ankamen, hatte ich das Gefühl, mein Paradies gefunden zu haben.

Viele kleine Häuschen mit spitzen Dächern, umgeben von einem Wald aus Eukalyptus und Palmen, untereinander durch kleine Brücken verbunden, jedes mit einem eigenen Sitzplatz mit Hibiskus und Pflanzen, kleine Teiche mit roten Fischen darin und dieser prickelnden Luft voller Sauerstoff und Leben.

»Das ist dein Haus!«, sagte er, während er mir den Rucksack hineintrug, ohne zu wissen, dass ich am liebsten gehört hätte »für immer.«

»Wenn du nicht zu müde bist, kannst du in die Küche

kommen und etwas essen. Dann lernst du gleich meine Mutter kennen, und wenn du Lust hast, schlage ich dir ein paar Ausflüge vor, auch wenn du wahrscheinlich schon weißt, was du machen willst.«

»Nein, nein, ich bin offen für alles«, sagte ich viel zu schnell. »Aber … es kann nicht sein, dass sich hier die Bäume bewegen, oder?«

Er lachte. »Ganz sicher nicht. Komm mal mit in die Küche, du stirbst bestimmt schon vor Hunger!«

Ich folgte ihm ins Haupthaus, einem großen Gebäude aus rotem Holz, in dem sich im Erdgeschoss die Rezeption und der Speisesaal befanden und im Obergeschoss Matts Privatwohnung.

Wir gingen direkt in die Küche, wo uns eine Frau in Schürze begrüßte, die Hände voller Mehl. Sie gab mir einen Kuss auf die Wange und entschuldigte sich für die Unordnung.

»Herzlich willkommen, ich bin Mary Jane!«

Oooohhh, Oma Mary Jane, dachte ich, wie gut sich das anhörte!

»Heute Abend gibt es Kangaroo-Pie«, verkündete sie stolz, während mein Lächeln bei der Vorstellung, ein Känguru zu essen, erstarb.

»Wir machen ihn mit Kabeljau«, beeilte sich Matt zu erklären. »Kangaroo ist nur ein Name, wie Spaghetti Bolognese, die ja auch nichts mit Bologna zu tun haben.«

»Kennst du Italien?«, fragte ich ihn stirnrunzelnd.

»Ich hab sogar mal da gelebt!«, antwortete er auf Italienisch.

Ich fragte mich, ob das vor oder nach Cate gewesen

war, und wieder überkam mich Unruhe angesichts dessen, was ich ihm mitteilen musste.

»Also sprichst du Italienisch?«

»Ja sicher«, antwortete er. »Setz dich, ich mache dir ein Sandwich.«

Ich ging in den großen, warmen Saal mit den gemütlichen Sofas und Sesseln und dem offenen Kamin, vor dem es sich zwei Beagle gemütlich gemacht hatten, und setzte mich an den großen Tisch, an dem alle Gäste zusammen aßen.

Matt legte ein rotes Tischset auf und servierte mir ein enormes Sandwich mit allem, dazu Pommes Frites und ein Glas Coca-Cola.

»Wie du merkst, ist meine Mutter keine Freundin knapper Rationen«, lachte er, während er zusah, wie ich das Sandwich mit beiden Händen nahm und versuchte, davon abzubeißen.

Er machte auf mich einen patenten Eindruck, jemand, der richtig anpacken konnte, ein Optimist, großzügig und vor allem ein richtiger Familienmensch.

Und mein Gott, wie sehr er Gabriel ähnlich sah, war beeindruckend, da brauchte es ganz sicher keinen DNA-Test.

In seiner Haarfarbe war nur ein klein wenig mehr Rot, nichts, was mit meiner verdammten Klimt-Farbe vergleichbar wäre, nur ein etwas wärmeres Blond, dazu ein kurzer Bart, der sein Gesicht einrahmte, ebenmäßig mit großen, leicht mandelförmigen Augen.

Wer weiß, was passiert wäre, wäre Cate dageblieben.

Ihr Leben wäre vollkommen anders verlaufen.

Ein alternatives Szenario, wie in dem Film *Sliding Doors*.

Vielleicht hätte er sie glücklich gemacht. Vielleicht wäre sie nicht krank geworden.

Vielleicht …

»Lia, Lillo, kommt!«, rief er die Hunde, die träge die Köpfe hoben und dann wenig begeistert zu ihm trotteten. »Die Namen haben ihnen die Mädchen gegeben«, sagte er, während er die Hunde tätschelte. »Ich bin nicht sicher, ob sie wissen, wer wer ist, also rufe ich sie immer zusammen!«, lachte er.

Ich lächelte ihn an. »Bist du zum Abendessen hier?«, fragte ich ohne nachzudenken und bereute es sofort.

»Ja klar!«, antwortete er ganz normal. »Ich fahr nur kurz in den Weinberg, dann hole ich ein französisches Pärchen ab und bin so gegen sieben zurück.«

»Dann bis später!«, antwortete ich und biss endlich in mein Sandwich, worauf mir die Soße übers Kinn rann. Es schmeckte göttlich.

Matt hatte also mindestens zwei Töchter und folglich auch eine Frau, er lebte mit seiner Mutter zusammen und arbeitete viel.

Das alles machte mir meine Aufgabe als Überbringerin der Vaterschaftsnachricht nicht gerade leichter.

Seine Frau würde es mit Sicherheit nicht gerne hören.

Ob ich es der Großmutter sagen sollte?

»Mrs. Mary Jane, Ihr Kangaroo-Pie ist wirklich ausgezeichnet, ach übrigens, wissen Sie, dass Sie einen Enkel haben, der inzwischen fünfzehn ist?«

Ich musste sorgsam vorgehen und versuchen, erst so viel Zeit wie möglich mit Matt zu verbringen, um herauszufinden, welchen Handlungsspielraum ich hatte.

Bis zum Abendessen blieb ich in meinem Häuschen und schrieb an meine Mutter per WhatsApp, das Gab ihr freundlicherweise aufs Handy geladen hatte, aber sie kam einfach nicht mit der Autokorrektur zurecht, sodass unsere Nachrichten sich im Grunde nur um Missverständnisse und deren Korrektur drehten.

Gianfranco lieferte mir allerbeste Nachrichten.

Cate ging es sehr viel besser, und auch wenn es noch zu früh war, um über ihre Entlassung aus dem Krankenhaus zu sprechen, gab es allen Grund zu Optimismus und dafür, das Beste zu hoffen.

Oscar war der Star von Cate's Café geworden, und kaum machte er Feierabend, besuchte er Cate, um ihr den neuesten Klatsch und Tratsch zu erzählen.

Er war eine echte Bereicherung für unser Leben.

Alles, was wir nach meiner gerade noch verhinderten Hochzeit getan hatten, war ein Segen.

Wir waren aus festgefahrenen Bahnen ausgebrochen, hatten unser Leben auf den Kopf gestellt, einander vertraut, waren unserem Instinkt gefolgt und hatten auf unsere Herzen gehört.

Ich zog mir meine Jacke an und ging auf die Veranda.

Draußen herrschte absolute Stille.

Ich fühlte mich wohl in meiner Einsamkeit, als genügte ich mir selbst.

Ich spürte, dass mein Glück nicht von der Nähe zu

meinen Lieben oder einem Arbeitsplatz in der Nähe meiner Wohnung abhing.

Mir fehlte nicht noch mehr Kleidung, mehr Geld, mehr Freunde oder mehr Sachen.

Alles, was ich brauchte, trug ich in mir.

Gegen sieben hörte ich eine Glocke läuten, und vermutete, dass dies das Signal fürs Abendessen war.

Im Speisesaal saßen bereits ein Mann in einem Ohrensessel am Kamin, und eine Frau, die in einem Buch blätterte.

Ich grüßte und ging vorbei in die Küche, wo Matts Mutter am Herd stand.

Sie drehte sich um und lächelte breit, als ich hereinkam.

»Kann ich Ihnen etwas helfen?«, fragte ich. »Vielleicht den Tisch decken?« Ich machte eine Geste, als wollte ich ein Tischtuch aufdecken.

»Ja gerne«, sagte sie und zeigte auf die Anrichte.

Ich nickte lächelnd und dann sagte sie mir noch ein paar andere Sachen, aber während ich Matt gerade noch so verstand, hatte ich bei ihr Schwierigkeiten.

Ich nahm die Teller und brachte sie zum Tisch, wo die andere Frau, eine Deutsche, wie ich entdeckte, mir half, sie zu verteilen.

Wir sprachen nicht miteinander, abgesehen davon, dass wir uns breit anlächelten und ab und zu lachen mussten, während jede von uns ein bisschen in ihrer eigenen Sprache und ein wenig auf Englisch sprach.

Matt gesellte sich mit dem ziemlich durchgefrorenen französischen Pärchen zu uns, die sich, nachdem sie alle gegrüßt hatten, vor das offene Kaminfeuer stellten, um sich aufzuwärmen.

Dann rief Mary Jane uns zu Tisch, und bat Matt, ihr beim Auftragen zu helfen. Kaum hatten wir unsere Plätze eingenommen, kamen zwei riesige Auflaufformen auf den Tisch, dazu Kartoffeln und eine große Schüssel Kürbis-Mais-Suppe.

Doch bevor wir anfingen zu essen, schenkte Matt seinen Wein aus und hob das Glas.

»Herzlich willkommen in Australien!«, sagte er. »Herzlich willkommen in Wishing Bridge, möge die Brücke alle eure Wünsche erfüllen!«

Wenn es irgendetwas gibt, das innerhalb kürzester Zeit Barrieren fallen lässt, dann ist es der Alkohol, und so wechselten wir bereits eine halbe Stunde später witzige Bemerkungen und erzählten uns Anekdoten, bis am Ende Matt zur Gitarre griff und wir den Abend damit beschlossen, Lieder von den Beatles, Bob Dylan und anderen Klassikern der Sechziger und Siebziger zu singen.

Wir hätten ebenso gut wie in Margaret River auch in Genua oder Düsseldorf sein können, in diesem Moment waren wir alle zu Hause.

Bis ein Uhr nach Mitternacht ging das so, dann zogen wir uns alle auf unsere Zimmer zurück.

Matt leuchtete mir den Weg zu meinem Häuschen mit einer Taschenlampe, und fragte nach, ob es mir gut ging.

»Alles in Ordnung, ich bin nur müde und betrunken!«, sagte ich, an den Türrahmen gelehnt.

»Dann ist ja alles bestens!« Er lächelte. »Wenn du Lust hast, mit uns etwas zu unternehmen, dann könnten wir morgen eine Tour zu den Leuchttürmen machen und unterwegs über einen Bio-Markt schlendern, und die anderen wollen ganz sicher auch eine Weinprobe machen. Für dich ist das wahrscheinlich nicht so wahnsinnig attraktiv, aber ich habe schon überlegt, mit dir in den Tuart Forest zu fahren, den du bestimmt schon durch deine Forschung kennst. Wir könnten ein Picknick machen und dann könnte ich dir noch den Busselton Jetty zeigen, den längsten Anlegesteg Australiens, er reicht fast zwei Kilometer weit ins Meer. Und natürlich das Aquarium. Also, nur wenn du nichts Besseres zu tun hast, natürlich. Aber du sollst nicht allein bleiben, wenn du also nicht forschen oder schreiben musst … wir sind hier ein bisschen ab vom Schuss, wie du siehst.«

»Total gerne!«, rief ich voller Begeisterung, und dafür hätte ich nicht einmal Alkohol gebraucht. »Das einzige Aquarium, das ich je gesehen habe, ist das in Genua. Mein Vater war mit mir dort, als ich noch klein war.«

»Oh, dann wird es dir gefallen«, sagte er. »Wir sehen uns morgen, schlaf gut!«

Ich kehrte ins Zimmer zurück und warf mich aufs Bett.

Während ich da so lag und an die Decke schaute, wünschte ich mir, dass ich mich immer so fühlen könnte.

Mir gefiel die Vorstellung eines einfachen Lebens an der frischen Luft inmitten der Natur. Es war ein bisschen, als nähme mein Körper wieder Verbindung zu etwas auf, das verloren gegangen war.

Plötzlich hatte ich Lust, schwimmen zu gehen.

Matt, seufzte ich. Matt, der mir eine unglaubliche Ruhe vermittelte, obwohl ich ihn erst seit ein paar Stunden kannte, weil er zu Gabs und Cates Leben gehörte und ich spürte, dass ich ihm vertrauen konnte.

Diese hässliche, typisch italienische Angewohnheit, sich immer zu fragen »was hat er/sie wohl gemacht, um bis hierhin zu kommen oder sich dies oder jenes leisten zu können«, dieser unterschwellige Sozialneid, der uns immerzu antrieb.

Aber hier war das anders. Man musste nicht mit einer Karriere prahlen, man musste seine Persönlichkeit nicht analysieren, keine Maske aufsetzen, um eine Handvoll Likes mehr zu bekommen: Man war einfach, wie man war. Punkt. Zumindest schien mir das so.

Und dann noch: Verdammt noch mal, was für ein toller Mann, dieser Matt!

19.

Es gibt nichts Schlimmeres, als sich in einen Mann zu vergucken, den man am anderen Ende der Welt gesucht hat, um ihm dann zu sagen, dass er einen schon fast erwachsenen Sohn hat, der schon bald seinen Führerschein machen darf, und zwar von deiner besten Freundin, die jetzt an Leukämie erkrankt ist.

Nein, mir fiel nichts Schlimmeres ein.

Nichts von dem, was ich fortan tat oder sagte, war spontan, alles wurde kontrolliert, abgewogen, überdacht und bis ins Kleinste analysiert.

Und in jede Minute, die verging, gelang es mir, einen Gedanken an ihn einzuschleusen.

Ich war wie ein verliebter Teenager.

Ja, ich schwöre es, am nächsten Morgen hatte ich sogar Pickel auf der Stirn, und auch wenn das eher die Schuld der ganzen Butter war, die ich seit mehr als einer Woche aß, hatte das plötzliche Aufwallen der Hormone vielleicht doch etwas in Bewegung gesetzt.

An Bord des kleinen Busses, den Matt für Ausflüge nutzte, brachen wir zusammen mit der ganzen Gruppe auf.

Er hatte uns während des Frühstücks kurz besucht,

und seine freundliche, helle Stimme hatte mich so zusammenzucken lassen, dass mir vor lauter Schreck die Brotscheibe aus der Hand fiel und mit der Marmeladenseite nach unten auf dem Tisch landete.

Ein Klassiker.

Mein erstes Problem bestand darin, dass ich nicht wusste, wohin ich mich setzen sollte.

Welcher Abstand galt als akzeptabel und normal? Neben ihm zu sitzen, stand nicht zur Diskussion, ich wollte mich auch nicht ausgrenzen, indem ich mich im Bus ganz nach hinten setzte.

Daher entschied ich mich für einen Kompromiss und setzte mich neben die Deutsche, die nur sehr wenig Englisch sprach. Unterdessen spielte ich im Kopf erotische Abenteuer mit Matt durch, so etwas war mir seit Jahren nicht mehr passiert.

Wir erreichten den Leuchtturm von Kap Leeuwin, am äußersten südwestlichen Zipfel Australiens, wo sich der Indische Ozean mit dem Pazifik trifft.

Es war ein bewölkter Tag mit starkem Wind, aber die Aussicht war spektakulär.

Matt erzählte uns ein paar Anekdoten über den Leuchtturm aus dem 19. Jahrhundert. Wie mochte das Leben damals hier wohl gewesen sein? Schiffe, die in Unkenntnis über die Strömungen an den Klippen zerschellten. Menschen, die in den Fluten ertranken.

Mich schauderte es.

Matt trat zu mir, riss mich aus meinen Gedanken, um mich zu fragen, ob ich mit den anderen auf den Leuchtturm steigen wollte. Aber ich zog es vor, mit ihm unten zu warten.

Um aufs Meer hinauszuschauen.

Das Meer, das ich so mochte.

»Magst du den Ozean?«, fragte er.

»Ja«, antwortete ich, während ich zum Horizont blickte und der Wind an meinen Haare zerrte. »Ich lebe am Meer, und wenn ich zu lange von ihm entfernt bin, fehlt es mir.«

Wir standen einen Augenblick schweigend nebeneinander.

Dann, immer noch den Blick ins Weite gerichtet, nahm er meine Hand und zeigte vor sich.

»Da …«, sagte er.

Ich kniff die Augen zusammen, um schärfer zu sehen, und dann sah ich die Buckel sich aus dem Wasser erheben und wieder darin verschwinden.

»Wale …«, murmelte ich.

»Ja.«

»Das ist … wunderschön … wir müssen es den anderen sagen.«

»Das soll unser Geheimnis sein«, antwortete er.

Schweigend blickten wir in die Unendlichkeit hinaus, Zeugen eines seltenen und kostbaren Ereignisses.

Und als ich die Fontäne aus den Wellen steigen sah, stellte ich mir vor, dass die Wale uns grüßten. Mein Gott, konnte das Leben schön sein!

Wir stiegen wieder in den Bus, und anschließend begleitete Matt uns auf den Biomarkt, wo wir Gemüse kauften, Brot aus dem Holzbackofen, Käse, Eier und Fleisch fürs Abendessen.

Die anderen Gäste scharrten ungeduldig mit den Hufen, weil sie endlich mit der Weinprobe anfangen wollten, aber mir war klar, wenn ich etwas trank, würde ich sicher irgendetwas sagen, das ich später bereuen würde.

Wie zu erwarten, wurde die Weinprobe zu einem Wettbewerb zwischen Deutschen und Franzosen, und als wir sie nach Hause zurückbrachten, sangen sie.

Dort angekommen, half ich Matt, die Einkaufstaschen in die Küche zu bringen.

Während wir die Lebensmittel auspackten, drehte er sich um und schaute mich an.

»Wenn du so weitermachst, muss ich dir noch etwas bezahlen, bevor du wegfährst«, sagte er.

Am Abend rief ich Cate an.

»Sag mal, was soll denn das? Du bist einfach abgetaucht!«, brüllte sie mich an.

»Ich bin nicht abgetaucht, das ist nur die Zeitverschiebung.«

»Alles nur Entschuldigungen. Erzähl!«

»Es ist wunderschön hier. Matt hat hier ein Resort aufgemacht mit Weinberg und bietet Ausflüge für seine Gäste an, und es ist ein bisschen kalt um die Jahreszeit, aber es ist ein wirklich sehenswertes Plätzchen hier. Die Natur, das Meer …«

»Wirklich? O mein Gott, Ludo! Wie wunderbar, du hörst dich so glücklich an! Erzähl mir von Matt, wie geht's ihm? Wie ist er? Hat er sich verändert?«

»Woher soll ich das wissen, ich sehe ihn ja hier zum ersten Mal, aber ich würde sagen, es geht ihm sehr gut. Du hattest mich erst zu seinem versoffenen Onkel geschickt, sag mal, was war denn das für eine Internetrecherche!«

»Ich weiß, Ludo, bei Facebook war er nicht, aber wenn ich dir das gesagt hätte, wärst du nie losgefahren, und außerdem war ich mir sicher, dass sein Onkel dir sagen würde, wo er zu finden wäre.«

»Ja, 4.400 Kilometer weit weg!«

»Oh, na gut, da wollen wir jetzt mal nicht so kleinlich sein!«, lachte sie.

»Weißt du was? Wir haben heute Wale gesehen!«

»Toll! Wie ich mich für dich freue!«

Und sofort hatte ich ein schlechtes Gewissen, dass ich ihr erzählt hatte, wie gut es mir ging und wie schön es hier war, während sie im Krankenhaus auf der Isolierstation eingesperrt war.

Ich sollte nicht hier sein, ich sollte meiner Freundin beistehen. Ich sollte diesen Kampf mit ihr zusammen führen, statt in den Urlaub zu fahren und mich in ihren Ex zu verlieben.

Ich ekelte mich vor mir selber, ich war ein schrecklicher Mensch.

»Ja, es ist wirklich schön hier, aber es wird bald Zeit, nach Hause zu fahren. Ihr fehlt mir alle, Gab fehlt mir, und ich darf auch nicht vergessen, dass ich bald wieder arbeiten muss und …«

»Nach Hause fahren? Sag mal, meinst du, man fährt nur für zwei Wochen nach Australien? Seit wann denn das? Während wir hier reden, hab ich dir gerade deinen Flug auf Ende des Monats verschoben!«

»Was hast du gemacht?!«, schrie ich.

»Ja, mein Schatz, du hast zwei Wochen mehr, genieße sie!«

»Nein, nein, nein, nein, nein!«, sagte ich, während die Angst mir den Hals zuschnürte. »Das kannst du mir nicht antun, ich will nach Hause, ich muss nach Hause, mach das sofort rückgängig, das ist ein Befehl!«

»Das geht nicht, da kann man nichts mehr machen.«

»Dann muss ich hier umbuchen!«, jammerte ich.

»Na, das wirst du wohl hinbekommen«, lachte sie. »Nein, im Ernst, frag Matt, der ist der netteste Mensch der Welt.«

Ich seufzte.

»Cate, apropos Matt, hör mal, ich hab's ihm noch nicht gesagt, die richtige Gelegenheit hat sich noch nicht ergeben.«

»Umso besser, sag es ihm nächste Woche, wenn du ihn besser kennst. Denk jetzt gar nicht daran.«

Nach einer Weile sagte ich: »Cate.«

»Ja?«

»Darf ich dich fragen, warum du ihn verlassen hast? Er macht auf mich einen echt netten Eindruck.«

Sie schwieg. »Weil ich nicht nett war.«

Am nächsten Tag sollte der Ausflug zum Eukalyptus-Wald stattfinden.

Die Bäume interessierten mich nicht die Bohne, aber allein der Gedanke, dass wir den ganzen Tag zusammen verbringen würden, ließ mein Herz höher schlagen.

Ich wartete auf ihn, die Hände in den Taschen meiner dicken Jacke und die Mütze tief über die Augen gezogen, wie eine Räuberin, die auf ihren Komplizen wartet, der gerade einen Kiosk ausräumt.

Endlich sah ich ihn aus dem Haus kommen.

So hübsch, lächelnd und in Eile.

»Entschuldige, die Kinder, weißt du!«, sagte er, während er zum Pick-up eilte. »Amy hatte die ganze Nacht Fieber, und ihre Mutter hat mich gerade angerufen, um zu sagen, dass sie sie nicht übers Wochenende herbringen kann.«

Fundamentale Information: Er war nicht mehr verheiratet.

»Oh, lebt ihr getrennt?«, fragte ich beim Einsteigen und betete inständig darum, dass er den frohlockenden Ton nicht aus meiner Stimme heraushörte.

»Ja, seit fast drei Jahren. Kylie und ich haben zwei Töchter: Amy und Michelle, fünf und acht Jahre.«

»Oh, das tut mir leid, dass ihr nicht mehr zusammen seid«, sagte ich aufrichtig. »Das muss schwierig gewesen sein.«

»Ja, am Anfang war es wirklich nicht schön, wir haben ständig gestritten. Wir haben zusammen gearbeitet, und es gab einfach nichts, worüber wir uns einig waren. Uns zu trennen, war neben den Kindern die beste Entscheidung, die wir getroffen haben. Vorher war sie meine beste Freundin, und seither ist sie es wieder. Wir waren einfach nicht dafür geschaffen, zusammen zu sein, aber es hat gedauert, bis wir das verstanden haben«, erklärte er, während er aus der Zufahrt auf die Hauptstraße fuhr.

Folglich, rechnete ich nach, hatte er Kylie erst kennengelernt, nachdem Cate ihn hatte sitzen lassen.

»Leben sie hier in der Nähe?«, fragte ich beiläufig.

»Ja, in Perth. Kylie hat das Reisebüro da unten behalten. Sie schickt mir oft Gäste. Am Wochenende bringt sie mir die Kinder, aber wir sehen das nicht so eng, und wenn einer von beiden nicht kann, kommen wir uns entgegen.« Er seufzte. »Die Zeit vergeht so schnell mit Kindern!«

»Tja«, antwortete ich und dachte an Gab. Daran, wie es ihm wohl ergangen wäre, wenn er hier mit seinem Vater aufgewachsen wäre.

»Und du? Mann? Kinder?«

»Nein, kein Mann, oder besser, ich hab's probiert, aber dann hat es nicht funktioniert. War besser so«, sagte ich und schaute dabei aus dem Fenster.

Er stellte keine weiteren Fragen.

Trotzdem kam ich mir plötzlich minderwertig vor.

Wenn man in meinem Alter weder Kinder noch einen Mann vorzuweisen hat, dann stimmt irgendwas nicht mit einem.

Wir fuhren etwa eineinhalb Stunden nach Norden, Richtung Ludlow Tuart Park, zu dem Korkeichenwald.

Bäume, Pflanzen, Blumen.

Ich hätte sie alle kennen müssen.

Als wir auf der Lichtung ankamen, stiegen wir aus, um die nach Minze duftende Luft zu atmen.

»Fehlt dir noch viel für deine Doktorarbeit?«, fragte er, während ich ein neugieriges Känguru fotografierte.

»Nur noch ein paar Seiten«, antwortete ich, überrascht

von der Geschwindigkeit, mit der ich mir ein Parallel-Leben erfand. »Weißt du, das ist eine Leidenschaft, die ich schon immer gehabt habe«, versuchte ich das Gespräch abzukürzen.

»Na, dann bist du hier ja auf jeden Fall am richtigen Ort.«

Ich merkte, dass irgendetwas für ihn nicht ganz passte. Und ja, von außen betrachtet, musste ich wirklich etwas seltsam erscheinen. Allein angereist, um Bäume zu studieren, zu einer Jahreszeit, die hier als tiefster Winter galt, ohne Kinder, ohne Lebensgefährten, ja sogar ohne einen Hund, der zu Hause auf mich wartete.

»Jetzt fahren wir zum Busselton Jetty«, verkündete er nach einer Weile. »Und wenn du Hunger hast, essen wir da was.«

»Unbedingt!«, antwortete ich beschwingt. Glücklich, nicht mehr so tun zu müssen, als würde ich mir vollkommen unbekannte Bäume studieren.

Eine halbe Stunde später war ich wieder in meinem Element, am Meer.

Der Anblick, der sich uns bot, war von absoluter Schönheit, Türkis in allen Abstufungen erstreckte sich um uns herum, während wir den unglaublich langen Anlegesteg entlangwanderten.

Ich atmete die salzige Luft ein, atmete Freude, und wenn es nicht so kalt und das Wasser voller tödlicher Quallen gewesen wäre, hätte ich mich in die Fluten gestürzt.

»Weißt du, das ist wirklich komisch, ich kann es gar nicht wirklich erklären«, sagte er, während er mich anschaute. »Es macht fast den Eindruck, als wärst du von hier, irgendwie kann ich mir dich gar nicht in Italien vorstellen.«

Auch ich fühlte mich so seltsam zu Hause hier in diesem Land, und nein, ich konnte es mir auch nicht erklären.

Und es war auch besser, dass ich es gar nicht erst versuchte.

Wieder zurück, setzten wir uns an einen Picknick-Tisch und aßen Fish and Chips bei frühlingshaften Temperaturen.

Mir fiel auf, dass Matt so gut wie nie auf sein Handy guckte, und seit ich hier angekommen war, tat ich das auch nicht, außer, um auf die Uhr zu schauen.

»Alles in Ordnung?«, fragte er.

»Ja, jetzt ja«, antwortete ich. »Dieser Winter war schrecklich, und das ist der erste Urlaub, den ich mir seit Langem gegönnt habe. Entschuldige, wenn ich manchmal ein bisschen in Gedanken bin. In Wirklichkeit entspanne ich, aber das bin ich nicht gewöhnt.«

»Das kann ich mir vorstellen. Wie lebst du denn so in Genua? Es ist ja eine wunderschöne Stadt.«

»Ich gehe gern schwimmen, selbst bei kaltem Wetter. Ich fühl mich dann gut, lebendig …«

Halt. Moment mal!

»… Du kennst Genua?«, fragte ich ungläubig.

»Ja, ich hab dir doch gesagt, dass ich mal in Italien gelebt habe. Ich bin hingeflogen, um nach meiner Ex zu suchen und dann dageblieben, um die Sprache zu lernen und ein bisschen zu reisen.«

»Eine Ex?«, fragte ich, während mir ein Schauder über den Rücken lief, der nicht vom frischen Wind kam.

»Ja. Ich habe sie in meiner Zeit in Brisbane kennengelernt, wir waren ein paar Monate zusammen, und dann ist sie von einem auf den anderen Tag verschwunden. Einfach so. Es ging mir wirklich dreckig danach. Also bin ich nach Genua geflogen, um nach ihr zu suchen, aber natürlich habe ich sie nicht gefunden.«

Ich musste ihn einfach fragen.

»Hast du sie sehr geliebt?«

»Damals dachte ich schon. Ich war jung. Später ist mir natürlich klar geworden, dass ich in erster Linie sauer war, so sitzen gelassen zu werden. Sie hat immerhin bei mir zu Hause gelebt, meine Mutter, meine Schwester und meine Großmutter gekannt, also, wenn sie mich hatte verlassen wollen, hätte sie es mir auch einfach sagen können. Nun ja, das ist eine alte Geschichte, muss inzwischen zwanzig Jahre her sein.«

»Fünfzehn«, platzte ich heraus.

»Wie bitte?«

»Es müssen fünfzehn Jahre sein«, antwortete ich verschämt. »Ich hab nur nachgerechnet, du musst ungefähr vierzig sein … oder irre ich mich?«

»Nein, das kommt hin, gut geschätzt. Muss wohl an deiner Passion für Bäume liegen«, lachte er, während er das Papier zusammenknüllte und aufstand. »Bist du so weit? Wir müssen noch zum Boranup Forest, wo deine Karribäume stehen.«

Die Vorstellung, schon wieder Bewunderung für Eukalyptusbäume heucheln zu müssen, war unerträglich.

Doch ich musste mein Urteil revidieren.

Noch nie hatte ich einen so schönen Wald gesehen.

Diese Bäume waren so hoch, dass sie über unseren Köpfen ein Gewölbe bildeten wie eine Kathedrale, ein himmelhohes schützendes Dach, das über uns wachte.

Nur das Geräusch des Windes und das Singen der Vögel waren zu hören.

»Es ist wunderschön«, sagte ich.

»Ja«, murmelte er, als wollte er die Natur nicht stören.

Es war wirklich fast wie in einer Kirche.

Einen verzauberten Moment lang schauten wir uns an.

Dann senkte ich den Blick.

»Willst du nicht ein paar Fotos machen? Irgendwelche Notizen? Oder … kannst du dir das alles merken?«

»Oh, klar!« Schnell zog ich mein Notizbüchlein heraus und ging zu einem Exemplar, über das ich notierte: Baum, hoch, grün, was für ein Mist, ciao.

»Okay, wir können gehen«, sagte ich.

»Ich habe noch eine Sehenswürdigkeit für heute, dann reicht's«, sagte er, griff nach den Schlüsseln und stieg wieder ins Auto.

Wenige Kilometer später waren wir wieder in Margaret River, und zwar am Eingang eines riesigen botanischen Gartens, in dem sich ein großes Labyrinth befand.

»Kann es sein, dass hier alles eine Nummer größer ist?«, fragte ich lachend.

»Wir haben ja auch viel mehr Platz! Komm!«, rief er und lief in das Labyrinth hinein, das er offensichtlich kannte wie seine Westentasche.

Ich folgte ihm bis zur ersten Abzweigung, aber als ich um die Ecke bog, sah ich ihn nicht mehr.

Ich ging nach links, nichts, wieder nach rechts …

Ich hatte mich bereits verlaufen.

»Matt!«, rief ich.

Keine Antwort.

Ich bog weiter nach dem Zufallsprinzip um Ecken, ohne es zu schaffen, herauszukommen.

Wo war mein Ausgang, fragte ich mich.

War ich in die richtige Richtung unterwegs oder kreiste ich sinnlos umher, wie ich es immer getan hatte?

Ich erlaubte mir einen Augenblick der Mutlosigkeit und lehnte mich gegen eine der grünen Wände, die mir so bekannt vorkam, als hätte ich sie schon dreißig Mal gesehen.

Was machte ich hier?

Auf welchem Weg war ich?

War es wichtiger, ins Zentrum vorzustoßen oder den Ausgang zu finden?

»Da bist du ja!«, überraschte mich Matt.

Ohne nachzudenken, warf ich mich ihm dankbar an den Hals.

»Alles in Ordnung?«, fragte er mich ernsthaft besorgt.

»Ja, ich wusste überhaupt nicht mehr, wo ich war, mein Orientierungssinn ist nicht besonders ausgeprägt.«

»Hauptsache, du hast Sinn für Humor!«, lachte er.

Dann legte er den Kopf ein wenig schief, als dächte er über etwas nach oder erinnerte sich an etwas, und sagte schließlich ernst: »Ich muss dich zum Schwimmen zu den Delfinen bringen.«

»Oh, das wäre wunderbar!« Ich klatschte in die Hände.

Und Matt lächelte mich an, als wäre ich ein kleines Mädchen.

»Dann nichts wie los.«

Er nahm meine Hand und führte mich nach draußen.

In genau dem Moment verliebte ich mich in ihn.

20.

Es war Wahnsinn. Ich konnte nicht noch zwei Wochen länger bleiben. In Genua wartete mein Leben auf mich.

Wartete in Genua ein Leben auf mich?

Und wenn ja, welches?

Die Welt dreht sich auch ohne uns so schnell, dass die Vorstellung, unersetzlich zu sein, vielleicht nur eine Illusion ist, der unbedarfte Glaube, wir wären irgendwie wichtig für die anderen.

Ciao, Tante Ludo, schrieb Gab.

Ciao, mein Hübschester! Weißt du, wie sehr du mir fehlst?

Du mir auch, und wie! ☺

Was machst du denn so?

Ich hab ein Mädchen kennengelernt!

Oh weh, dachte ich.

Wie schön. Und wer ist es?

Sie heißt Gaia, ich hab sie im Altenheim kennengelernt und sie ist einfach der Hammer!

Wie alt dieses Mal?, fragte ich ängstlich und fürchtete schon, sie sei eine Bewohnerin.

Mein Alter.

Wunderbar!, schrieb ich erleichtert.

Und schön und immer gut gelaunt und alle mögen sie.

Hörte sich an wie Cate. Es war normal, dass er jemanden suchte wie sie, ganz besonders, nachdem er gemerkt hatte, wie fragil das Leben war.

Ich kann's kaum erwarten, sie kennenzulernen.

Ja, ich hab ihr viel von dir erzählt, dass du die coolste Tante bist, die's gibt!

Und du bist der coolste Neffe, den man sich denken kann!

Weißt du schon, dass ich Onkel Piero im Schach geschlagen habe?

Das wusste ich noch nicht. Ich konnte mich nicht entscheiden, was mich mehr zum Lachen brachte: dass er meinen Vater »Onkel Piero« nannte oder dass er seinen Lehrer besiegt hatte.

Auf jeden Fall großartige Nachrichten.

Ich muss jetzt wieder rein, gibt gleich Essen, und ich muss helfen.

Ciao, mein Schatz! Bis bald!

Eine Träne rollte über mein Gesicht.

Mir fehlte mein wunderbarer Neffe, der so schnell heranwuchs und nun seine Stärke und Reife unter Beweis stellte.

Es klopfte an der Tür.

»Augenblick!«, rief ich, stand auf und öffnete die Tür, nachdem ich mir die Tränen mit dem Ärmel abgewischt hatte. Ich zog die Nase hoch.

»Passt es gerade nicht?«, fragte er.

»Nein, es ist nichts, ich bin nur ein bisschen müde«, antwortete ich.

»Okay! Dann wirst du jetzt vielleicht ablehnen …«, sagte er leicht verlegen. »Ich wollte nur fragen, also da läuft gerade dieses Filmfest, und ich bin ein großer Fan von den alten Schwarz-Weiß-Sachen … und ich wollte fragen, ob du vielleicht Lust hast, heute Abend in der Stadt einen Film anzusehen, aber wenn du müde bist …«

»Nein, natürlich komme ich mit! Das ist eine wunderschöne Idee!«, sagte ich. Hatte Matt etwa Interesse an mir?

»Also, prima …, gehen wir!«, sagte er und lächelte mich breit an.

Ich zog die Tür hinter mir zu und folgte ihm in den Hauptsaal, wo eine ältere Dame in Chenille-Gymnastikhose und einem Paar UGGs an den Füßen den Gästen von ihrem Wassergymnastikkurs erzählte.

»Das ist meine Großmutter Ethel«, erklärte er, als wir hereinkamen.

Urgroßmutter Ethel, dachte ich.

Die Frau drehte sich lächelnd zu mir um; vom Aussehen her war sie nicht einmal siebzig, aber als ich nachrechnete, kam ich darauf, dass sie über achtzig sein musste. Ihr glattes, beinahe faltenloses Gesicht wurde von schneeweißen Locken umrahmt, und ihre großen grünen Augen glichen Matts.

Und Gabs.

»Salve!«, begrüßte sie mich mit einem festen Händedruck, bei dem die Armreifen um die schlanken Handgelenke klingelten. Ihre Hände waren schmal und sehr gepflegt.

»Ich bin …«

»Ludovica! Die Italienerin«, kam sie mir zuvor. »Matt hat mir schon von dir erzählt! Vor langer Zeit war er mal mit einer Italienerin zusammen, die war so nett, allerdings vollkommen verrückt, und eines Tages …«

»Ja, Oma, das weiß sie«, schnitt er ihr das Wort ab. »Wir sind spät dran, wir müssen los.«

»Jedenfalls herzlich willkommen, meine Liebe!«, sagte sie, ohne meine Hände loszulasen. »Du hast wunderschöne Haare, meine waren früher einmal genauso rot.«

Matt legte mir eine Hand auf die Schulter und bedeutete mir, dass wir gehen sollten.

Unter Protest und Entschuldigungen kam ich mit.

»Deine Oma ist ja klasse, was für ein Glück, dass du sie noch in deinem Leben hast!«

»Ja, aber du kannst dir gar nicht vorstellen, wie anstrengend sie sein kann. Sie wird bald neunzig, macht drei Mal die Woche Wassergymnastik, ist in einem Lesezirkel und hat einen Facebook-Account.«

Ich lachte laut auf.

»Du hast eine wunderbare Familie!«

»Ja, aber es sind zu viele Frauen! Jetzt, wo meine Mutter und meine Großmutter auch hierhergezogen sind … Es ist gar nicht so einfach mit ihnen, sie sind fest davon überzeugt, immer recht zu haben. Ich hatte ja auf einen Sohn gehofft, stattdessen … zwei Mädchen!« Er lachte.

Du hast einen Sohn, dachte ich, und ja keine Ahnung, wie sehr er dir gefallen würde!

Wir stiegen ins Auto und fuhren in die Stadt, wo das CinefestOZ stattfand, ein Event so groß wie die Festspiele in Cannes.

Premieren, Schauspieler auf roten Teppichen, Veranstaltungen und Partys, Essen und Wein in der gesamten Region von Margaret River.

Überall spürte man die Energie und die Freude, überall war Party.

»Was sehen wir uns denn an?«, fragte ich beim Aussteigen.

»Gaslight«, antwortete er. »Das ist ein alter Film mit Ingrid Bergman und Charles Boyer!«

»Das Haus der Lady Alquist?«, rief ich, während mir ein Schauer über den Rücken lief. »Gruselig!«

»So gruselig nun auch wieder nicht.«

Genau der Film, den Cate zitiert hatte, als sie mir erklären wollte, wie Paolo mir eine Gehirnwäsche verpasste.

»Hast du keine Lust darauf? Sollen wir uns etwas anderes ansehen?«

»Nein, nein, das passt schon.« Ich straffte die Schultern.

Wir setzten uns in einen beinahe leeren Kinosaal unter die Leinwand, und ich stellte mir vor, wie er den Arm um mich legte, damit ich mich an seiner Schulter anlehnen konnte und Popcorn essen könnte.

Der Film begann. Ich kannte die Geschichte noch auswendig.

Die großartige Ingrid Bergman heiratet einen faszinierenden Pianisten, mit dem sie zusammen nach London zieht, wo sie früher mit einer Tante lebte, einer berühmten Sängerin, die kurz zuvor unter rätselhaften Umständen ermordet worden war. Doch schon nach kurzer Zeit beginnt der Ehemann, seine Frau mit Einflüsterungen, Tricks und Manipulationen zu quälen, die sie dazu bringen, an ihrem Verstand zu zweifeln. Er versteckt Gegenstände, läuft nachts auf dem Dachboden herum, lässt die Gaslampen schwächer scheinen, um sie davon zu überzeugen, dass sie verrückt ist.

Und sie fängt an, ihm zu glauben.

Matt schob sich ein Popcorn nach dem anderen in den Mund, hoch konzentriert auf den Film, und machte mich auf die klassischen Szenen mit einem »Achtung, jetzt« aufmerksam und erzählte mir Anekdoten über die Regie von George Cukor, wohingegen ich anfing, mich immer unwohler zu fühlen.

Der Film erinnerte mich an Paolo, seine Bosheit, seine Unterdrückung, wie er es verstanden hatte, mein Leben zu lenken, mich daran gehindert hatte, Cate zu treffen, mich hatte zwingen wollen, ein Kind zu bekommen, und dass ich ohne Cate und meinen Vater jetzt in derselben Situation wäre, verheiratet mit jemandem, der mich weiter verraten, erniedrigen und kleinmachen würde. Wie hatte ich mich nur in eine solche Sackgasse hineinmanövriert?

Wenn sie mir nicht zu Hilfe gekommen wären wie Joseph Cotten der armen Ingrid, dann wäre mein Leben zu Ende gewesen.

Als das Licht zur Pause anging, hatte die Angst mich voll im Griff.

»Alles in Ordnung?«, fragte Matt besorgt.

Ich nickte.

»Sieht aber nicht danach aus, bist du sicher?«

»Ja, aber ich würde jetzt gern rausgehen, wenn es dir nichts ausmacht.«

»Nein, das macht mir nichts aus, ich hab schon eine Idee, wo wir noch hinkönnen.«

Er warf das Popcorn in einen Mülleimer, wischte sich die Hände an den Jeans sauber, lächelte mich an, und wir stiegen wieder ins Auto.

»Surfst du?«, fragte er mich, während er den Wagen anließ.

»Nein, das hab ich noch nie probiert.«

»Hier lernen wir das ja quasi vor dem Laufen, als Kinder sind wir sogar vor der Schule surfen gegangen«, erklärte er beim Losfahren. »Wir fahren jetzt dahin, wo ich als Kind mit meinen Freunden gesurft habe, in den Ferien. Sicher, es wäre besser gewesen, tagsüber hinzufahren, aber nachts ist es dort auf seine Weise faszinierend.«

An der Landspitze, an der wir ankamen, erstreckte sich das Meer 180 Grad um uns herum.

»Als Kinder haben wir hier gezeltet, auf Luftmatratzen geschlafen und am Strand Marshmallows über dem offenen Feuer gebraten und uns Geschichten erzählt. Der Himmel hier hat eine ganz besondere Schwärze, die einen fast vergessen lässt, wer man ist.«

Er ging um den Pick-up herum und nahm ein paar Decken, eine Taschenlampe, eine Tüte Chips und ein paar Bier, die er mir hinhielt. »Hauptsache, vorbereitet!«, lachte er.

Ich folgte ihm die Holztreppe hinunter, die auf den Strand führte.

»Da sind wir«, sagte er und breitete die Decken auf dem Sand aus.

Ich setzte mich neben ihn, legte den Kopf in den

Nacken, und das Firmament leuchtete in all seiner Pracht über mir.

»Beeindruckend!«, sagte ich.

»Ja, nicht wahr?«

»Man fühlt sich winzig.«

»Jedes Mal, wenn es mir nicht gut geht oder ich ein Problem habe, komme ich hierher, um mich hier hinzulegen und allein nachzudenken, und ich schwöre dir, dass ich jedes Mal eine Lösung finde.«

»Vielleicht weil hier diese ganze Energie ist, das Meer, die Sterne, diese Weite, der Himmel! Die Möglichkeiten, dass dir da oben jemand zuhört, sind zahlreicher.«

»Na ja, es ist ja nicht immer die richtige Lösung, aber ich fühle mich trotzdem leichter«, sagte er, machte ein Bier auf und reichte es mir. »Die Natur hilft dir immer, wenn du sie machen lässt.«

»Und welches war die letzte wichtige Entscheidung, die du hier getroffen hast?«

»Hm, lass mich mal überlegen … Bevor ich Wishing Bridge übernommen habe, nach dem Tod meines Vaters, als ich mich von Kylie trennen musste, das war eine schwierige Zeit.«

Wer weiß, ob er auch hierhergekommen war, als Cate ihn verlassen hatte und bevor er nach Italien gereist war.

Vielleicht ja.

Und mir zog sich das Herz zusammen.

Mir wurde kalt, ich zog die Decke eng um mich.

Über uns erstreckte sich der Himmel mit seinen unzähligen Lichtern. Um uns herum nur das Rauschen des Meeres und des Windes.

Weit und breit kein Mensch.

»Was war das vorhin?«, fragte er.

»Wann?«

»Vorhin im Kino, du sahst ziemlich durcheinander aus, woran lag das? Oder … an wem?«

»Nichts. Nur eine unschöne Erinnerung«, antwortete ich mit gesenktem Blick.

»An den Mann, den du beinahe geheiratet hättest?«

Ich nickte und trank einen Schluck.

»Hat er dich schlecht behandelt?«

Ich fuhr wieder und wieder mit dem Finger am Rand der Dose entlang, nahm mir Zeit.

»Er hat mich manipuliert«, antwortete ich. »In einem Maß, das ich nicht für möglich gehalten habe, ich kannte ihn schon so lange, ich habe ihn für einen ganz normalen, ruhigen Menschen gehalten … Aber wer ist schon normal? Und dann hat er angefangen, Stück für Stück immer mehr Macht zu gewinnen und mir immer mehr Schuldgefühle eingeredet, mich glauben gemacht, dass alles, was er von mir verlangte, nur zu meinem Besten sei, und um mich herum eine Leere kreiert, mich daran gehindert, die Sachen zu tun, die mir Spaß machten, wie schwimmen gehen oder mit meiner besten Freundin zusammen zu sein … Solche Sachen. Am Ende war ich nicht mehr ich selbst.«

»Was für ein Arschloch!«, rief er aus.

»Ja, aber ich habe es zugelassen. Wie in der Geschichte vom Frosch, der nicht merkt, dass er im Wasser kocht, und als er es merkt, ist es zu spät, um noch aus dem Topf zu springen. Das ist mir passiert. Ich hatte keine Kraft mehr, um mich daraus zu befreien. Ich konnte nicht mehr denken, konnte nicht mehr wählen, hatte immer mehr Angst, ich konnte nicht anders, als mich ihm zu unterwerfen und habe mich geschämt, mit Leuten, die mir wohlgesonnen waren, darüber zu sprechen.«

»Und deshalb wolltest du vorhin gehen«, sagte er und streichelte mir die Schulter. »Es tut mir so leid, hättest du mir das vorher erzählt, wären wir nicht in diesen Film gegangen.«

»Ich konnte nicht ahnen, dass die Erinnerungen mit solcher Wucht wieder hochkommen würden. Vielleicht weil ich aufgehört habe, daran zu denken, aber in mir ist die Wunde noch sehr frisch, offensichtlich.«

»Wie kann man nur so ein Arschloch sein!«, setzte er mit noch mehr Nachdruck hinzu. »Und was macht er jetzt?«

»Er hat geheiratet. Das Mädchen tut mir jetzt schon leid. Ich hoffe wirklich, dass sie sich wehren kann. Allein hätte ich das nicht geschafft.« Ich hob den Kopf. »Die Schweigefolter, die Gehirnwäsche, diese Forderungen nach einem Kind um jeden Preis … Ich weiß nicht, wie es so weit kommen konnte. Vielleicht weil ich Angst hatte, herauszufinden, wer ich wirklich bin, oder weil ich Angst hatte, allein zu bleiben, ich kann es mir immer noch nicht erklären.«

»Weißt du, dass es dafür, was er dir angetan hat, eine Bezeichnung gibt?«, sagte er bitter. »Man nennt das tatsächlich *Gaslighting,* nach dem Film. Ein manipulatorisches, grausames Verhalten gegenüber einem Menschen, um Macht über ihn auszuüben, damit der so dermaßen an sich selbst zweifelt, dass er verrückt wird.

Es tut mir unglaublich leid, dass ich dich ausgerechnet in diesen Film eingeladen habe!«

»Aber nein, du konntest es ja nicht wissen … Ehrlich.«

Dieses Mal legte Matt mir den Arm um die Schultern und zog mich an sich. »Ist dir kalt?«

»Ein bisschen«, antwortete ich.

Er zog seine Jacke aus und legte sie mir um. »Und was ist dann passiert?«

»Dann ist Joseph Cotten gekommen und hat mich gerettet!«, lächelte ich. »Um genau zu sein, waren es sogar zwei. Mein Vater und Ca … und meine beste Freundin«, sagte ich und hätte mich beinahe verraten. Das Bier war schuld. »Sie haben mich quasi direkt vom Altar weggezerrt, mit der Ausrede, mein Vater hätte einen Herzinfarkt.«

»Das ist ja großartig!«, rief er. »Deine Familie muss dich sehr gern haben.«

»Ja, das stimmt.«

»Und deine Freundin auch.«

»Oh ja, sie ist fantastisch! Du würdest sie lieben!«

Wir schwiegen.

Es stimmte, dieser hohe Himmel trieb einen zu Geständnissen.

Ich überlegte, ob dies der richtige Moment war, um ihm die Wahrheit zu sagen.

»Ludo …«

»Matt …«

Wir hatten gleichzeitig gesprochen.

»Du zuerst«, forderte er mich auf.

»Nein, du zuerst.«

»Also … ich wollte …«

Er strich mir zärtlich über die Wange und rückte näher.

»… Ich möchte dich küssen … darf ich?«

»Ja«, antwortete ich schlicht.

Seine warmen Lippen berührten meinen Mund, und ich ließ mich gehen, verlor mich in seinem Mund, seinen Händen, seinem Atem.

Mein Herz klopfte wie es nur einmal in meinem Leben geklopft hatte, in dem Sommer, als ich fünfzehn war, bei meinem ersten Kuss.

Wir küssten uns lange, zärtlich, freundschaftlich, leidenschaftlich.

Seine Hände berührten mich auf genau die richtige Weise, wie mein Körper es wollte, intim, ruhig, zärtlich.

Und im Hintergrund der Wind und das Rauschen des Meeres, meines Meeres, das mir zuflüsterte, dass ich das Richtige tat.

Dass alles gut gehen würde.

Er streichelte mich zärtlich und kraftvoll, verlor sich in meinen Haaren und zwischen meinen Brüsten.

Und am Ende liebten wir uns auf einer alten Decke unter den Augen von Millionen von Sternen an einem unendlichen Himmel, vierzigtausend Kilometer von meinem Zuhause entfernt.

Wir schmeckten unsere Haut und riefen unsere Namen in den Wind und die Wellen.

Und ich erkannte, dass ich nie in meinem Leben wirklich geliebt hatte, nie solche Ekstase, solch vollkommenes Vertrauen erlebt hatte, so intensiven Genuss, dass mir beinahe die Tränen kamen, und ein Gefühl absoluter Zugehörigkeit.

Hinterher hielten wir uns in den Armen, während wir unter den Decken lagen, die Jacken über uns gebreitet, bis es zu kalt wurde. Lachten, blödelten herum, unheimlich, absurd und wahnsinnig glücklich.

»Ludo, warum bleibst du nicht hier?«, flüsterte er mir zu.

»Ich kann noch zwei Wochen länger bleiben!«, antwortete ich und küsste ihn.

21.

Mit jener Nacht begann der zweite Abschnitt meines Lebens.

Als hätte ich bis dahin nur geübt und würde jetzt alles daran setzen, das Leben richtig anzupacken, mit Sorgfalt, Liebe und Überzeugung.

Als wäre die Welt plötzlich in Flamingo-Rosa getaucht.

Matt und ich wurden unzertrennlich.

Wir verbrachten Stunden im Bett in meinem Zimmer, und wenn er nicht mit den Touristen beschäftigt war, nahm er mich mit ans Meer und versuchte mir Surfen beizubringen, oder wir machten eine Wanderung im Busch, um die Wunder dieses unendlichen Landes zu entdecken.

Abends aßen wir alle zusammen an dem großen Tisch, mit Mary Jane und Großmama Ethel, die uns mit ihren Geschichten unterhielt.

Nach dem Essen saßen wir auf den Sofas vor dem Kamin und tranken Kaffee, Matt spielte Gitarre, während ich an seine Schulter gelehnt ein Buch las.

Entspannt und in Frieden mit der Welt.

Ich fühlte mich zu sehr zu Hause und musste mir immer wieder in Erinnerung rufen, dass diese Idylle schon bald zu Ende sein würde und ich nach Genua zurückkehren musste, um dort mein Alltagsleben wieder aufzunehmen und mich um Cate und meine Eltern zu kümmern.

Immer wenn ich an die Abreise dachte, zog sich mir das Herz zusammen, und ich bekam Angst.

Ich war vor allem hier, weil ich eine Aufgabe hatte, auch wenn ich mich am liebsten davor gedrückt hätte.

»Du bist wirklich ein nettes Mädchen«, sagte Großmama Ethel eines Abends zu mir.

Ich lächelte, wusste nicht wirklich, was sie damit sagen wollte, war aber nichtsdestotrotz froh darüber, geschätzt zu werden.

»Die anderen waren nicht richtig für ihn, eine war verrückt, und die andere war praktisch seine Schwester. Man kann ohne Basis keine Beziehung schaffen, ohne eine Begegnung auf Augenhöhe, und du scheinst mir genau die Richtige für ihn zu sein. Du bist schön, du bist freundlich, du bist widerstandsfähig. Wie schade, dass du so weit weg wohnst.«

»Ja«, seufzte ich, »wie schade.«

Die verrückte Freundin musste Cate gewesen sein, ich lächelte in mich hinein.

Aber da ich beide liebte, konnte ich für niemanden Partei ergreifen.

Sicher, es war unverzeihlich von ihr gewesen, einfach so davonzulaufen, aber nach allem, was ich wusste, verstand ich sie. Was war ihr auch anderes übrig geblieben, als an den einzigen Ort der Welt zurückzukehren, der ihr Zuhause war und dort ihr Kind aufzuziehen.

Sie war bereit für ein Kind gewesen, aber nicht für eine Beziehung. Und seit sie davon wusste, dass sie mit Gabriel schwanger war, war es ihre einzige Priorität gewesen.

Matt ließ den letzten Akkord von *Sweet Child of Mine* verklingen und stellte die Gitarre weg, streckte den Arm nach mir aus, als wollte er einen Teddybären in den Arm nehmen.

»Komm her!«, sagte er und umarmte mich wie etwas Schönes.

Ich ließ mich in seine Umarmung fallen, behütet und beschützt.

Wie konnte ich auch nur daran denken, dass es irgendwann zu Ende sein sollte?

»Deine Großmutter sagt, ich sei widerstandsfähig«, sagte ich lächelnd.

»Mmmm«, antwortete er und kratzte sich den Bart. »Das muss sie aus ihrem Lesezirkel haben, aber es passt schon zu dir. Du gehörst zu den Menschen, die noch aus den schlimmsten Erfahrungen etwas Positives herausziehen und die immer offen für die Möglichkeiten des Lebens bleiben.«

Es stimmte, aber er wusste nicht, welch großen Verdienst seine verrückte Ex-Freundin daran hatte.

Ich ging in mein Zimmer, um sie anzurufen.

»Ludo!«, brüllte sie mich an. »Was gibt's?«

»Du zuerst, wie geht's dir?«

»Göttlich!«, antwortete sie. »Warte, ich schick dir ein Foto.«

Sie schickte mir ein bezauberndes Selfie, leicht geschminkt, die Haare begannen bereits wieder zu sprießen, ein lebendiger Glanz in den Augen und sogar ein bisschen Farbe im Gesicht.

»Wir waren mit Gianfranco bei deinen Eltern in Porto Venere, es war herrlich!«

»Also bist du entlassen! Wie wunderbar! O mein Gott, wie ihr mir alle fehlt!«, sagte ich ein bisschen traurig.

»Du fehlst uns auch, wir reden ständig von dir! Dein Vater hört sich an, als rede er von einem Soldaten in der Fremdenlegion, so lustig, und deine Mutter fragt mich immer: Aber isst sie auch genug, es wird doch keine gefährlichen Tiere da geben, es ist doch nicht gefährlich, oder?«

»Oh je, wie peinlich!«, lachte ich. »Bitte nimm ihnen das nicht übel, du weißt schon, Einzelkind.«

»Ich find's lustig! Ist doch schön, Menschen zu haben, die sich um einen sorgen, auch wenn es gar keinen Grund dafür gibt! Mir hat das immer gefehlt.«

»Ich weiß, Cate. Erzähl mir von Gabriel.«

»Oh, du ahnst ja nicht, wie stolz ich auf den Kleinen bin! Er arbeitet jetzt fest im Altenzentrum, liest ihnen vor, geht spazieren, hilft ihnen beim Essen, er macht sich hervorragend. Mit einem Mal benimmt er sich, als wäre er schon fünfundzwanzig, und auch wenn er mir noch nichts gesagt hat, muss es da ein Mädchen geben, das ihm gefällt.«

»Also, das kann ich bestätigen, aber sag ihm nichts, ja?«

Sie lachte laut. »Ah, wie ich ihn kenne, das ist typisch mein Sohn! Aber jetzt erzähl mir von dir!«

Ich atmete tief durch.

Ich musste es ihr sagen.

»Cate … ich hab es ihm noch nicht gesagt, weil …«

»Weil du dich in ihn verliebt hast und er sich in dich, glaubst du, dass ich das nicht längst weiß?« Sie lachte wieder.

»Was soll das heißen, du weißt das schon längst?«

Sie nahm sich etwas Zeit. »Ludo«, sagte sie schließlich ernst. »Du und Matt, ihr seid die besten Menschen auf dieser Erde, und ich liebe euch wie ich nie jemanden geliebt habe. Matt war nicht der Richtige für mich, das wusste ich immer. Ich, die ich nie eine Familie hatte und keine glückliche und behütete Kindheit, habe mich nicht wohl gefühlt mit jemandem, für den nicht immer alles verdächtig, gefährlich oder ambivalent war wie für mich damals. Ich traute niemandem außer mir selbst und dir und hätte niemals mit ihm zusammenleben können, ich hätte ihn unglücklich gemacht. Aber ich habe mich all die Jahre immer gefragt, was passiert wäre, wenn ihr zwei euch begegnet wärt, ihr seht euch so ähnlich, ihr habt denselben Humor und seid beide so verlässlich und aufrichtig. Und dann hat das Schicksal die Karten so gemischt, dass du zu ihm gefahren bist und ihn in seiner eigenen Umgebung kennenlernen konntest. Und ich wusste, dass du das lieben würdest. Seine Familie ist wunderbar, Ethel und Mary Jane und seine Schwester Gail, alles starke Frauen, da passt du wunderbar ins Bild.«

»Ich bin über beide Ohren verknallt, Cate … Ich weiß nicht, wie ich es ihm sagen soll.«

»Ich weiß, Schatz, und du glaubst gar nicht, wie sehr ich mich für dich freue. Das war mein größter

Wunsch. Und ich fühle mich jetzt umso schlechter, dass ich ihm diese Freude vorenthalten habe. Die Krankheit hat mir dieses unglaubliche Unrecht vor Augen geführt und mich so viel gelehrt. Ich brauche dich jetzt, Ludo. Sag es ihm, ich bitte dich, mach es, bevor du abreist.«

»Ich mache es, Cate. Es wird mir unglaublich schwerfallen, aber ich werde es tun, ich schwör's dir.«

Als ich auflegte, fühlte ich mich alt.

Ich kehrte zu den anderen zurück, kuschelte mich auf dem Sofa an Matt wie eine durchgefrorene Katze, schloss die Augen und beschloss, mir jeden Moment ganz genau einzuprägen.

»Freitag kommen die Mädchen, hast du Lust, mit uns auf die Farm mitzukommen?«, fragte er mich, während er seine Hand mit meiner verschränkte.

»Aber natürlich!«, antwortete ich und genoss die Vorstellung, dass dies der größte Vertrauensbeweis war, den er mir bringen konnte, auch wenn Matt, wie Cate gesagt hatte, einer war, der grundsätzlich Vertrauen hatte, sofern nichts Konkretes dagegensprach.

Vielleicht auch, weil er nicht in Italien lebte.

Freitag kam schnell.

Wir räkelten uns schlaftrunken und träge im Bett.

Wir hatten uns jeden Tag geliebt, wie Teenager, und jedes Mal war es besonders gewesen, jedes Mal schöner, intensiver.

Unsere Gesten, unsere Gewohnheiten begannen sich harmonisch und spontan aufeinander abzustimmen, entspannt und heiter, wir fühlten uns in jedem Augenblick so sicher miteinander, wie ich es mit Paolo nie erlebt hatte.

Keiner musste den anderen beeindrucken, ihm etwas vormachen, oder sich als etwas anderes ausgeben, etwas Besseres.

Alles war spontan, zärtlich und verlässlich.

Nach dem Frühstück hörten wir den Wagen kommen, und zwei Mal kurzes Hupen kündigte die Ankunft der Töchter an.

Wir traten auf die Veranda hinaus.

Die Mädchen liefen mit offenen Armen auf Matt zu, die größere gekleidet wie eine kleine Prinzessin, mit einem rosa Kleidchen und einem Diadem auf dem Kopf.

Kylie stieg aus und ging lächelnd auf uns zu.

Eine hochgewachsene, blonde Schönheit.

»Hi, ich bin Kylie«, sagte sie und reichte mir lächelnd die Hand. Matt drückte sie eine Tasche mit Kleidung und Spielsachen in die Hand.

Sie verabschiedete sich von den Kindern, winkte uns kurz zu und stieg ins Auto.

Einfach nur ein »Wir sehen uns dann übermorgen.«

»Kylie ist klasse!«, sagte ich, während ich dem davonfahrenden Auto nachschaute.

»Oh ja, ist sie wirklich! Wie ich gesagt habe, als Bruder und Schwester sind wir perfekt«, sagte er und nahm die kleine Amy auf den Arm.

»Meine Damen, das ist Ludo, sagt ihr Hallo.«

Amy, ein bisschen scheu, legte den Kopf schief, dann lächelte sie und verbarg das Gesicht an der Schulter ihres

Papas. Michelle hingegen war mutiger und gab mir die Hand.

»Bist du Papas Freundin?«, fragte sie.

Alarmiert schaute ich Matt fragend an.

»Ja«, antwortete er, als wäre es das Logischste der Welt, und mir kamen die Tränen.

Ich beschloss, es ihm erst zu sagen, wenn die Kinder wieder weggefahren waren, schenkte mir ein ganzes Wochenende aus purem Glück und dann, am Sonntagabend, bevor ich wegfuhr, würde ich meine Mission erfüllen.

Ich wusste nicht, wie ich es anders anfangen sollte.

Mary Jane und Großmama Ethel kamen heraus, um die Kinder zu begrüßen und zu umarmen und uns einen Korb mit Lebensmitteln zu geben.

Wir stiegen ins Auto und fuhren zu einer Farm mit Spielepark, wo die Kinder Tiere füttern und Trampolinspringen konnten, bis ihnen schlecht wurde.

Mit etwas Glück würden sie davon sehr müde werden und früh schlafen gehen.

Als wir ankamen, gab man uns einen Eimer Karotten, die wir an die Ponys, Kängurus, Kaninchen und Lamas verfüttern konnten.

Die Kleine auf Matts Arm hielt zögerlich ihre Möhre immer schön weit weg von allem, was sich bewegen könnte, während Michelle draufgängerischer die Finger ohne Zögern durch die Zäune steckte.

Ich beobachtete andere Familien, die ihre Kinder frei und barfuß laufen ließen, die schwitzen durften und sich die Knie aufschlagen, ohne dass ihnen jemand mit einem

Pulli oder einem Brötchen hinterherlief oder einem Handy, um sie zu fotografieren.

Und die, die hinfielen, standen einfach wieder auf und rannten ihren kleinen Freunden hinterher.

Wir verbrachten einen ganzen Tag ruhig und entspannt, nahmen einen riesigen Koala in den Arm, ein fauler Dickwanst, der schrecklich stank, und streichelten Kängurus, Kaninchen und Kälbchen. Und paradoxerweise begann es, sich auch für mich vollkommen normal anzufühlen.

Als es Zeit zum Mittagessen war, breiteten wir eine Decke auf dem Rasen aus und machten ein Picknick.

»Man braucht so wenig, damit es einem gut geht«, sagte er, während er mir zärtlich über die Haare streichelte.

»Sag mir das nicht, nächste Woche um diese Zeit sitze ich im Flieger nach Italien.«

Seine Miene verdüsterte sich. »Weißt du, dass ich daran gar nicht mehr gedacht habe?«, sagte er. »Ich hatte es total verdrängt.«

»Dafür muss ich die ganze Zeit daran denken«, seufzte ich.

»Gegen diese Unannehmlichkeit müssen wir etwas tun«, sagte er.

»Unannehmlichkeit?«, lachte ich. »Und was?«

»Wir finden schon einen Weg«, antwortete er lässig. »Zumindest, falls es nicht von Anfang an dein Plan war, herzukommen, mich zu verführen und mich dann wieder zu verlassen!«, lachte er und zog mich an sich.

»Ja, genau das war das Ziel der Reise! Dich verführen

und dann wieder verschwinden«, antwortete ich lachend, aber dann fiel mir ein, dass ihm genau das schon einmal passiert war, und das Lachen verging mir.

»Wollen wir die Feen suchen gehen?«, fragte Michelle mich, legte ihr Brot auf die Decke und nahm meine Hand.

»Klar!«, sagte ich und stand auf, um mit ihr zu gehen.

Sie führte mich zu einem riesigen Eukalyptusbaum.

»Da drin wohnen die Feen«, flüsterte sie und kniete sich vor den Baumstamm.

»Dann müssen wir wohl eine Tür bauen«, flüsterte ich. »Denn wie sollen sie sonst rauskommen?«

Sie schaute mich nachdenklich an, genauso entzückend wie Matt immer, dann sprang sie auf, holte ein Blatt Papier und einen Stift und zeichnete eine grüne Tür darauf.

»So, jetzt können sie raus«, sagte sie und gab mir das Blatt.

Wir klebten die Tür mit Klebeband an den Baumstamm und gingen etwas weiter weg, um zu warten.

»Ich glaube, dass sie erst heute Nacht rauskommen, wenn alle schlafen.«

»Ehrlich?«

»Ja, ich hab sie mal gesehen, aber da war es schon sehr, sehr spät!«

Sie riss die Augen auf und schlug die Hand vor den Mund.

»Dann gehen wir jetzt weg«, sagte sie und nahm mich wieder bei der Hand. »Heiratest du Papa?«, fragte sie mich ein wenig nachdenklich.

»Nein, Schatz, ich heirate ihn nicht«, antwortete ich, um sie zu beruhigen.

»Warum nicht?«

Auf diese Frage war ich nicht im Mindesten vorbereitet.

»Na ja, ich wohne in einem ganz anderen Land, weißt du? Ich wohne gar nicht hier.«

»Und wo wohnst du?«, fragte sie stirnrunzelnd.

Ich merkte, dass ich dabei war, mich auf ein ziemlich kompliziertes Gespräch für eine Achtjährige einzulassen, auch wenn die ziemlich schlau war.

Ich nahm ein Stöckchen und zeichnete den Umriss Australiens in den Sand.

»Also, wir sind jetzt hier.« Ich machte ein Kreuz an den südwestlichen Rand. Dann zeichnete ich ein paar Meter weiter links einen Stiefel und verband die beiden Zeichnungen mit einem langen Strich.

»Und hier wohne ich.«

»Fliegst du hin?«

»Ja, man braucht einen ganzen Tag.«

Sie biss sich auf die Lippen. »Und deine Mama, wohnt die auch da?«

»Ja, zusammen mit meinem Papa.«

»Und wenn du hier bleibst, siehst du sie nie wieder?«

»Ach nein. Da wohnen nicht nur meine Eltern, sondern auch meine beste Freundin, da ist meine Arbeit.«

»Und die fehlen dir?«

»Ja, die fehlen mir.«

»Aber wenn du hier wegfährst, fehlt dir mein Papa?«

»Ja, und wie«, antwortete ich.

Bevor mir die Tränen kamen, sagte ich zu ihr: »Komm, lass uns Margeriten suchen, dann zeige ich dir, wie man einen Kranz daraus macht.«

Die Rückfahrt verbrachten wir still und schweigend, die Mädchen schliefen auf dem Rücksitz, der Himmel war rot vom Sonnenuntergang, und Vance Joy spielte im Hintergrund.

Ich drehte mich um, um sie schlafen zu sehen, als wären die beiden meine Töchter.

Es war einmal.

Womöglich war es tatsächlich meine Bestimmung, mich um die Kinder anderer zu kümmern. Über sie zu wachen, sie aufwachsen und groß werden zu sehen.

In der Natur werden auch nicht alle Löwinnen Mutter, viele bleiben kämpferische Tanten, und mir gefiel die Vorstellung gut.

Abends lagen wir draußen auf den Liegestühlen, in Decken gehüllt, betrachteten den Himmel und erzählten einander unser Leben.

Matt erzählte mir vom Campen, Konzerten, der Gruppe, in der er gespielt hatte, den *Tame Impala,* von der Schule, seinen ersten Lieben, und das in einer Ausführlichkeit, als wollte er mir so viel wie möglich über sich nahebringen.

Ich erzählte ihm nur das, was nichts mit Cate zu tun hatte, und um die Wahrheit zu sagen, gab es nicht allzu viel, das ich ohne sie gemacht hatte.

Ich hatte mich so viele Jahre nicht bewegt, mir eingeredet, dass dies die einzig mögliche Lebensweise für mich war, und plötzlich erkannte ich, was ich alles verpasst hatte.

»Wo siehst du dich in fünf Jahren?«, fragte er mich.

»O mein Gott, in fünf Jahren?«, fragte ich überrumpelt.

Wenn diese Jahre alle so wurden wie dieses, säße ich in fünf Jahren wahrscheinlich in der Psychiatrie.

»Hm, lass mich mal überlegen … in fünf Jahren …«

Vor meinem geistigen Auge öffnete sich eine Webseite, auf der groß Fehler 404 geschrieben stand.

Und ich sah mich im Stau nach Nervi stehen, im Büro unter den Neonleuchten, die Kollegen, der Stress, die Monatsziele zu erreichen, der Frust von Kunden, …

Panik ergriff mich.

In wenigen Stunden schon würde ich in meine Rolle als Tochter, Tante und beispielhafte Freundin zurückkehren.

Würde ich das ertragen?

Gab war dabei, sich mit einer neuen Freundin etwas Eigenes aufzubauen, Cate und Gianfranco konsolidierten endlich ihre Beziehung nach all dem Leid, das sie durchgemacht hatten, und meine Eltern lebten als zufriedene Rentner im dritten Lebensabschnitt.

Aber wo war mein Platz in dem Ganzen? Was hatte ich für mich geschaffen? Mit wem teilte ich mein Leben? Mit wem baute ich mir etwas auf, mit wem wuchs ich?

Würde es mir gelingen, wieder in die engen Bahnen meines Lebens zu schlüpfen, nachdem ich sie einmal verlassen hatte?

»Ich … ich weiß nicht«, stammelte ich. »Glaub mir, ich

habe echt nicht die blasseste Vorstellung. Und du? Wo siehst du dich?«

»Ich … Mit dir …«, antwortete er ganz einfach und verschränkte seine Finger mit meinen, ein aufrichtiges, süßes Lächeln auf den Lippen, aber auch ein wenig enttäuscht von meiner Antwort.

»Danke …«, sagte ich und lachte nervös.

Ich schaute Matt im Halbdunkel an und hörte Cates Stimme in meinem Kopf: »Du musst es ihm sagen, du musst es ihm sagen, du musst es ihm sagen.«

»Was hältst du davon, wenn ich morgen Abend Pesto mache?«

22.

Es war ein perfektes Abendessen.

Alle saßen um den großen Tisch und ließen sich die Trenette schmecken, die wir in einem sündhaft teuren Feinkostgeschäft gefunden hatten, das italienische Produkte importierte.

Die Kinder hatten grüne Münder von der Soße und aßen mit den Fingern, Großmama Ethel hatte nur eine Miniportion genommen, während Mary Jane mir zur Feier meines letzten Abends eine wunderschöne Pawlowa gebacken hatte.

Es war beinahe ein Monat seit meiner Ankunft vergangen, ich hatte die gesamte Region besucht, sprach sehr viel besser Englisch, war an der frischen Luft braun geworden, hatte exotische Gerichte gegessen, aber vor allem war ich verliebt.

Das Leben sollte viel spontaner sein.

Ich spielte mit den Kindern auf dem Boden inmitten des überall verstreut liegenden Spielzeugs, und sie liefen ohne Schuhe und Strümpfe herum, lachend und sorglos, und mit einem Mal wurde mir etwas klar: dass diese ganze Unordnung nicht einmal mich mehr störte.

Dass es mir egal war, wenn jemand meine Sachen

woanders hinlegte, dass ich diese aseptische, unbewegliche Ordnung nicht mehr brauchte und dieses kreative Chaos mich froh machte.

Als es Zeit war, sie ins Bett zu bringen, drückte Michelle mich fest.

»Aber wenn ich dich mal sehen will, wie mache ich das?«, fragte sie.

»Du malst eine Tür unten an den Stamm eines Baumes, rufst mich und dann komme ich«, antwortete ich, und versuchte mir nicht anmerken zu lassen, wie gerührt ich war.

Als ich allein war, setzte sich Großmama Ethel zu mir und legte mir eine Hand auf den Arm.

»Ich habe meinen Enkel noch nie so glücklich gesehen, meine Liebe«, sagte sie. »Du tust ihm so gut.«

Ich senkte lächelnd den Blick.

»Er tut mir auch gut«, antwortete ich und versuchte, die Tränen zurückzuhalten. »Es tut mir so leid, dass ich fahren muss.«

»Dann fahr doch nicht!«, lachte sie.

»Das geht nicht, Ethel, ich muss nach Italien zurück«, sagte ich ernst.

»Na, ihr werdet schon eine Möglichkeit finden«, versicherte sie mir. »Werft etwas so Schönes nicht weg. Mein Mann und ich waren sechsundfünfzig Jahre verheiratet. Sechsundfünfzig lange und glückliche Jahre. Freiheit ist eine schöne Sache, aber mit dem richtigen Menschen zu leben, ist unbezahlbar!«, sagte sie augenzwinkernd.

Ich nutzte die Ausrede, dass ich noch packen müsste, um Cate anzurufen.

Ich schaffte es nicht. Ich konnte es nicht.

»Cate …«, fing ich voller Angst an.

»Ludo, ich flehe ich dich an …«, kam sie mir zuvor.

»Ich kann's nicht, ich kann's einfach nicht!«

»Ich weiß, dass es schrecklich ist, ich weiß, dass es eigentlich mein Problem ist. Das weiß ich alles! Aber ich kann es ihm doch nicht am Telefon sagen, nach fünfzehn Jahren, verstehst du? Du bist nach Australien geflogen, um ihn zu finden und es ihm zu sagen, weißt du noch? Und es ist ein Glück, dass ihr euch verliebt habt! Das ist ein Bonus! Aber ich flehe dich an, rede mit ihm. Ich brauche dich jetzt, du musst es jetzt an meiner Stelle tun!«

»Cate, du verstehst nicht! Er ist so glücklich, so in Frieden mit seinen Kindern, seiner Familie, und auch ein bisschen, weil ich jetzt in seinem Leben bin … Ich komme mir vor wie ein Verbrecher!«

»Ludo, denk auch mal an Gabriel …«

»Ich weiß, Cate«, murmelte ich erschöpft. »Aber versetz dich doch mal in seine Lage!«

Es folgte ein langes Schweigen.

»Na gut, vergiss es«, sagte sie trocken.

»Was soll das heißen?«

»Vergiss es, ich krieg es schon allein hin, wie immer.«

Das war der Moment, in dem ich spürte, wie mir das Blut ins Hirn schoss und ich die Fassung verlor. »Jetzt hör mir mal gut zu! Hör endlich auf, hier das Opfer zu spielen, wie du das immer machst, wenn andere deine Erwartungen nicht erfüllen! Es ist nicht meine Schuld, dass du ihm damals nicht gesagt hast, dass du schwanger bist! Was glaubst du denn, wie das jetzt ankommt? Wie würdest du reagieren, wenn dir eine Unbekannte sagen würde: ›Ach, übrigens, du hast einen Sohn in Italien, der jetzt fast sechzehn ist, deine Ex wollte es dir verheimlichen, aber jetzt hat sie Leukämie und meint, dass es vielleicht doch ganz gut ist, wenn du's erfährst.‹ Kommt dir das nicht auch ein klein wenig egoistisch vor?«

Mir zitterten die Hände vor Wut.

»Das denkst du also?«, sagte sie nach einer Weile.

»Ja, Cate, das denke ich, weil ich überzeugt davon bin, dass du es ihm niemals gesagt hättest, wenn du nicht krank geworden wärst.«

Ich war außer mir, aber ich spürte, dass ich recht hatte.

Ich hatte mir Gabriels Vater immer als einen etwas dummen Schönling vorgestellt, der den Tag am Strand verbrachte, aber jetzt wusste ich, dass er einer der fähigsten Menschen der Welt war und ein großartiger Vater gewesen wäre.

Ja, es stimmte, ihr Leben wäre ganz anders verlaufen, vielleicht wäre er nach Italien gekommen oder sie wäre in Australien geblieben, vielleicht hätten sie sich schon nach ein paar Monaten getrennt, aber wenigstens hätten sie es probiert.

Und obwohl ich Cates Entscheidung immer hatte nachvollziehen können, so konnte ich sie doch jetzt, in diesem Augenblick, überhaupt nicht rechtfertigen.

Weil ich parteiisch war.

»Okay, okay, stimmt ja, es ist mein Problem«, antwortete sie verunsichert, getroffen. »Komm zurück, und ich schreibe ihm eine Mail, irgendwie bekomme ich das schon hin … Ich hätte das nicht von dir verlangen dürfen. Nein … ich …«

Ich hörte nichts mehr.

Ich drehte mich um und sah ihn in der Tür zu meinem Zimmer stehen, die Gitarre in der Hand, kreidebleich im Gesicht starrte er mich ausdruckslos an.

»Nicht mehr nötig …«, sagte ich ins Telefon. »Er hat es gerade erfahren.«

23.

Die letzte Nacht war nicht, wie ich sie mir erträumt hatte.

Es war keine romantische Nacht voller Liebe, Versprechen, Küsse, Seufzer und Sehnsucht.

Lieder zur Gitarre, Lagerfeuer am Strand, Umarmungen und Sternschnuppen.

Es war eine Nacht der Tränen und des Schmerzes, des Zornes und vieler Fragen.

Auf die es keine Antworten gab.

Niemals würde ich sein Gesicht vergessen, als er da in der Tür stand.

Dieser verzweifelte Blick, verunsichert, ungläubig.

»Caterinas Freundin«, sagte er kaum hörbar.

»Ja«, antwortete ich mit hängendem Kopf.

Ich schwieg.

»Und ich soll einen Sohn von ihr haben, von dem sie mir nie etwas gesagt hat …«

Ich nickte.

Auch er nickte, mit leerem Blick, bestürzt, aufgewühlt, unter Schock.

»Also bist du gar nicht … Was du über dich gesagt hast …«, fuhr er fort und sah mich ernst an, verwirrt. »Und … wer bist du dann?«

Ich fand keine Antwort.

Ich wusste nicht mehr, wer ich war. Ich war immer noch dieselbe, aber ich hatte über alles gelogen.

»Matt, lass mich erklären, ich bitte dich«, setzte ich an.

»Nein«, gab er zurück. »Ich will gar nicht mehr wissen. Offensichtlich ist es mein Schicksal, dass mich die Menschen verraten, in die ich mich verliebe. Ich verstehe nur nicht, warum du dir diese ganze Geschichte ausgedacht hast. Aber wahrscheinlich ist das auch ein Plan deiner Freundin … Ihr seid schon ein feines Pärchen, ihr zwei!«, sagte er bitter.

»Nein, Matt, glaube mir, es ist nicht, wie du denkst, ehrlich! Ja, es war ihre Idee, mich hierher zu schicken, um dir von deinem Sohn Gabriel zu erzählen. Cate war sehr krank und ja, ohne diese Krankheit hätte sie sich wahrscheinlich nicht entschlossen, es zu sagen. Ich finde das nicht gut, aber ich verstehe es. Bis vor einem Monat wusste ich überhaupt nicht, dass es dich gibt, das musst du mir glauben, und …«

»Nein, entschuldige Ludo, warte … falls du überhaupt Ludo heißt«, sagte er verärgert. »Ich kann's nicht fassen, dass du mir in die Augen geschaut hast, dass du mit mir geschlafen hast, dass du Zeit mit meinen Kindern und meiner Familie verbracht hast und mir dabei etwas so Wichtiges verheimlicht und mich die ganze Zeit angelogen hast. Die ganze Zeit!« Er holte tief Luft, um sich zu fassen. »Vertrauen ist mir heilig, das wissen alle meine Freunde, auf mich kann man sich immer verlassen, aber nur, wenn man mich nicht verarscht! Als Caterina mich verlassen hat, habe ich mir geschworen, dass ich niemals jemandem so etwas antun würde, weil niemand es verdient, so behandelt zu werden. Man versteckt sich nicht wie ein Dieb, man haut nicht einfach ab, man lügt nicht, man manipuliert nicht, sondern man stellt sich, man schaut sich in die Augen und spricht miteinander, und wenn man sich nicht einig wird, geht jeder seiner Wege!« Er war außer sich. »Was sie mir angetan hat … was ihr mir angetan habt, ist unglaublich, unfassbar!«, brüllte er. »Ich habe einen fünfzehnjährigen Sohn. Einen Sohn, du lieber Gott! Und niemand hat je daran gedacht, es mir zu sagen!« Er schüttelte den Kopf. »Einen Sohn.«

Er blickte mich voller Schmerz, Wut und Hass an.

»Matt … lass mich doch erklären, und du wirst sehen, dass …« Ich ging auf ihn zu.

»Ich will dich nicht mehr sehen!« Er hielt abwehrend die Hände vor sich. »Ich will nichts mehr von dir hören! Morgen früh ruf ich dir ein Taxi zum Flughafen. Keine Sorge, ich zahle«, sagte er und drehte sich um.

Dann hielt er kurz inne und drehte sich ein letztes Mal um.

»Eine Doktorarbeit in Botanik«, sagte er bitter, »und ich hab dir sogar ein Lied geschrieben.«

Im Morgengrauen des nächsten Tages brach ich auf.

Ich warf einen letzten Blick zurück auf Wishing Bridge.

Der Duft der Bäume, der Gesang der Vögel, das Rascheln des Windes.

Es war alles zu Ende.

Ich stieg ins Taxi mit einem Schmerz in der Brust, als

hätte mir jemand einen rostigen Nagel hineingeschlagen.

Ich schwor mir, dass ich nicht weinen würde.

Es gelang mir nicht.

Als ich die Tür hinter mir zuzog, kam Ethel aus dem Haus gelaufen.

»Was auch immer es ist«, sagte sie eindringlich, »ihr müsst es lösen. Ich bitte dich! Oder ihr werdet es für immer bereuen!«

Der Wagen fuhr los.

Und bis Genua hörte ich nicht mehr auf zu weinen.

24.

Es war eine lange, qualvolle Reise.

Ich war wie in Trance, starrte den ganzen Flug aus dem Fenster und weinte hinter der Sonnenbrille, und die besorgte Stewardess brachte mir Plätzchen und heißen Tee.

Als sie mir liebevoll die Schulter streichelte und mich leise fragte, ob alles in Ordnung sei, brach ich in Schluchzen aus.

Alles in mir war zerbrochen.

Matt war der Mann meines Lebens, und ich hatte sein Vertrauen zerstört, ich verließ den einzigen Ort der Welt, an dem ich mich je zu Hause gefühlt hatte, ich würde Cate in die Augen sehen und eine Arbeit wiederaufnehmen müssen, die ich verabscheute.

Mein Leben war schrecklich.

Ich war verzweifelt, überwältigt, aufgewühlt.

Ich sehnte mich nach Matt, wollte mit ihm sprechen, wollte, dass er mich anhörte, dass er verstand.

In einem Brief, den ich in meinem Zimmer zurückgelassen hatte, hatte ich ihm alles erklärt, in der Hoffnung, dass er nach dem ersten Schock meine unangenehme Lage verstehen und mir verzeihen könnte.

Aber ich war nicht sehr zuversichtlich.

Vergebens schaltete ich das Telefon ein und kontrollierte meine Nachrichten, doch da war nichts außer ein paar verpassten Anrufen meiner Eltern.

Ich wollte wirklich niemanden sehen.

Noch drei Tage zuvor hatte ich alle wiedersehen wollen, um meine Begeisterung und meine Freude mit ihnen zu teilen.

Ich hatte zu Cate laufen und ihr alles haarklein erzählen wollen, mich bei ihr für das ungeheure Geschenk bedanken, dass sie mir gemacht hatte, indem sie mich gezwungen hatte, mein Schneckenhaus zu verlassen und es mir ermöglicht hatte, einen so außerordentlichen Mann kennenzulernen.

Doch jetzt war ich todunglücklich und hatte weder gute Nachrichten noch eine Lösung, fühlte mich am Boden zerstört und nutzlos.

Als ich aus dem Gate kam, sah ich Cate auf mich warten.

Ich hatte nicht die Kraft, irgendetwas zu sagen. Ich warf mich ihr praktisch in die Arme und brach in Tränen aus.

Sie drückte mich fest.

»Wir kriegen das schon hin, Schatz, irgendwie kriegen wir das hin.«

Meine Tage wurden traurig und endlos, der September war an sich schon melancholisch und regnerisch genug.

Ich trug die übliche graue Kleidung und gab mir Mühe, in die ausgefahrenen Gleise zurückzufinden, versuchte diese herrliche Unterbrechung meines Lebens zu vergessen, als wäre sie nur ein schöner Traum gewesen.

Ich stellte mich in der neuen Filiale vor, man erklärte mir meine Aufgaben und wies mir einen Schreibtisch zu.

Es fiel mir schrecklich schwer, mich zu konzentrieren und mir die neuen Aufgaben zu merken, und mir war überhaupt nicht danach, die neuen Kollegen kennenzulernen. Mehr als ein zufälliges Lächeln und ein paar oberflächliche Worte übers Wetter brachte ich nicht zustande.

Ich versuchte nur, so unsichtbar wie möglich zu sein.

Dann kehrte ich nach Hause zurück, aß etwas, kuschelte mich aufs Sofa und blieb dort.

Um nachzudenken, mich zu erinnern, mir wehzutun.

Wie war es überhaupt möglich, sich wieder an einen Käfig zu gewöhnen, wenn man die Freiheit kennengelernt hat?

Als ich klein war, hatten wir einen Kater namens Merlin. Er war in der Wohnung geboren und aufgewachsen, hatte nie einen Grashalm gesehen oder versucht, Mäuse zu jagen. Er war fett, träge und faul.

Nachdem meine Eltern das Haus in Porto Venere gekauft hatten, nahmen wir ihn in die Sommerferien dorthin mit. Der Kater war längst erwachsen, aber als er den Rasen sah und die Freude genoss, die Krallen an den Bäumen zu wetzen, zu springen, zu laufen, zu klettern, im Sand zu scharren und Eidechsen zu fangen, entdeckte er seine wahre Natur und veränderte sich von Grund auf.

Er magerte ab, schwang sich instinktiv zum Herrscher über das Grundstück auf und wurde ein hervorragender Jäger.

Als der Sommer zu Ende ging und wir ihn wieder mit nach Hause nahmen, hörte er auf zu fressen und wurde depressiv.

Meine Mutter kaufte ihm die schönsten Spielzeuge, besorgte Kartons, sogar ein neues Katzenkörbchen, aber er war der traurigste Kater der Welt geworden. Seufzend starrte er zum Fenster hinaus.

Bis mein Vater, dem es in der Seele wehtat, ihn so zu sehen, ihn eines Tages nahm und nach Porto Venere brachte.

Es war Januar.

Er sagte, es wäre ein Wunder, wenn er überlebte, aber wir müssten der Natur ihren Lauf lassen.

Als er den Käfig geöffnet habe, so erzählte er, sei der Kater herausgeschossen wie eine Rakete und habe sich zum Abschied nicht einmal mehr umgedreht. Wir würden ihn nie wieder sehen, da war er sicher.

Doch als wir im Juni nach Porto Venere zurückkehrten, wartete er dort auf uns. Er hatte ein halbes Ohr eingebüßt, war aber ansonsten in bester Verfassung.

Merlin wurde siebzehn Jahre alt.

Jeden Sommer verbrachte er mit uns, und im Winter kam er allein zurecht, wie haben wir nie erfahren.

Aber er hatte mit Sicherheit ein glückliches Leben.

Jetzt fühlte ich mich wie Merlin hinter der Fensterscheibe.

Cate rief mich oft an.

Auch wenn sie unglaublich viel bei Cate's Place zu tun hatte – auf Gianfrancos strikte Anweisung hin kümmerte sie sich nur um die Organisation, aber das war schon viel –, ließ sie nicht locker.

Sie wusste, dass sie viel von mir verlangt hatte, zu viel, doch jetzt trieb sie eine neue Dringlichkeit, beinahe schon ein Zwang: Gabriel sollte seinen Vater kennenlernen.

Und typischerweise fiel es ihr schwer zu akzeptieren, dass es nicht immer genauso lief, wie sie es vorgesehen hatte.

»Okay, ich geb's zu, ich war ein Arschloch«, sagte sie schließlich am dritten Abend nach meiner Rückkehr, »ein Arschloch und furchtbar egoistisch noch dazu, anders kann man es nicht sagen. Wenn ich könnte, würde ich zu dem Tag zurückkehren, an dem ich mit heruntergelassenen Unterhosen und dem Stäbchen in diesem Badezimmer in Brisbane stand und zu ihm gehen und es ihm sagen. Aber ich hab's nicht getan, ich hatte Angst, ich hab nur an mich gedacht!«

»Das hast du schon gesagt.«

»Ja, ich weiß, aber ich hab's nicht besser verdient«, antwortete sie, während sie in die Küche ging, um zwei Gläser und eine Flasche Wein zu holen.

»Darfst du was trinken?«

»Nein, aber wenn du nicht hinguckst, hab ich ja auch nichts getrunken«, sagte sie augenzwinkernd.

»Caaate! Gianfranco wird sauer, und das mit Recht!«

»Ludo, seit wann hab ich nichts mehr getrunken? Sechs Monate? Und wir müssen das jetzt lösen!«

Seufzend beugte ich mich vor, um die Flasche zu nehmen und den Wein in die Gläser zu gießen.

»Auf dich«, sagte ich und hob das Glas.

»Auf dich«, antwortete sie und tat es mir gleich.

Wir stürzten das ganze Glas in einem Zug herunter, ließen uns gegen die Sofalehne zurückfallen und warteten darauf, dass der Alkohol wirkte.

Gott wusste, wie sehr ich am liebsten überhaupt nichts mehr gedacht hätte!

»Ludo, ich muss es dir sagen! Ich bin eine verdammt gute Hellseherin, ich hab das alles vorhergesehen.«

»Vor einer Minute warst du noch ein Arschloch, und jetzt bist du eine Hellseherin?«

»Ja. Das geht beides.« Sie lachte. »Ich wusste, dass ihr zwei zusammenkommt. Keine Ahnung, ob die Chemotherapie schuld daran ist, aber ich schwöre dir, ich spüre Sachen jetzt anders als davor, ich sehe sie vorher, kann sie förmlich riechen. Eines Tages hatte ich diese Erleuchtung und hab mir gesagt: Matt und Ludo müssen sich zusammentun. Sie passen perfekt zueinander, wieso ist mir das nicht schon längst eingefallen! Und dann hab ich dich auf die richtige Spur gesetzt.«

»Ja, schade nur, dass ich erst dachte, Matt wäre der dicke Onkel.«

Sie lachte laut. »O mein Gott, der ist furchtbar, ich weiß noch, dass er damals Fischer war! Hat er immer noch Depressionen?«

»Und wie!«

Da die Wirkung auf sich warten ließ, schenkte ich mir Wein nach.

»Also, wie ist Australien?«

»Perfekt!«, antwortete ich mit einem breiten Lächeln,

schon etwas beschwipst. »Da gibt es alles, was einen glücklich macht.«

»Stimmt«, bestätigte sie. »Ich habe da auch wunderschöne Erlebnisse gehabt, unter anderem.«

Eine Weile sagten wir nichts, während jede von uns in ihren eigenen Erinnerungen schwelgte.

»Cate«, sagte ich. »Hast du Matt überhaupt jemals geliebt?«

»Nein, Ludo«, antwortete sie und sah mir in die Augen. »Dieses Kribbeln im Bauch, das habe ich bei ihm nie gehabt, auch keine Schmetterlinge, nichts. Er war mehr wie mein bester Freund, verstehst du? Dem du alles erzählst, mit dem du dich hemmungslos betrinkst und mit dem du auch reden kannst, wenn du bei offener Tür auf der Toilette sitzt. Das war einer der Gründe, warum mir die Flucht leichter erschien.«

»Für ihn war das ganz schlimm, Cate. Richtig schlimm. Er war am Boden zerstört, verwirrt, verzweifelt«, sagte ich ernst.

»Ich muss ihn anrufen.«

»Das denke ich auch.«

»Soll ich ihn jetzt gleich anrufen?«

»Cate, da unten ist es jetzt vier Uhr morgens!«

Sie schüttelte den Kopf. »Hast du gar nichts mehr von ihm gehört? Hat er dich nicht mehr angerufen? Hast du gar nicht versucht, ihn anzurufen?«

»Nein, Cate. Ich respektiere sein Schweigen!«, gab ich gereizt zurück. »Ich hab ihm einen Brief geschrieben, darin steht auch deine Nummer. Aber du musst ihn auf jeden Fall anrufen, gleich morgen früh!«

Sie wirkte verlegen, schien sich mit einem Mal nicht mehr sicher zu sein, dass sie recht hatte.

»Cate«, sagte ich liebevoll. »Glaubst du wirklich, dass er eine Chance hatte, auf so eine Nachricht anders zu reagieren? Mit Sektkorken knallen lassen?«

Sie seufzte und holte ein Päckchen Zigaretten aus der Tasche. »Willst du die Wahrheit hören, Ludo?«, fragte sie, während sie sich eine anzündete.

»Und ob!«

»Die Krankheit hat mir Zeit zum Nachdenken gegeben …«, fing sie an. »Nächtelang habe ich in diesem verdammten Zimmer gelegen und nachgedacht. Und mir ist klar geworden, wie wichtig die Zeit ist. Zeit ist alles, Ludo. Wir glauben immer, wir hätten so viel davon, dass wir sie wegwerfen könnten, aber das stimmt nicht, ganz im Gegenteil. Es gibt nie genug davon. Plötzlich war mir klar, dass dies alle Zeit war, die mir noch blieb, und dass dieses Zimmer alles war, was ich noch hatte, meine Welt. Also habe ich angefangen, darüber nachzudenken, was ich getan habe und was ich gern noch tun würde und erkannt: Ich habe keine Zeit mehr, ich werde vieles nie tun können. Ich werde in diesem Scheißzimmer sterben, wo alle nur mit Gesichtsmaske und Kittel hereinkommen, ohne noch einmal die Sonne im Gesicht spüren und meinen Sohn in den Arm nehmen zu können. So werde ich enden.«

Hustend drückte sie die Zigarette aus. »Eigentlich hab ich ja aufgehört, aber für ein ernstes Gespräch brauche ich eine.« Sie lächelte mich an.

»Und da hast du entschieden, mich zu Matt zu schicken?«

»Ja. Zum ersten Mal im Leben hab ich mich unnütz gefühlt. Und mir war plötzlich klar, dass ich mir noch so viel vorgenommen hatte und leben wollte, aber es würde bald zu Ende sein. Also dachte ich: Wenn ich sterbe, dann muss der Junge seinen Vater kennen. Natürlich wollte ich dann auch, dass es sofort geschieht. Ich habe die Augen geschlossen und mir vorgestellt, wie sie sich umarmen oder zusammen Fußball spielen und ... keine Ahnung ... Es schien mir so logisch und natürlich und leicht, dass ...«

»Dass du die Tatsache, dass so viele Jahre vergangen waren, einfach verdrängt hast.«

»Tja ...«

Ich kuschelte mich an sie.

»Er fehlt mir so sehr ...«, flüsterte ich.

»Ich weiß ...« Sie strich mir übers Haar. »Ich war eine Idiotin.«

»Ja«, antwortete ich, »aber ich mag dich trotzdem.«

Wir schwiegen einträchtig.

»Cate, wie läuft es denn mit Gianfranco?«

»Er macht mich glücklich«, antwortete sie liebevoll. »Unendlich glücklich. Er ist ständig in meiner Nähe wie ein Schatten, aber ohne sich aufzudrängen, er hat über mich gewacht, ohne mich einzuengen, er hat mir nie Vorwürfe gemacht, auch wenn er mich manchmal am liebsten eigenhändig erwürgt hätte. Er hat mich ausgehalten, auch wenn ich ihm vor Wut die schlimmsten Beleidigungen an den Kopf geworfen habe. Und ist einfach dageblieben, stoisch. Stark für uns beide. Er war ein Geschenk des Himmels.«

»Überlegst du, ihn zu heiraten?«

Sie lächelte. »Ich weiß nicht. Im Augenblick erscheint mir allein die Vorstellung vollkommen abwegig. Er hat mir seine Liebe in den wenigen Monaten schon mehr bewiesen als es alle Versprechen und Ringe könnten! Aber eins habe ich vor, und dafür brauche ich deine Hilfe!« Sie setzte sich gerade hin und drehte sich zu mir.

»Schieß los.«

»Ich möchte, dass wir ein Fest machen!«

»Ein Fest?«

»Ja. Ein Fest. In Porto Venere im Haus deiner Eltern, zu dem wir *alle* einladen, die wir kennen. Ich will die Remission feiern, will mit allen Menschen zusammen sein, die ich mag. Ich brauche ein Bad in Liebe, es müssen alle kommen, sogar Matt!«

»Matt hier in Genua? Niemals kommt der!«

»Er wird kommen. Wirst sehen.«

Cate lief erneut zur Höchstform auf.

Sie war aufgeregt, auf eine gesunde, schöne, für sie typische Weise.

Sie war wieder zurück, endlich.

Sie hatte beschlossen, alle Menschen einzuladen, die ihr jemals etwas bedeutet hatten.

Die Aufgabe, diese Leute alle ausfindig zu machen, fiel selbstverständlich mir zu.

Doch ich hätte fast jede Aufgabe übernommen, um mich von meiner Arbeit und dem ständigen Gedanken an Matt abzulenken.

Ich stellte mir vor, wie er nachts am Surferstrand saß

und sich das Hirn zermarterte, versuchte, seine Wut loszuwerden, ein Gefühl, dass so überhaupt nicht zu ihm passte.

Ob er mit Kylie gesprochen hatte? Oder ob er vielleicht sogar ab und zu an mich dachte?

Er fehlte mir so schrecklich, dass ich schier verrückt wurde, und ich musste mit Gewalt versuchen, diese Erinnerungen loszuwerden, bevor sie sich auf meiner Seele ablagerten.

Ich musste sie fortjagen, ignorieren, so tun, als habe es sie nie gegeben.

Den Ordner löschen und den Papierkorb leeren.

Cate hatte ihn mehrfach versucht anzurufen, aber ohne Erfolg.

Am Ende hatte sie ihm eine Mail geschrieben, aber keine Antwort erhalten.

Es waren schon fast drei Wochen vergangen seit meiner Rückkehr.

Es erschien mir wie ein ganzes Leben. Es war ein ganzes Leben.

Gab wiederzusehen, machte alles noch schlimmer.

Ihre unglaubliche Ähnlichkeit zu erkennen, zu wissen, dass Matt sein Vater war und ihm nicht sagen zu können, was für ein wunderbarer Mensch er war, machte seine Gegenwart schmerzhaft für mich. Auch wenn ich sie mir sehnlichst wünschte.

Er war ein Mann geworden.

Er war ernst geworden, vielleicht schon übertrieben vernünftig.

So, dass man sich schon fast schuldig fühlte, wenn man den Müll nicht nach unten trug.

Jetzt wirkte er selbst wie ein Vater.

Es gibt zwei Möglichkeiten, auf Angst und Schmerz zu reagieren: Entweder gibst du nach und verbringst den Rest deines Lebens damit, auf das Schicksal sauer zu sein und wirst irre, weil du versuchst, nicht daran zu denken, oder du wirst ein Fels in der Brandung, und dann gibt es nichts mehr, was dich noch umhauen kann.

Er und Gaia bildeten ein wirklich hübsches Paar. Sie wirkten viel reifer als sie waren, im Grunde zwei Welpen, aber sehr klar über sich selbst und ihren Platz in der Welt.

Sicher sehr viel klarer als Cate und ich, die wir schon die vierzig hinter uns hatten, ohne genau zu wissen, wie das hatte passieren können.

»Wir bräuchten das Marassi-Stadion!«, rief Gab, den Kopf zwischen die Hände gestützt an Cates Küchentisch, wo wir eine Planungskonferenz abhielten, als müssten wir die Inaugurationsfeier im Weißen Haus organisieren.

»Ich weiß, deine Mutter ist eben sehr beliebt!«, antwortete ich, sprachlos angesichts der von Minute zu Minute länger werdenden Liste.

»Alle, hab ich gesagt!«, beharrte Cate fröhlich. »Niemand wird ausgeschlossen.«

»Aber Mama, wo sollen wir die alle unterbringen?«

»Im Garten!«, antwortete sie seelenruhig, lehnte sich mit hinter dem Kopf verschränkten Armen in ihrem Stuhl zurück und kaute auf einer Stange Lakritz herum, was ihre Methode war, sich vom Rauchen abzuhalten.

»Und was sollen die alle essen?«, fragte Oscar panisch.

»Jeder bringt was mit! Außerdem reicht es schon zu sagen, dass das Fest zwölf Stunden dauern soll, von mittags bis Mitternacht, und du wirst sehen, dass sie sich verteilen: Die mit Kindern kommen und gehen früh, die Singles und Nachtschwärmer kommen zum Aperitif und zum Dinner.«

Warum war für sie nur immer alles so einfach und logisch?

»Ich kümmere mich um die Einladungen«, sagte Gab. »Ich erstelle eine Veranstaltung auf Facebook für alle, die einen Account haben, und die anderen laden wir schriftlich ein.«

»Ich werde eine gigantische Torte backen!«, rief Oscar dramatisch. »Ich will etwas Unvergessliches kreieren, etwas Prachtvolles, wie ein riesiges Herz, aus dem eine Kaskade Diamanten fällt, die deine Großzügigkeit symbolisieren sollen, oder eine rosafarbene Perücke, um deine Ironie hervorzuheben, oder vielleicht etwas, was mit Cate's Place zu tun hat, Yoga, Chakren und …«

»Das Gaslini!«, fiel sie ihm ins Wort. »Ich will, dass du das Gaslini als Torte backst. Immerhin schulde ich ihm mein Leben, da ist das ja wohl das Mindeste!«

25.

Cate rief weiter bei Matt an.

Und am Ende antwortete er.

Cate ließ ihm keine Zeit zum Reden, erklärte, erläuterte und entschuldigte sich wortreich.

Doch Matt reagierte nicht, wie sie gehofft hatte.

Er hörte sie schweigend an, ein Schweigen voller Zorn und Groll, und als sie ihn bat, ihr zu verzeihen und zu dem Fest zu kommen, um Gab kennenzulernen, legte er auf.

Warum warf er all das Schöne weg, das wir zusammen gehabt hatten?

All die Sanftheit, die Zärtlichkeit, die Zeit, das Geflüster, die Geständnisse, die Intimität, die Liebkosungen, die Blicke, die Harmonie, den Einklang, den Frieden, das Zuhausesein.

Das alles war Liebe.

Das alles war die Liebe.

Ich hatte sie auf der Haut gespürt, in der Seele und im Herzen, wäre bereit gewesen, für ihn nach Australien zu ziehen.

Mit zwanzig denkst du noch, du stirbst ohne ihn, mit vierzig weißt du, dass das nicht passieren wird. Dass du genauso weiterleben wirst, mit einem lädierten Herzen.

Und das ist das Drama.

Ich hatte das Gefühl, ihn gut zu kennen und eine Ahnung von seinem Seelenzustand zu haben – er musste sich überwältigt fühlen, ohnmächtig und betrogen, und ich wünschte mir nichts mehr, als ihn in den Arm nehmen und bei ihm sein zu können, um ihm zu sagen, dass wir das zusammen durchstehen würden.

Das wollte ich ihm sagen, und weil ich es nicht konnte, schrieb ich es ihm.

Ich schrieb ihm unendliche Mails, auf die ich keine Antwort erhielt und die, möglicherweise, direkt im Spamordner landeten.

Aber das war mir egal.

Der einzige Moment echten Glücks, den ich erlebte, bestand darin, ihm zu schreiben, auch wenn ich keine Antwort bekam. So konnte ich mich wenigstens ein paar Minuten lang in der Illusion wiegen, wir wären noch zusammen.

Die Vorbereitungen für das Fest waren im vollen Gange, und die Gästeliste wurde täglich länger.

Das wurde kein Fest, das wurde ein Festival!

Und wie immer drehten wir alle am Rad, alle außer Cate.

Sie nicht, sie war Zen.

Meine Mutter machte sich Sorgen: »Wo sollen denn die ganzen Leute übernachten?«, fragte sie mich täglich am Telefon.

»Wir lassen sie nur in Gruppen herein«, sagte ich ihr einmal, oder: »Nur die, deren Namen mit einem Vokal anfängt«, ein anderes Mal.

Ich wusste es nicht, aber ich wusste, dass wir es irgendwie hinbekommen würden.

Wie immer.

Der September ging zu Ende, seit ich zurückgekommen war, hatte es fast ununterbrochen geregnet, als wollte man mich an die schwarze Wolke über meinem Kopf erinnern, die ich nie wieder loswerden würde, und auch wenn theoretisch über den Wolken die Sonne schien, schien sie nicht für mich.

Cate hingegen lächelte ununterbrochen, war immer rührig und sprühte vor Begeisterung, und ich hasste mich dafür, dass ich mich nicht zu hundert Prozent für sie freuen konnte.

Ein Teil von mir war in Margaret River geblieben und würde vielleicht für immer dort bleiben.

Die Liste war inzwischen auf 228 Personen angewachsen.

Ihr Ziel: ein Moment der Gemeinschaft, ein Bad in der Menge wie ein Rockstar.

Gianfranco wachte über sie wie ein Schatten, aber mit unglaublichem Feingefühl. Sie hatten eine Ebene von Vertrautheit erreicht, auf der es schon genügte, wenn er sie mit leichter Sorge anblickte, damit sie ihn anlächelte und sagte: »Okay, für heute ist es genug, ich gebe ab.« Und er sich entspannte und ihr einen Kuss auf die Stirn gab.

Sie so zu sehen, machte gute Laune und schenkte mir unendlichen Frieden.

Auch Gabriel war glücklich für die beiden: Endlich gab es eine verlässliche Vaterfigur in der Familie, auch wenn mich das überaus schmerzlich daran erinnerte, wie wichtig Matts Gegenwart für ihn gewesen wäre.

Ich wollte nicht mehr an ihn denken.

Ich stürzte mich kopfüber in die letzten Vorbereitungen.

Ich half bei den Einladungen, Oscar bei der Dekoration der Torte, meiner Mutter bei den Aufläufen, meinem Vater beim Herrichten des Gartens, und dazu arbeitete ich noch acht Stunden täglich in der Bank.

Ich wollte nicht mehr schlafen, wollte nicht mehr allein sein, wollte nicht mehr an Matt denken.

Dieses anbetungswürdige Gesicht musste ich mir aus dem Kopf schlagen, diese Augen, diese Stimme, diese Hände und dieses Land, dieses Haus, diese Kinder.

Ich musste wieder zurück auf Los.

Mein ganzes Leben auf den Punkt zurücksetzen, bevor ich nach Australien geflogen war, bevor ich ihn kennengelernt hatte.

Am ersten Oktober waren wir alle bereit, mit unserer Cate zu feiern.

Ein sonniger Samstag wie wir ihn nicht einmal im Juni erlebt hatten.

Der Sommer war zurück.

Einfach so, von einem auf den anderen Tag.

Wir waren alle im Garten in Porto Venere, um das Fest mit einem Glas Champagner einzuleiten, bevor die ersten Gäste kamen.

Mein Vater hatte Unglaubliches geleistet und Licht, Dekoration und Blumen in jeden Winkel gebracht. Er hatte sogar für Musik im Garten gesorgt und mit Gabriels Hilfe eine ziemlich umfangreiche Playlist mit »Cocktail-Musik« zusammengestellt, wie er es nannte, was Gab mit Chill-out übersetzte.

Cate strahlte.

Sie trug einen ockerfarbenen Sari, den sie aus ihrem Kleiderschrank der Wunder gefischt hatte, ein Überbleibsel von einer Indienreise, an die ich mich nicht einmal mehr erinnern konnte.

Ihr schwarzes Haar war zu einem Bob geschnitten und hinter den Ohren gewellt wie bei einer Filmdiva aus den 30ern, das Augen-Make-up in Braun und Gold umrahmte ihren lebendigen, strahlenden Blick, dazu ein wenig Rouge und die Seide, die ihren Körper umfloss, der so zart geworden war wie der eines Models.

Sie bat uns, einander bei der Hand zu nehmen.

Mit gesenkten Köpfen standen wir da wie zum Gebet.

Cate suchte nach den Worten, die ihr schon seit einiger Zeit auf dem Herzen lagen.

»Liebe Freunde«, begann sie. »Ihr seid meine Familie, mein Stolz, mein Grund zu leben. Ohne euch hätte ich es nie geschafft, ohne euch stünde ich jetzt nicht hier.« Dann hob sie den Kopf und blickte uns an. »Gab. Du bist mein Engel, meine Liebe, mein Herz. Du bist das Schönste, was mir je im Leben passiert ist, und ich liebe dich unendlich. Rita, Piero, ihr habt mich immer wie eine Tochter behandelt, habt mir die Wärme und Normalität eines Zuhauses geschenkt und die Sicherheit, die ich auch als kleines Mädchen nie hatte. Wenn ich überhaupt eine Vorstellung von Verbundenheit habe, die mich inspiriert, dann habe ich sie von euch. Oscar, du bist erst jetzt dazugekommen, aber es fühlt sich an, als wärst du schon immer dabei gewesen, du bist ein treuer Freund, auf den man sich immer verlassen kann, eine schöne Seele …« Sie machte eine Pause.

»Gianfranco … ich weiß nicht einmal, wo ich anfangen soll. Du bist gekommen, um mich zu retten, du bist gekommen, um mir zu zeigen, was Liebe ist und Hingabe und hast mich gelehrt, zu vertrauen und sich anzuvertrauen. Vor dir wusste ich nicht, was es heißt, einen Mann zu lieben, ja, ich glaubte, dass mir das nie gelingen würde, ich verliebte mich und trennte mich, wie es mir gefiel, und ich habe dabei viel Schlamassel angerichtet.« Sie warf mir einen augenzwinkernden Blick zu. »Und jetzt, wo du in mein Leben getreten bist, möchte ich dich nie wieder gehen lassen, jedenfalls, solange du das nicht willst …«

»Nicht mal für Monica Bellucci«, antwortete er gerührt.

Und dann blickte Cate mich an, und mir war, als sähe ich sie zum ersten Mal.

Sie war von einer Aura umgeben, die beinahe wirkte wie ein Heiligenschein.

Mir war, als hätte ich eine Vision.

»Ludo. Meine Schwester. Ohne dich gäbe es das alles nicht. Du warst meine Sicherheit, mein Felsen, an den ich mich jedes Mal klammern konnte, wenn etwas schiefging. Auch als ich weglief, wusste ich, dass du immer da sein würdest, und auch wenn ich es dir nie gesagt habe, warst du es, die mir den Mut gegeben hat, alle meine Schlachten zu schlagen …«

Ich schluckte verwirrt.

Sie konnte das jetzt nicht zu mir gesagt haben. Ich war es, die immer so empfunden hatte, sie war immer mein Fels gewesen, meine Inspiration, mein Leuchtfeuer in der Dunkelheit.

Tränen rannen ihr übers Gesicht, während sie weitersprach.

Ich hatte sie noch nie so gerührt gesehen.

Wir alle mussten mit den Tränen kämpfen, allen voran mein Vater.

»Ich werde dir nie genug danken können und dir nie genug zeigen können, wie sehr ich dich liebe, du wirst immer einen ganz besonderen Platz in meinem Herzen haben, meine Ludo!«

Ich löste mich aus der Kette und warf mich ihr in die Arme.

Wieder einmal war es ihr gelungen, uns alle zu vereinen, in einer Kette aus Liebe.

»Aber jetzt reicht's«, rief sie und trocknete sich die Augen. »Das soll ein Fest sein, verdammt noch mal! Gianfranco, mach diese gesegnete Flasche auf!«

Und so begann es.

Das Fest war ein beispielloser Erfolg, auch weil uns zuvor nie in den Sinn gekommen war, etwas dergleichen zu organisieren.

Alle kamen, alle, die wir eingeladen hatten, und zwar genauso, wie Cate es vorhergesehen hatte.

Zu keinem Zeitpunkt waren zu viele Leute da oder zu wenige, und niemals fehlte es an Essen oder Trinken.

Unsere alten Schulkameraden waren gekommen, einschließlich der ersten Lieben, ihre Schüler aus Yoga, Theater, Schwimmen und wo sie sonst überall gearbeitet hatte, und wer nicht da war, stand über Skype auf einem riesigen Bildschirm im Salon mit uns in Verbindung.

Wir tanzten, wir lachten, schossen unendlich viele Fotos und erzählten uns Anekdoten, an die wir seit Jahrzehnten nicht mehr gedacht hatten.

Es war unvergesslich, wunderschön, perfekt.

Am Abend versammelten wir uns an dem kleinen Mäuerchen, das auf den Golf von Porto Venere blickte, um unter einem riesigen Vollmond, der das Meer zum Glitzern brachte, Himmelslaternen steigen zu lassen.

Cate blickte uns an und sagte: »Und jetzt möchte ich, dass ihr die Augen schließt und an euren allergrößten Wunsch denkt, und ich versichere euch, dass er erfüllt werden wird! Ich zähle bis drei, und dann lasst ihr die Laternen los.«

Ich schloss die Augen und fasste meinen allergrößten Wunsch in Worte, und bei drei stieg eine langsame, stille Prozession aus zitternden Lichtern in den Nachthimmel auf, erreichte den Mond und segelte an ihm vorüber.

Wir standen da und schauten den immer kleiner werdenden Lichtern nach, still, jeder mit seinem eigenen Wunsch, jeder mit seiner eigenen Hoffnung. Ich dachte an Matt.

Bis ich Gianfrancos traurigem Blick begegnete.

Und da verstand ich.

26.

Cate verließ uns neun Tage später.

Sie starb in ihrem Bett, mich, Gab und Gianfranco in den Armen. Wie eine Madonna.

Sie war erschöpft, gefasst, aber heiter.

Sie hatte alles gehabt, Liebe, Glückseligkeit und erfüllte Träume.

Nur Zeit hatte sie keine mehr gehabt.

Doch in der kurzen Frist, die das Leben ihr noch zugestanden hatte, verband sie so viele Leben miteinander wie ein unsichtbarer Faden, der einen riesigen Quilt zusammenhält, in dem alle Stücke unterschiedlich sind, scheinbar nicht zusammenpassen. Aber wenn du die Decke im Ganzen betrachtest, erkennst du, dass sie so wie sie ist nicht schöner oder harmonischer zusammengefügt sein könnte.

Cate blickte uns einen nach dem anderen aus beinahe geschlossenen Augen an, bereit zu gehen.

Sie drückte unsere Hände, seufzte, blickte geradeaus und sagte »Okay«, als wandte sie sich an einen Piloten, als wäre sie bereit zum Sprung mit dem Fallschirm.

Sie lächelte und murmelte: »Wir sehen uns die Tage.«

Und sprang.

Wir blieben verwaist zurück.

Und auch wenn wir uns seit einiger Zeit mit dem Gedanken vertraut gemacht hatten, sie zu verlieren.

Cate wurde zwei Tage später in einer privaten Zeremonie kremiert, nur wir und der kleine Hugo waren dabei, der sich die ganze Zeit winselnd an mich klammerte, traurig wie wir alle.

Mein Vater schluchzte noch tagelang untröstlich, als habe er eine Tochter verloren.

Er konnte seinen Frieden nicht damit machen, fand keinen Grund, es war ungerecht und falsch.

Ich, Gab und Hugo kehrten nach der Trauerfeier in ihre Wohnung zurück, setzten uns ins Wohnzimmer, stellten die Urne mit der Asche auf den Boden und erzählten uns die schönsten Geschichten über Cate, während Hugo zwischen uns zusammengerollt auf dem Sofa lag.

Wir mussten lachen, dann weinen und beschlossen, Cate mit uns ans Meer zu nehmen und uns an so vieles wie möglich zu erinnern, sodass sie in unseren Herzen immer lebendig bleiben würde.

Es klingelte an der Tür.

»Das ist die Umzugsfirma«, sagte ich und stand auf.

Gab trat ans Fenster.

»Tante Ludo …«, rief er.

Ich trat zu ihm und stellte mich neben ihn.

Mir stockte der Atem.

Einen langen Moment standen wir einfach nur da und schauten uns lächelnd an, mit glänzenden Augen, traurig und glücklich zugleich, sagten alles in wenigen Sekunden.

»Wer ist das?«, fragte Gab.

»Das ist dein Papa, mein Schatz.«

Epilog

Matt hatte es nicht mehr rechtzeitig geschafft.

Er hatte mit Cate gesprochen, war sehr zornig geworden, hatte seinen Pass verlängern lassen, aber die Bürokratie hatte alles um eine Woche verzögert, und so hatte er es nicht mehr geschafft, sich von ihr zu verabschieden.

Gab und Matt mochten sich auf den ersten Blick.

Wir fielen einander in die Arme unter Cates liebevollem Blick, die uns von dem Foto aus anlächelte, das wir am Tag der Eröffnung ihres Zentrums gemacht hatten. Wieder einmal war es ihr gelungen, etwas anzuzetteln, das unsere Leben besonders machte und mit Liebe erfüllte.

Meine Güte, wie sehr sie uns fehlen würde!

Matt und ich heirateten drei Wochen später, im selben Gemeindesaal, aus dem Cate und mein Vater mich damals gerettet hatten.

Wir aßen im Haus meiner Eltern in Porto Venere, mit Oscar und Gianfranco, und stießen auf Cate an, die unser Glück herbeigeführt hatte.

Gianfranco war unendlich traurig, der Einzige, der von Anfang an die Wahrheit gewusst und für sich behalten und bis zum Schluss auf jenes Wunder gehofft hatte, das er schon ein paar Mal mit eigenen Augen miterlebt hatte.

Doch er war dankbar für das Glück, das ihm vergönnt gewesen war, und nannte sie weiterhin seinen Sechser im Lotto, etwas, das es nur einmal im Leben gab.

»Cate hatte recht, als sie gesagt hat, der Wunsch, den wir mit der Himmelslaterne auf Reisen geschickt haben, würde sich erfüllen«, sagte ich mit einem Blick zu Matt, der sich mit meinen Eltern unterhielt.

»Meiner nicht«, antwortete er traurig, »meiner nicht.«

»Sie hat dich geliebt wie keinen anderen, vergiss das nie.«

Er nickte. »Ich konnte mich glücklich schätzen.«

Gegen Abend setzten Matt und ich uns auf das Mäuerchen, wo ich sie zum letzten Mal hatte lächeln sehen, und wir zündeten eine Kerze für sie an.

»Wie viele Nächte hast du am Surferstrand verbracht?«, murmelte ich ihm ins Ohr.

»Einige!«, antwortete er lächelnd. »Aber den Ausschlag hat Großmama Ethel gegeben, die mir gesagt hat: ›Sei kein Idiot, lauf los und hol dir die Frau, die du liebst.‹«

Er gab mir einen Kuss und stand auf.

»Wo auch immer du bist, Cate, ich kann dir nicht genug danken für dieses Geschenk, das du mir gemacht hast«, sagte Matt in den Wind. »Ja, du hast mir einen echten Tiefschlag versetzt, aber inzwischen verstehe ich dich, und es tut mir in der Seele leid, dass ich mich nicht mehr von dir verabschieden konnte. Ich verspreche dir, dass ich mich für den Rest meines Lebens um Gab kümmern werde. Sei unbesorgt, wir kümmern uns um ihn.«

»Cate«, sagte ich, »du wirst immer meine Schwester sein, die ich bewundere, und wirst mir für immer fehlen, und ich verspreche, dass ich alles dafür tun werde, um dich glücklich und stolz auf mich zu machen, die du mich gelehrt hast, was Liebe ist und dass man das Leben leben muss und nicht in Zellophan eingewickelt im Regal aufbewahrt. Nichts von alledem hätte es ohne dich gegeben, und ich bin sicher, wo auch immer du dich jetzt befindest, du wirst glücklich sein … und viel zu tun haben!«

»Wir lieben dich, Cate«, sagte Matt.

Und die Kerze flackerte im Wind.

Liebe Cate,

es sind nun fast sechs Monate vergangen, und ich habe dir eine Menge zu erzählen.

Vor allem, dass Gab und Matt sich prächtig verstehen.

Sie holen all die verlorenen Jahre nach.

Meine Eltern lieben Matt auch, und zum ersten Mal erlebe ich meinen Vater zufrieden, weil er mich mit jemandem weiß, der mich glücklich machen wird.

Bald fliegen wir nach Australien, damit Gab endlich seine beiden Schwestern, Großmama Ethel und Oma Mary Jane kennenlernen kann.

Wir haben beschlossen, dorthin zu ziehen, dort ist das Leben für uns alle etwas leichter und einfacher.

Kannst du dir das vorstellen? Gab wird vor der Schule surfen gehen, er wird studieren und frei sein, glücklich und geliebt und kann es kaum erwarten, sich in dieses neue Abenteuer zu stürzen.

Natürlich musste ich meinen Eltern schwören, dass wir zu Weihnachten zurückkommen, sonst hätten sie mich nicht weggelassen.

Das Schönste von allem war, die Kündigung einzureichen, ohne Bedauern, ohne Reue, sondern nur überglücklich, endlich mit diesem Leben abzuschließen, das nicht mehr zu mir passte.

Es war befreiend, da hinauszugehen und die Zukunft vor sich zu haben.

Ah, weißt du, wen ich wiedergesehen habe?

Paolo!

Du hättest sein Gesicht sehen sollen, als er mich mit dem Bauch gesehen hat! Er hat mir gesagt, dass ich toll aussehe, aber er sah schrecklich aus, als würde er seit Monaten nicht schlafen … Na ja, er hat mir erzählt, dass er in Scheidung lebt.

Ich habe mich für seine Frau gefreut, und einen Augenblick tat sogar er mir leid, aber nur einen Augenblick lang.

Karma, stimmt's? Wie du immer gesagt hast.

Jetzt muss ich aber Koffer packen. Hättest du das je gedacht, Cate?

Mein Leben, das früher bestenfalls aus Handgepäck bestand, ist zu einem ausladenden Samsonite geworden, den ich nicht mehr mit in die Kabine nehmen kann, sondern aufgeben muss.

Und das ist alles dein Verdienst.

Ich liebe dich,

deine Ludo

PS: Ich brauche dir sicher nicht zu sagen, wie die Kleine heißen wird, oder?

Danksagungen

Diesen Roman musste ich schreiben, um meinen Frieden mit einem Schmerz zu machen, den ich noch nicht verarbeitet hatte, vielleicht nie verarbeiten werde, aber es hat mir zumindest die Möglichkeit gegeben, das Ende zu schreiben, das ich mir gewünscht hätte.

Dies ist der große Vorteil, den man als Schriftstellerin hat: Man kann die Realität umschreiben, sodass sie erträglich wird, und den Dingen, die wir nicht einordnen können, ihren rechtmäßigen Platz geben.

Vielen Menschen bin ich in diesem neuen Lebensabschnitt zu Dank verpflichtet, viele haben mich mit ihrem Rat begleitet und mich unterstützt.

Vor allem danke ich Stefano Mauri dafür, mich so großzügig und vertrauensvoll in die Familie Garzanti aufgenommen zu haben, Elisabetta Migliavada, ein wahrer Fels in der Brandung, Adriana Salvatori für ihre Gnade beim Lektorieren und dem ganzen Team Garzanti für die ausgezeichnete Arbeit, die großartige Zusammenarbeit und die Begeisterung (und da heißt es immer, Frauen wären nicht teamfähig!).

Ich danke Silvia Donzelli, der ich für so viele Dinge dankbar bin, sie weiß welche, William Rainieri und Valentina Martinella von William Rainieri Design für die unglaubliche Leidenschaft und die stetige Unterstützung.

Marta Sacco dafür, dass sie immer für mich da ist, vor allem, wenn ich am liebsten gehen möchte.

Meine Mutter und meinem Bruder, immer im Herzen, die wenigen, aber sehr guten Freundinnen Carlotta, Chiara, Letizia und Kylie.

Und schließlich möchte ich jemandem danken, bei dem ich mich in den letzten Jahren viel zu wenig bedankt habe, der aber meine ganze Liebe und Dankbarkeit verdient, ungeachtet der Missverständnisse der letzten zehn Jahre.

Meinem Vater Giorgio. Einer jener Männer, wie es sie nur einmal gibt.

Leider.

Zum Schluss noch eine Mahnung, die ein bisschen das Herz dieses Romans ist.

Lasst keinen Tag im Groll vergehen.

Es könnte der letzte Tag sein, den wir hier verbringen, also verbringt ihn in Frieden mit allen.

Sorgt dafür, dass ihr mit allen im Guten auseinander geht.

Denn den Rest seiner Tage damit zu verbringen, sich zu fragen »Warum hat sie mir nichts davon gesagt?« ist eine unerträgliche Strafe.

Wir sehen uns die Tage.

In Liebe,

Federica.

Lesen Sie weiter >>

Leseprobe

Eine Zeit voller Verführungen.
Eine Familie, die ihren Traum retten muss.

Stuttgart, 1926: Die junge, abenteuerlustige Serafina zieht zu ihrem Halbbruder Victor in dessen prächtiges Familienanwesen, das alle nur »Die Schokoladenvilla« nennen. Denn die Rothmanns sind weit über die Stadtgrenzen hinaus bekannt für ihre feinen Schokoladenkreationen, von denen sich auch Serafina nur zu gern verführen lässt. Mit ganzem Herzen stürzt sie sich in die Verlockungen der aufregenden neuen Zeit, und als sie den attraktiven Anton kennenlernt, verliebt sie sich Hals über Kopf. Doch Anton ist im Begriff, sich mit einer anderen zu verloben. Derweil wird das Schokoladenimperium der Rothmanns durch heimtückische Sabotageakte bedroht – und Serafina von einem dunklen Kapitel ihrer Vergangenheit eingeholt …

1. Kapitel

Stuttgart, Ende April 1926

»Fräulein, wachen Sie auf!«

Die freundliche Stimme des Schaffners drängte sich ungebeten in Serafinas Träume. Verschlafen blinzelte sie ihn an. »Sind wir schon da?« Es erschien ihr unwahrscheinlich, das Quietschen der Bremsen überhört und das holpernde Ruckeln nicht bemerkt zu haben, das zuverlässig anzeigte, dass der Zug zum Stillstand kam.

Der Schaffner schmunzelte. »Wir sind in Stuttgart, das stand als Ziel auf Ihrer Fahrkarte. Und wenn Sie nicht aussteigen, fahren Sie mit uns weiter an den Bodensee.«

»Oh!« Serafina war nun schlagartig wach, stand auf, strich notdürftig ihr Kleid zurecht und schüttelte ihr zu einem akkuraten Bubikopf geschnittenes, rabenschwarzes Haar.

»Ich helfe Ihnen mit dem Gepäck«, bot der Schaffner an und holte Serafinas Koffer aus der Gepäckablage. Währenddessen zog sie rasch ihre Handschuhe an, nahm Handtasche und Mantel und verließ das Abteil. Der Schaffner folgte mit den beiden Koffern, stieg hinter ihr aus dem Waggon und reichte ihr das Gepäck.

»Vielen Dank«, sagte Serafina und nahm ihm die Koffer ab.

»Gern geschehen«, antwortete der Schaffner, »ich wünsche Ihnen einen schönen Aufenthalt, Fräulein.« Er tippte sich an die Schirmmütze.

Serafina nickte ihm noch einmal dankend zu und folgte anschließend dem Strom der Mitreisenden, die den Bahnsteig entlang zum Kopfende der Gleise eilten. Der rauchige Dampf der Lokomotive lag noch in der Luft, auch wenn er zwischen den Öffnungen der einzelnen Gleisüberdachungen rasch abzog. Durch eines der großen, runden Portale gelangte sie in eine geräumige Bahnhofshalle.

Während rechts und links von ihr die Menschen weiter den Ausgängen zueilten oder Angehörige begrüßten, blieb Serafina stehen. Sie sollte abgeholt werden, konnte im Moment aber noch niemanden ausmachen, der erkennbar nach ihr suchte. Dann musste sie wohl noch warten.

Sie setzte ihre Koffer ab, die gut gefüllt und dementsprechend schwer waren. Fast schien es, als schleppe sie in ihnen nicht nur ihre Kleidung, sondern auch all den Ballast der letzten Wochen mit – den kummervollen Abschied von ihrem Vater, die schreckliche Nacht im Metropol, die Ungewissheit, was sie in Stuttgart erwartete.

Ein leichter Kopfschmerz kündigte sich an. Vermutlich hatte sie zu lange nichts gegessen und zu wenig getrunken. Sie rieb sich den Nacken und versuchte, die sorgenvollen

Gedanken zu verdrängen. Irgendwie würde es weitergehen. Es musste.

Sie sah sich um.

Der Stuttgarter Bahnhof war ganz neu, wirkte mit seinen geraden, aber mächtigen Formen luftig und trutzig zugleich. Reger Lärm und eine unübersehbare Baustelle zeugten davon, dass hier noch längst nicht alles fertiggestellt war.

Ihr Blick fiel auf einen knallrot lackierten Automaten, mannshoch, der nur wenige Meter von ihr entfernt an einer Wand stand und den markanten Schriftzug *Rothmann* trug. Ein erster Willkommensgruß in der Fremde – denn ganz offensichtlich handelte es sich hier um einen Schokoladenautomaten aus der Firma ihres Halbbruders Victor.

Ein Stück Schokolade würde bestimmt gegen das Kopfweh helfen. Serafina trug ihr Gepäck ein Stückchen weiter, stellte es neben den Automaten und suchte dann in ihrer Handtasche nach ihrem Portemonnaie.

Sie hatte gerade ein Zehnpfennigstück herausgekramt und schickte sich an, es in den Münzschlitz zu stecken, als jemand seitlich hinter sie trat. Irritiert drehte sie sich um.

»Da hatten wir wohl beide denselben Einfall!«, meinte eine junge Frau, warf herausfordernd ein Geldstück in die Luft und fing es wieder auf. »*Mais après vous* – bitte, nehmen Sie sich zuerst.«

Serafina schloss intuitiv die Hand um ihre Zehnpfennigmünze und musterte ihr Gegenüber. Die dunkle, rauchige Stimme mit dem leicht französischen Akzent wollte nicht so recht zu diesem jugendlichen Gesicht, wohl aber zum schwarzen Anzug mit Weste und Krawatte passen, den die Frau trug. Auf ihrem kurz geschnittenen, glatten braunen Haar saß ein dunkler Herrenhut. Lediglich eine weiße Hemdbluse kontrastierte mit den gedeckten Farben der übrigen Kleidung.

Serafina zögerte noch kurz, zuckte dann mit den Schultern, wandte sich wieder dem Automaten zu und warf das Geld ein. Augenblicklich ertönte ein Kinderlied: *Es klappert die Mühle am rauschenden Bach.* Dazu setzte sich das Rad einer Mühle in Bewegung, die in einem verglasten Schaukasten zu sehen war. Das Mühlrad drehte sich einige Male, während die emaillierte Figur eines Müllers herbeieilte und eine kleine bemalte Blechdose in das Ausgabefach schob. Serafina nahm sie heraus und öffnete den Deckel.

»Hm, die sehen lecker aus!« Die junge Frau beugte sich ebenfalls über die Dose. »*Un bonbon au chocolat?* Mit Füllung?«

»Woher soll ich das wissen?«, erwiderte Serafina ein wenig schroff. Sie fühlte sich in diesem Augenblick bedrängt, doch als sie den begeisterten Ausdruck in den dunkelbraunen Augen der jungen Frau sah, verschwand die unangenehme Empfindung. »Probieren wir?«, fragte sie milder.

»Gern!«

Sie nahmen sich beide eines der runden, glänzend braunen Schokoladenbonbons.

»Ja, sie sind gefüllt«, stellte die junge Frau erfreut fest. »Mit Vanille.«

»Meines schmeckt nach Frucht, leicht säuerlich«, antwortete Serafina. »Ich glaube, Johannisbeeren.«

»In jedem Fall sind sie köstlich«, schloss die junge Frau. »Übrigens: Ich bin Lilou!« Sie zwinkerte ihr zu.

»Ich bin Serafina.«

»Ein schöner Name«, meinte Lilou spontan. »Die Feurige!«

»Die Feurige?«

»Ja, das ist die Bedeutung von Serafina. Sie passt zu dir!« Lilou war formlos zum Du übergegangen.

Serafina lachte verlegen. »Sie … du kennst mich doch gar nicht!«

»Das mag sein, aber ich kenne mich mit Menschen aus.«

»Ach so … also gut. Und was bedeutet Lilou?«

»Ich heiße eigentlich Louise, das bedeutet Kämpferin. Aber Louise nennt mich niemand«, erklärte Lilou. »So, und jetzt hole ich mir auch von diesen Schokoladenbonbons. Sie sind fein!«

Serafina trat einen Schritt zur Seite, und Lilou zog sich ebenfalls eine Dose.

»Woher kommst du, Serafina?«, fragte sie, als die Musik wieder verstummt und das Mühlrad zum Stillstand gekommen war.

»Aus Berlin. Und du?«

»Ich komme aus Paris.«

»Aus Paris?« Serafina horchte auf. Sie hatte den ganz leichten französischen Akzent inzwischen herausgehört, doch dass Lilou Pariserin war, machte diese Begegnung noch einmal interessanter. »Und weshalb bist du hier in Stuttgart?«

»Kennst du Josephine Baker?«

Serafina schüttelte den Kopf.

»*Non?*« Lilou blinzelte ungläubig. »Sie ist Tänzerin, die Größte! Du musst sie unbedingt kennenlernen. Weißt du, wo der Friedrichsbau ist?«

»Nein. Ich bin eben erst in Stuttgart angekommen.«

Lilou sah auf Serafinas Koffer und lachte. »Ja, natürlich. Das war dumm von mir, entschuldige. Der Friedrichsbau ist ein Theater hier in Stuttgart. Dort gibt sie ein Gastspiel nächste Woche. Das musst du dir unbedingt ansehen!«

»Ich muss erst einmal abwarten …«, meinte Serafina zurückhaltend.

»Du wirst etwas verpassen, wenn du nicht kommst!« Lilou griff in die Innentasche ihrer Anzugjacke, holte einen Stift und eine weiße Karte hervor und notierte einige Dinge. »Hier«, sagte sie dann und hielt Serafina die beschriebene Karte hin, »das ist mein Name, Lilou Roche. Ich habe auch den Namen unseres Hotels vermerkt. Übrigens reisen wir übernächste Woche nach Berlin weiter.«

»Wirklich? Nach Berlin?«

»Ja. Josephine tritt seit dem Jahresanfang regelmäßig im Nelson-Theater auf.«

Jetzt erinnerte sich Serafina an eine entsprechende Ankündigung und die Berichte in den Zeitungen. »Josephine Baker – sie hat eine andere Hautfarbe, nicht wahr?«

Lilou lächelte breit. »Ah, du kennst sie doch!«

»Sie ist Stadtgespräch in Berlin!«, sagte Serafina. Sie spürte, wie eine flirrende Aufregung von ihr Besitz ergriff. Die Welt der Revuen und des Theaters besaß eine gewisse

Anziehungskraft – zugleich hatte sie etwas Abstoßendes. Sie war gefährlich, die Demimonde – und ihr Vater darauf bedacht gewesen, sie davor zu schützen.

Serafina sah auf die Karte. »Hm – Hotel Marquardt in der Schloßstraße. Ich kenne mich nicht aus in Stuttgart.« Sie überlegte kurz. »Und ich weiß auch nicht, ob es passend wäre, hier eine Revue zu besuchen.«

»Warum denn nicht? Alle wollen Josephine Baker sehen!« Lilou klatschte in die Hände. »Überleg es dir, *ma chère* Serafina. Jetzt muss ich weiter. Bis bald!« Damit warf sie Serafina eine Kusshand zu und verschwand rasch im Bahnhofstrubel.

Serafina steckte die Karte ein und schüttelte ungläubig den Kopf. Ausgerechnet hier in Stuttgart, weit weg vom ungestümen Berlin, traf sie an einem Schokoladenautomaten im Bahnhof auf ein Mitglied von Josephine Bakers Entourage. Manchmal hielt das Leben unerwartete Überraschungen bereit. Sie nahm sich noch ein Schokoladenbonbon. Der Kopfschmerz war verflogen.

Während sie die zartbittere Süße auf ihrer Zunge schmeckte und darüber nachdachte, dass Lilous direkte und frische Art weder zu ihrem strengen Anzug noch zu ihrer Stimme passte, sah sie einen älteren Herrn auf sich zukommen.

»Fräulein Rheinberger?« Er trug eine dunkle Chauffeursuniform mit passender Schildmütze, die auf einem schlohweißen Haarkranz saß.

»Ja?« Serafina schluckte die Schokolade hinunter.

»Mein Name ist Theo, verzeihen Sie bitte die Verspätung. Ich bin der Chauffeur der Rheinbergers.«

»Guten Tag, Theo«, antwortete Serafina, froh, nicht länger warten zu müssen.

»Herr Rheinberger lässt ausrichten, dass er gern selbst gekommen wäre, aber in der Fabrik nicht abkömmlich ist«, meinte Theo und wandte sich ihren Koffern zu. »Darf ich?«

»Ja, gern.«

Serafina folgte ihm durch ein weiteres Portal, das in eine mit Sandstein verkleidete Empfangshalle führte. Durch großzügige Fenster fiel das Sonnenlicht herein und zauberte eine heitere Atmosphäre in den nahezu sakral anmutenden hohen Raum. Über eine breite und von einem geschwungenen Geländer gesäumte Treppe ging es hinunter, am Bahnhofsschalter, der Post und einem Kiosk vorbei, zum Ausgang.

Lärmen und Hupen belebte die Kulisse, als sie die Doppeltür passiert hatten und auf den Bahnhofsvorplatz traten.

»Kommen Sie!« Theo deutete nach rechts, wo vor einer imposanten Pfeilerhalle, die die blockigen Hauptgebäude des Bahnhofs verband, einige Kraftdroschken warteten.

Serafina folgte ihm und wäre beinahe über den Handkarren einer älteren Frau gestolpert, den sie inmitten des Fahrzeuggewirrs gar nicht gesehen hatte. »Passet se doch auf!«, tönte es an ihr Ohr. Ein Fahrradfahrer, der sich von der anderen Seite näherte, klingelte unwirsch.

Theo hatte zwischenzeitlich einen in dunklem Bordeauxrot lackierten Mercedes erreicht und damit begonnen, ihr Gepäck einzuladen. Als Serafina zu ihm aufschloss, hielt er ihr mit einer leichten Verbeugung den Wagenschlag auf. Sie stieg ein.

Im Innenraum des Automobils roch es nach Leder und

Politur und sehr neu. Das Fahrzeug war sorgfältig gepflegt, kein Staubkorn verunzierte die Holzverkleidungen, und die Armaturen glänzten. Alles strahlte Noblesse und gediegenen Reichtum aus, genauso wie sie es erwartet hatte.

Victor war wohlhabend, das wusste Serafina. Wie oft hatte ihr Vater stolz von seinem einzigen Sohn erzählt, der in Stuttgart ein florierendes Unternehmen führte. Das wiederum hatte in ihr eine widersinnige Eifersucht ausgelöst, die sie sich selbst nie richtig erklären konnte – zumal sie sich weder für missgünstig noch für kleingeistig hielt. Dennoch war es ihr schwergefallen zu akzeptieren, dass es irgendwo auf dieser Welt außer ihr noch jemanden gab, dem ihr Vater nahestand, jemanden, den er achtete und offenkundig auch sehr liebte. Friedrich Rheinberger war sogar einen Schritt weiter gegangen: Sein Testament enthielt eine Verfügung, die Serafina nach seinem Tod in Victors Obhut gab – eine Vormundschaft, die erst mit ihrem einundzwanzigsten Geburtstag im Januar enden würde. An diesem Tag erhielte sie auch ihr Erbteil ausbezahlt.

Vater. Der Gedanke an ihn schmerzte.

Mit einem leisen Seufzen schluckte Serafina den Kloß hinunter, der plötzlich ihre Kehle zuschnürte, zog den Rock ihres hellbraunen Reisekleids zurecht, legte den Mantel über ihren Schoß und ihre Handtasche neben sich. Deren orangebraunes Kunstleder kontrastierte hübsch mit dem schwarzen Leder der Sitzbank, das sich durch die einfallende Sonne aufgeheizt hatte. Es war stickig, und nicht nur deswegen hoffte Serafina, dass die letzte Strecke ihrer Reise nicht allzu lang dauern würde. Sie fühlte sich wie gerädert, obwohl sie die letzten Stunden im Zug vornehmlich schlafend und dösend verbracht hatte.

»So, Fräulein Rheinberger.« Theo stieg nun ebenfalls ein und nahm auf dem Fahrersitz Platz. »Dann wollen wir mal. Sie werden sehen, sobald wir nach Degerloch hinaufkommen, ist es schön ruhig. Und die Luft dort ist ganz frisch. Da können Sie sich von der Reise erholen.«

Er startete den Wagen, wendete und fädelte sich geschickt in den unregelmäßigen Verkehr auf Stuttgarts Straßen ein.

Serafina lehnte sich zurück und ließ ihren Blick durch das Seitenfenster nach draußen wandern, doch die schmucken Gebäude zogen an ihr vorbei, ohne dass sie sie richtig wahrnahm. Immer wieder musste sie die erneut aufkommende Müdigkeit wegblinzeln, um nicht einzuschlafen.

Sie hatte sich gefügt in diesen letzten Willen ihres Vaters. Zunächst war der Gedanke, Berlin verlassen zu müssen, schrecklich gewesen. Inzwischen war sie froh, dadurch Abstand zwischen sich und die Ereignisse der letzten Tage dort zu bringen. In Stuttgart würde sie Ruhe finden, um darüber nachzudenken, wie ihr Leben weitergehen sollte.

Theo bog auf eine breite Panoramastraße ein, die sich bald in eleganten Kurven einen Berg hinaufzog, vorbei an gepflegten Stadthäusern, sattgrünen Weinbergen und prächtigen Villenanwesen, manche mit Türmchen. Hier wohnten zweifellos wohlhabende Bürger.

»Wir fahren gerade die Neue Weinsteige hinauf«, erklärte Theo, der ihr die Fahrt offenbar angenehm gestalten wollte.

»Sehen Sie sich Stuttgart von hier oben an! So herrliche Ausblicke.«

»In der Tat«, erwiderte Serafina matt. Theo zuliebe richtete sie sich dennoch auf, um auf die Stadt zurückzuschauen, die im Licht der allmählich untergehenden Sonne anmutig und friedlich dalag. Ganz anders als das lebhafte Berlin, das niemals Ruhe zu finden schien.

Sie überholten eine gelb lackierte Straßenbahn, die ebenfalls bergauf fuhr, und als sie schließlich die Filderhöhe erreicht hatten, bog Theo links in einen Ort ein, dessen dörfliche Anmutung Serafina einen Moment lang zweifeln ließ, ob sie sich noch auf dem richtigen Weg befanden. Sie kamen an Bauernhöfen, Handwerkerhäusern und Dorfwirtschaften vorbei, querten dann einen Gürtel aus Wiesen und Bäumen und befanden sich plötzlich inmitten einer Ansiedlung herrschaftlicher Wohnsitze.

Theo fuhr noch zwei Ecken weiter, dann wurde der Wagen langsamer, bog in eine kurze Zufahrt ein und passierte ein hohes Eisentor, das in Erwartung ihrer Ankunft weit geöffnet war. Bis zum Haus waren es nur wenige Meter.

»Da sind wir«, meinte Theo nicht ohne Stolz, als er das Automobil zum Stehen gebracht hatte. »Willkommen in Ihrem neuen Zuhause, Fräulein Rheinberger!«

Serafina ließ sich von ihm aus dem Wagen helfen. Während Theo sich wieder um ihr Gepäck kümmerte, blieb sie einen Augenblick lang stehen, um ihr neues Heim in Augenschein zu nehmen. Rasch kam sie zu dem Schluss, dass der markante, weitläufige Bau zwar vornehm und großzügig wirkte, zugleich aber eine pompöse Distanz ausstrahlte. Das Abendlicht konturierte die Fassade mit ihren Erkern und Vorsprüngen und nahm ihm somit ein wenig die Strenge. Was ihr gut gefiel, war die in einem zarten Gelb gestrichene Fassade, die hübsch mit den weiß abgesetzten Fenstern und Giebeln kontrastierte.

»Na, dann gehen wir mal hinein«, sagte Theo gut gelaunt, als er mit ihren beiden Koffern neben sie trat.

In diesem Moment flog die Haustür auf.

»Sie sind da!« Ein Mädchen im Schulalter eilte ihnen entgegen. Helle Locken waren nur mühsam in einem Zopf gebändigt.

»Ach, Viktoria, mach doch langsam!«, mahnte eine Frau, die im selben Moment im Türrahmen erschien. Der Kleidung nach handelte es sich um eine Angestellte des Hauses.

Das Mädchen ignorierte den Appell und lief weiter. »Du bist also meine Tante«, stellte es sachlich fest, als es vor Serafina stand und sie gründlich musterte. »Ich bin die Viktoria.«

»Ich bin Serafina.«

»Ja, ich weiß. Papa und Mama haben schon die ganze Zeit von dir erzählt.«

»Ach …«

»Lass das Fräulein Serafina doch erst einmal ankommen, Viktoria«, wandte Theo ein. »Sie hat eine lange Reise hinter sich.« Er nickte Serafina zu und machte Anstalten, zum Haus zu gehen.

»Ja, komm rein«, sagte Viktoria sofort. »Ich zeige dir dein Zimmer!« Sie lachte Theo gut gelaunt an.

Serafina bemerkte das liebevolle Schmunzeln des Chauffeurs. Dass Viktoria ihn mühelos um den Finger wickelte, war offensichtlich.

Die forsche Art des Mädchens gefiel ihr.

»Aber Vickyle, du bist mir eine!«, tadelte nun die gepflegte Frau in den Vierzigern, die das Mädchen nicht aus den Augen gelassen hatte. »Deine Mutter hat doch gesagt, dass du unseren Gast *anständig* begrüßen sollst.«

»Oh, es ist doch ganz wunderbar, dass Viktoria mich so herzlich willkommen heißt«, beschwichtigte Serafina. »Ich wäre genauso neugierig gewesen wie sie.«

»Siehst du? Du brauchst gar nicht so zu schimpfen, Dora«, erklärte Viktoria selbstbewusst. »Sie ist nämlich meine *Tante*!«

»Der gnädige Herr und die gnädige Frau sind noch in der Firma, sie haben heute einen Kakaolieferanten aus Übersee dort, aber wir erwarten sie in Kürze«, wandte die Frau sich nun an Serafina. »Ich bin Dora, die Haushälterin.«

Sie nahm Serafina den Mantel ab. »Möchten Sie sich vor dem Abendessen noch frisch machen, Fräulein Rheinberger?«

»Gern.«

»Ich bringe Sie auf Ihr Zimmer.«

»Nein, Dora, das mache ich!«, mischte sich nun Viktoria ein. »Das hab ich ihr gerade schon versprochen!«

»Na gut«, stimmte Dora zu. »Wir nehmen das Abendessen um halb acht im Speisezimmer ein. Ich warte dann in der Halle …«

»Jaja, wir kommen rechtzeitig«, sprach Viktoria dazwischen, nahm Serafina am Ärmel und zog sie mit sich durch die geräumige Empfangshalle zu einer breit geschwungenen Treppe.

Eine gute Stunde später ging Dora mit Serafina und Viktoria durch einen breiten Flur zum Speisezimmer des großen Hauses. Das feine Mosaik der Bodenfliesen schimmerte im Schein der elektrischen Messingleuchten, die in regelmäßigen Abständen an den hell gestrichenen und mit halbhohen weißen Paneelen verkleideten Wänden angebracht waren.

»Ich hoffe, dass es etwas Gutes zu essen gibt«, meinte Viktoria.

»Unsere Köchin kocht doch nur Gutes«, entgegnete Dora.

»Meistens. Aber den Fisch esse ich nicht gern.«

»Das liegt an deinem Geschmack, Vicky, und nicht an Gertis Art, ihn zuzubereiten.«

Serafina konnte Viktoria gut verstehen. Sie mochte auch keinen Fisch.

»So, hier sind wir, Fräulein Rheinberger«, sagte Dora und blieb vor einer zweiflügeligen Tür stehen. »Die Herrschaft ist bereits anwesend.« Sie klopfte und drückte die Messingklinke.